Charlotte McConaghy

OOIT WAREN ER WOLVEN

Vertaald door Dennis Keesmaat

2022 Prometheus Amsterdam

Voor mijn kleintje

Oorspronkelijke titel *Once There Were Wolves*

Omslagontwerp Studio Monty
Omslagillustratie Jan Hamstra
www.uitgeverijprometheus.nl
ISBN 978 90 446 5036 5

‘Eén dier en slechts één huilt ’s nachts in de bossen.’
Angela Carter, *In gezelschap van wolven*

1

Toen we acht waren, sneed pap me van keel tot maag open.

In een bos in de wildernis van British Columbia lag zijn werkplaats, die stoffig was en stonk naar bloed. Hij had huiden te drogen hangen en die streken over ons voorhoofd als we erdoorheen kropen. Ik huiverde, zelfs toen al, terwijl Aggie voor me uit duivels grijnsde, veel moediger dan ik. Nadat ik zomers lang had willen weten wat er in deze schuur gebeurde, wilde ik er opeens het liefst uit weg.

Hij had een konijn gevangen en hoewel hij ons met hem door het bos liet lopen, had hij ons nooit de daad van het doden laten zien.

Aggie was gretig, en in haar haast schopte ze een pekelvat omver, waarbij haar voet een diepe plof maakte, die ik ook op mijn voet voelde. Pap keek op en zuchtte. 'Willen jullie het echt zien?'

Aggie knikte.

'Zijn jullie er klaar voor?'

Weer een knikje.

Ik kon het harige konijn en alle messen zien. Het bewoog niet, het was al dood.

'Kom maar dan.'

We gingen aan weerszijden van hem staan, met onze neuzen die boven zijn werkbank uit piepten. Vanaf hier kon ik alle fijne kleuren van zijn vacht zien, roodbruin en schemerig oranje en warme roomkleuren en tinten grijs en wit en zwart. Een caleidoscoop van kleuren, allemaal ontworpen, veronderstelde ik, om het onzichtbaar te maken en precies dit lot te voorkomen. Arm konijn.

'Begrijpen jullie waarom ik dit doe?' vroeg pap aan ons.

We knikten allebei. 'Zelfvoorzienend leven,' zei Aggie.

'En dat betekent? Inti?'

'We jagen alleen op wat we nodig hebben en geven terug aan het ecosysteem, en we verbouwen ook voedsel, we leven zo zelfvoorzienend als we kunnen,' zei ik.

'Inderdaad. En dus betuigen we ons respect aan dit schepsel en bedanken het dat het ons onderhoudt.'

'Dank je,' zeiden Aggie en ik. Ik had het gevoel dat onze dankbaarheid het konijn gestolen kon worden. Zwijgend bood ik het een verontschuldiging aan. Maar al die tijd kriebelde er iets in mijn buik, helemaal onderin. Ik wilde daar weg. Dit was het domein van pap, de vachten en de messen en het bloed, de geur waarin hij altijd gehuld was, het was altijd zijn domein geweest en ik wou dat het zo kon blijven; dit voelde als het openen van een deur naar een plek die donkerder, wreder, volwássener was, en ik wist niet waarom zij dit wilde, maar als ze het wilde, als ze het echt wilde, dan moest ik blijven. Waar Aggie ging, volgde ik.

'Voordat we hem opeten moeten we hem villen. Ik zal de vacht pekelen zodat we die kunnen gebruiken of verhandelen, en dan eten we elk deel van het karkas, zodat we niets...'

'Verspillen,' antwoordden we.

'En waarom is dat?'

'Verspilling is de ware vijand van de planeet.'

'Kom op, pap,' jammerde Aggie.

'Goed, eerst snijden we van keel tot maag.'

De punt van zijn mes ging naar de vacht van de keel van het konijn en ik wist dat ik een fout had gemaakt. Voordat ik mijn ogen dicht kon drukken opende het mes mijn keel en sneed in één lange, snelle beweging naar mijn buik.

Ik viel hard op de grond, opengesneden en leegstromend. Het voelde zo echt dat ik zeker wist dat er bloed moest zijn en ik schreeuwde en schreeuwde en pap gilde nu ook en het mes viel en Aggie liet zich vallen en trok me stevig tegen zich aan. Haar hartslag drukte tegen de mijne. Haar vingers trommelden een ritme tegen mijn ruggengraat. En in haar magere armen was ik weer heel. Mezelf, zonder bloed en trouwens ook nooit met ook maar een enkele wond.

Ik had altijd geweten dat er iets anders aan me was, maar dat was de dag dat ik voor het eerst inzag dat het gevaarlijk was. Het was ook de dag, toen ik uit de schuur strompelde in een lange, violette schemering, dat ik naar de rand van de bomen keek en mijn eerste wolf zag, en hij zag mij.

*

Nu, in een ander deel van de wereld, is de duisternis zwaar en hun ademhaling is overal. De geur is veranderd. Nog steeds warm, aards, maar nu muskusachtiger, wat betekent dat er angst in zit, wat betekent dat een van hen wakker is.

Haar gouden ogen vinden net genoeg licht om te reflecteren.

Rustig maar, zeg ik zonder woorden tegen haar.

Ze is wolf Nummer Zes, de moeder, en ze kijkt naar me vanuit haar metalen kist. Haar vacht is bleek als een winterhemel. Haar poten hebben nog nooit staal gevoeld. Als ik kon zou ik die kennis van haar afnemen. Het is een koud weten. Mijn instinct zegt me dat ik haar moet kalmeren met zachte woorden of een tedere aanraking, maar het is mijn aanwezigheid die haar het meest beangstigt, dus laat ik haar met rust.

Ik beweeg me lichtjes langs de andere kisten naar de achterkant van de vrachtwagen. De scharnieren van de roldeur schrapen als ze me vrijlaten. Mijn laarzen raken de grond met een knarsend geluid. Een griezelige wereld, dit nachtelijke oord.

Een sneeuwtapijt reikt omhoog naar de maan, gloeiend voor haar. Naakte bomen in zilver gehuld. Mijn adem vormt wolkjes.

Ik klop op het raam aan de bestuurderskant om de anderen te wekken. Ze hebben in de cabine van de vrachtwagen geslapen en knipperen wazig naar me. Evan heeft een deken over zich heen getrokken; ik voel de kriebelende rand ervan tegen mijn nek.

'Zes is wakker,' zeg ik, en ze weten wat dat betekent.

'Dit gaat niet goed vallen,' zegt Evan.

'Ze komen er niet achter,' zeg ik.

'Anne gaat over de rooie, Inti.'

'Anne kan de pot op.'

Het was de bedoeling dat de pers hier zou zijn, regeringsfunctionarissen en afdelingshoofden en gewapende bewakers. Het was de bedoeling dat er drukte gemaakt zou worden. In plaats daarvan zijn we tegengewerkt door een lastminutemotie om ons te vertragen totdat onze dieren sterven door de stress van deze lange reis. Onze vijanden willen dat we ze opsluiten tot hun hart het begeeft. Maar dat sta ik niet toe. En dus sluipen we met z'n vieren, drie biologen en een dierenarts, in het maanlicht een bos in met onze kostbare lading. Stil en ongezien. Zonder toestemming. Zoals het altijd had moeten beginnen.

Er is geen weg meer voor de vrachtwagen, dus we gaan te voet. We tillen eerst de container van Nummer Zes op, Niels en ik nemen elk een achterste hoek terwijl de potige Evan de voorkant alleen draagt. Amelia, onze dierenarts en de enige plaatselijke bewoner onder ons, blijft achter met de andere twee containers om de wacht te houden. Het is een kleine kilometer naar het terrein, en de sneeuw is diep. Het enige geluid dat Zes maakt is een zacht gehijg dat haar ongerustheid aangeeft.

Een fuut roept, helder en mooi.

Ik vraag me af of het haar stoort, die eenzame roep in de

nacht, een herkenning van dezelfde oude roep die zij maakt. Maar als dat zo is, antwoordt ze niet op een manier die ik kan interpreteren.

Het lijkt een eeuwigheid te duren voordat we de omheining bereiken, maar uiteindelijk zie ik het gaashek. We zetten de container van Zes binnen het hek en gaan terug naar de andere twee dieren. Ik laat haar niet graag onbewaakt achter, maar slechts weinigen weten waar in het bos deze afgebakende terreinen zich bevinden.

Als volgende dragen we mannetjeswolf Nummer Negen. Hij is een massief wezen, dus deze tweede wandeling is zwaarder dan de eerste, maar hij is niet wakker geworden uit zijn slaap, dus dat is in elk geval een meevaller. De derde wolf is een vrouwtje van een jaar oud, Nummer Dertien. Zij is de dochter van Zes, en lichter dan beide volwassen dieren, en Amelia vergezelt ons op deze laatste tocht. Tegen de tijd dat we Dertien naar het hok hebben gedragen is het bijna ochtend en de uitputting heeft zich in mijn botten genesteld, maar er is ook opwinding, en bezorgdheid. Vrouwtje Nummer Zes en mannetje Nummer Negen hebben elkaar nog nooit ontmoet. Ze komen niet uit dezelfde roedel. Maar we zetten ze bij elkaar op een afgebakend terrein in de hoop dat ze zullen beslissen dat ze elkaar leuk vinden. We hebben fokparen nodig om dit te laten werken.

Het is net zo goed mogelijk dat ze elkaar doden.

We openen de drie containers en verlaten het terrein.

Zes, als enige bij bewustzijn, beweegt niet. Niet tot we ons zo ver mogelijk terugtrekken zonder ze uit het oog te verliezen. Ze houdt niet van onze geur. Al snel zien we haar lenige gedaante omhoogkomen en de sneeuw in gaan. Ze is bijna net zo wit als de grond waar ze zo licht op loopt; ook zij straalt. Een paar seconden gaan voorbij als ze haar snuit optilt om de lucht te ruiken, misschien notitie neemt van de leren radiohalsband die we om haar nek hebben gedaan, en dan, in plaats van de nieuwe wereld te verkennen, hopt ze snel naar de container van haar dochter en gaat ernaast liggen.

Het roept iets in me op, iets warms en breekbaars waar ik bang voor ben geworden. Er dreigt hier gevaar voor me.

'Laten we haar Ash noemen,' zegt Evan.

De dageraad kleurt de wereld van grijs naar goud en als de zon opkomt ontwaken de andere twee uit hun verdoofde slaap. Alle drie de wolven komen uit hun containers in hun enkele hectare glinsterend bos. Voorlopig is dat alle ruimte die ze zullen krijgen en het is niet genoeg, ik wou dat er helemaal geen hekken hoefden te zijn.

Ik draai me om naar de vrachtwagen en zeg: 'Geen namen. Ze is Nummer Zes.'

Nog niet zo lang geleden was dit bos niet klein en schaars, maar sterk en barstend van het leven. Weelderig begroeid met lijsterbessen, espen, berken, jeneverbessen en eiken strekte het zich uit over een weids stuk land, kleurde het de nu kale heuvels van Schotland, en bood het voedsel en onderdak aan allerlei ongetemde dingen.

En tussen deze wortels, stammen en kruinen liepen wolven.

Vandaag lopen er weer wolven op deze grond, die hun soort al honderden jaren niet meer heeft gezien. Herinnert iets in hun lichaam zich dit land, zoals het land zich hen herinnert? Het kent ze goed, het heeft op ze gewacht om het uit zijn lange sluimering te laten ontwaken.

We doen er de rest van de dag over om de overgebleven wolven naar het terrein te dragen, en keren als de avond valt terug naar het basiskamp van het project, een kleine stenen hut aan de rand van het bos. De anderen drinken mousserende wijn in het keukentje om te vieren dat we alle veertien grijze wolven hebben losgelaten op hun drie acclimatisatieterreinen. Maar ze zijn nog niet vrij, onze wolven, het experiment is nog maar net begonnen. Ik zit afzijdig bij de computerschermen en kijk naar de beelden van de camera's in de velden, benieuwd naar wat ze van hun nieuwe huis vinden. Een bos dat niet veel verschilt van dat waar ze vandaan kwamen in British Columbia, maar gematigd in plaats van boreaal. Ik kwam ook uit dat bos, en weet dat het anders zal ruiken, anders zal klinken en anders zal aanvoelen. Als er iets is wat ik als geen ander over wolven weet is het dat ze zich aanpassen. Ik hou nu mijn adem in als de grote Nummer Negen de delicate Nummer Zes en haar dochter nadert. De vrouwtjes hebben een geul gegraven in de sneeuw aan de achterkant en hurken neer, op hun hoede voor Negen die nadert. Hij torent hoog boven ze uit, grijs en wit en zwart, de meest glorieuze wolf die ik ooit heb gezien. Als teken van dominantie legt hij zijn kop over de nek van Zes en ik voel, met een voortreffelijke levendigheid, zijn snuit tegen de achterkant van mijn nek drukken. Zijn zachte vacht kietelt mijn huid, de warmte van zijn adem bezorgt me kippenvel. Nummer Zes jammert, maar blijft liggen, toont haar eerbied. Ik beweeg me niet; elk teken van verzet en die kaken sluiten zich om mijn keel. Hij hapt in haar oor en tanden zinken in mijn oorlel, waardoor mijn ogen zich van schrik sluiten. In het donker vervaagt de pijn bijna net zo snel als hij toesloeg. Ik keer terug naar mezelf. En als ik kijk negeert Negen de vrouwtjes weer en ijsbeert hij rond de omheining. Als ik kijk voel ik de kou van de sneeuw op mijn blote voeten, maar ik doe het niet, ik ben al te dichtbij, ik ben mezelf vergeten. Dus kijk ik in plaats daarvan naar het donkere plafond van de hut en laat mijn hartslag vertragen.

Ik ben anders dan de meeste mensen. Ik begeef me op een andere manier door het leven, met een geheel eigen begrip van aanraking. Voordat ik de naam kende, wist ik dat al. Het wordt een neurologische aandoening genoemd. Spiegelaanrakingsynesthesie. Mijn brein reproduceert de zintuiglijke ervaringen van levende wezens, van alle mensen en soms zelfs van dieren; als ik het zie, voel ik het, en heel even ben ik hen, zijn we één en is hun pijn of plezier de mijne. Het kan op magie lijken en ik heb lang gedacht dat het dat ook was, maar in werkelijkheid is het niet zo ver verwijderd van hoe andere hersens zich gedragen: de fysiologische reactie op het zien van iemands pijn is ineenkrimpen, terugdeinzen, huiveren. We zijn geprogrammeerd voor empathie. Ooit vond ik het heerlijk om te voelen wat anderen voelden. Nu put de constante stroom van zintuiglijke informatie me uit. Nu zou ik er alles voor over hebben om ervan bevrijd te worden.

Dit project gaat niet werken als ik geen afstand kan creëren tussen de wolven en mij. Ik kan niet in ze opgaan, anders overleef ik het niet. De wereld is een gevaarlijke plek voor wolven. De meeste zullen binnenkort dood zijn.

*

Het is middernacht als ik voor het eerst weer op de klok kijk. Ik heb de wolven zien slapen of ijsberen, tevergeefs hopend dat ze zouden janken, dat er een zou beginnen en de rest zou volgen. Maar wolven janken niet als ze gestrest zijn. De hut van de onderzoeksbasis bestaat uit een grote kamer, waarin we alle computerschermen en apparatuur hebben staan, een aangrenzende keuken en aan de achterkant een badkamer. Buiten is een stal met drie paarden. Evan en Niels zijn al naar hun huurhuisjes in de dichtstbijzijnde stad gegaan – ik ben zo moe dat ik me niet eens kan herinneren afscheid van ze genomen te hebben – terwijl Zoe, onze data-analist, op de bank ligt te slapen. Ik had uren geleden al weg moeten gaan, en trek moeizaam mijn winterkleren weer aan.

Buiten is het snijdend koud. Ik rij door het bos een slingerende weg op, een paar kilometer langs het noordwesten van de

Cairngorms, alleen geleid door de kleine lichtbollen van mijn koplampen. Ik heb er nooit van gehouden om 's nachts auto te rijden, omdat het de bloeiende wereld verandert in iets leegs en gapends. Als ik zou stoppen en erin zou lopen, zou het een heel andere wereld zijn, gevuld met de rillingen van het leven, knipperende reflecterende ogen en het gescharrel van kleine pootjes in het kreupelhout. Ik draai de auto een kleinere, kronkelige weg in, die me helemaal naar de vallei leidt waar Blue Cottage in ligt. Blue Cottage is gebouwd van grijsblauwe steen en wordt geflankeerd door een paar weilanden. Overdag is het uitzicht tweeledig: in het zuiden ligt een dik, wenkend bos, in het noorden lange kale heuvels die in het voorjaar gevuld zullen zijn met grazende edelherten.

Binnen zijn de lichten uit, maar de open haard gloeit oranje. Ik trek al mijn kleren uit, stuk voor stuk, en loop dan zachtjes door de kleine woonkamer naar een slaapkamer die niet van mij is. Ze ligt roerloos in het bed, een gedaante in het donker. Ik kruip naast haar; als ze wakker wordt, laat ze dat niet merken. Ik adem haar in en vind troost in haar geur, zelfs nu nog onveranderd, zelfs zo tenietgedaan als ze was. Mijn vingers verstrengelen zich in haar bleke haar en ik laat me in slaap vallen, veilig in de buurt van mijn zus, die altijd de sterkste van ons had moeten zijn.

2

Voorzichtig, zegt hij.

Haar kleine handjes grijpen de teugels heel stevig vast. Ze is te klein daar boven, zo klein dat ze ongetwijfeld weggeslingerd wordt.

Voorzichtig.

Hij remt haar af, een handpalm tegen haar ruggengraat om haar plat te drukken.

Voel hem. Voel zijn hartslag in die van jou.

De hengst was nog niet zo lang geleden vrij en een deel van hem is dat nog steeds, maar als ze zich zo op hem nestelt, voorzichtig, voorzichtig, zoals pap zegt, kalmeert hij.

Ik zit met één been aan weerszijden van het hek van het trainingsveld en kijk toe. Er zit ruw hout onder mijn handen, een splinter onder mijn nagel. En ik zit ook op dat paard, ik ben mijn zus, tegen de warmte van het trillende, krachtige beest aangedrukt, met mijn vaders grote, vaste hand die me stilhoudt, en ik ben ook de hand van mijn vader, en ik ben de hengst, de lichte last die hij draagt en het koude metaal in zijn mond.

Alle wezens kennen liefde, zegt pap. Ik zie hoe Aggies omhelzing teder en woest wordt. Ze laat zich er niet vanaf gooien.

Maar het hoofd van de hengst gaat omhoog in het roze avondlicht, een geur is door de wind naar hem toe gedragen en hij klauwt in de aarde. Ik draai me om op het hek en speur de boomgrens af.

Rustig maar, zegt pap, en hij kalmeert zowel het paard als zijn dochter. Maar ik denk dat het daar te laat voor is. Want ik heb het nu gezien. Kijkend vanuit het bos. Twee ogen die niet knipperen.

Onze blikken ontmoeten elkaar en even ben ik de wolf.

Terwijl achter me mijn zus van het steigerende paard tuimelt...

Ik word gedesoriënteerd wakker uit de vaak gedroomde droom, vaak gedroomd, ook een herinnering. Een paar minuten lig ik warm in bed, in gedachten verzonken, maar de dag laat zich niet ontkennen, er stroomt licht door het raam en ik moet mijn zus laten opstaan. 'Goeiemorgen, lieverd,' mompel ik, terwijl ik Aggies haar uit haar gezicht strijk en haar voorzichtig overeind help. Ik neem haar mee naar de badkamer en ze staat toe dat ik haar uitkleed en in het bad zet. 'Er is echte, heuse zon daar buiten,' zeg ik, 'dus we kunnen deze manen maar beter wassen voor het geval je buiten wilt zitten om ze te laten drogen.' Dat doet ze graag, zo graag als ze maar kan, maar mijn woorden zijn voor ons allebei een poppenkast: ik weet dat ze vandaag niet naar buiten zal gaan.

'De wolven zitten in hun omheiningen. Ze hebben de reis overleefd,' zeg ik, shampoo masserend in haar hoofdhuid. 'Ze zullen naar huis willen rennen.'

Ze reageert niet. Het is een van haar slechte dagen, wat betekent dat ik kan praten wat ik wil en zij zal alleen maar lusteloos staren naar iets wat ik niet kan zien. Maar ik blijf praten, voor het geval ze me vanaf die verre plek kan horen.

Aggies haar is dik, lang en bleek, net als dat van mij, en terwijl ik systematisch de conditioner door haar klitten werk, vraag ik me af of ze gelijk had en we het er allemaal af hadden moeten knippen. Ze is er nu onbewogen over, maar ondanks de moeite die het kost om het te verzorgen, zou ik het niet kunnen opbrengen ze eraf te halen, die manen waar ze altijd om bekend heeft gestaan, het haar dat ik mijn hele leven heb geborsteld, gevlochten en geknipt.

'Als we ze niet over een oceaan hadden meegenomen, hadden ze dat misschien wel gekund.' Ik help Aggie uit bad en droog haar af, kleed haar dan aan in warme, comfortabele kleren en zet haar voor de open haard terwijl ik ontbijt maak. 'Er is nog geen liefde tussen Zes en Negen,' zeg ik. 'Maar ze hebben elkaar ook nog niet afgemaakt.' De woorden komen zo nonchalant uit mijn mond dat ik ervan schrik. Gaat alle liefde zo? Dat er het risico van de dood bij komt kijken?

Maar de woorden hebben Aggie niet aan dezelfde dingen herinnerd, ze is te ver weg om haar te bereiken. Ik wil haar volgen naar waar ze ook heen is en ik vrees die plek meer dan ook. Ook vrees ik de dag dat ze er niet meer van terugkomt.

Ze eet de eieren niet die ik bij haar elleboog achterlaat, te moe, te uitgeput om ook maar iets te kunnen. Langzaam en voorzichtig borstel ik haar natte haar, en ik vertel nog meer over de wolven, omdat zij alles zijn wat ik nog heb dat geen woede is.

Blue Cottage ligt niet ver van het basiskamp van het project. Zowel het huisje als het kamp ligt aan de rand van Abernethy Forest, een van de laatste overblijfselen van het oude Caledonische woud dat hier na de IJstijd opkwam. Deze oude bomen behoren tot een ononderbroken, negenduizend jaar oude evolutionaire keten, en het is in deze bossen dat we het dichtstbijzijnde afgebakende terrein voor wolven hebben geplaatst, dat waar de wolven Zes, Negen en Dertien zich bevinden. Als ze erin slagen een roedel te vormen, zullen we ze naar hun nieuwe thuis vernoemen: Abernethy. Er zijn hier maar weinig huizen, maar achter ons strekt zich levendig groene weidegrond uit voor de vele schapenboerderijen die ons scheiden van de dichtstbijzijnde stad. Dit was niet de plaats die ik gekozen zou hebben om een nieuwe wolvenroedel te plaatsen. Maar er zijn niet veel plekken in de Hooglanden waar je geen schapen zou aantreffen, en hoe dan ook zullen de wolven hier niet blijven. Ik hoop alleen dat ze de beschutting van het bos verkiezen. Achter dit stuk winters dennenbos verrijzen de bergen van Cairngorm, en daar, zo is mij verteld, ligt het wilde hart van de Hooglanden, waar geen schapen rondlopen en geen wegen komen. Misschien zullen de wolven het daar het best naar hun zin hebben.

Ik heb de verwarming in de auto hoog staan. De weg is glad door het ijs, en het is licht gaan sneeuwen, een zachte werveling van kant. De rit is prachtig; dit is groot land, glooiende heuvels en kronkelende bevroren rivieren, uitgestrekte dichte bossen.

Als het zwarte paard voor me de weg op komt stormen denk ik eerst dat ik het me verbeeld heb. Zijn staart is een donkere komeet die erachteraan stroomt. Mijn voet trapt te hard op de rem en mijn wielen slingeren. De auto draait een halve cirkel en komt midden op de weg achterstevoren tot stilstand, net op tijd om het paard tussen de bomen te zien verdwijnen.

Mijn borstkas voelt strak aan als ik de auto naar de kant van de weg laat glijden.

Naast me komt een truck tot stilstand. 'Gaat het?' roept een mannenstem uit het raam aan de bestuurderskant, dat maar een klein stukje openstaat.

Ik knik.

'Heb je een paard gezien?'

Ik wijs in de richting waarin het ervandoor was gegaan. 'O shit,' zegt de chauffeur, waarna de truck tot mijn verbazing zo de weg af rijdt om het te volgen. Met afgrijzen zie ik hem door de sneeuw glijden. Ik controleer de tijd, spring uit de auto en volg de bandensporen. Het is niet moeilijk. Hij heeft in zijn kielzog geulen achtergelaten.

Het gaat harder sneeuwen; de wereld valt om me heen. Ik

heb nu haast, ik ben te laat voor mijn werk, maar toch. Ik kantel mijn hoofd om omhoog te kijken. Vlokken op mijn lippen en wimpers. Mijn hand reikt naar de koele papierachtige schors van een zilverberk. De herinnering aan veertigduizend espen die om me heen ademen, hun bladerdak niet naakt maar kanariegeel en net zo levendig als zijn stem in mijn oor. *Het sterft. Wij doden het.*

Een schreeuw, van ergens ver weg.

Ik laat de herinnering wegglijden en begin te rennen. Voorbij zijn truck en de dikke sneeuw in, die alleen verstoord wordt door zijn voetafdrukken en de hoefsporen van een uitzinnig paard. Ik zweet tegen de tijd dat ik bij de rivier ben. Een smal, bevroren stuk ijs tussen steile taluds.

Zijn donkere gestalte voor me. Beneden op het ijs staat het paard.

Zelfs vanaf deze afstand voel ik de kou onder zijn hoeven. Een snijdende kou. De man is lang, maar onder zijn winterlagen zie ik niet meer van zijn gestalte. Zijn haar is kort en donker, net als zijn baard. Een zwart-witte collie zit kalm naast hem. De man wendt zich tot mij.

'Weet je dat dit beschermd bos is?' vraag ik.

Vragend fronst hij zijn wenkbrauwen.

Ik gebaar naar zijn truck en de rommel die hij gemaakt heeft. 'Vind je het niet erg om de wet te overtreden?'

Hij bestudeert me even en glimlacht dan. 'Je kunt me aangeven zodra ik klaar ben met dat paard.' Hij heeft een zware Schotse tongval.

We kijken naar het dier op het ijs. Ze zet niet veel gewicht op haar voorhoef.

'Waar wacht je op?' vraag ik.

'Ik heb een gammel been. Ik zou er niet meer uit komen. En dat ijs houdt het niet eeuwig.'

Er zijn kleine scheurtjes in het oppervlak van de rivier, die zich met elke verplaatsing van het paard verspreiden.

'Ik kan maar beter m'n geweer uit m'n wagen halen.'

Het paard snuift en zwaait met haar hoofd. Het zwart van haar vacht wordt alleen onderbroken door een witte ruit tussen grote, spiedende ogen. Ik kan de snelle stijging en daling van haar buik zien.

'Hoe heet ze?' vraag ik.

'Geen idee.'

'Is ze niet van jou?'

Hij schudt zijn hoofd.

Ik begin de steile oever af te klimmen.

'Niet doen,' zegt hij. 'Ik krijg je er niet meer uit.'

Mijn ogen blijven op het paard gericht terwijl ik over de scherpe rand naar beneden glij. Mijn laarzen raken ijs en voorzichtig ga ik verder, op de hoede voor scheuren. Het houdt me voorlopig, maar er zijn stukken ijs die dun genoeg zijn om de donkere waterstroom eronder te onthullen. Ik zie hoe gemakkelijk het zou zijn om een verkeerde stap te doen, om dat laagje te laten barsten en mij er geruisloos doorheen te laten glijden. Ik zie mijn lichaam er tuimelend onder gesleurd worden, totdat het weg is.

Het paard. Ze kijkt naar me. 'Hallo,' zeg ik, en ik kijk in haar diepe, vloeibare ogen.

Ze schudt haar hoofd en stampt met een hoef. Ze is woest en uitdagend; ik kom dichterbij en ze steigert. Haar donkere hoeven landen met gekraak. Ik vraag me af of ze weet dat haar woede haar zal doden, of ze dat misschien wel goedvindt, of ze misschien liever de vergetelheid tegemoet stormt dan terug te keren naar datgene waarvoor ze is gevlucht. Een bit en hoofdstel, een zadel. Sommige paarden zijn niet bedoeld om bereden te worden.

Ik ga op mijn hurken zitten en maak me klein. Ze steigert niet nog een keer, maar houdt haar ogen op me gericht.

‘Heb je touw in je truck?’ vraag ik de man zonder naar hem op te kijken.

Ik hoor hem weglopen om het te halen.

Het paard en ik wachten. *Wie ben je*, vraag ik haar in stilte. Ze is een sterk beest en, als ik moest raden, pas getemd. Het is lang geleden dat ik paardgereden heb en ik ben niet meer wie ik was. Ik laat haar naar me kijken, benieuwd wat ze van me zal vinden.

De man komt terug met een rol touw en gooit het naar beneden. Ik hou haar blik vast als mijn handen uit het hoofd de oude, vertrouwde knoop leggen, ik hou haar bij me en kom overeind. Met een snelle beweging lus ik de lasso over haar hoofd en trek hem dicht om haar nek. Ze steigert nog een keer, woedend, en het ijs gaat barsten, ik weet het zeker. Ik laat het touw door mijn handen glijden zodat ik niet onderuit word gerukt, maar zorg ervoor dat ik haar goed vasthou. Als ze landt, geef ik haar niet de kans om weer op te steigeren, maar trek aan het touw om haar hoofd naar beneden te dwingen en dan ga ik dichterbij om haar voorbeen op te tillen. De twee bewegingen zorgen ervoor dat het paard haar andere voorbeen buigt en bijna van opluchting laat ze zich op het ijs zakken en kantelt zwaar op haar zij. Ik leg me over haar lichaam, streel haar voorhoofd en nek en fluister tegen haar. *Brave meid*. Haar hart bonst. Ik voel het touw om mijn eigen nek.

‘Het ijs,’ zegt de man, want er zijn nu honderden fijne lijntjes.

Als ze klaar is schuif ik mijn been over haar rug en geef haar een kneepje met mijn knieën, klak een paar keer met mijn tong en *omhoog, omhoog*. Ze komt overeind en ik schuif goed op haar, breng mijn andere been op zijn plaats en span mijn knieen. Het touw zit nog om haar nek, maar dat heb ik niet nodig, ik grijp haar manen en manoeuvreer haar in de richting van de steile helling terwijl de scheuren onder ons trillen. *Dit gaat pijn doen*, zeg ik tegen haar, maar ze springt op de rand, waardoor ik naar achteren hel. Ik ben er klaar voor en ga met haar mee, met stevige benen om op mijn plek te blijven. Moeizaam gaat ze naar boven terwijl haar hoeven zich vastklemmen en de grond onder haar wegglijdt, en dan zijn we boven en eroverheen, en de sensatie die door haar heen gaat, brandt dwars door mij heen. Achter ons is de ijzige rivier opengebarsten.

Ik druk me nog eens plat tegen haar nek. *Brave meid. Dappere meid.* Ze is nu rustig, maar ik weet niet voor hoelang. Ze staat niet op haar slechte been. De ontsnapping heeft het misschien onherstelbaar beschadigd. Ik stijg af en geef het touw aan de man. Het is ruw in zijn blote handpalm, in de mijne. 'Doe voorzichtig.'

'Dit waardeer ik heel erg,' zegt hij met een knikje. 'Ben je een amazone?'

Ik trek mijn lippen op. 'Nee.'

'Zou jij haar naar huis willen brengen? Ze komt van de boerderij van de Burns, niet ver naar het noorden.'

'Waarom ben je haar komen halen als ze niet van jou is?'

'Ik zag haar alleen maar, net als jij.'

Ik bestudeer hem. 'Haar been is gewond. Ze mag niet bereden worden.'

'Dan laat ik wel een trailer komen. Kom je hier niet vandaan?'

'Ik ben net hierheen verhuisd.'

'Waar ongeveer?' vraagt hij, en ik vraag me af of hij zo iemand is die er zijn beroep van maakt iedereen in een straal van honderd kilometer te kennen. Hij heeft dikke wenkbrauwen en een donkere blik in zijn ogen; ik kan niet zeggen of hij knap is, maar hij heeft iets verontrustends. 'En wat doe je hier?'

Ik draai me om. 'Moet je niet iemand oproepen over dat paard?'

'Hoor je bij de wolven?' vraagt hij, en ik blijf staan. 'We hebben te horen gekregen dat we een Australisch meisje konden verwachten. Hoe komt dat zo? Zijn er niet genoeg koala's om te knuffelen?'

'Niet echt,' zeg ik. 'De meeste zijn omgekomen tijdens bosbranden.'

'O.'

Dat legt hem het zwijgen op.

Na een moment vraagt hij: 'Zijn ze al vrij?'

'Nog niet. Maar dat gaat wel gebeuren.'

'Ik zal de dorpelingen waarschuwen dat ze hun vrouwen en dochters moeten opsluiten. De grote boze wolven komen eraan.'

Ik kijk hem in de ogen. 'Als ik jou was zou ik me meer zorgen maken over de vrouwen en dochters die ervandoor gaan met de wolven.'

Hij kijkt me verbaasd aan.

Ik draai me om in de richting van mijn auto. 'Als je weer eens een dier moet opsporen, bel dan iemand die de taak aankan in plaats van met je monstertruck als een bulldozer door het beschermde kreupelhout te denderen.' *Lul.*

Ik hoor hem lachen. 'Ja, mevrouw.'

Als ik omkijk is dat naar het paard. *Dag*, zeg ik tegen haar. En: *Sorry*. Want dat beschadigde been zou wel eens een ander soort vrijheid kunnen betekenen.

3

De eerste zestien jaar van ons leven brachten Aggie en ik elk jaar een paar maanden door bij onze vader in het bos. Ons echte huis, de plek waar we thuishoorden. Een landschap dat me zin gaf. Als kind geloofde ik dat de bomen in dit bos onze familie waren. De hoogste en breedste hadden takken die hoog boven de grond begonnen: zo wist je dat ze heel oud waren. De rode ceders hadden strepen, min of meer, rechte verticale groeven in hun schors die in de lengterichting omhooglie-pen, maar verder waren ze glad, en hun grijs werd zilver in het middagzonlicht dat zich een weg baande door het bladerdak erboven. Elegant, de ceders, met hun varenachtige bladeren. De hemlocksparren waren anders, donkerder van kleur, aardser, en de patronen in hun ruwe schors waren kronkelig. Beide hadden spetters van verfachtig mos, zo groen dat het elektrisch was. Er waren hier nog heel veel andere bomen, kleintjes die zich rond de grotere wikkelden, maar deze waren jonger, tieners misschien, en weerbarstig. Sommige slingerden hun vingers over de grond zodat wij erover konden struikelen, dat waren de brutale, terwijl sommige ruig en dik waren, andere dun en spichtig. Er was er niet één hetzelfde; ze waren uniek en vreemd en gevarieerd, maar ze hadden allemaal één ding gemeen: ze spraken.

'Het bos heeft een kloppend hart dat wij niet kunnen zien,' vertelde pap ons eens. Hij ging plat op de grond liggen en wij deden hem na, legden onze handen op de warme grond en onze oren bij het kreupelhout, luisterend. 'Het is hier, onder ons.

Dit is hoe de bomen met elkaar praten en voor elkaar zorgen. Hun wortels verstrengelen zich, tientallen bomen met tientallen andere in een web dat zich tot in het oneindige uitstrekt, en ze fluisteren met elkaar via hun wortels. Ze waarschuwen voor gevaar en ze delen voedsel. Ze zijn net als wij, een familie. Samen sterker. Niets komt alleen door dit leven.' Hij glimlachte toen en vroeg: 'Kunnen jullie het kloppen horen?' en dat konden we, op de een of andere manier konden we dat.

Op de dag dat we tien werden, nam pap ons ergens heen waar we nog nooit geweest waren. We kampeerden ons hele leven al in deze bossen, maar zo ver had hij ons nog nooit gebracht. Vijf nachten hadden we hier in het groen geslapen, vijf dagen lang hadden we gelopen. Aggie wachtte graag op de diepste stilte en schreeuwde dan zo hard dat de hele wereld erdoor schudde. Ik hield meer van de stilte.

Vader had altijd *Werner's Nomenclature of Colours* bij zich; wat hem betrof was dat een boek om naar te leven. Aggie en ik namen om de beurt de bladzijden door, gingen met onze vingers over de kleine rechthoekjes en hun beschrijvingen, en leerden ze allemaal uit het hoofd. Voor elke tint was er een dier dat die kleur had, plus een groente en een mineraal. Het was, zei mijn vader vaak en met trots, het boek dat Charles Darwin gebruikte om de kleuren in de natuur te beschrijven die hij zag tijdens zijn reis met de HMS Beagle. Ik vond het altijd wonderlijk, dat 'vleesrood', dat er voor mijn geestesoog uitzag als een bleek, bruinachtig roze, niet alleen de kleur was van kalksteen en ridderspoorbloemen, maar ook van sommige tinten menselijke huid. Of dat 'Pruisisch blauw' de schoonheidsvlek was op de vleugel van een wilde eend, de meeldraden van een blauwpaarse anemoon en diepblauw kopererts.

'Het verbindt de dingen, dit boek,' zei pap tegen ons. 'Het maakt alles hetzelfde, allemaal verschillende tinten van kleur. Het maakt ons deel van de natuur.'

Maar pap werd die dag stil en we volgden hem tot we in plaats van over een heuvel in een weelderig bos stapten en uitkwamen in een lege vallei. De grond voor ons was schoongeveegd, elke boom omgehakt en weggevoerd.

'Wat is ermee gebeurd?' vroeg Aggie, maar pap nam het allemaal zwijgend in zich op en werd ouder terwijl hij dat deed. Zijn blik viel op iets in de verte. Moeilijk te missen. Een eenzame boom, de machtigste die ik ooit had gezien. Een duizelingwekkende douglasspar die tot in de hemel reikte, minstens tachtig procent van zijn stam ontdaan van takken. Standvastig stond hij tussen de ravage.

Pap ging ons naar beneden voor de vallei in en naar de boom; hoe dichter we erbij kwamen, hoe groter hij werd. Met mijn rug naar de grond keek ik naar de bladeren die in de verte de lucht streelden.

En toen vertelde pap ons een verhaal. 'Ik was niet altijd de man die jullie kennen,' begon hij. 'Lang geleden, lang voordat jullie twee zelfs maar een gedachte waren, was ik een houthakker.'

Hij vertelde ons over zijn wandelingen door bossen, die heel veel leken op de wandelingen die hij nu maakte en toch heel anders waren. Het was zijn taak om zijn collega's te laten zien waar ze moesten kappen en waar ze moesten stoppen, met behulp van felgekleurde tape om de bomen te markeren en de waarde van hun hout te bepalen. Als hij zijn werk had gedaan, kwamen de houthakkers en startten hun kettingzagen, en een plek die nog leefde toen hij er aankwam werd dood achtergelaten.

Op een dag liep hij over dit land. In die dagen zag het er anders uit. Hij kwam vanaf de rivier die we die ochtend hadden overgestoken, nam zijn afstanden op en markeerde zijn bomen. En hij stuitte op deze. Deze douglasspar, die de boom zou zijn die zijn leven zou veranderen.

Hij wist meteen dat het een speciale boom was. Groter dan elke andere boom die hij ooit was tegengekomen, hij zou een fortuin waard zijn. Hij markeerde hem rood en liep verder.

Om er in de loop van de dag keer op keer naar terug te keren en ernaar te staren. Het maakte iets in hem los. Alexander Flynn, vijfentwintig jaar oud, pakte zijn groene tape en markeerde de boom een tweede keer, deze keer als 'te houden'. En maakte zo een einde aan zijn loopbaan.

'Ik ben die dag weggegaan van mijn werk en nooit meer teruggegaan,' zei pap. 'Te laat. Veel te laat.' Hij staarde naar de boomstronken. 'Het is een bedreigde soort. Negenennegentig procent van de douglassparren is gekapt. Dat maakt deze een van de laatste in zijn soort.'

'Is hij eenzaam?' vroeg ik, met pijn in mijn hart voor de wortels die nergens houvast konden vinden.

'Ja,' zei pap. Toen liet hij zijn voorhoofd tegen de douglasspar rusten, en hij deed iets wat Aggie en ik hem nog nooit hadden zien doen, niet vóór die dag en nooit meer daarna: hij huilde.

Het was een lange reis van Vancouver naar Sydney en Aggie en ik kenden die reis goed. Een lange reis van een vader die houthakker was maar naturalist is geworden en in een bos woont naar een met de stad verbonden moeder, een kranige rechercheur. Het leven met mam was een totaal andere wereld. Maar zelfs toen ik weer thuiskwam bij het betonnen flatgebouw en de boomloze zandstranden met hun beukende oceanen, droomde ik nog steeds over de eenzame douglasspar. Ik werd wakker in de stellige overtuiging dat de wortels van die spar van mij waren geweest en zich uitstrekten, maar geen andere konden vinden, zelfs niet die van Aggie.

Mam vroeg ons niet hoe de reis was verlopen, dat deed ze nooit. Sterker nog, ze vroeg ons nooit veel. Meestal was ik het die vragen stelde, ik wilde altijd meer weten, geen enkel antwoord leek genoeg, een papegaai die het woord 'waarom' alleen maar geleerd had om haar moeder gek te maken, zoals mam zei.

Ik was vooral bezig met mijn ouders en waarom ik ze nooit in dezelfde kamer had gezien, laat staan sámen samen. *Waarom wonen jij en pap zo ver uit elkaar?* Iemand moet de luchtvaartmaatschappijen toch financieren, zei ze dan, of iets in die trant. Dus vroeg ik: *Waar hebben jullie elkaar leren kennen?* In Canada. *Waarom was je in Canada?* Omdat mensen soms naar andere landen gaan, Inti. *Hoe oud was je?* Weet ik niet meer. *Zijn jullie verliefd geworden?* Als je volwassen bent betekent dat woord iets anders. *Was hij blij toen je in verwachting was?* Ik had hem nog nooit zo gelukkig gezien. *En jij?* Wat dacht je nou, gekkie? *Waarom zijn jullie dan uit elkaar gegaan?* Omdat ik carrière wilde maken, en hij niet weg wilde uit zijn bos. *Waarom?* Waarom wat? *Waarom kon hij niet weggaan?* Dat weet ik niet, Inti, dat is iets wat ik nooit zal begrijpen, zei mam, en toen deed ze alsof ze een prop in mijn mond stopte, waardoor we allebei moesten lachen en dat was dan het einde van de ondervraging voor één dag.

Na het laatste bezoek aan pap, toen de nachtmerries over bomen al een tijdje aan de gang waren, riep ze me in haar werkkamer en dat was vreemd genoeg om me nerveus te maken. Mams werkkamer was een plek van blauwe plekken, bloed en dood. Niet heel anders dan de schuur van pap. We mochten er meestal niet komen.

'Ga hier maar zitten,' zei ze, en ze trok een stoel naast die van haar bij het bureau. Ik ging zitten en wierp een blik op de kier in de deur waar Aggie zat af te luisteren. 'Wat hebben jullie deze keer met pap gedaan?' vroeg mam.

'Gewoon kamperen en zo.'

'Wat heeft jullie zo van streek gemaakt?'

Ik dacht na over de vraag. 'Er zijn daar allemaal bomen omgehakt.'

Voor wat een eeuwigheid leek bestudeerde ze mijn gezicht. 'Inti,' zei ze duidelijk. 'Je moet sterker worden.'

Ik bloosde.

Mam haalde een hand over mijn haar en tilde me toen met sterke armen op haar schoot. Op het bureau lagen mappen die met een flapje opengingen. Erin bevonden zich foto's. Lachende gezichten van vrouwen. 'Dit zijn de vrouwen die deze maand door hun man of vriend zijn vermoord.'

Ik begreep het niet.

'Dat gebeurt één keer per week in Australië.'

'Waarom?'

'Dat weet ik niet. Wat ik wel weet is dat je zorgen maken over bomen geen goede manier is om je energie te besteden. Maak je hier zorgen over. Andere mensen. Je spiegelpijn maakt je kwetsbaar en daar komt nog bij dat je te aardig bent, Inti. Als je niet voorzichtig bent – als je niet alért bent – zal iemand je pijn doen. Begrijp je dat?'

Ze pakte een zakmes uit de bureaula. Haar wapenstok en taser lagen in dezelfde la, maar het pistool bleef op haar werk. Ik had het haar nooit zien dragen, maar Aggie tekende haar er altijd mee en vroeg er voortdurend naar.

Mam klapte het mes open en sneed zonder waarschuwing in haar wijsvinger.

Ik schreeuwde van de pijn en greep mijn vinger stevig vast, in een poging het bloed tegen te houden, alleen was dat er niet en ik wist dat het niet zou komen, maar toch trapte ik erin, elke keer weer.

Aggie stormde de kamer binnen, schreeuwend: 'Niet doen!'

'Rustig maar, Aggie!' zei mam. 'Er is niks aan de hand met haar. Doe je ogen open,' zei mam en terwijl ik toekeek sneed ze in haar tweede vinger, sneed in mijn tweede vinger, en toen in haar derde, vierde en vijfde. Ik huilde toen ze zei: 'Dit is niet van jou. Het hoort niet bij jou. Als je hersens je iets anders vertellen, liegen ze. Dus moet je een verdediging vormen.'

'Ik zal haar verdediging zijn,' zei Aggie.

'Dat weet ik, maar jullie zullen niet altijd samen zijn. Ze heeft er zelf een nodig.'

Aggie en ik keken elkaar aan en verwierpen die opmerking.

'Hoe dan?' vroeg ik aan mam.

'Op elke manier die je maar kunt, want mensen doen elkaar kwaad. Dat zie ik elke dag. Je moet jezelf gaan beschermen. Ik ga mezelf snijden tot je het niet meer voelt.'

En dat deed ze.

*

De cameramonitors in het basiskamp zijn niet goed genoeg voor me, dus loop ik naar het veld en klim in een boom. Met een verrekijker zie ik Nummer Zes en Nummer Negen besluiten wat ze voor elkaar voelen.

Het gaat niet werken. Ik weet het zeker. Zo aardig is de wereld niet, zo veel geluk heb ik niet.

En dan gebeurt het wel. Want eigenlijk heeft het niets met mij en mijn geluk te maken.

Hij loopt naar haar toe en zij staat op om hem tegemoet te komen. Ik weet zeker dat ze uiteindelijk zullen vechten, het gevecht waarbij een van hen het aflegt, ongetwijfeld het kleinere vrouwtje. Maar in plaats daarvan legt Nummer Negen zijn snuit tegen de hare en nestelt zich naast haar, waar hun lichamen elkaar warm zullen houden. Ze vlijen zich likkend tegen elkaar aan en leggen dan hun koppen tegen elkaar.

In honderden jaren het eerste paar wolven in Schotland dat paart.

Het is makkelijk om mezelf voor te houden dat wat er tussen

ze gebeurt slechts biologie is, de natuur, maar wie zei dat liefde niet bestaat in de aard van alle dingen?

Ik klim uit de boom. Of er nu wel of geen vrouwtjes zwanger worden dit seizoen, we hebben nu drie broedparen, wat betekent dat we een stap dichter bij de terugkeer van wolven in Schotland zijn. Alleen dan zal het bos weer tot leven komen.

Ik maak een omweg naar huis zodat ik kan stoppen om over de heuvel te wandelen waar dit hele project op steunt.

Het eerste wat Evan deed toen ik een paar weken geleden in Schotland aankwam, was me naar deze heuvel brengen. Het is de plek die is uitgekozen voor het vegetatieonderzoek dat uiteindelijk ons rapport aan de regering zal opleveren. Evan, die in een vorig leven botanicus was, heeft contact onderhouden met de botanische consultants die onafhankelijk de inventarisatie uitvoeren.

Er is een groot kwadrant van ongeveer honderd meter uitgezet, met kleinere vierkante intervallen. 'Dit zijn kwadranten van vier bij vier,' legde Evan me die eerste dag uit. 'Ze houden de soortenrijkdom en -overvloed in de gaten en blijven dat de komende jaren doen om te zien welke fysieke invloed de wolven hebben op de regeneratie van de habitat.'

Mijn blik ging langs het plantenleven op dit winderige stukje heuvel, net zoals die dat nu weer doet. Er zijn heel weinig bomen en alleen kort gras onder de leng en heide. Een favoriete graasplek van de edelherten op de Schotse Hooglanden.

'Dus dit stukje land gaat bepalen of we wel of geen succes hebben geboekt,' had ik gezegd.

'Ja. En het kan maar beter opschieten ook, want het ziet er beroerd uit.'

Als ik weer aankom in het basiskamp gaat mijn telefoon. Ik zit in een lastig parket met Anne Barrie van de Wolf Trust omdat ik de wolven zonder toestemming vooraf naar de velden heb gebracht. Ik denk dat ze vooral boos is omdat ze erbij had willen zijn om het te zien. Ze heeft zo hard gewerkt om het voor elkaar te krijgen, het was een beetje een rotstreek van me, maar aan de andere kant zou het nalatig zijn geweest om ze in die kratten te houden. Bijna neem ik niet op, ik ben niet in de stemming om weer de wind van voren te krijgen.

'Hé, Anne.'

'Ik neem aan dat je vanavond bij de bijeenkomst bent?'

Ik zucht.

'Je gaat, Inti. Het hoofd van het project moet haar gezicht daar laten zien.'

'Ja, goed.'

'Maar je gaat niets zeggen, oké? Laat dat maar aan Evan over. Hij is charmant en jij niet.'

'Dank je.'

'Ik meen het. Dit is een kans om wat van de spanning weg te nemen, niet om die verder aan te wakkeren.'

'Ik was van plan om een bord met VEGAN POWER mee te nemen. Denk je dat dat zou helpen?'

'Alsjeblieft, niet zo flauw doen, Inti, daar heb ik geen tijd voor.'

'Waarom zijn we eigenlijk de vakbonden aan het paaien?'

'O jezus, begin daar nou niet over. Zo dom ben je niet, dat weet ik.'

Ik kan er niks aan doen: ik grijns. Ze is makkelijk op de kast te krijgen.

'Maar blijf alsjeblíeft kalm.'

'Doe ik, komt goed.'

De aula van de school heeft geen verwarming; de lucht binnen voelt nog kouder aan dan buiten. Mijn vingers worden gevoelloos als ik wegzak in een stoel op de achterste rij naast Niels en Zoe. Er zit een vrouw in het publiek met een bord waarop staat: GOOI ONS NIET VOOR DE WOLVEN, en een kind dat met een bord zwaait waarop staat: ZULLEN ER NOG HERTEN ZIJN ALS IK GROOT BEN? Ik rol met mijn ogen.

Op het podium zit een rij mensen. Evan is erbij, onze woordvoerder, niet alleen gekozen omdat hij welbespraakt en charismatisch is, maar ook omdat hij de enige in ons kernteam is die Schots is, en dat, zo is ons verteld, waarschijnlijk beter zal aanslaan bij de plaatselijke bevolking. Niels daarentegen is een stugge Scandinaviër met een bijna encyclopedische kennis van ons vakgebied, maar nul sociale vaardigheden en een zwaar Noors accent, Zoe is een Amerikaanse data-analist die niet van het buitenleven houdt en daar geen geheim van maakt, terwijl ik een slechtgehumeurde Australiër ben die haar minachting maar moeilijk kan verbergen en slecht is in spreken in het openbaar. Naast Evan zit Anne, de strijder die dit project in haar eentje door het parlement heeft geloodst en een enorme lastpak is. Ik weet niet wie de rest van de mensen daar zijn, ik veronderstel prominente leden van de gemeenschap. Ik weet dat er leden bij zijn van de boerenbond, de bond voor jachtopzieners en de Hillwalkers-groep, plus tientallen landeigenaren uit de hele Cairngormsregio – die allemaal tegen ons project zijn. En ondanks mijn plagerijen met Anne begrijp ik wel waarom. Er zijn hier vanavond geen leden van het landbouwbedrijf. Deze mensen zijn voornamelijk lokale boeren die onder enorme financiële druk leven, en een waargenomen bedreiging van hun zuurverdiende levensonderhoud is beangstigend. Het is Evans taak om te proberen wat van die angst weg te nemen.

Een van de mannen op het podium staat op om het woord te nemen, met wit haar en zijn traditionele kilt met Schotse ruit in combinatie met een meer casual gebreide pullover. 'De meesten van jullie kennen me, maar voor wie me niet kent, ik ben burgemeester Andy Oakes,' zegt hij. 'Deze bijeenkomst is belegd om jullie de nodige informatie te geven en om jullie de gelegenheid te geven je zorgen te uiten en die hopelijk weg te laten nemen. Anne Barrie, hoofd van de Wolf Trust, in samenwerking met Rewilding Scotland, en Evan Long, een van de biologen van het Cairngorms Wolf Project, zijn hier vanavond om met ons te praten.'

Anne houdt een dankwoordje dat niet kruiperiger zou kunnen zijn, en geeft dan het woord aan Evan om de situatie uit te leggen: dat er in het Cairngorms National Park nu drie afgebakende terreinen zijn met in totaal veertien wolven en dat de wolven aan het eind van de winter zullen worden vrijgelaten om vrij in de Schotse Hooglanden te leven. Ze zijn hier specifiek voor een herbebossingsproject in een bredere poging om klimaatverandering af te remmen, en bij wijze van experiment.

'Wat we hier in Schotland hebben,' zegt Evan, 'is een ecosysteem in crisis. We moeten dringend herbebossen. Als we het bosareaal tegen 2026 met honderdduizend hectare kunnen uitbreiden, kunnen we de CO_2-uitstoot die bijdraagt aan de klimaatverandering drastisch verminderen en kunnen we habitats voor inheemse soorten creëren. De enige manier om dit te doen is de populatie van herbivoren onder controle te houden, en de eenvoudigste, meest effectieve manier om dat te doen is het herintroduceren van een belangrijke predatorsoort die hier al lang voor ons was. Het fundamentele predatie-element van het ecosysteem ontbreekt al honderden jaren in dit land, sinds er op wolven is gejaagd tot ze uitstierven. Het doden van wolven was een enorme blunder van ons. Ecosystemen hebben roofdieren nodig omdat zij dynamische ecologische veranderingen teweegbrengen die doorwerken in de voedselketen, en deze staan bekend als "trofische cascades". Door hun terugkeer zal het landschap ten goede veranderen – er zullen meer habitats voor wilde dieren worden gecreëerd, de bodem zal gezonder worden, er zal minder overstromingswater zijn en koolstofemissies zullen worden beperkt. Dieren in alle soorten en maten zullen terugkeren naar dit land.'

Ik kijk om me heen naar de gezichten die ik kan zien. De meeste lijken ergens tussen pissig, verveeld en ronduit in de war te zijn.

Evan gaat verder. 'Herten eten boom- en plantenscheuten, zodat niets de kans krijgt om te groeien. We worden overspoeld met herten. Maar wolven ruimen die populaties uit de weg en houden ze in beweging, waardoor planten en vegetatie op natuurlijke wijze kunnen groeien, waardoor bestuivende insecten en kleinere zoogdieren en knaagdieren kunnen terugkeren, wat weer de terugkeer van roofvogels mogelijk maakt, en door de vossenpopulatie in toom te houden zorgen de wolven er ook voor dat middelgrote dieren, zoals dassen en bevers, kunnen gedijen. Bomen kunnen weer groeien, waardoor de lucht ontstaat die we inademen. Als een ecosysteem gevarieerd is, is het gezond, en alles profiteert van een gezond en natuurlijk ecosysteem.'

Een man uit het publiek staat op. Hij draagt een smetteloos wit overhemd en stropdas en houdt zijn platte tweedpet in zijn handen. Zijn grijze krulsnor is een lust voor het oog, zelfs vanaf mijn plek. 'Dat is allemaal goed en wel voor de natuur,' zegt hij met een diepe, galmende stem, 'maar het kost me land waar ik schapen op zou kunnen laten grazen. Landbouw is de op twee na grootste werkgever op het Schotse platteland. Als je dat bedreigt, bedreig je de hele gemeenschap.'

Er klinkt instemmend gemurmel.

'Het is voor mij onaanvaardbaar,' gaat hij verder, 'dat er dieren worden geïntroduceerd die de manier van leven van de Hooglanders zouden vernietigen. Ik wil een bloeiende gemeenschap zien, ik wil valleien bezaaid met schapen en mensen zien. Mensen zijn de levensader van een plaats.'

Iemand fluit, her en der applaus. Ik staar naar de rug van de boer. Deze wereld die hij beschrijft, verstoken van wilde wezens en plekken, maar overspoeld door mensen en hun landbouw, is een uitstervende wereld.

'Wij stellen voor dat het allebei kan,' zegt Evan. 'Evenwicht is van het grootste belang. Ik kan u verzekeren dat samenlevingen economisch kunnen omgaan met zowel wolven als landbouw, dat zien we over de hele wereld.'

'Jullie hebben dit eerder gedaan,' zegt de boer. 'Jullie kwamen hier en overtuigden ons ervan dat het in ons belang was om de zeearend te herintroduceren. Ik heb dat meegemaakt en gezien hoe die arenden de lammetjes opaten. En nu willen jullie wolven toevoegen aan de arenden? Jullie worden de dood van de landbouw in de Hooglanden.'

'Er zijn methoden om wolven te ontmoedigen,' zegt Evan. 'Waakhonden, lama's, ezels, herders. Geluidsboxen zenden wolvengeluiden uit om naderende wolven af te schrikken.'

'Dat hebben ze in Noorwegen geprobeerd,' zegt de boer. 'Het werkte niet, niet helemaal.'

'Ze hebben het ook in Amerika geprobeerd en de resultaten zijn uitstekend. De enige reden waarom we dit project hier zelfs maar probéren uit te voeren is omdat we zo'n sterk precedent hebben. De herintroductie van wolven in Yellowstone National Park in Amerika is een enorm succes. Het park is weer tot leven gekomen, en er waren weinig negatieve gevolgen voor de lokale bevolking en de landbouw.'

'Moet ik jullie erop wijzen dat Schotland iets kleiner is dan Amerika?' vraagt de man, wat een lachsalvo door de zaal veroorzaakt.

Evan houdt het hoofd koel, maar ik zie dat hij gefrustreerd raakt. 'Maar het is groot genoeg om dit vol te houden. Luister, we moeten rekening houden met een bepaalde afname door roofdieren – dat is normaal! Het gebeurt over de hele wereld. Maar in tegenstelling tot veel andere plaatsen zullen jullie hier financieel gecompenseerd worden voor jullie verliezen, die volgens de statistische modellen sowieso extreem laag zullen zijn.'

'En hoe gaan jullie mij compenseren,' zegt de boer, diep en langzaam, 'voor de tragedie te moeten toekijken dat iets waarvan ik hou, waar ik mijn hele leven mee bezig ben geweest, wreed wordt afgeslacht?'

'We vragen jullie niet om daarnaar te kijken,' antwoordt Evan. 'Als jullie een wolf aantreffen die jullie vee aanvalt, mogen jullie hem afschieten.'

Daarbij valt een stilte. Ik denk niet dat ze dat verwacht hadden.

Mijn blik wordt getrokken naar de zijkant van de aula, naar een man die bij de deur staat, de man die ik vandaag bij de rivier heb ontmoet, maar wiens naam ik niet heb meegekregen. Hij kijkt niet naar Evan of de boer, maar naar de rest van het publiek, zijn ogen scannen elk van hun gezichten. Ik vraag me af wat hij onder ons zoekt.

'Deze wolvenpopulatie is klein en experimenteel,' legt Evan uit. 'Ze is beschermd, maar tot op zekere hoogte. Als jullie kunnen bewijzen dat de wolf jullie vee aanviel mogen jullie hem afschieten. Jullie mogen het ons ook melden en wij hebben de wettelijke verplichting om bewijsmateriaal te verzamelen over welke wolf de roof heeft gepleegd en om er zelf op uit te gaan en de wolf te vernietigen. Maar als jullie er eentje doden voor de lol of gewoon omdat je hem gezien hebt, dan staan daar een boete en gevangenisstraf op.'

'Als jullie denken dat ik wolven in de buurt van mijn kinderen laat komen, vergissen jullie je schromelijk,' roept een vrouw, en er klinkt instemmend gemompel. 'Moet eerst een van onze kinderen gedood worden voordat jullie besluiten dat het "experiment" mislukt is?'

'De kans dat iemand door een wolf wordt aangevallen is vrijwel nihil,' verzekert Evan hun. 'Dit is een schuw, op de familie gericht, zachtaardig schepsel. We hadden nooit moeten leren om bang voor ze te zijn.'

'Dat is een leugen, meneer,' zegt de boer. 'Roofdieren worden gevreesd en er wordt op ze gejaagd omdat het roofdieren zijn – ze zijn gevaarlijk. Mijn voorouders waagden hun leven om dit land van die beesten te bevrijden en nu willen jullie ze weer voor onze deur dumpen. Wordt er van ons verwacht dat we onze kinderen binnenhouden?'

Te midden van rumoer van boze stemmen wordt er met borden gezwaaid. Als Evan de zaal al in de hand had, neemt dat nu snel af.

Ik sta op. 'Wat gevaarlijk is,' zeg ik, 'is het ongerechtvaardigd verspreiden van angst.'

De boer draait zich om en kijkt me aan, net als honderd andere gezichten. Annes zucht van ergernis op het podium zou op een ander moment komisch kunnen zijn.

'Als jullie echt denken dat wolven de bloedvergieters zijn, dan zijn jullie blind,' zeg ik. 'Dat zijn *wíj*. *Wíj* zijn de mensenmoordenaars, de kindermoordenaars. *Wíj* zijn de monsters.'

In de stilte ga ik zitten. De kou in de aula lijkt zich te hebben verdiept.

Mijn blik wordt getrokken naar de man bij de deur. Hij kijkt naar me en het dringt tot me door wat hij zocht in het publiek, want hij lijkt het gevonden te hebben in mij. Een verstoring. Een bedreiging.

Ik ga door de achterdeuren naar buiten en laat ze achter me dichtslaan. Een zuiging van lucht in mijn longen. Trillende handen.

De anderen komen door andere deuren en stromen in de richting van de parkeerplaats. Ik leun tegen de koude bakstenen van de aula en kijk omhoog naar de zilveren maan. Ik heb een merkwaardig verlangen naar haar dat me even goed zou kunnen verstoren als verlichten. Een grote gedaante belemmert mijn zicht. Ik kan zijn gezicht niet goed onderscheiden, maar ik weet dat het de boer is die het woord heeft gevoerd, de man die de anderen namens hen hebben laten spreken. Bij zijn indrukwekkende snor past een stel dikke, puntige wenkbrauwen.

'Red McRae,' zegt hij, en hij geeft me een hand.

Die schud ik. 'Inti Flynn.'

'Ik heet Ray, maar iedereen noemt me Red. Ik wilde van de gelegenheid gebruikmaken om mezelf voor te stellen, want je zult mijn naam goed leren kennen.'

'Waarom krijg ik het gevoel dat dat voor mij niet leuk zal zijn?'

Red leunt voorover zodat ik zijn gezicht kan zien onder de schaduw van zijn pet. Het is verweerd, leerachtig en zou aantrekkelijk kunnen zijn als het niet een en al minachting was. 'Want als een van die wolven ook maar een hap uit een van mijn schapen neemt,' zegt hij, 'ga ik met mijn mensen dat bos in en ik zal niet stoppen tot ik ze allemaal heb omgelegd.'

'Het klinkt alsof je ernaar uitkijkt, Red.'

'Nou, misschien is dat wel zo.'

In de stilte die daarop volgt neem ik hem op, zoals hij wil dat ik doe. Maar ik zie meer dan hij zich kan voorstellen. Ik heb hem al zo vaak ontmoet dat ik erom zou kunnen lachen, behalve dat ik niet de fout zal maken de schade te onderschatten die een boze man kan aanrichten, niet weer.

Ik duw me van de muur af. 'Je praatte daar binnen alsof er nog iets te beslissen valt. Het is gebeurd. De wolven zijn beschermd. Als je op ze jaagt, ga je naar de gevangenis. Daar zorg ik wel voor.'

Red tikt tegen zijn pet en loopt weg.

Ik zie de andere man, die van vanochtend, snel door de straat lopen met een been dat duidelijk mank is. Het is een recente blessure of een heel erge; elke stap doet hem pijn, kijken doet mij pijn. 'Hé!' roep ik, en ik ren op een drafje achter hem aan.

Hij werpt een blik achterom en blijft staan als hij me herkent.

'Hoe gaat het met het paard?'

'Ze maken haar dood.'

Ik staar hem aan, misschien op zoek naar een teken dat het hem iets kan schelen. Dat zie ik niet. 'Wanneer?'

Hij kijkt op zijn horloge. 'Binnenkort. Nu. Misschien is het al gebeurd.'

Ik knik en draai me om naar mijn auto.

Ik blijf staan.

'Fuck,' mompel ik. 'Waar wonen ze?'

'Wat ga je doen, meisje, erheen rijden en ze zelf tegenhouden?'

'Ja, misschien. Waar wonen ze?'

Hij denkt na en loopt dan weer naar zijn truck. 'In het donker vind je het nooit. Kom mee.'

De boerderij van de Burns is enorm, wordt me verteld, en er is een onverharde weg naar het huis en dan nog een naar de stallen. Dat is zo'n beetje alle conversatie die we in de auto aankunnen. Dat, en: 'Ik ben Duncan MacTavish.'

'Inti Flynn.'

Duncan heeft een oude tweepersoonstruck vol met stof en spinnenwebben en groezelig gereedschap. We moeten met het raampje naar beneden rijden omdat er ergens in de motor een rat is gestorven, dus het stinkt, en zijn airco werkt niet. Mijn neus is ijskoud tegen de tijd dat we aankomen. Duncans geamuseerdheid van die ochtend lijkt verdwenen. Hij zwijgt nu, in gedachten verzonken.

De stallen zijn van binnenuit verlicht, gloeiende ogen onder de schaduw van de berg.

Drie mensen staan voor de stal van het paard, en ze is nog springlevend, haar ogen knipperen onwennig. Ik stel me voor aan het echtpaar Burns. Stuart is lang en heeft een pens die door de knopen van zijn overhemd dreigt te komen. Massieve schouders, vlezige, sympathieke gelaatstrekken, stoffig blond haar onder zijn platte pet. Lainey Burns is even klein als haar man groot is, maar als ik haar de hand schud, is haar greep sterker dan ik had verwacht. De derde ken ik al – Amelia, onze dierenarts – en ze houdt een tas vast waarin ik duidelijk een injectiespuit kan zien. Ze begroeten Duncan, die zich afzijdig houdt en zegt dat hij slechts mijn chauffeur is, dat hij hier niets te zoeken heeft. 'Inti is degene die vandaag je merrie uit het ravijn heeft gereden.'

Hun interesse is gewekt.

'Dan staan we bij u in het krijt,' zegt Stuart. 'Deze hier deed het hek van het hok niet goed op slot' – hij gebaart naar Lainey zonder haar aan te kijken, en Lainey bloost – 'en nu zijn we een merrie kwijt. Maar dankzij u, mevrouw Flynn, krijgen we er in elk geval nog wat hondenvoer voor terug.'

'Daarom ben ik hier. Het is niet nodig om haar te laten inslapen.'

'Amelia zegt dat de gewrichtsbanden in het voorbeen kapot zijn.'

'Dat is niet precies wat ik zei, Stuart,' corrigeert Amelia hem. 'Ik zei dat ze gescheurd zijn.'

'Ze kan niet bereden worden, toch?'

'Voorlopig niet.'

'Zou ze met rust en revalidatie herstellen?' vraag ik.

'Misschien,' zegt Amelia. 'Ze zal waarschijnlijk nooit meer rennen of veel gewicht dragen, en haar emotionele schade kan betekenen dat ze helemaal nooit bereden kan worden...'

'Het spijt me dat ik het moet zeggen,' zegt Stuart, en hij klinkt inderdaad droevig, 'maar we hebben niet de tijd of de mankracht om een paard te revalideren dat misschien wel of misschien nooit voor ons zal werken. Als je ons nu wilt excuseren kunnen we het arme beest maar beter uit haar lijden verlossen.'

Mijn hartslag is een stroomversnelling, snel en onregelmatig, en vult mijn oren zodat ik niet helder kan denken.

Stuart loopt naar de stal, Amelia volgt met tegenzin. Lainey wendt zich af, wil niet kijken, wil geen ruzie maken.

'Ik koop haar,' zeg ik.

'Wat zeg je?'

'Hoeveel wil je voor haar?'

'Wil je een onbruikbaar paard kopen?'

'Ja.'

'Waarom?'

Omdat jullie allemaal de klere kunnen krijgen, daarom.

Als ik geen antwoord geef, kijkt Stuart naar Lainey, dan naar Duncan, en zijn blik heeft iets achterdochtigs, alsof hij denkt dat hij misschien iets over het hoofd ziet. Maar hij haalt zijn schouders op. 'Drieduizend.'

Amelia schiet in de lach. 'Kom op nou, Stuart.'

Hij blijft me aankijken en ik besef dat hij veel slimmer is dan hij lijkt. 'Dat is een toppaard, en ik heb er veel tijd in gestoken om haar te temmen.'

En hij heeft goed werk geleverd.

'En jij hebt niks aan haar,' zegt Amelia. 'Dat heeft niemand.'

'Dat wil nog niet zeggen dat ze niks waard is,' zegt hij. Omdat hij kan zien dat ik haar wil.

'Duizend,' zeg ik.

Hij draait zich weer om naar de stal en gebaart naar Amelia.

'Goed. Drie.'

Stuart glimlacht en wil me opnieuw de hand schudden. Ik heb geen drieduizend pond. Ik schud toch maar.

'Ik kom haar morgenochtend ophalen.'

'Lainey en ik zullen koffie en cake voor je klaarzetten,' zegt hij opgewekt, alsof hij me niet zojuist schandalig heeft opgelicht. Lainey heeft niets wat ook maar in de buurt komt van een glimlach op haar lippen. Ik dacht dat ze opgelucht zou zijn en het maakt me ongerust.

'Iedereen blij dan? Stuart?' vraagt Duncan.

'In de wolken,' antwoordt de grote boer.

'Lainey, gaat het, lieverd?'

'Ja, dank je,' antwoordt ze, en daar is haar glimlach, stralend en onverwacht, en het valt me op dat ze goed is in glimlachen als ze dat niet wil. 'Als ik niet zo'n idioot was geweest, zaten we nu niet in de problemen.'

'Er zijn geen problemen,' zeg ik.

'Ik heb al duizend hekken open laten staan,' zegt Amelia. 'Dat doet iedereen.'

'Op deze boerderij doen we dat niet, hè?' vraagt Stuart aan zijn vrouw.

Lainey schudt haar hoofd.

We nemen afscheid van ze en lopen naar de auto's, met laarzen die kraken. Oneindige sterren boven ons.

'Ik kom morgen naar jullie toe,' zegt Amelia.

'Dank je.'

'Hoe gaat het met ze?'

'Zes en Negen hebben gepaard.'

Ze slaakt een kreet die me de stuipen op het lijf jaagt, en dan lachen we allebei, waarna ze me met een zwaai welterusten wenst en wegrijdt.

Duncan en ik stappen in zijn truck en volgen Stuart en Lainey over het zandpad naar hun huis. Ze verdwijnen naar binnen als we voorbijrijden. Maar in plaats van door te rijden, stopt Duncan de truck, zet de motor af en doet de lichten uit.

'Wat zijn we aan het doen?'

Hij antwoordt niet, maar installeert zich alsof hij op de uitkijk staat.

Het is verwarrend.

Tot het dat niet is.

Want er is een manier van zijn die angst fluistert en er is een manier van zijn die het harde randje van woede in zich heeft, en vanavond zag ik ze allebei. Sinds Alaska heb ik ze allebei meer gevoeld dan ik in- en uitgeademd heb.

'Is ze in gevaar?' vraag ik.

Duncan zegt niets.

'Als hij ons ziet maakt dat het alleen maar erger.'

Als er een stilte valt zeg ik: 'Ik ga naar binnen.'

Mijn hand op de veiligheidsgordel, zijn hand op die van mij. Ik zoek zijn gezicht af naar een antwoord. Waarom hier wachten als we van plan zijn niets te doen? Toch blijven we een hele tijd zwijgend in het donker zitten. Ik probeer geluiden uit het huis te horen, maar dat lukt niet. Pas als de lichten doven, nemen we aan dat het echtpaar naar bed is gegaan en dat het veilig is om te vertrekken. Maar het enige wat ik kan bedenken is dat ze de motor weer zullen horen starten, de koplampen zullen zien en zullen weten dat we hier op de uitkijk waren. Het zal Stuart in verlegenheid brengen dat we hier waren.

Mijn handen bewegen, gebaren. *Keer om, ga terug.*

Maar Duncan kent deze stille taal niet. 'Wat bedoel je?'

'Niks.'

Ik heb beloofd dit nooit meer te doen, op mijn tong te bijten. Stil te zitten.

Duncan zet me af bij mijn auto in de stad. De stank van de rat begint me misselijk te maken en ik ben opgelucht dat ik kan uitstappen.

'Ik woon niet ver van je vandaan,' zegt hij tegen me. 'Sterker nog, ik ben je enige buurman, voor het geval je iets nodig hebt.'

'Dank je.' Ik kan er niks aan doen dat ik het een griezelige manier vind om dat te zeggen. 'Ga je naar huis?'

'Ik ga nog een uurtje of twee naar m'n werk.' Zijn blik is al afgewend, met zijn gedachten bij de nacht die voor hem ligt.

'Wat doe je voor werk?' vraag ik.

'Politiecommissaris.'

Mijn mond valt open. Dan lach ik. 'Natuurlijk.'

Hij lacht. 'Wil je die domkop van vanochtend aangeven?'

Ik knik. 'Zeg maar tegen hem dat er kostbare dingen verborgen liggen onder de sneeuw. Het is makkelijk om te vergeten dat die er zijn.'

Hij houdt zijn hoofd schuin. 'Ja, dat zal ik dan maar doen.'

Ik sta op het punt in mijn auto te stappen, maar stop dan. 'Waarom heb je Stuart dan niet...'

'Gearresteerd?'

Ik knik.

'Waarvoor?'

Als ik de volgende ochtend terugkom voor het paard, is de boerenknecht de enige die me begroet, want Lainey heeft een ongeluk gehad en is naar het ziekenhuis gebracht.

4

Toen we twaalf waren, begon mam ons af en toe mee te nemen naar de rechtszaken waarin zij moest getuigen. Als het er erg aan toeging, wurmden we ons op de grond en voerden hele stille gesprekken met elkaar, meestal ingegeven door de gebaren die Aggie het laatst had verzonnen. Ze bouwde een vocabulaire voor ons op, een hele taal die met onze handen werd gesproken. Toen ze het gebaar voor 'libelle' verzon, hadden we er stille discussies over hoeveel we er op legitieme wijze konden vangen en welke kleuren ze zouden zijn en hoe groot de kans was dat wetenschappers op een dag zouden uitvogelen hoe ze die tot berijdbaar formaat konden laten groeien. Toen ze het gebaar voor 'heelal' verzon, bedachten we wat dat inhield en nadat we er met z'n tweeën in waren gaan staan, besloten we dat dat genoeg was voor één heelal. Toen ze het gebaar voor 'seks' verzon, wat een nogal botte wijsvinger was die door het gat van haar andere wijsvinger en duim werd gestoken, wees ik haar erop dat dat teken al bestond en we schoten allebei zo in de lach dat we een uitbrander kregen van de rechter en vervolgens diep in de problemen raakten met mam toen we thuiskwamen. Maar echt – wat had ze nou verwacht? Waarom bleef ze ons hierheen brengen om getuige te zijn van het slechtste in mensen?

Als ik eerlijk was wist ik wel waarom. Omdat ze me probeerde te temmen. Om me te laten toegeven dat ze gelijk had. Dat mensen voor het grootste deel onverbeterlijk waren. En dat als ik niet sterker zou worden ik een van de mensen op die tribune zou worden die tegen een rechter zou vertellen wat me was aangedaan.

Maar hierover liet ik me niet temmen. Ik had een magische kracht die geen magie was. Ik voelde wat andere mensen voelden, en ik wist wat er in die aanrakingen leefde en hoe dat meestal lieflijk was. Je raakte elkaar niet lieflijk aan tenzij je goed was.

Op een avond, van de rechtbank op weg naar huis, reden we op de achterbank van de politieauto van haar partner. Dat was wat Aggie het liefst deed, doen alsof ze een crimineel was die zich uit de gevangenis probeerde te praten. Mams partner heette Jim Owens. Hij was wel knap, maar ook stevig genoeg om dik genoemd te worden, en hij was duidelijk al ons hele leven verliefd op haar. Hij kocht altijd ijsjes voor ons. We vonden Jim leuk. Ik denk dat we misschien zelfs van Jim hielden. Mam tolereerde hem. Ik kon me niet voorstellen hoe ze er verliefd uit zou zien.

Maar zelfs Jims domme grappen konden me vandaag niet afleiden. 'Waarom probeerde die vrouw, Tara, haar kinderen bij hun vader weg te halen?' vroeg ik.

Niet vragen, gebaart Aggie.

'Dat zie je morgen wel,' zei mam.

'Kun je het me nu niet vertellen?'

Ze zal je alleen maar bang proberen te maken, gebaart Aggie. Ze rolt ook met haar ogen, en dat vangt mam op in de achteruitkijkspiegel.

'Woorden,' waarschuwt ze Aggie. Dan zegt ze tegen mij: 'Omdat hij ze heeft misbruikt.'

'Zijn kinderen?'

Mam knikte.

'Nee,' zei ik. 'Ik geloof je niet.'

'Oké.'

Ik schudde mijn hoofd. 'Waarom zou hij dat doen?'

'Omdat hij ziek is, schat,' zei Jim.

'Nee, dat is hij niet,' zei mam. 'Dat moet je haar niet leren. Hij is een kuttenkop, daarom.'

De lucht achter in de auto werd heel heet. Ik wilde het raampje opendraaien en herinnerde me dat dat niet kon, ze zaten op slot.

Aggie vormde haar handen tot de vorm van een ruit. 'Dit kan het teken voor kut zijn.'

De rest van ons verstarde. En barstte toen in lachen uit. Aggie was er goed in spanning te doorbreken.

'Ik hoop dat dat de laatste keer is dat ik je dat woord hoor zeggen, dametje,' zei Jim, wat niet veel uithaalde omdat hij nog steeds grinnikte.

Na een tijdje vroeg ik me echter nog steeds iets af. 'Waarom heb je zo'n hekel aan mensen, mam?'

'Ik heb geen hekel aan ze. Ik ben een realist.'

'Pap zegt dat voor elkaar zorgen de enige manier is om voor onszelf te zorgen en dat vriendelijkheid de wereld zal redden.'

Mam snoof van het lachen. 'Je bedoelt die gek die in z'n eentje in de wildernis leeft en geen contact heeft met andere mensen? Die vader?' Ik zag hoe ze haar hoofd schudde en uit het raam keek. 'Ik heb in één dag voor meer mensen gezorgd dan die man in zijn hele sneue leven zal doen.'

'Je geeft niet veel om ons,' zei Aggie.

Mams lichaam verstijfde. Aggie had geen filter. Ik wilde de woorden opvangen en ze weer in haar mond stoppen, want ik wist dat mam weliswaar deed alsof het haar niet interesseerde, maar ze had nog steeds gevoelens, ze raakte nog steeds gekwetst. Ze probeerde nog steeds haar hele leven mensen te helpen.

Maar ik kon de woorden van mijn zus niet ongedaan maken, en uiteindelijk zei mam: 'Bel me maar als je man jou of je kinderen bijna doodslaat.'

*

Ik rij naar het ziekenhuis. Ik weet niet waarom. Het zijn mijn zaken niet, maar hier ben ik en ik ga naar binnen. Een receptioniste wijst me in de juiste richting. Aan het einde van een lange gang staat Duncan MacTavish. Hij staart door een raam. Ik loop naar hem toe. En kijk.

Stuart zit naast het bed en houdt de hand van zijn vrouw vast. Ze heeft maar één hand om vast te houden, want de andere zit in het gips en ze lijkt niet eens meer op Lainey: één hele kant van haar gezicht is zo gezwollen dat haar oog is verdwenen in een brij van blauw en zwart, en het weefsel rond mijn eigen oog begint te tintelen en op te zwellen en ik verlies het zicht erin, het glijdt weg, waardoor ik half in het duister gehuld ben, half nog kijkend naar de snee in haar hoofdhuid, de snee die begint te kloppen langs mijn haarlijn, nog steeds zacht van de zes hechtingen die ze in mijn vlees hebben genaaid...

Ik draai weg en druk mijn ruggengraat tegen de muur. Hier. Hier is je lichaam. Ik herpak me, keer terug, laat de sensaties tintelen en vervagen, vertraag mijn zwoegende longen. Niet jouw pijn. Niet jouw lichaam. Een truc.

'Hé,' zegt Duncan.

Ik open mijn ogen, mijn zicht is weer helder.

'Gaat het?'

Ik knik. De pijn blijft nooit hangen, maar de adrenaline wel. De waakzaamheid. De uitputting.

'Wat zei hij dat er met haar is gebeurd?'

'Van een paard gegooid.'

'Heeft ze gezegd wat er echt gebeurd is?'

'Ze is niet wakker geworden.' Hij kijkt naar me. 'Dat gaat ze niet doen.'

'Ze gaat niet wákker worden?'

'Ze gaat niet práten. Ze gaat niet zeggen wat er is gebeurd. Dat doet ze nooit.'

'Wat ga je er dan aan doen?'

Hij haalt zijn schouders op en gaat weer naar de ziekenhuiskamer. 'Ze temt mustangs voor de kost,' zegt hij. 'Ze valt wel eens. Dat doet iedereen.'

'Jij en ik zaten daar in die auto en we hebben niks gedaan. We hebben dit laten gebeuren.'

Hij kijkt me aan en zegt: 'Ze kan gevallen zijn.'

Ik draai me om en loop weg zodat ik mijn vuist niet door een ruit ram. Ik moet iemand vinden om het te vragen, om het te bevestigen, hoewel ik dat niet nodig heb, want als ik erachter kom dat hij haar echt in elkaar geslagen heeft, zal ik hem willen vermoorden.

Pap vertelde me altijd dat mijn grootste gave was dat ik in de huid van een ander mens kon kruipen. Dat ik kon voelen wat niemand anders kon, het leven van een ander, het echt voelen en erin rondrollen. Dat het lichaam heel veel weet en dat ik het wonderbaarlijke vermogen heb om meer dan één lichaam te kennen. De verbazingwekkende slimheid van de natuur. Hij leerde ons ook dat mededogen het belangrijkste was wat we konden leren. Als iemand ons pijn deed, hadden we alleen empathie nodig, en vergeving zou gemakkelijk zijn.

Mijn moeder was het daar nooit mee eens. Ze had geen oceaan van vriendelijkheid in zich, geen vergeving. Ze had een andere kennis van wat mensen elkaar aandoen. Ik was er huiverig voor. Het voelde ruw en hard aan en dat waren niet de instincten waarmee ik geboren was. Ik koos ervoor om te leven volgens de code van mijn vader, en dat was makkelijk tot het dat niet meer was.

Het is nu duidelijk, en dat is al een tijdje zo. Mam had gelijk, ze had zo verdomd gelijk dat ik me schaam, en nu ik er genoeg van heb, heb ik geen vergeving meer over.

*

Het hertenkarkas is zwaar. Met een vlezige plof valt het uit mijn handen. De wolven van de zuidelijkste roedel in Glenshee haasten zich er niet naartoe, ze blijven aan het einde van hun verblijf, ineengedoken tegen het hek. Op één na. Nummer Tien is niet het broedende vrouwtje van haar roedel, wat betekent dat ze niet hun leider is, of, in ouderwetse termen, hun alfa. Die titel behoort toe aan haar zus, Nummer Acht. Maar Tien heeft iets wat haar onderscheidt. Een rusteloosheid. Ze is agressiever, minder bereid om gekooid te worden. Ze heeft geprobeerd zich vrij te graven, de enige wolf die probeerde te ontsnappen. Alleen zij steekt het verblijf naar me over en in al de jaren dat ik met wolven werk heeft nog nooit een ervan dit gedaan: ze kijkt me aan, ontbloot haar tanden en grómt.

De haren in mijn nek tintelen, want dit gebeurt niet, niet echt. Ze is slank en tenger. Haar vacht heeft tinten bruin en wit, diep oranjebruin langs haar flanken, met lichtere haren rond haar gezicht, bijna goudkleurig, of Werners operment oranje. Haar tanden zijn heel scherp, dat is wat ze me wil laten weten.

Mijn baas bij het Denali Wolf Project in Alaska waarschuwde me op mijn eerste werkdag. *Hou jezelf niet voor de gek door te denken dat je een wolf kunt voorspellen. Dat is gevaarlijk. Ze zal je altijd verrassen.*

Een diepe sensatie windt me op. Ik hou van haar wreedheid. Ik voel het in mijn keel, het kietelt daar. Adrenaline overspoelt me en ze kan het ruiken, dat weet ik.

Het hertenkarkas is afgeleverd, ik hoef niet te blijven.

Ik wil het.

Ik zie het nu. Hoe ik me omdraai om weg te rennen en zij zich naar mijn dij lanceert, mijn dijbeen scheurt, elke kans op ontsnapping vernietigt. Dus ik blijf naar haar kijken en in plaats daarvan gaat ze naar mijn keel, het kwetsbaarste deel van me. De kracht in haar lichaam laat haar vliegen, de kracht in haar kaken verplettert mijn botten. Ik ben zo'n eenvoudige maaltijd; ik heb geen snelheid waarmee ik kan vluchten, geen kracht om haar af te weren. Mijn huid is rampzalig dun. Weet ze dat over mij? Kan ze het voelen, zoals de andere van haar soort dat niet schijnen te doen? Ze worden voor de gek gehouden door de kracht in onze stemmen en onze wapens, door ons vermogen om ze te kooien. Maar deze lijkt verder te kijken dan dat, naar mijn kwetsbaarheid. Of misschien kan het haar niet schelen dat ik een kracht heb die zij niet heeft, zo immens is haar woede, haar vechtinstinct.

Ik hou haar in de gaten terwijl ik me terugtrek uit de omheining. Nog steeds beweegt ze niet, haast ze zich niet om het karkas te verslinden zoals de andere vijf wolven in haar roedel. Ze blijft naar me kijken.

Van achter het gaashek zie ik dat ze zich eindelijk bij haar roedel voegt. Het karkas is nog warm, en die warmte vult haar mond, mijn mond. Onze tanden gaan gemakkelijk door het vlees. Ik word overweldigd door het scherpe ijzer van bloed. Ik was bang dat ze het vlees niet zouden lusten omdat het naar mensen ruikt, maar de honger heeft duidelijk gewonnen. Mijn eigen honger is wakker geworden en het verontrust me. Ik wend me af van de schranspartij.

Na het werk keer ik terug naar de boerderij van de Burns met een gehuurde trailer en duizend pond. Niemand komt me tegemoet, dus begin ik zelf het paard te laden. Ze is schichtig en wil geen hoofdstel om. Ik krijg bijna een trap als ik haar bij het bit probeer mee te voeren. Ik moet haar alleen maar thuis zien te krijgen en in de paddock aan de voorkant waar ze kan ontspannen en eten en doen wat ze wil, maar haar onrust maakt me van streek en met een zekere opluchting hoor ik een schreeuw vanaf de oprit. Stuart komt aangesneld om de teugels te grijpen, trekt het arme beest ruw in de trailer en sluit haar in. Ik aai haar, maar ze schokt bij de aanraking en probeert aan me te ontsnappen. *Rustig maar, meisje. Rustig maar.*

'Niet alleen haar been is gebroken,' zegt Stuart.

'Misschien als je wat vriendelijker tegen haar geweest was,' zeg ik. Ik kijk op naar de plek waar hij zijn auto heeft geparkeerd en zie Lainey wankel uitstappen.

'Moet ze niet in het ziekenhuis zijn?' vraag ik.

'De beste plek om uit te rusten is in haar eigen bed,' zegt Stuart. 'Kom maar mee naar binnen, mevrouw Flynn, ik breng Lainey naar bed en dan kunnen wij onze zaken afhandelen.'

Binnen is het koeler dan ik had verwacht. Ik kan door de gang en de open slaapkamerdeur kijken tot waar hij Lainey in bed legt. Ze is duizelig en heeft duidelijk pijn, maar glimlacht geruststellend naar hem. Ik kijk hoe hij naast haar gaat zitten, haar gezicht streelt, de binnenkant van haar handpalm kust. Ik bal mijn hand tot een vuist om zijn lippen niet te voelen.

In de keuken vul ik de waterkoker.

'Dank je,' zegt Stuart terwijl we wachten tot het water kookt.

'Ik heb duizend pond achtergelaten in haar stal.'

'Ik dacht dat we drie hadden afgesproken.'

'Dat was ook zo. Ik wilde vragen of je me wat tijd kan geven om de rest bij elkaar te krijgen.'

'Natuurlijk.' Hij neemt het van me over, doet theezakjes in drie mokken en giet het water erop. In die van hem gooit hij vier suikerklontjes. 'Om eerlijk te zijn kon het niet op een beter moment komen,' geeft hij toe.

'Duncan zei dat Lainey van haar paard is gegooid?'

'Ze kan de ergste temmen, maar we worden allemaal wel eens van ons paard gegooid.' Zonder waarschuwing begint Stuart te huilen, een verstikt soort geluid.

Ik slik en kijk weg, en dan stop ik met wegkijken, want dat deed ik de vorige avond ook. Ik dwing mezelf te kijken naar zijn schouders die schokken en ik voel geen enkel medelijden. Ik zie mezelf de ruimte oversteken en mijn mok tegen de achterkant van zijn schedel slaan terwijl hij zich van me afkeert en kwetsbaar is. Ik weet niet of dit een verlangen is of slechts een voorbijgaande gedachte. Speeksel vult mijn mond en ik denk heel hard: *Wat is er met je aan de hand, wat ben je geworden?*

'Ik breng deze wel naar haar,' zeg ik, en de stem die uit mijn mond komt is zo hard dat het de stem van een vreemde is.

Lainey kijkt me aan met haar ene goede oog als ik haar thee op het nachtkastje zet. Waarschijnlijk vraagt ze zich af wat ik in godsnaam in haar slaapkamer doe.

'Wil je wat licht?'

Ze knikt, dus ik loop naar het raam en open de met roodborstjes bedekte gordijnen. De helft van de kamer baadt in het zonlicht.

'Je ziet er mooi uit,' zeg ik, waardoor ze moet giechelen en ineenkrimpt.

'Maak me niet aan het lachen. Ben je voor Gealaich gekomen?'

Ik knik. 'Zeg haar naam nog eens?'

Ze zegt een woord dat klinkt als *gie-a-lesj*.

'Dat kan ik niet eens uitspreken. Misschien noem ik haar gewoon wel Gall.'

Daar moet ze weer om lachen. Ik denk dat ze misschien een beetje high is. 'Sorry dat hij je zoveel laat betalen,' zegt Lainey.

Ik haal mijn schouders op.

'We hebben het zwaar. Deze heuvels sterven elk jaar een beetje meer af. Er is niet veel meer voor de kudde om op te grazen.'

'Hoelang ben je hier al?'

'Dit is de boerderij van mijn vader. Ze is al generaties lang in mijn familie.'

'Vee en paarden, toch? Ik heb nog niet veel paarden gezien sinds ik hier ben.'

'Nee, het zijn hier vooral schapen.'

'Was Stuart een boer voordat hij jou leerde kennen?'

'God, nee. Hij wist er niets van, maar het ging hem goed af, ook al was het niet... zijn ding. Daar ben ik dankbaar voor.'

'Heb je nooit een ander leven overwogen?'

'Waar zou ik heen gaan?'

'De wereld is groot.'

Ze schudt haar hoofd. 'Ik vind het hier heerlijk. Ik ben hier thuis.'

'Het is een prachtig land.'

'Ik ben het liefst in het bos,' zegt ze, een beetje dromerig, absoluut een beetje stoned. 'Al dat ademen.'

Ik glimlach. 'Vroeger dacht ik dat ik bij een bosfamilie hoorde en dat die me opvoedde.'

Ze lacht, maar stopt dan als het pijn doet in haar gezicht. 'Wat mooi,' zegt ze. 'Daar kan ik me wel iets bij voorstellen. Kan ik je een geheim vertellen?'

'Ja.'

'Ik ben blij dat je hier bent om de bomen te redden. Niet tegen mijn man zeggen.'

'Ik red niks. Dat gaan de wolven doen.'

'Je zult ze nooit overhalen,' zegt ze met een zucht. 'De anderen. Het zit te diep in ze.'

Ik ga op het uiteinde van haar bed zitten. 'Als de wolven op de herten beginnen te jagen, zullen de herten weer gaan doen waarvoor ze bedoeld zijn, ze zullen weer in beweging komen. Alles op de grond zal een kans krijgen om te groeien. Het leven zal weer in het land worden geblazen. Je zult je heuvels groen zien worden. De vorm van de aarde zal beginnen te veranderen.' Ik kijk in haar gezwollen oog en negeer de tinteling in me. 'Ik heb wolven de loop van rivieren zien veranderen.'

Ze lacht. 'Dan maken ze hier misschien toch een kans. Misschien overleven ze het wel.'

'Misschien. Als je ooit een plek nodig hebt om heen te gaan, ben je welkom bij mij thuis. Daar is het veilig.'

Ze kijkt verbaasd. 'Ik heb een huis. Daar ben je.'

Ik knik.

Haar verbazing verdwijnt en de zachtheid in haar die hiervan genoot, van ons, wordt broos. 'Ik moet nu slapen.'

'Natuurlijk, sorry.' Ik sta op en loop naar de deur. 'Beterschap, Lainey.'

'Dank je.'

Stuart staat buiten de deur op me te wachten. 'Ze heeft hier alles wat ze nodig heeft,' zegt hij tegen me. 'Ik heb voor mijn vrouw gezorgd sinds de dag dat ik haar leerde kennen.'

Ik overweeg te antwoorden, maar ik merk dat ik dat niet kan. Ik loop naar de deur. Onder de hemel kan ik weer ademen.

5

Er zijn talen zonder woorden en geweld is er daar een van.

Als tiener was Aggie al een taalgenie. Ze sprak er vier vloeiend en leerde er nog een paar. Maar ze begreep niet alleen gesproken talen, Aggie wist dat er ook talen waren die geen stem nodig hadden. Tegen de tijd dat we tien waren, was er de gebarentaal die ze had uitgevonden, zodat we privé konden communiceren. Ze bouwde een wereld voor ons tweeën om in te leven en we zouden het allebei prima vinden om die nooit te verlaten. Toen we zestien waren begon ze de taal van geweld te leren; ze brak de neus van een jongen en dat deed ze voor mij, zoals de meeste dingen die ze deed voor mij waren.

‘“De spraak leerde ik van u, maar al het nut is dat ik vloeken kan”,’ las ik op een zonnige middag op het schoolplein hardop voor. ‘“Hale u de pest voor ’t leeren van uw taal!”’ Verbijsterd keek ik op naar Aggie. ‘Wat betekent dat in godsnaam?’

Ze zuchtte en plofte neer op het gras, haar gezicht beschermend tegen de zon. Haar wangen waren roze; ik keek ernaar en voelde het zachte branden op mijn huid. Ik keek naar haar hoofd dat tegen de grond gedrukt was en voelde de kriebelende grasssprietjes in mijn nek.

‘Caliban was wild, en ze probeerden hem te temmen, en daarom haat hij ze.’

Ik las de passage nog een keer en had geen idee hoe ze dat voor elkaar had gekregen. Maar toen ik naast haar op mijn ellebogen zakte, dacht ik dat ik het begreep. Het voerde me naar paps erf en de hoeven en het gesnuif en de wetenschap dat die mustangs liever vrij zouden zijn, hoezeer ze ook van mijn vader hielden.

'Misschien als we iets deden zonder zo veel verzonnen woorden...'

'Alle woorden zijn verzonnen,' zei ze, wat een goed punt was. 'Laat mij Caliban zijn.' Aggie griste het zware boek uit mijn hand en sprong overeind. Met een theatrale zwier droeg ze de passage voor, luid en woest, het kon haar niet schelen dat de meeste kinderen om ons heen zich omdraaiden om te staren.

'Hale u de pest!' snauwde Aggie, als een heksenvloek.

Ik lachte. 'Je natuurlijke wreedheid is eindelijk op haar plaats.'

Daniel Mulligan en zijn vrienden zaten in een groepje onder de bomen op gedempte toon te praten. Ze bedachten ongetwijfeld een grap om hun volgende slachtoffer te vernederen. Ik voelde hun uniformen op hun huid, de stijve kriebel, het altijd aanwezige verlangen om die stof van zich af te rukken in ruil voor hun normale kleren. Een jongen maakte zich los om een voetbal hoog te houden, ik kon de *plof plof plof* ervan tegen de bovenkant van zijn voet voelen. Achter ons speelden meisjes netbal op het veld, hun tred op het beton snel, glijdend, een beetje een schok voor mijn enkels, terwijl links van ons meisjes elkaars haar vlochten, en het gevoel hiervan door mijn vingers was zijdeachtig. Ik werd opgetild door al deze sensaties, meegesleept naar een heldere en levendige plek, en ook op de een of andere manier steviger in mijn lichaam verankerd.

Aggie keek naar me. 'Hoe voelt het vandaag?'

'Het is net elektriciteit,' opperde ik, hoewel dat niet helemaal klopte. Het was zachter dan dat. Ik pakte haar hand, wilde de sensaties door me heen in haar laten gaan, wilde ze delen zoals we al het andere deelden. 'Hier,' zei ik, en ik wilde dat ze het voelde. 'Neem het van me aan.'

Ze greep mijn hand en keek om zich heen naar de andere

kinderen, naar de wereld van sensaties. Maar zo werkte het niet, zo heeft het nooit gewerkt, en ernaar verlangen zou niet helpen. Ze zuchtte gefrustreerd.

Mijn blik werd weer naar Daniel getrokken en zijn vrienden die onder de treurwilg zaten, omdat een van hen naar ons staarde, naar mij. John Allen, de stille, die me recht aankeek en zichzelf heel opzettelijk betastte. Ik heb geen pik, maar het schoot toch door me heen, en dat wist hij, het gevoel aangeraakt te worden tussen mijn benen, en ik werd vervuld van warmte, hitte die mijn lichaam en wangen deed blozen, en dit was heel anders, dit was niet zachtaardig, dit was schaamte.

'Inti? Wat?' vroeg Aggie.

Ik boog voorover en wenste het gevoel weg, ik werd er misselijk van. Ik wilde mezelf losrukken van mijn eigen lichaam en er nooit meer naar terugkeren. Ik hoorde de jongens lachen.

'Wat heeft hij gedaan?' wilde Aggie weten, maar ik was niet van plan dat te zeggen. En dus gebaarde ze: *Niet kijken*, stond op, liep op de jongens af en zwaaide zonder waarschuwing het verzameld werk van William Shakespeare tegen Johns gezicht. *Whoemp*.

Ik wist wel beter, maar ik keek toch. Ik zag de impact van die woorden – en er waren veel woorden – op Johns neus, wat mijn neus betekende, en toen zonk ik zonder botten weg.

Goud en groen zwollen aan, scherpe prikjes van licht en wazige bollen van kleur. Langzaam namen de bladeren van de bomen hun vorm weer aan en keerde ik terug naar mezelf. Aggie keek op me neer. *Je hebt mijn neus gebroken*, gebaarde ik, en zij antwoordde: *Ik zei toch dat je niet moest kijken*, en toen konden we geen van beiden meer stoppen met lachen.

Aggie werd voor de derde keer in evenveel jaar van school gestuurd en onze moeder werd boos en stuurde ons naar paps huis – wat voor mij zo'n beetje de beste straf was die ik me kon voorstellen. Mam zei dat pap aan de beurt was om ons aan te pakken, maar stiekem wist ik dat ze het leuk vond dat Aggie zo pittig was, zo bereid om te vechten. Met mij kon ze niet overweg, ik was te zacht en kwetsbaar. Het beangstigde haar dat ik niet wist hoe ik mezelf moest beschermen, want wat voor wezen wordt er geboren zonder dat instinct?

*

Onze aankomst in British Columbia was niet wat ik verwachtte. Het was het gereedschap in zijn schuur dat me het eerst alarmeerde. Ons hele leven had hij het liefdevol schoongemaakt, behandeld en geslepen, hij had er uren mee doorgebracht, zich verloren in de meditatie ervan, omdat de gedachte iets te laten roesten terwijl het onderhouden kon worden niet alleen verspilling was, maar ook respectloos ten opzichte van het gereedschap dat voedde en onderhield. Die ochtend in de schuur werd ik getroffen door de vertrouwde geur van bloed en vacht en zaagsel en vet. De scherpe kleverigheid ervan voelde als thuiskomen. Maar toen ik de instrumenten van paps leven verspreid over de banken zag liggen in plaats van netjes op hun respectievelijke plek aan de muur te hangen, toen ik zag hoe de messen eraan toe waren, het bloed dat was achtergelaten om het staal te bevlekken en te laten roesten, de olievlekken die niet waren opgeruimd, de kadavers van dieren die waren achtergelaten om weg te rotten in plaats van liefdevol behandeld en opgeslagen, voelde ik me niet thuis, ik voelde me bang.

Het huis was ook een puinhoop. Aggie stortte zich op een berg afwas, dus vulde ik de wasmachine met kleren en begon de chaos in de woonkamer op te ruimen. Pap gebruikte die als een soort kringloopcentrum, met wankele pilaren van karton en papier en lege flessen. Hij bracht al zijn recyclingafval altijd naar de stad, naar de plek waar dat verwerkt werd, maar toen ik hem vroeg waarom hij dat al zo lang niet meer had gedaan, zei hij dat hij er geen vertrouwen in had dat ze het niet gewoon op een stortplaats gooiden. 'Nou,' zei ik, 'misschien doen ze dat ook wel, maar je moet het toch ergens heen brengen of je verdrinkt erin.'

'Er is nergens om het heen te brengen. Ze moeten het niet meer maken.'

'Ja, maar...' Ik wist niet wat ik moest zeggen.

Ik bracht drie dagen in de schuur door met staalwol en een bus WD-40 om de roest van al zijn gereedschap te verwijderen, van de messen tot de moersleutels tot de honderden kleine schroevendraaierkoppen. De kussentjes van mijn vingers waren rauw geschaafd.

Terwijl ik me bezighield met de schuur, maakte Aggie een lange rit op alle gestalde paarden om hun benen te strekken. Ik ging met haar mee op de laatste en we ontdekten dat wat eens bos was geweest nu woestenij was. De houthakkers waren geweest. Ze hadden grote stukken omgekapt, tot aan de rand van paps terrein, en toen ik naar de stronken keek herinnerde ik me het gevoel dat ik had gehad toen pap ons de eenzame douglasspar liet zien. Ik vroeg me af of dit was wat hij nu altijd voelde, die pijn, zo erg dat het hem verlamde. Of dat het de herinnering was aan de dingen die hij zelf had neergehaald.

Aggie en ik lieten de paarden grazen en gingen met onze rug plat op twee van de boomstronken liggen. Ze waren zo breed dat ik zowel mijn hoofd als mijn voeten op de jaarringen kon drukken; als ik die ringen zou tellen, zouden het er honderden zijn. Het was een reus, deze boom. Aggie liet me schrikken door een woeste kreet te slaken, een geluid dat de lucht in werd geslingerd, een geluid dat vervuld was van al het verdriet in mijn borst. Dat we zo machteloos waren. Dat dit het einde was van onze bosfamilie, dat die er nu niet meer was. Voor de eerste keer verhief ik mijn stem en schreeuwde met haar mee.

We kookten spaghetti bolognese met bevroren hertenvlees uit paps voorraadkamer. Toen ik het haalde, besefte ik dat het een van de laatste pakken was. De kasten waren ook vrij leeg, geen ingemaakt of gestoofd fruit, geen verse groenten uit de tuin. Het was enorm veel werk om een zelfvoorzienend leven te leiden, en als er één draadje losraakte, volgde de rest en plotseling viel het leven dat je had uiteen.

'Wanneer ben je voor het laatst gaan jagen, pap?' vroeg ik toen we gingen zitten om te eten. Mijn vinger bonkte rond een splinter die ik had opgelopen bij het hakken van brandhout, maar er was tenminste een knapperend vuur om ons warm te houden.

'Vorige week. Heb een mooie grote bok geschoten.'

'Waar is die?'

Hij keek me aan alsof ik gek was. 'Ben je alles al vergeten wat ik je geleerd heb? Hij is waar hij altijd is, te drogen in de bijkeuken. Je kunt me helpen hem te slachten.'

'Er is daar niks, pap.'

Hij fronste zijn wenkbrauwen, dacht na en haalde toen zijn schouders op. 'Dan moet het meer dan een week geleden zijn.'

Aggie en ik keken elkaar aan.

'Dan moeten we naar de stad,' zei ze. 'Flink inkopen, een voorraad inslaan.'

'Er is hier genoeg te eten,' zei pap.

'Je hebt alles opgegeten, pap.'

'Waar zoek je naar eten?' vroeg hij.

Aggie zuchtte. 'In je achtertuin.'

'Er is daar een tuin vol groenten. En een bos vol dieren.'

'Het is het einde van de winter,' zei Aggie. 'De tuin is bijna leeg.'

'En we kunnen niet jagen,' voegde ik eraan toe. 'We eten thuis niet eens vlees.'

'Dat zou ik ook niet doen als het gekocht was uit een of andere metalen kooi zonder zon en volgepompt met antibiotica,' zei hij. 'Luister, meisjes. We moeten ons steentje bijdragen om de verandering van het klimaat op onze planeet te vertragen, om de degradatie ervan een halt toe te roepen. Dat betekent dat we onze impact zoveel mogelijk moeten beperken, en zo licht mogelijk op deze aarde moeten leven als we kunnen. We zijn hier niet om te consumeren totdat alles op is – we zijn hoeders, geen eigenaren. En als anderen hun steentje niet willen bijdragen om het tij te keren, dan moeten wij meer doen dan ons deel. Dat weten jullie.'

We knikten omdat we het inderdaad wisten, en het troostte ons om de woorden te horen waarmee hij ons had opgevoed, maar die waarheid weerhield hem er niet van een veranderd man te zijn. Het feit dat hij nog steeds zo hartstochtelijk geloofde in de dingen die hij altijd had geloofd, wees er in ieder geval op dat hij niet in staat was zijn zelfvoorzienende levensstijl vol te houden, niet dat hij daar niet toe bereid was.

Een paar dagen later begonnen Aggie en ik aan de tuin.

'Wat is er met hem aan de hand?' vroeg ze terwijl we de aarde omwoelden en aardappelzaailingen begroeven.

'Ik weet het niet. Misschien moeten we hem naar een dokter brengen.'

Ze snoof. 'Hoe gaan we dat doen? Hem boeien en blinddoeken?'

Ze had gelijk. Toen ik het voorstelde negeerde hij me. En toen Aggie in een uur naar de stad reed en een hele stapel diepvriesmaaltijden kocht, naast een berg rundergehakt, potten ingemaakte groenten en houdbare melk, beval hij haar botweg om alles terug te brengen naar de winkel en haar geld terug te vragen. Hij wilde niet dat ze de industrie steunde, wisten we niet hoeveel koolstof alleen al die aankopen produceerden? Hij wilde het niet eens aanraken, laat staan opeten. Dit is hoe de wereld sterft, zei hij, door luiheid.

En het leek mij dat wat eens de wijsheid was van een man die moedig genoeg was om een andere weg te zien, nu langzaam veranderde in waanzin.

Hij begreep echter wel de noodzaak van voedsel, ondanks al zijn afleidingen. Dus begon hij ons te leren jagen en spoorzoeken, gebruikmakend van de lessen die we hadden gehad toen we veel jonger waren. Hij had toen nooit verwacht dat Aggie zou doden, maar nu deed hij dat wel. Ik was de betere spoorzoeker en zij was degene die de trekker kon overhalen. We vormden een goed team, zei pap. We namen de bus veertig minuten naar school en veertig minuten naar huis, en dan nam hij ons mee het bos in om urenlang te wachten en te kijken, of zo stil mogelijk door het struikgewas te sluipen. Hij ondervroeg ons over de sporen die verschillende dieren achterlieten, over hoe hun afdrukken en uitwerpselen eruitzagen, over hun gedragspatronen. Hij nam het serieuzer dan welke leraar ook die we ooit hadden gehad. Het was alsof hij wist dat we ons moesten voorbereiden.

Op een koude dag een paar maanden later was ik alleen in het bos om de zwammen te verzamelen die groeiden aan de voet van een grote rode ceder. Zijn stam had knoestige wortels die een comfortabele zithoek vormden, en van hieruit kon ik, ook al had ik een beetje haast, achteroverliggen en het licht zien flikkeren door het bladerdak van zijn naalden.

Een vlaag van blauwe vleugels kondigde de komst aan van een vogel op een laaghangende tak.

'Hallo,' zei ik, en hij gaf geen teken dat hij me opmerkte. Hij had een donker gekuifde kop; ik zou pap moeten vragen hoe hij heette.

Iets trok mijn aandacht. Een spoor in de aarde, niet ver van de paddenstoelen die ik aan het plukken was. Een pootafdruk, anders dan de sporen van passerende herten. Ik had nog nooit zoiets gezien en stond op om hem te inspecteren. Ik zocht naar meer, in de hoop ze te kunnen volgen, maar vond geen andere.

Thuis liet ik de paddenstoelen in hun doos vallen en ging op zoek naar pap in de tuin. Hij zat in de zon en keek naar zijn paarden in de vallei beneden.

'Ik heb een vraag, pap,' zei ik terwijl ik naast hem ging zitten.

'Ik hoop dat je er altijd meer dan één hebt.'

'Volgens mij heb ik de afdruk van een dier gevonden, maar het leek niet op een hert.'

'Hoe groot was hij?'

'Te klein voor een beer, maar vrij groot. Ongeveer...' Ik maakte een vorm met mijn vingers. 'Een poot, denk ik. En het was de enige, alsof hij gewoon verdwenen was.'

Pap glimlachte. 'Je hebt de afdruk van een wolf gevonden, Inti-loo. Zo zeldzaam als maar kan.'

'Een wolf?' Een sensatie ging door me heen. Slechts twee keer in mijn leven had ik een glimp opgevangen van een wolf, en beide keren waren jaren geleden, toen ik een kind was. Ik begon bijna te geloven dat ik die momenten gedroomd had. 'Kun je me helpen het spoor te volgen?'

Hij schudde zijn hoofd. 'Je kunt wolven niet volgen, niet echt.'

'Hoe vind je ze dan?'

'Je vindt ze niet. Je laat ze met rust.'

Ik zakte teleurgesteld onderuit. Hij keek me van opzij aan. 'Goed dan, ik zal je een geheim vertellen. Maar je moet er goed mee doen. Beloof je dat?'

'Ja.'

'Je kunt een wolf niet opsporen,' zei pap. 'Ze zijn slimmer dan wij. Dus in plaats daarvan spoor je zijn prooi op.'

We grijnsden naar elkaar.

Ik moest de hele tijd aan die eenzame pootafdruk denken.

‘Hoe kan hij zich zo verplaatsen zonder sporen achter te laten?’

‘Het oneindige mysterie van wolven,’ antwoordde pap, en op dat moment besloot ik dat ik achter het geheim van het schepsel zou komen.

6

Ze schieten niet weg. Ze rennen niet.

De sneeuw smelt, de winter is voorbij. Maar onze wolven lijken niet uit hun kooien te willen komen.

Het Cairngorms Wolf Project werd alleen maar goedgekeurd omdat we zo'n succesvol precedent hadden. Dat is waar we sommige van onze beslissingen op baseren, niet alle. Het is hoe ik weet dat ik dit kan verwachten. De wolven in Yellowstone kwamen ook niet snel uit hun kooien. En we hebben van ze kunnen leren.

Dus hebben we aan beide kanten van de omheinde velden poorten aangebracht en we zijn maar door één poort naar binnen gegaan, waardoor de tweede poort niet naar ons ruikt. Dit zijn de poorten die we nu openen, op afstand, nadat we hertenkarkassen aan bomen hebben gehangen om ze eruit te lokken. Maar nog steeds gaan de wolven niet weg.

Heb geduld, zeg ik tegen mijn team. Ze gaan wel.

Op de tweede dag dat de poorten open zijn komt een enkele wolf uit haar kooi, ruikt de lucht en rent dan naar het noorden. Nummer Tien, feller dan de rest.

Ze rent naar huis, niet wetend dat er geen huis op haar wacht. Alleen vee en mensen die vee houden, die wel eens dodelijk voor haar kunnen zijn. Daarachter een onoverbrugbare oceaan.

Ik vraag me af of we haar ooit nog zullen zien.

Dagen gaan voorbij en geen beweging van de anderen, niet van Tiens achtergelaten Glensheeroedel in het zuiden, of van de Tanarroedel in het oosten of de in het noordwesten gevestigde Abernethyroedel, bestaande uit het nieuwe paar Zes en Negen en haar dochter van een jaar, Dertien. De wolven zitten en kijken en wachten, absoluut geduldiger dan wij.

Op dag vijf zijn Evan en Niels in paniek, ze ijsberen door het basiskamp en discussiëren er eindeloos over wat we moeten doen. Hebben de wolven hun territorium afgebakend in de hokken? Weigeren ze daarom te vertrekken? Dat zou een ramp zijn.

Heb geduld, zeg ik.

Op dag zes volgen de overgebleven vijf leden van de Glensheeroedel hun vermiste zus, nummer Tien, die nu al lang weg is. Ze worden niet geleid door hun twee alfa's, mannetje Nummer Zeven en vrouwtje Nummer Acht, maar door de oude zilveren wolf, Nummer Veertien, die tien jaar oud is en in wolvenjaren bejaard. De wereld is zwaar voor wolven: als ze niet sterven door ziekte of verhongering, als ze niet gedood worden in gevechten met andere roedels of bij een rampzalig ongeluk, worden ze neergeschoten door mensen. Het lijkt erop dat het hun lot is jong te sterven, want ze worden zelden oud. Dit zilveren mannetje is een zeldzaam schepsel. Misschien is hij moediger dan de rest, heeft hij door zijn lange leven meer ervaring. Misschien weet hij gewoon wanneer hij moet bewegen en wanneer hij moet blijven; misschien is dat wat hem zo lang in leven heeft gehouden. Hoe dan ook, iets heeft tot hem gesproken, een roep van het woud, en zijn familie vertrouwt erop. Ze druppelen uit het hok achter hem aan en gaan recht langs het hertenkarkas dat we voor ze hebben achtergelaten, en stromen de verspreide bomen in. Het is guur terrein daar in het zuiden waar we ze geplaatst hebben, weinig bomen, maar wolven hebben geen bossen nodig, die laten ze groeien. De eenjarige mannelijke pup van de roedel, Nummer Twaalf, gaat een andere kant op. Het is mogelijk dat hij zijn roedel weer ontmoet, of dat hij ze voorgoed heeft verlaten om een partner te zoeken en een eigen roedel te stichten.

De volgende dag, alsof ze het onderling hebben afgesproken, gaat de Tanarroedel ook op pad. De alfa's, vrouwtje Nummer Eén en mannetje Nummer Twee, onze enige zwarte wolf, leiden hun drie bijna volwassen pups het hok uit en hun stuk bos in.

Waardoor alleen de drie wolven van Abernethy overblijven, een week nadat ze de vrijheid hebben gekregen en nog steeds weigeren die te nemen.

Ik loop de voordeur van Blue Cottage binnen en zie Aggie in de keuken koken, en als ze naar me lacht begin ik bijna te huilen. Ze is teruggekeerd naar haar lichaam. Ze is hier bij me en ik kan weer ademen.

Na het eten gebaart ze: *Ze weten niet wat daar buiten is. Waarom zouden ze weggaan?*

'Omdat beweging natuurlijk is,' zeg ik tegen haar. 'Het is overleven.'

Je hebt ze verplaatst. Wat is daar natuurlijk aan?

Ik heb geen antwoord, dus steek ik mijn middelvinger op, waardoor ze in stilte lacht. Ik mis echt het geluid van haar lach. Volgens mij mis ik het meer dan wat dan ook. Hoewel Aggie altijd geneigd is geweest tot stiltes – ze zei haar eerste woord pas toen ze vier jaar oud was omdat ze dat niet hoefde, ik begreep precies wat ze wilde en vroeg het namens haar – is dit de langste. Soms denk ik dat ze nooit meer zal praten. Haar gebarentaal is op dit moment voornamelijk de officiële, maar er zitten nog steeds een paar van haar eigen gebaren tussen, omdat ze graag vasthoudt aan onze oude tweelingtaal, omdat ze graag wil dat we terugkeren naar ons kleine universum.

Mam belt, zoals elke week. Ze weet niet de hele waarheid over wat er in Alaska is gebeurd. Ik denk dat het haar zou breken als ze het wist. En misschien zou het haar zelfs gelijk geven (wat een genadeloze, wrede gedachte is). Ze weet niet waarom ik Aggie nooit aan de telefoon laat komen, maar mam vertelde me vorige week dat ik elke keer dat we elkaar spreken meer als mijn zus klink. Brutaal, uitdagend, fel. Ik wist niet wat ik daarvan moest denken. Soms denk ik dat Aggie en ik van plaats verwisseld zijn en vergeten zijn terug te wisselen.

'Hoe gaat het?' vraagt mam nu.

'Niet slecht. Twee van de drie roedels hebben hun omheiningen verlaten.'

'Dat vindt de lokale bevolking vast te gek. Hebben ze je problemen bezorgd?'

'Nee,' lieg ik. 'Ze zijn aardig geweest.'

'Juist. Laten we eens kijken hoe ze reageren als hun lammetjes worden opgegeten.'

'Verheug je daar maar niet te veel op, mam.'

'Ha. Je bent grappiger dan vroeger.'

'Bedankt,' mompel ik.

'Waar is je zus? Ik heb niet veel tijd – ik zit op een zaak.'

'Welke vreselijke misdaad ben je momenteel aan het oplossen?'

'Dat wil je niet weten, lief meisje.'

'Aggie geeft Franse les aan kinderen in de stad,' zeg ik tegen haar terwijl ik kijk naar Aggie die de afwas doet.

'Goed, *au revoir*, geef haar een kus van me.' Voordat we ophangen, vraagt mama: 'Hoe zit het met de derde roedel? Waarom zijn die nog niet uit hun omheining gekomen?'

'Dat weet ik niet.'

Mam beantwoordt haar eigen vraag met stelligheid. 'Natuurlijk wel. Dat is omdat ze scherper zijn dan de rest. Zich meer bewust van de dreiging van wat ze te wachten staat.'

'Er is geen dreiging daar buiten.'

Mam lacht alleen maar en hangt op.

Op dag acht lopen Evan, Niels, Amelia en ik naar de Abernethyroedel. We moeten de wolven in de gaten houden; ze kunnen onwel zijn. Het kan zijn dat we onze prikstokken moeten gebruiken om ze uit de omheining te jagen. Misschien moeten we ze gewoon met rust laten, maar dat weten we pas als we ze goed zien.

Evan en Niels bespreken onderweg de volgende stap. Hun stemmen werken me op de zenuwen en verstoren de rust van het lentebos. Wilde bloemen beginnen door de vrieskou heen te prikken. Bomen schudden de winter van zich af en richten zich naar de zon.

Ik blijf staan.

De geur, misschien. Is mijn neus daar scherp genoeg voor? Of is het mijn instinct dat het aanvoelt?

De anderen blijven achter me staan en worden stil.

Ik kijk omhoog naar de top van de heuvelrug. Daarachter ligt de omheining. Maar bovenop staat de opvallende figuur van een gestalte in profiel: Nummer Negen, die het landschap overziet waarvan hij nu koning is.

'Fuck,' fluistert Evan eerbiedig. Amelia hapt naar adem. Het is één ding om een bewusteloze wolf aan te raken, iets anders om er een in een kooi te zien, maar iets héél anders om er een in het wild te zien, en zo dichtbij, zo de baas over zijn domein. Het is een diepe stoot in de maag, een ruk aan dat oerdeel van ons allemaal. Hij is tegelijkertijd roerloos en vol beweging; de wind in zijn pels laat die glinsteren. Ik wou dat Aggie hier bij me was; het voelt verkeerd om dit zonder haar te ervaren.

We trekken ons terug en laten Negen achter om het bos te

verkennen waar zijn Abernethyroedel naar vernoemd is. Vanaf vandaag zijn alle wolven vrij in de Cairngorms. Ze hebben weer een thuis gekregen in Schotland, maar de tijd zal uitwijzen of dat thuis ze zal koesteren of vernietigen.

Om het te vieren de pub.

Ik heb zowel Evan als Niels ontmoet toen we met z'n drieën werkten met de Alaskawolven in Denali National Park. In die tijd gingen wij en de andere biologen veel met elkaar om; het hoorde bij ons werk om elke avond een paar biertjes te gaan drinken. De afgelegen ligging van dat land moedigt elkaar opzoeken aan, en het was de eerste keer dat ik echt met andere wolvenbiologen optrok. We zijn een bijzonder ras, dat is waar. Rusteloos en fysiek, en we zijn graag buiten in plaats van achter bureaus of in laboratoria. Ik was gecharmeerd van onze groep, van de dieren en het werk en de wereld. Het was voor mij dus een gemakkelijke keuze om zowel Evan als Niels aan te nemen toen ik het Cairngorms Project op me nam: het is logisch om te werken met mensen die je kent, die er dezelfde houding en filosofie op na houden.

Nu zou ik er alles voor over hebben om vreemden in dienst te hebben genomen. Evan en Niels verwachten elke avond een biertje na het werk en begrijpen niet waarom ik dat niet kan, ze begrijpen niet waarom ik zo in conflict ben met de vrouw die ik ooit was.

Helaas, vanavond is er geen excuus.

De Snow Goose is donker en aards, en als mijn ogen zich aanpassen word ik geconfronteerd met dieren. Een hertenkop staart me wezenloos aan van boven de bar. Ernaast een reeks kleinere herten, op een andere muur een das, een adelaar, een vos. De lucht is zwanger van hun muskusgeur, hoewel ik me dat misschien verbeeld. Ze zijn overal en trekken mijn aandacht weg van de grote stenen open haarden, de kromme houten tafels en gietijzeren kroonluchters. Aan de hoofdruimte ontspruiten geheime kamers en hoekjes met lage leren banken, die allemaal vol mensen zitten. De drinkplaats voor de hele regio, zo is me verteld. Ik dwing mijn blik af van de taxidermie, verontrust.

In een hoekbank zitten Red McRae, burgemeester Oakes en Stuart Burns. Stuart ziet er robuuster en vriendelijker uit dan ooit. We gaan naar een hokje aan de andere kant van de pub, maar ik ga zo zitten dat ik hem in de gaten kan houden. Manieren om iemand te doden: iets in zijn drankje doen, met zijn remmen knoeien, hem van een ijzige weg rijden, hem de nacht in volgen en doodknuppelen...

'Inti?'

Ik knipper met mijn ogen en kijk naar Zoe. 'Wat?'

'Wat wil je drinken?' herhaalt ze langzaam.

'Maakt niet uit.'

Ik zie Duncan aan de bar zitten met Amelia en haar vrouw Holly. Hij draagt een dikke rode trui, duidelijk met de hand gebreid en met meerdere gaten. Ik vraag me af wie die voor hem gebreid heeft, een partner misschien. Hij lacht om iets wat Holly zegt en mijn ogen glijden snel van hem weg, in de hoop dat hij me niet ziet. Red McRae verschijnt aan onze tafel met een kruik bier. Hij zet hem zo ruw neer dat het op het plakkerige hout klotst. 'Felicitaties zijn op zijn plaats, hoor ik.'

Er valt een ongemakkelijke stilte.

'Bedankt,' zegt Evan.

Stuart staat vlak achter Red en legt een kalmerende hand op zijn schouder.

'Drink dit nu maar op, nu er nog iets is om op te proosten,' zegt Red, die een beetje dronken klinkt. 'Want binnenkort is het moord en doodslag wat de klok slaat.'

'We doen er tenminste niet melodramatisch over,' zeg ik.

'Ik hoop dat je het grappig vindt als boontje om zijn loontje komt,' zegt hij tegen me.

'Bedréig je ons?' vraagt Zoe.

Red lacht.

'Geen dreigementen hier,' zegt Stuart, en hij is zo vriendelijk, zo sussend, dat ik er kippenvel van krijg.

'Het heeft geen zin om dieren te bedreigen,' beaamt Red. 'Zo werkt de natuur niet. Als je met één ervan een probleem hebt,' en bij deze woorden kijkt hij me recht aan, 'is het enige wat je kunt doen je dier laten zien wie er sterker is.'

Ik kan het niet helpen, maar ik glimlach. Want hij amuseert me, en hij maakt me nerveus. Ik breng de hele kruik bier naar mijn lippen en neem een lange slok om mezelf te kalmeren. 'Proost,' zeg ik. Dan schuif ik uit het hokje en ga staan, want ik kan het niet verdragen dat ze zo boven me uittorenen, ik moet op zijn minst op mijn benen staan. 'Als je een gesprek over kracht wilt voeren, kunnen we dat doen.' Met die woorden kijk ik naar Stuart. Zijn nek wordt vlekkerig en ik weet dat ik hem van streek heb gemaakt. Op dit moment ben ik zo kwaad op hem dat het niet meer in mijn lichaam te houden is. Het herinnerde gevoel van de verwondingen van zijn vrouw, en het besef diep in mijn lichaam van hoe bang ze zich voelt, de hele tijd. Tegen wil en dank moet ik iets zeggen. 'Is er hier iemand,' vraag ik, terwijl ik zijn blik vasthou, 'die denkt dat het een sterke man is die zijn vrouw slaat?'

Een stilte zuigt de lucht uit de ruimte. Ik heb de code gebroken, stem gegeven aan datgene waar ze niet over spreken.

Stuart ziet er meteen razend uit. 'Wat zei je?'

'Jullie hebben wel lef om hier te komen opdagen na wat jullie vandaag hebben gedaan,' zegt Red, in een poging het gesprek terug te leiden naar zijn eigen woede, waarvan ik wel durf te zeggen dat die minder gevaarlijk is. 'Ik zou dat toejuichen als het niet zo respectloos was.'

'Luister, het is niet onze bedoeling respectloos te zijn,' probeert Evan.

'Dat is waar,' beaam ik, 'maar ik verlies snel het beetje respect dat ik had.'

'Hou je mond,' zegt Stuart zacht, 'en hou hem dicht,' en als ik al enige twijfel had over het soort man dat hij is, verdwijnt die als ik de verschuiving in hem zie. Ik denk dat dit is wat ik wilde zien. Om zeker te zijn.

Ik kijk naar Duncan, die ons vanaf de bar in de gaten houdt, maar hij stuurt geen hulp.

'Achteruit,' zeg ik tegen Stuart, die te dichtbij staat en boven me uittorent. Dat doet hij niet, maar Red trekt hem weg en ik ontspan mijn stijve vuisten, denk eraan te ademen.

'Goed dan, goed, zo is het wel genoeg,' zegt Red, en Stuart laat zich terug naar hun tafel leiden. Hij gaat niet zitten, maar pakt zijn hoed en loopt naar de deur, en heb ik Lainey zojuist weer straf bezorgd? Dat kan ik niet laten gebeuren, maar het duurt niet lang of Duncan volgt Stuart uit de kroeg, hopelijk om vanuit de schaduw toe te kijken, en als hij gaat kijken kan hij deze keer maar beter de hele verdomde nacht kijken.

'Ik heb geen zin meer om iets te vieren,' zegt Zoe.

'Echt? Ik beschouw dit als een overwinning,' zeg ik, en ik sla nog meer bier achterover om mezelf te kalmeren.

'Hoe komt het dat jij geen last van ze hebt?' vraagt ze aan mij. 'Dat was eng.'

Het was ook eng. Maar: 'Als je je laat intimideren, hebben ze gewonnen.'

We ronden af, de avond is verpest.

Buiten leunt Duncan tegen zijn truck. Ik wens mijn team welterusten en loop naar hem toe.

'Je hebt gedronken,' zegt hij, en hij opent het portier voor me.

Hij rijdt me naar huis, met de raampjes naar beneden. De geur, ik raak er buiten adem van.

'Ben je hem naar huis gevolgd?' vraag ik. 'Komt het goed met haar?'

Duncan geeft geen antwoord.

'Hij was echt boos vanavond, Duncan.'

‘Ja. Bedenk misschien of het slim is hem tegen te werken.’

Mijn mond valt open, maar de woorden lossen op. Hij heeft gelijk, en het is makkelijk om dat in te zien nu mijn woede bekoeld is. Hij heeft gelijk, en ook weer niet. De woede van een man, zijn geweld, is niemands verantwoordelijkheid, behalve die van hemzelf. ‘Wanneer houdt het op?’ vraag ik. ‘Als niemand ooit iets zegt, uit angst voor hem, wanneer houdt het dan op.’

Duncan zwijgt een hele tijd en geeft dan toe: ‘Ik heb daar iemand.’

Opluchting zwelt aan.

‘Ik wil dat hij weet dat ik hem kan zien.’

We bereiken de afslag naar onze weg. ‘Ik loop wel vanaf jouw huis.’ Omdat ik de koude lucht op mijn brandende wangen nodig heb. Hij rijdt zijn oprit op en parkeert voor zijn huis. Dat lijkt op dat van mij, maar de stenen zijn grijs in plaats van blauw, en in het donker komt een hond ons in het donker van de trap af tegemoet. Terwijl Duncan de zwart-witte collie begroet, draai ik me naar de weg.

‘Trusten.’

‘Er zijn daar wolven,’ waarschuwt Duncan.

Ik knik.

Hij neemt me op. ‘Een goede raad, van iemand die hier woont aan een bezoeker.’

‘Ik ben geen bezoeker.’

‘Je gaat weer weg, een dezer dagen, als je dieren dood zijn.’

De nonchalante manier waarop hij het zegt, een klap.

‘Dit is afgelegen land,’ zegt Duncan tegen me. ‘Je zult mensen nodig hebben. Dat hebben we hier allemaal. Je kunt gek worden als je alleen bent op zo’n grote plek.’

‘Kwam je daarom vanavond zo snel naar ons toe om te helpen?’ vraag ik. ‘Burgerlijke verantwoordelijkheid?’

‘Mijn ervaring is dat agenten een probleem kunnen creëren waar dat er niet was.’

Ik zoek zijn ogen. 'Er was een probleem, Duncan.'

Na een lang moment zegt hij: 'Neem me niet kwalijk. Ik heb het verkeerd ingeschat.' Dan: 'Je lijkt me het soort vrouw dat een paar dronken idioten wel aankan.'

'Waarom zou ik dat moeten?'

Hij houdt zijn hoofd schuin om dat te erkennen. 'Je loopt hier geen gevaar, Inti. Ik kijk toe.'

De woorden prikken in mijn nek. Ergens diep in mij is er een sensatie.

'Ik maak me meer zorgen over daar buiten,' voegt Duncan eraan toe, knikkend naar de bomen, de heuvels, de bergen en de heidevelden. 'Jij kent monsters vast goed, wolvenmeisje.'

'Ik heb er nog nooit een in het wild ontmoet. Daar leven ze niet.'

Er verschuift iets in de ruimte tussen ons. Of misschien heeft deze tinteling hier altijd gewoond. Ik weet het niet, maar er is iets in zijn blik en ik ben vervuld van frustratie, van de behoefte om hem te laten zien wat ik zie, en ik denk dat ik die dingen wil omdat ik eigenlijk hem wil.

Het is lang geleden dat ik iemand heb gewild. Het verrast me.

Ik neem een besluit en zeg: 'Mag ik je iets laten zien?'

'Waar?'

'Binnen.'

Hij antwoordt niet, overweegt het. Zal hij de wolf binnenlaten? Hij gaat me voor de warmte in. De achterdeur komt direct uit in de stenen keuken. Ik ga bij de vensterbank staan en zet het volume van mijn telefoon harder.

Duncan wacht op zijn hoede bij de deur en reikt niet naar het lichtknopje, zodat we in de rode gloed van de kool van het fornuis staan.

'Kom hier,' zeg ik.

Langzaam, met een gepijnigd soort schuifelen, doet hij dat,

hij gaat dichtbij staan, ieder van ons in de buurt van de telefoon.

'Doe je ogen dicht.'

Ik weet niet zeker of hij dat wel wil, maar hij geeft zich over en zijn oogleden vallen dicht. Ik druk op PLAY op het audiobestand en het geluid zwelt langzaam aan om ons te omhullen.

Eerst vogelgezang. Een roep die heen en weer gaat tussen twee vogels. Het gekrijs van raven die overvliegen en de lucht die door hun vleugels suist. Het getjilp van kleinere vogels, krekels in het gras, ritselende bladeren. Alle kleine geluiden van een bos, een ecosysteem in balans en zo rustgevend dat ik Duncans hele houding zie veranderen, de spieren in zijn gezicht en schouders zie ontspannen. En dan komt er iets anders, waardoor mijn nekharen overeind gaan staan.

Het klinkt als een verre oceaan.

Of de eerste aanzetten van een storm.

Wind in het bladerdak van de bomen.

'Dat is het geluid van fluisterende wolven.'

Duncan opent zijn ogen.

'Twee afzonderlijke roedels die met elkaar praten als ze dichterbij komen.'

Het is griezelig en heel mooi.

'Niemand wist dat ze dit deden totdat ze werden opgenomen,' zeg ik. 'Een ongeluk.'

Ik wil dat hij ze ziet zoals ik ze zie. Ik wist dat dit voor hem afspelen ons zou opslokken en dat is ook zo.

Duncan brengt zijn hand naar mijn lippen. 'Je bent ijskoud,' mompelt hij, en hij neemt me mee naar zijn slaapkamer.

Ik ken dit donker. Ik heb mezelf er al eerder in verloren. Zijn handen zijn de mijne, en zijn lippen en zijn tong, en ik ben in hem, diep weggedragen, ver van de lucht. Er is geen licht, alleen zijn huid en wat die voelt, zijn aanraking naast de mijne en te veel en genoeg om in te verdrinken.

*

Ik word wakker van zachte vingers langs mijn haargrens.

De volle middagzon verlicht zijn gezicht. 'Je leeft nog.'

Zo voel ik me amper.

Hij zit naast me op het bed, en de collie slaapt in de kromming van mijn knieën. Ik blijf waar ik ben, door beide verankerd. 'Hoelang heb ik geslapen?'

'Het is twee uur 's middags.'

'O mijn god.' Moeizaam kom ik overeind. 'Sorry.'

Hij schudt een fractie met zijn hoofd en bestudeert me.

Mijn huid voelt rauw aan; de zachte lakens zijn ruw geworden. Aggie noemt het als ik zo word 'gevoelsmatig vermoeid', en ik heb het nog maar een paar keer meegemaakt. Een soort afstomping van mijn spiegelpijn.

'Gaat het?'

Ik knik. 'Ik moet gaan.'

'Ik breng je naar huis.'

'Ik loop wel. Ik heb de wandeling nodig.'

'Ik vind het maar niks dat je daar alleen rondzwerft.'

'Heb je gisteravond dan niets geleerd?'

Daar moet hij om glimlachen.

Bij de deur aai ik de hond een paar keer lang; hij kijkt liefdevol naar me op en maakt dat ik wil blijven.

'Hoe heet hij?'

'Fingal.'

'Hallo, Fingal.'

De hond begroet me zwijgend.

Duncans uitdrukking is niet heel transparant, maar toch, als ik hier te lang blijf hangen, blijf ik echt: hoe uitgeput ik ook ben, ik wil nog steeds meer van hem, en meer. Ik draai me om naar de bomen.

7

Thuis hak ik brandhout omdat Aggie het vuur heeft laten doven. Mijn adem maakt wolkjes van de kraakheldere lucht. Gall kijkt naar me vanuit de paddock, met her en der raven in het gras rondom haar. Ik blijf staan en kijk terug.

'Wat vind je ervan?' vraag ik haar.

Ze schudt haar hoofd.

'Wil je blijven?'

Geen beweging deze keer. Ze is besluiteloos.

Ik verzamel een armvol hout, draag het naar binnen en kniel voor de open haard. Twijgjes en krantenpapier om het vuur mee aan te maken. Kleine stukjes hout om een wigwammetje te vormen. Aggie zit opgekruld in een deken op de vensterbank te lezen.

'Wat is er gebeurd?' vraag ik aan haar, over het vuur. Ze weet dat ze het niet mag laten doven.

Je bent niet thuisgekomen, gebaart ze.

'Werken je benen niet meer?'

De houtstapel is buiten.

Ik verstijf. De lucifer die ik vergeten was brandt mijn vingertoppen. 'Shit.' Ik steek er nog een aan en breng die naar het papier, kijk hoe het zwart wordt en krult en rookt. De vlam baant zich een weg door de rest van het materiaal en komt sputterend tot leven. Ik heb dit huis telefonisch gehuurd zonder het gezien te hebben, zodat we meteen ergens konden intrekken. Het is kleiner en bouwvalliger dan ik had verwacht, het meubilair en de decoraties zijn van een andere tijd, maar we hebben niet veel nodig. Aggie ging de eerste dagen naar buiten, maakte korte wandelingen en verkende het gebied, daarna werd het minder vaak en op een dag stopte ze er helemaal mee en nu is de gedachte alleen al om buiten deze muren te komen beangstigend voor haar. Ik dacht niet aan de verwarming, aan de houtstapel buiten haar bereik. 'Het spijt me,' zeg ik tegen mijn zus. 'Het spijt me echt. Ik zal ervoor zorgen dat ik meer voor je meebreng.' En ik zal een straalkachel voor haar kopen, voor noodgevallen. En ik zal niet meer 's nachts wegblijven. Ik had haar nooit zo lang alleen moeten laten.

Ik zit tegenover haar in de vensterbank, onze opgetrokken knieën raken elkaar. Ze deelt haar deken met me.

'De wolven zijn vrij.'

Aggie glimlacht. *Bravo. Waren jullie het aan het vieren?*

Ik knik.

Dus je hebt vrienden gemaakt?

'Ik heb geen vrienden nodig.'

Ze overdenkt dit en de vraag hangt tussen ons in. Waar was je dan? Maar ze stelt hem niet en ik beantwoord hem niet, en ik zou nu wel kunnen huilen, alleen al om deze stilte te beëindigen. In plaats daarvan geeft ze me het boek en ik lees het haar voor, mijn stem onvast maar steeds sterker, en terwijl ze luistert laat ze haar wang tegen het glas rusten en het is zo koud op mijn gezicht. Maar op mijn uitstapje naar de supermarkt en wat brood bakken na is dit hoe we de rest van ons weekend doorbrengen, lezend en ineengestrengeld.

Op maandag ben ik als eerste aan het werk en dus ben ik alleen als ik me realiseer waarom de Abernethyroedel er zo lang over deed om hun omheining te verlaten – omdat ze hun dochter, de mooie Nummer Dertien, niet wilden achterlaten, die opgekruld onder boomwortels in de achterste hoek van de omheining ligt, waar we haar niet konden zien. Maar ze hebben haar wel degelijk achtergelaten.

Evan komt aan met een handvol gele wilde bloemen. 'Dotterbloemen voor jou, mijn liefste, om je ochtend op te fleuren,' zegt hij. '*Caltha palustris*. Ik vond ze tijdens mijn wandeling, ze staken door de vorst heen hun kop op. Het zijn de eerste van het seizoen.' Hij doet ze in een glas water en zet ze op het bureau naast me. Voordat ik hem kan bedanken wordt hij gegrepen door de aanblik van Dertien alleen op haar veld. 'O nee. Wat doe je daar, liefje? Het verbaast me dat ze haar hebben achtergelaten.'

'Ze zijn zo lang gebleven als ze konden,' zeg ik.

Ik ga naar buiten, op zoek naar een antwoord. De kans is klein dat ik er ooit achter zal komen waarom haar roedel haar daar achterliet en waarom alleen zij besloot te blijven, maar ik ga het proberen.

In een landschap zo groot als dit heb je hoogte nodig om wolven te vinden. Ze dragen gps-halsbanden, maar eerst moeten we ze kunnen lokaliseren en dichtbij genoeg kunnen komen om de gegevens in die halsbanden te downloaden, en dat doen we door af te stemmen op hun individuele radiofrequenties, wat het gemakkelijkst gaat met een vliegtuig.

Onze piloot heet Fergus Monroe en hij stinkt naar drank.

'Ben je in staat om te vliegen?' vraag ik hem, en ik maak geen geheim van mijn twijfel.

Fergus lacht. 'Ja, natuurlijk. Een avond drinken heeft me nog nooit tegengehouden.' Hij is pezig en heeft oranje haar, en ondanks zijn kater heeft hij een jongensachtige glimlach. Ik zou me meer zorgen maken over het feit dat hij duidelijk nog steeds dronken is als we een andere optie hadden, maar aangezien hij de enige piloot in de buurt is met een eigen vliegtuig en die ons wil helpen, ga ik vandaag met hem de lucht in, en het heeft geen zin om daarbij stil te staan.

Ik bind me vast in het vliegtuigje en Fergus start de motor met een vrolijke gil. Ik vraag me af of hij dat geluid elke keer maakt als hij zijn vliegtuig start, of dat het voor mij is. Hoe dan ook moet ik lachen. De propellers zoemen en we stuiteren over het gras van de kleine landingsbaan, en dan stijgen we op, stotterend de lucht in, schijnbaar de regels van de fysica tartend. Mijn maag draait dicht en ik moet door de plotselinge misselijkheid heen ademen.

'Hoelang heb je haar al?' roep ik boven het geluid van de motor uit. We hebben koptelefoons met een microfoon om mee te praten, maar het is nog steeds een intens geraas.

'Bijna twintig jaar nu. En ze is nog een heel stuk ouder!'

Daar moet ik geschrokken door kijken, want hij werpt een blik achterom en grinnikt. 'Maak je geen zorgen, ze gaat gewoon door, het oude vrouwtje. Ze heeft me nog nooit in de steek gelaten.'

'Voor alles is een eerste keer,' antwoord ik, waardoor hij moet lachen alsof hij ontsnapt is uit het plaatselijke sanatorium.

Ik heb een kaart op mijn tablet die ik markeer als we wijde cirkels maken, en mijn gps-tracker is bij de hand. Fergus kent het gebied goed en weet waar de kuddedieren water en gras halen. De meest recente gps-peilingen die we hebben kwamen van deze hotspots, dus we beginnen daar en werken in wijde cirkels naar buiten. Ik hou mijn ogen gericht op de grond, probeer het land te leren kennen, maar het is zo anders van bovenaf. Vormen en kleuren die je moet begrijpen. Stukjes bos, lange glooiende bergen, gure heide en schapen overal waar je kijkt. Niet omheind, niet opgesloten. Ik vraag me af of deze mensen proberen hun vee te laten opeten.

Het duurt uren voordat we een wolf zien. We volgen een kudde edelherten noordwaarts langs een rivier. We vliegen laag, zwevend tussen golvende groene en bruine bergen die aan weerszijden van ons oprijzen. We zitten hier hoog boven de zeespiegel, en de bergen verder in de verte, de monolieten van de Cairngorms, zijn nog bedekt met sneeuw. We lijken zo klein op deze reusachtige plek, zo klein als de rode stippen van herten die beneden grazen.

Mijn blik valt op iets. 'Daar!' roep ik. Fergus draait een rondje om ons een beter zicht te geven.

Het is de Glensheeroedel, zonder Nummer Tien. Ze lopen in het spoor van de kudde, een eindje achter ons, maar ze komen snel dichterbij, lopend over lange stukken geel gras. Als ze het gebrom van het vliegtuig horen, kijken ze op en als we overvliegen verspreiden ze zich snel in een dennenbos, waar we ze niet meer kunnen zien. Ik grijns en slaak zelf ook een gil.

'Ze zijn een bezienswaardigheid, hè?' roept Fergus.

'Echt prachtig!'

Er is altijd de angst dat ze ziek, gewond of dood zijn, dus om deze roedel intact te zien, elk van zijn leden gezond en op jacht, is opwindend, het is pure vreugde.

Nu ik dichtbij genoeg ben maak ik verbinding met de gps-halsbanden die de wolven dragen en download hun meest recente gegevens. Elke halsband doet er ongeveer drie minuten over, dus tegen de tijd dat ik de eerste paar wolven heb gedaan, is de rest al te ver weg om de gegevens op te vangen. Maar twee van een roedel is een goed begin. We kunnen kijken naar elke locatie waar ze de afgelopen week zijn geweest en patronen beginnen vast te leggen. Met genoeg data kan Zoe een kaart maken van hun bewegingen en kunnen we de territoria van de roedels zien ontstaan.

'Laten we verdergaan en de andere zoeken, ik wil ze niet te veel storen als ze aan het jagen zijn.'

'Komt in orde, baas.' Fergus stuurt het vliegtuig in een grote oostelijke boog rond, terwijl ik op de kaart markeer waar ik de Glensheeroedel door de Mounth Hills aan de zuidkant van het park zag trekken. Ik vraag me af hoe groot het territorium is dat ze voor zichzelf lijken af te bakenen.

Als we over grote stukken veen- en moerasland vliegen, vraagt Fergus: 'Weet je hoe het hier vroeger was?'

'Bos?'

'Ja, inderdaad. Al het bos dat ooit dit gebied bedekte, is platgebrand om de wolven uit te roken, zodat ze nergens konden schuilen, zeggen ze.'

Geschrokken draai ik me om in mijn stoel om hem aan te kijken.

'Een soort zuivering,' zegt hij, niet gehinderd door mijn belangstelling, opgegaan in het verhaal. 'De oude koningen stonden op drie wolvenjachten per jaar, en mannen die gestraft werden moesten hun misdaden bekopen met wolventongen. Zelfs Mary, Queen of Scots, kwam hier om voor de sport op wolven te jagen. Een hele natie uit op hun bloed. De beesten hadden geen schijn van kans. Maar ze overleefden hier langer dan in Engeland en Wales. Ze hebben het goed gedaan.' Hij rommelt wat op het dashboard en zegt dan, alsof ik hem een vraag heb gesteld: 'Er gaan allerlei verhalen over de laatste wolf van Schotland. Elk district heeft zijn eigen claim, en allemaal zijn ze gewelddadig. Maar waarschijnlijk heeft de laatste wolf zich ergens verstopt en is hij alleen gestorven. Dat denk ik, in elk geval.'

Ik sluit mijn ogen, overweldigd.

We vinden de Tanarroedel niet, maar als de schemering nadert en we besluiten naar huis te gaan, maken we een lus naar de westelijke rand van het nationale park en komen daar de Abernethyroedel tegen.

Of een van zijn leden, in elk geval: fokmannetje Nummer Negen.

Hij is op een open plek in het bos als ik tegen Fergus roep dat hij moet rondcirkelen en lager moet gaan. Het is een buitenkansje om hem hier zo te zien. Hij is ver weg van zijn omheining, wat betekent dat hij op jacht is. Dat is niet makkelijk in zijn eentje, wat het nog vreemder maakt dat hij zijn stiefdochter achterliet – wolven jagen het best in roedels, hoe meer leden, hoe beter. Zijn nieuwe partner, Nummer Zes, zou ook hier bij hem moeten zijn. En zo komt het bij me op. Nummer Zes moet zwanger zijn. Alleen de noodzaak om een nest voor zichzelf te bouwen kan verklaren waarom ze niet meedoet aan de jacht, en waarom ze haar dochter achterliet.

De gedachte vervult me met opwinding, maar ik hou mijn blik gericht op de grote grijze wolf, het wezen dat ik gelijk ben gaan stellen met de vatbaarheid van dit project, de sterkste van allemaal. Hij is altijd al een machtig wezen geweest, de grootste wolf die ik ooit heb gezien, maar meer dan dat is er een stilte in hem, een kalme zekerheid in zijn ogen. Als we lager cirkelen kijkt hij op en ziet het vliegtuig. We zijn zo dichtbij dat ik zijn knappe gezicht duidelijk kan zien, zijn gouden ogen. Hij is vrediger, vrij in zijn habitat, dan hij was in de omheining.

In plaats van te vluchten zoals de meeste wolven doen, blijft hij staan en kijkt naar ons. Hij daagt ons uit om te landen en naar hem toe te komen, hij daagt ons uit om het te proberen.

Het bezorgt me een rilling van groot, overweldigend ontzag.

'Mijn god,' hoor ik Fergus in de verte zeggen.

Ik heb geen adem om te antwoorden.

Negen wacht tot we verdergaan, en terwijl we van hem wegvliegen, slaat mijn maag op hol omdat ik heel duidelijk kan zien hoe dicht hij bij de rand van het bos is gekomen, waar er net voorbij de beek landbouwgrond is.

Een deel van mij moet het weten, want ik begin de komende dagen veel vaker af te stemmen op de frequentie van de halsband van Negen dan op die van de andere wolven. Een week gaat voorbij zonder problemen; ik begin me te ontspannen als ik op de tiende dag overschakel op zijn frequentie en de sterftecode hoor.

De halsband kan verloren of beschadigd zijn. De wolven kauwen ze soms los. Hij zou ergens op het gras kunnen liggen.

Maar als Duncan belt en mijn naam zegt, hoor ik het in zijn stem en ik weet het, natuurlijk weet ik het. Ik wist het al voordat het gebeurde.

Het woord wordt zonder toestemming van me losgesneden. 'Néé.'

'Een van de wolven is doodgeschoten. Het spijt me, Inti.'

*

Ik weet al wiens boerderij het zal zijn voordat ik het weet.

Het land van Red McRae ligt in de noordwestelijke hoek van het park en grenst aan het Abernethy Forest, waar we de roedel van Nummer Negen hebben vrijgelaten. Hij bezit een enorm uitgestrekte lap land, glooiende heuvels bezaaid met honderden zwarte en witte schapen. Red en Duncan wachten op ons bij de schapenweiden. Niels en ik stappen uit de auto. Ik heb ervoor gekozen Evan niet mee te nemen, want dit zal hem te veel van streek maken.

'We zullen je het karkas laten zien en dan kun je dat rotding van mijn land af halen,' zegt Red bij wijze van begroeting.

Duncan kijkt me aan en ik zie medelijden in zijn ogen. Ik moet wegkijken of ik gil het uit. Ik wil dat medelijden zo hard uit hem schudden dat het pijn doet.

We beginnen samen aan de lange wandeling, zwijgend met z'n vieren.

Ik zie zijn lichaam lang voordat we er zijn. Grijze vacht genesteld in de aarde. Erdoor gewiegd. Hij ligt naast een beek die aan de boerderij grenst, aan de boskant ervan, en als dat tot me doordringt besef ik dat hij is neergeschoten zonder dat hij is overgestoken naar het land van McRae.

Wilde, spartelende wanhoop en een woede zo heet dat ik

denk dat ik ga schreeuwen, of overgeven, of me omdraaien en Red wurgen. In plaats daarvan zak ik naast Negen op de grond en leg mijn trillende handen in zijn vacht, zoals ik dat nooit zou hebben gedaan toen hij nog leefde.

‘Dit is illegaal,’ hoor ik Niels zeggen. ‘Hij is niet op jouw land.’

‘Ik dacht dat het een wilde hond was,’ antwoordt Red, onbezorgd.

Ze verdwijnen naar de achtergrond en alles wat ik ben is deze wolf, alles wat ik zie is de schoonheid van hem, en de kracht zelfs nu, zelfs zo verminderd. Waarom ben ik niet naar hem toe gekomen toen ik wist dat hij dicht bij het gevaar was? Waarom ben ik niet gekomen om hem op de een of andere manier te verplaatsen? De sterkste van ze. De machtigste. Het meest thuis hier. Uitgedoofd.

Er zit bloed in de vacht van Negen. Ik kan nog niet zien waar hij is neergeschoten. Maar zijn ogen zijn open en glazig en zijn tong hangt naar buiten, en de aanblik is zo verontrustend dat ik een verschuiving over me heen voel komen. Dit gevoel is waarom we ze geen namen geven. Waarom we niet te dicht bij ze komen. Omdat ze zo kwetsbaar zijn.

Nu lijkt het wreed dat hij voor ons alleen maar een nummer was.

Ik kijk op naar Red en hij deinst terug voor wat hij in mijn gezicht ziet. Er is een soort verlegenheid in hem over het feit dat ik zo openlijk kwetsbaar ben, zo gewond. Zo laaiend.

Ik sluit de ogen en de bek van Negen en streel zijn vacht keer op keer, terwijl ik hier voor altijd wil blijven zitten en strelen. Als ik het niet langer kan uitstellen vraag ik Niels hem terug te dragen naar de auto, maar als hij te zwaar is voor Niels, is het Duncan die de wolf in zijn armen neemt en hinkend over de heuvels terugloopt.

Een oude man zit voor het huis van Red McRae. Het evenbeeld van Red, plus een paar decennia. Zijn vader, ik zou er geld op inzetten. Hij kijkt toe hoe we de wolf in onze truck laden en hij laat zijn hoed op zijn borst zakken als een teken van respect dat ik wel kan missen.

We brengen Negen naar Amelia's dierenkliniek om de autopsie uit te voeren. We weten hoe hij is gestorven, maar er is meer informatie die we uit zijn lichaam kunnen verzamelen, waaronder de inhoud van zijn maag en spijsverteringsstelsel om te bepalen waar hij zich mee heeft gevoed, en zijn algehele gezondheid vóór het schot. Als we het karkas hebben bewerkt zullen we hem begraven. Ik heb al eerder wolven begraven en ik zal het vaker doen. Ik heb er nooit vrede mee.

Duncan zit in de wachtkamer om onze bevindingen te horen.

'Ik wil dat McRae wordt aangeklaagd,' zeg ik.

'Hij zei –'

'Ik weet wat hij zei. Doe je werk.'

Ik kom thuis als de avond begint te vallen. De dagen worden langer en de schemering geeft het licht een onaardse gloed.

Ik doe mijn voordeur van het slot als ik het hoor.

Het gehuil van een wolf.

Sinds honderden jaren het eerste in deze contreien.

Mijn handen zakken en ik draai me naar het bos. Een windvlaag ritselt door de bladeren van de bomen en voert het geluid naar mij toe. De haartjes op mijn armen en nek komen erdoor overeind. Het is gevuld met een wanhopige, pijnlijke vraag. En terwijl het de hele nacht zonder antwoord doorgaat, en met het uur minder hoopvol wordt, weet ik aan welke wolf het spookachtige geluid toebehoort. Sneeuwwitte Nummer Zes roept haar verloren partner naar huis.

8

Nummer Zes, het alfavrouwtje van haar slinkende roedel, huilt al twee weken, van zonsondergang tot zonsopgang. Het maakt iedereen binnen gehoorsafstand gek. Ik heb dagelijks telefoontjes gehad van huizen in de wijde omtrek, om me in niet mis te verstane bewoordingen te zeggen dat we ervoor moeten zorgen dat ze haar kop houdt. Alsof ze mijn hond is en ik haar alleen maar beter moet africhten. Ik probeer uit te leggen dat ze een wild wezen is dat rouwt. Maar de gedachte aan een beest dat op zo'n confronterende, bijna menselijke manier treurt om haar partner is te veel voor de meeste mensen. Ieder van ons draagt ongemerkt haar stem met zich mee.

Ik word voor zonsopgang wakker en ga wandelen.

De oprit op en over het hek. Dwars door de paddock naar de dreigende schaduw van het sparrenbos. Door bomen zo hoog en dik dat zelfs als er zonlicht was, het binnen donker als de nacht zou zijn. Ik raak de schilferige schors aan als ik de stammen passeer, reik met mijn vingertoppen naar de stekelige randen van de naaldachtige bladeren. Zwijgend vertel ik ze dat ik hoop dat ze met rust gelaten worden, maar ik weet dat dat niet het geval zal zijn. Het pad leidt me omhoog en rond, over een beekje dat onzichtbaar sijpelt; ik weet alleen dat ik het oversteek omdat mijn voeten nat worden. Ik heb een bestemming. Door dit door mensenhanden aangelegde bos, met zorgvuldig afgemeten sitkasparren die alleen zijn geplant om vervolgens gekapt te worden, naar een wildere plek, een veel ouder bos.

Als ik de zware, dichte bomen verlaat, kom ik in een glooiend landschap dat bezaaid is met duizenden zilverberken, gloeiend in het maanlicht. Ik haal adem; het bos neemt hem met me mee. De wind is een oceaan in de verte, die tot rust komt als hij me bereikt, tot hij niet meer is dan een kus op mijn wangen, mijn oogleden, mijn lippen. Ik herken deze kus; ik heb hem eerder gevoeld.

*

Er ging een jaar voorbij in paps bos. Hij kwam en ging weer, maar meestal ging hij. Aggie en ik bleven naar school gaan, op ons zeventiende was het ons laatste jaar. We bewerkten de tuin om te zorgen dat we te eten hadden, verzorgden de paarden en het huis en gingen op jacht naar vlees dat we voor wat geld konden verkopen. We waren eenzaam, maar we hadden elkaar, en eigenlijk waren we te moe om eenzaam te zijn.

Toen pap steeds langer wegbleef en uiteindelijk voorgoed weg leek te zijn, toen hij ons niet meer herkende, voelde ik een grote opstandigheid in mijn ziel en wist ik dat ik iets moest doen, iets moest probéren. Dus op een dinsdagochtend laadde ik mijn kleine gezin in onze rammelende oude auto en begon aan een zeer lange rit. Eerst naar de westkust van British Columbia, niet echt ver van waar we woonden, naar de getijdenpoelen waar volgens de geruchten een vreemd en feeëriek wolvenras leefde, de zeewolven die zich voedden met zalm en zeehonden en zwommen op de golven waarvoor ze waren geboren. De meeste van deze wolven hadden nog nooit een berg of een hert gezien, en op dit afgelegen stuk First Nations-land hadden ze nog niet geleerd bang te zijn voor mensen. We parkeerden onze auto en liepen door de naaldbomen naar beneden, naar het rotsachtige stuk strand. De machtige Stille Oceaan blies een zoute wind op onze gezichten en we zaten met de verrekijker in de aanslag te wachten op een waarneming. Tevergeefs. De wolven waren weg in het land van drijfhout en oceaan.

Vervolgens naar het zuiden, Amerika in. Door Washington en naar Idaho, Montana en Wyoming. Het land van grote luchten, en god, wat was het groot. Naar de Lamarvallei. Een riviervallei die beroemd is om zijn wilde dieren. De weg kronkelde hier en daar en ging toen recht als een mes door grote vlakten en bergen met besneeuwde toppen in de verte. Er stonden tientallen mensen in een rij naast hun geparkeerde auto's, rustig wachtend op een waarneming van een wolf of een beer door hun camera's met lange lenzen.

Ik zette de auto aan de kant aan het eind van de rij toeschouwers, teleurgesteld dat ik niet alleen was. Aggie ging op de motorkap zitten en sloot haar ogen voor de zon. Om de een of andere reden begon pap gras tot een mand te weven en toen ik hem vroeg waar dat voor diende zei hij, alsof ik een idioot was, dat het was om dingen te dragen. We zagen geen wolven in de Lamarvallei, hoewel ik uitvoerig had gelezen over de beroemde roedel die daar woonde en ernaar vernoemd was. Maar we zagen wel bizons die kalveren zoogden, met de koppen tegen elkaar bonkten en rivieren overzwommen. Ik zag roofvogels zweven en kijken. En een jonge man die naast ons geparkeerd stond zei dat hij de dag ervoor een zwarte beer met haar jong voorbij had zien lopen.

Er waren hier ergens wolven, ademend en slapend, jagend en spelend, en of we ze nu zagen of niet, ze maakten deze plek rijker en levendiger door gewoon te bestaan. Ik kon ze voelen, en toen de Wyomingse zon paars, roze en goud onderging over de prairie, was ik blij dat de wolven verborgen waren gebleven, dat hun leven hun eigen leven was, dat hun mysterie intact bleef.

Aggie begreep het niet. Ze verveelde zich en wilde weg, maar ze wilde ook dat ik zou zien waarvoor we hier gekomen waren. De wolven waren immers het doel van de reis. Behalve dat ze dat niet waren, niet echt. Ik wilde onze vader terug, onze alwetende vader, zo groot als een douglasspar. Ik wilde zijn passie terug, zijn liefde voor de natuur, zodat ik hem kon laten zien dat ik die ook had gecultiveerd. Ik wilde dit ontwaken in mij delen, delen wat ik geleerd had, wat ik nu wist dat mijn leven zou worden, en dat hij trots op me zou zijn. Die hoop bleef een tijdje als een rammelend blikje achter ons aan hangen, totdat ik het voorgoed losmaakte.

Toen ik met het roestige Chevy-busje Utah uit reed, viel pap in slaap en werd Aggie wakker.

Het was nu niet ver meer.

'Als we terug zijn moeten we het hebben over een of andere vorm van hulp,' zei mijn zus vanaf de achterbank.

Ik gaf geen antwoord.

'Ik heb een paar plekken gevonden.'

'Hij moet in zijn huis blijven,' zei ik.

'Het zal erger worden en we weten niet hoe we voor hem moeten zorgen.'

'Dat kunnen we leren.'

'Ga jij hem eten geven en zijn kont afvegen? Want dat doe ik niet.'

Ik huiverde. 'Die plekken zouden zijn dood worden.' Binnen zitten, zonder zijn paarden, magnetronmaaltijden eten voor de tv. Het zou zijn dood worden.

'Misschien zou een snellere dood wel zo aardig zijn,' mompelde Aggie.

Ik keek naar haar in de achteruitkijkspiegel. 'Dat zei je niet echt.'

Ze zuchtte en keek me aan. 'Nee. Maar het wordt nog erger.'

Ik knikte en begon na te denken over manieren om mijn zus te bevrijden. Het probleem was dat ze, zelfs als ik dat kon, niet zou gaan.

Linksaf snelweg 25 op. Naar Fishlake National Forest.

Ik stopte. Pap werd wakker en we stapten allemaal uit het busje om het laatste stuk te voet af te leggen. 'Waar zijn we?' vroeg hij.

'Fish Lake,' zei ik. En ik voegde er toen aan toe: 'Amerika.'

Hij keek verward om zich heen naar de bomen. Het waren geen bomen die hij herkende. Maar hij zei ooit dat bossen de huizen van ons allemaal waren, waar ook ter wereld, en daar hoopte ik op, dat deze kennis ergens te diep huisde om kwijt te raken.

'Kom op,' zei ik. 'Volg me, ik wil je iets laten zien.'

De lucht was warm, zacht.

Met z'n drieën beklommen we een helling en we zagen een woud van trillende espen. Duizenden slanke witte stammen en een baldakijn van elektrisch gele mist erboven.

Onze vingers trokken langs de gladde schors en ik zei: 'Het is één boom.'

'Wat bedoel je?' vroeg Aggie.

'Het is geen bos. Het is één boom. Eén enorm organisme. Het wordt de trillende reus genoemd en het is het oudste levende wezen op deze planeet, en het grootste. Sommigen denken dat het een miljoen jaar oud is. En het gaat dood. Wij vermoorden het.'

Ik draaide me om en zag mijn vader op de grond hurken en er een grote hand op leggen. Over het web van verbonden wortels, waaruit duizenden genetisch identieke stammen schoten, klonen van elkaar. Ik keek toe terwijl hij zijn ogen sloot en luisterde hoe de reus onder ons trilde. Toen hij ze weer opendeed, stonden er tranen in en hadden de bomen hem aan ons teruggegeven.

'Mijn meisjes,' zei hij. 'Jullie zijn groot geworden.'

Aggie omhelsde hem. Ik drukte mijn wang tegen een van de tere, elegante stammen. De wind fluisterde door de naakte takken en tegen mijn oogleden, mijn lippen. Een kus. Ik kon hem bijna horen ademen, zijn hartslag voelen, onder en rond en boven me, de oudste taal van allemaal.

*

Nu, in een ander bos, een plek in de hooglanden bij het aanbreken van de dag, hoor ik dichtbij een vogel zingen. Ik stel me voor dat het een nachtegaal is. Ik wou dat ik wist wat hij zei. Ik kom bij een klein loch en ga aan de rand zitten om te zien hoe het ochtendlicht zijn kleur schildert, van grijs naar blauw naar zilver. Een nevel hangt over het water. De watervogels worden wakker en roepen naar elkaar.

Ik wil deze plek nooit meer verlaten. Ik wil nooit meer een ander mens zien, ik wil het meer dan ik ooit iets heb gewild. De eenzaamheid is verrukkelijk, het is kalmte. Totdat Nummer Negen weer in mijn gedachten glipt, zoals hij dat doet sinds hij werd gedood, en de man die hem doodde is er ook en een wilde opwelling doet mijn stem bulderen, precies zoals mijn zus vroeger de stilte doorbrak. Het voelt goed, maar slechts voor een moment. Als het geluid wegebt, zie ik dat de vogels zijn opgeschrikt en weggevlogen.

Ik loop niet rechtstreeks naar huis. Ik neem een langere route, mijn voeten leiden me naar de heuvel die uitkijkt over de achterkant van zijn huisje. Hiervandaan kan ik zijn keukenraam zien. Ik kan hem zien bewegen, zelfs door de sluier van ochtendmist. Ik kijk naar hem, wil de heuvel af lopen naar zijn deur, maar weet niet zeker of het is om hem te confronteren – om te vragen of hij Red heeft aangeklaagd, om mijn woede te uiten – of voor iets zachtaardigers en ontluikends.

De hond begint te blaffen en ik ga naar huis voordat Duncan me ziet.

*

Mijn telefoon gaat terwijl ik naar mijn werk rij. Het is Evan. 'Niet boos worden,' begint hij.

Ik zucht.

'Niels is op pad gegaan en heeft het hol gevonden.'

'Wát? Fuck!' Ik hang zo hard op dat mijn vinger er pijn van doet, waarna ik de parkeerplaats van het basiskamp op draai. Ik storm door de voordeur naar binnen, met ogen die rondschieten en eindelijk terechtkomen bij Niels, die in de keuken schaapachtig kijkt. Zoe en Evan zoeken dekking bij de computers.

'Ik heb het vast verkeerd verstaan aan de telefoon, want ik weet zeker dat je niet naar dat hol bent gegaan nadat ik je specifiek had gezegd dat niet te doen.'

Niels houdt zijn handen omhoog om me af te remmen. 'We moesten weten waar het was.'

'Ze kan elk moment jongen krijgen, ze heeft haar hol nodig.'

'Ze was er niet toen ik het vond.'

'Dat is nog érger!'

'Laten we wat rustiger aan doen,' stelt Evan voor, terwijl hij zijn blik nadrukkelijk achter me richt.

Ik werp een blik over mijn schouder en zie Duncan in de deuropening staan kijken naar deze uitwisseling, maar heb geen ruimte om me zorgen te maken over wat hij hier nu weer doet. Ik draai me weer om naar Niels. 'Wat dacht je nou?'

'Je hebt je de hele tijd afzijdig gehouden, sinds we hier zijn,' zegt hij kalm; hij is altijd zó verdomd kalm. 'Ik weet niet wat je deze keer zo timide maakt, maar je weet net zo goed als de rest van ons dat we ons er soms mee moeten bemoeien.'

Mijn wangen gloeien. 'Als je haar uit haar hol hebt verdreven,' zeg ik, 'kan ik je wel vermoorden. De agent is hier, hij kan mijn getuige zijn.' In plaats van op een antwoord te wachten, loop ik naar buiten om af te koelen. Ik leun tegen de gedraaide stam van een jeneverbes, mijn favoriete boom in de omgeving, en kijk naar de zachte beweging van het bos. Zonlicht in flarden door het bladerdak. Een ritseling in een van de heuphoge varens. Ik heb me er niet mee bemoeid, maar ik dacht niet dat dat hetzelfde was als afzijdig blijven.

Het duurt niet lang voordat ik de deur hoor en Evan naast me staat. Hij zwijgt een tijdje en mompelt dan: 'We moesten weten waar het hol was.'

'Niet door er zelf heen te gaan, niet zo vlak voor de geboorte.' Als Zes weggaat om voedsel te zoeken, en ze komt terug om op de plaats van haar hol een mensengeur op te snuiven, zal ze daar niet meer naar teruggaan. Zelfs als ze de jongen had gehad, zou ze die in de steek laten, zo bang is ze voor mensen. Dat weet Niels, we hebben het er gisteren over gehad toen ik besloot dat we het niet konden riskeren om daarheen te gaan, nog niet.

'Misschien moeten we haar terughalen,' zeg ik.

'Dan regelen we dat.'

Ik kijk hem van opzij aan. 'Ben ik timide geweest?'

Evan houdt zijn hoofd schuin. 'Alleen maar... onwillig om te betrokken te raken.'

'Ik wil dat ze vrij zijn.'

'Ja, maar we hebben ze hier gebracht en we hebben ze in gevaar gebracht. Misschien hebben ze onze hulp nog nodig.'

Ik knik langzaam. Mijn vader zei altijd dat het misliep met de wereld zodra we ons begonnen af te scheiden van de natuur, toen we niet langer één waren met de rest van de natuur en apart gingen zitten. Hij zei dat we deze fout konden overleven als we een manier vonden om onszelf opnieuw te verwilderen. Maar ik weet niet hoe we dat moeten doen als ons bestaan de wezens waarmee we ons opnieuw moeten verbinden bang maakt.

Ik zou er alles voor over hebben om ze niet bang te maken; het maakt me heel verdrietig. En toch is de waarheid dat hun angst voor ons ze beschermt tegen ons.

In de hut heerst een ongemakkelijke stilte terwijl ze wachten om te zien of ik nog steeds kwaad ben. Ik kijk Niels aan. 'Kun je een routekaart naar het hol voor me maken?'

'Natuurlijk.' Hij gaat meteen aan het werk en ik maak mijn reisbenodigdheden klaar.

'Kan ik je even spreken?' vraagt Duncan me.

'Nu niet. Ik moet naar dat hol.' Ik bedenk dat hij me vanochtend misschien heeft gezien toen ik hem vanaf de heuvel in de gaten hield, en als dat zo is, kan ik wel doodgaan van schaamte.

'Zal ik dan maar meegaan?'

Ik lach. 'Nee.'

'Waarom niet?'

'Ik ga alleen. Hoe minder lichamen daar rondsluipen, hoe beter.'

'Weet je wat. Ik loop waar jij loopt en maak geen geluid. Als het moet kan ik subtiel zijn.'

'Is dat zo?' Hij kijkt naar me. Probeert me te doorgronden. Draait rondjes. Ik hoef het hem niet makkelijk te maken, dus kijk ik veelzeggend naar zijn been. 'Je zou een dag verspillen door mij daar te volgen en ik hoef niet vertraagd te worden.'

Ik pak de kaart van Niels en neem mijn rugzak mee, waarna ik naar de stallen ga om een paard klaar te maken. Als Duncan me volgt en hetzelfde begint te doen, staar ik hem geïrriteerd aan. Hij heeft lef, dat moet ik toegeven.

Ik geef me gewonnen, met mijn gedachten die al vooruit dwalen naar zorgen over de wolf. 'Je doet wat ik zeg, oké?'

'Ja, mevrouw.'

'Het vrouwtje dat 's nachts huilt?' zeg ik terwijl onze paarden door de gevlekte ochtendzon lopen.

'Ja,' zegt Duncan. 'Ik heb klachten gehad. Ze maakt mensen bang. Wat is er mis met haar?'

'Haar partner was het mannetje dat Red heeft doodgeschoten. Ze roept hem, in de hoop dat hij thuiskomt.'

'O,' zegt hij. 'Ik wist niet dat ze dat deden.'

We duiken onder de lange, verwrongen takken van de grove dennen. Het is nu makkelijker reizen dan in de winter, wanneer sneeuw de grond gevaarlijk maakt. Maar er is geen pad en het struikgewas is dik. We gaan langzaam zodat de paarden niet uit hun evenwicht raken.

'De fokwolven – je zou ze alfa's noemen – paren voor het leven,' zeg ik. 'We denken dat deze vrouwelijke alfa – Nummer Zes – zwanger is. Of het is een schijnzwangerschap. We moeten haar misschien terughalen.'

'Waarom is dat?' vraagt Duncan. Zijn been maakte het moeilijk voor hem om het paard te bestijgen, maar nu hij er toch op zit, ziet hij er goed uit in het zadel, een beetje gespannen. Ik neem aan dat hij niet zo'n goede ruiter is.

'Het opvoeden van pups is een familiekwestie voor wolven. Elke wolf in een roedel neemt een rol op zich. Ze zijn sterk van elkaar afhankelijk om te overleven. Zes zal het alleen moeten doen. Het zal moeilijk voor haar zijn om te jagen terwijl ze zoogt. Nog moeilijker als we haar uit het hol hebben verdreven.'

'Kan het haar agressiever maken? Meer geneigd om een makkelijke prooi te doden?'

'Vee?' Ik denk na over zijn vraag. Het houdt me 's nachts wakker. Uiteindelijk zeg ik: 'Daarom moeten we haar misschien terugbrengen.'

Iets dwingt me verder te gaan. 'Wolven worden eenzaam, net als wij. Het verschil is dat alleen zijn wolven kwetsbaar maakt, terwijl het ons mensen veilig houdt.'

Duncan krabt aan zijn peper-en-zoutbaard. 'Dat ben ik niet met je eens, Inti Flynn.'

De witte stammen van de berken lijken te gloeien. Hun kleine blaadjes glinsteren groen, misschien het dichtst in de buurt van Werners sijsgroen, de kleur van rijpe Colmar-peren, Ierse Pitcher-appels en het glinsterende mineraal genaamd uraanmica. Ze verschaffen de wereld een lentewaas; zelfs de hyacinten komen tevoorschijn, bedekken de grond met paars en veranderen dit bos van de grimmige, gevaarlijke plaats die het in de winter was in een warme, mooie, gastvrije plaats. Overal om ons heen zingen de vogels met een vrolijk kabaal.

'Inti Flynn,' herhaalt Duncan. 'Wat is dat voor een naam?'

'Echt, wie het weet mag het zeggen.'

'Hoe bedoel je?'

'Ik heb een Canadese vader met een Ierse naam en een Australische moeder met een Engelse naam, ik heb grootouders uit Schotland, Ierland en Frankrijk, en niemand van ons heeft ook maar enig idee waar mijn voornaam vandaan komt.'

Hij glimlacht.

Ik schraap mijn keel. 'En jij dan? Een stoere Schotse naam voor een stoere Schotse knaap?'

'Mijn familie is zo Schots als maar kan en dat zijn ze al meer generaties dan we kunnen tellen.'

'Dat moet leuk zijn.'

Duncan haalt zijn schouders op.

'Wonen je ouders in de stad?'

'Vroeger wel,' zegt hij. 'Ze zijn nu dood.'

Daar schrik ik van, en ik wou dat ik het niet gevraagd had. 'Waarom wilde je met me praten?'

Hij verschuift in zijn zadel. 'Ik wilde je laten weten dat we Red McRae niet gaan aanklagen.'

Mijn mond valt open, maar er komen geen woorden uit.

'We hebben geen bewijs om te weerleggen dat hij dacht dat het een zwerfhond was, en hij staat in zijn recht om die dood te schieten.'

Duncan antwoordt op mijn stilzwijgen. 'Iets anders kan ik niet bewijzen, Inti. Als je fysiek bewijs hebt dat je niet hebt genoemd, laat dat dan alsjeblieft weten.' Hij zwijgt weer even en voegt er dan aan toe: 'Ik heb een gemeenschap om rekening mee te houden. Red aanklagen voor een fout zo kort nadat de wolven zijn losgelaten zal mijn mensen alleen maar ongeruster maken. Ik moet ze solidariteit tonen.'

Ik staar Duncan aan, die niet naar me omkijkt. Een deel van me moet gedacht hebben dat dit een integere man was, die zijn werk zonder vooroordelen zou doen. Ik lijk wel gek: we zijn hier alleen.

'Dat had je me ook wel op de basis kunnen vertellen,' zeg ik bot. 'Dan had je jezelf een reis bespaard.'

'Ik dacht dat ik er meer aan had om iets meer te weten te komen over wat jullie hier doen.'

Zoals hij die avond in de aula deed, speurt hij zijn land af naar bedreigingen. Wat voor mij misschien beter zou zijn is erachter komen of hij denkt dat de wolven de bedreiging zijn, of dat hij denkt dat ik dat ben.

Volgens Niels ligt het hol zes meter naar beneden in een steile boskloof. God weet hoe hij het daar beneden heeft kunnen vinden. Hij moet dagenlang over deze plek hebben geklauterd. We stijgen af en kruipen naar de rand van het ravijn, op zoek naar een teken van een opening. Zes heeft haar hol uitstekend gecamoufleerd. Ik zie niets tussen het kreupelhout, de rotsen en de gevallen boomtakken die een rasterwerk van bescherming vormen.

Ik rol een touw af van het zadel van mijn paard en begin het rond een boom te lussen.

'Wat ben je aan het doen?'

'Ik moet zien of ze daar is voordat ik een beslissing neem.'

'En als ze er is?'

Op mijn rug zit het eerste verdovingsgeweer dat ik heb meegenomen, en ik geef Duncan het tweede.

'Waar is dit in jezusnaam voor?' vraagt hij, en ik besef dat hij nerveus is. Hij kijkt heen en weer, van links naar rechts.

'Het is nergens voor, het is gewoon voor het geval dat. Ik denk niet dat ze hier zal zijn.'

Dat stelt hem duidelijk niet gerust. Ik draai me weg zodat hij me niet ziet glimlachen.

Met het touw om mijn middel klim ik over de rand van het ravijn naar beneden, met mijn gezicht naar Duncan. Onze ogen ontmoeten elkaar en dan scheidt de grond ons. Het kost me wat tijd en veel schrammen om de opening naar het hol te vinden. Ik ga ervan uit dat ik het leeg zal aantreffen. Maar dat is dom van me. *Ga bij een wolf nooit ergens van uit, ze zal je altijd verrassen.*

Ik zie een donkere spleet en daar is ze, twee spiegelende gouden ogen staren me aan. Ik val stil en kijk haar aan. *Hallo, meisje. Je bent teruggekomen.*

Ik wil deze wolf niet verdoven. Niet na alles wat ze heeft meegemaakt. De stress kan allerlei problemen voor haar veroorzaken; weer wakker worden in haar omheining kan schadelijk zijn. Maar ik haat de gedachte haar hier achter te laten om te sterven. Dat is niet iets waar ik mee kan leven, niet na de dood van Negen, een dood die ik misschien had kunnen voorkomen als ik een manier had gevonden om hem weg te halen van de rand van Reds boerderij. Ik wist dat hij in gevaar was en ik liet hem achter, en Niels heeft gelijk dat hij me timide vindt. Als ik Zes nu verdoof, kan ik haar mee terug nemen, haar penicilline en vitamines geven, uitzoeken of ze echt zwanger is of dat het een schijnzwangerschap is, en dan kunnen we haar steunen terwijl ze bevalt, haar voeden terwijl ze haar jongen zoogt, en weer vrijlaten als de jongen groot genoeg zijn om te leren jagen. De vorm van dit plan tekent zich af in mijn hoofd en ik begin me er beter bij te voelen.

Ik zwaai het lichtgewicht luchtgeweer van mijn rug en laad voorzichtig een van de lange cilindrische verdovingspijltjes in de kamer. Het pijltje heeft een harig rood uiteinde, zodat we het gemakkelijk kunnen vinden, en omdat het middel Telazole waarmee we het vullen voor mensen heel gevaarlijk is, zit er een tegengif in mijn rugzak voor het geval ik mezelf per ongeluk prik en in coma raak.

'Kun je een zaklamp naar me toe gooien?' roep ik naar Duncan. 'En de zender.'

In plaats van ze naar beneden te gooien, gebruikt hij mijn touw om de helling af te glijden, onhandig met zijn slechte been.

Ik roep Evan op en zeg hem dat hij zo snel mogelijk een transportkist moet halen en dat hij Amelia mee moet nemen zodat zij de vitale functies van Zes in de gaten kan houden terwijl wij haar verplaatsen.

Duncan schijnt een lichtstraal in de spleet. Ik kan haar nu goed onderscheiden, knipperend tegen de helderheid. Ze beweegt niet, behalve dat ze haar gezicht een beetje laat zakken. Er is de lijn van haar bleke lichaam, het donker van haar ogen en snuit. Ik ga naar achteren om ruimte te maken en richt op haar voorste heup. Ik moet een gespierd, ongevoelig deel raken, zodat het haar geen pijn doet. Het gebrek aan licht maakt het moeilijker, maar het helpt dat ik dichtbij ben; als je van een afstand schiet, beweegt het gevederde pijltje meestal zo langzaam – als een shuttle – dat het dier al weg is tegen de tijd dat het landt. Ik haal diep adem, laat mijn ogen dichtvallen en haal de trekker over. Ik zie het pijltje niet landen, maar ik hoor het vage *fzzt*-geluid.

In de hoogste staat van paraatheid wachten we tot het middel werkt. Er is een kans dat het haar geagiteerd heeft, en ik vertel Duncan niet dat ze in deze lange minuten nog onvoorspelbaarder is. Maar ze blijft waar ze ligt te slapen, en ik ben in staat haar voorzichtig tevoorschijn te trekken. Een snelle flits van de lantaarn stelt vast dat de grot leeg is. Ze is bewusteloos, ze is haar dode partner, de hangende kop toen we hem optilden, de zak botten die hij was geworden. Het is zo visceraal dat mijn handen terugdeinzen voor haar lichaam.

'Inti?'

'Sorry.'

Ik controleer haar hartslag en merk dat die sterk is, voordat ik mijn gedachten erop richt haar hier weg te krijgen. Wolken beginnen binnen te sluipen, de lucht wordt donkerder. Er is een storm op komst. Ik wil net weer naar boven klimmen voor meer touwen als ik een geluid hoor, zo zwak dat het me nauwelijks raakt. Ik val stil en luister, maar het komt niet meer terug.

'Leg je vingers hier,' zeg ik tegen Duncan. 'Tel haar hartslag en als die begint af te nemen, roep dan naar me.'

'Ik raak dat niet aan,' zegt hij.

'Ze is bewusteloos, Duncan.'

Hij schudt zijn hoofd, maar zucht als hij dichterbij komt en voorzichtig op zoek gaat naar de hartslag.

Ik begin te klimmen. En stop. Het zit me dwars, een ongemakkelijk gevoel dat ik het moet controleren, voor de zekerheid. Dat geluid waarvan ik zeker weet dat ik het hoorde.

Een dikke druppel water spettert op mijn wang.

Ik glij terug en hurk voor het hol. Het is donker binnen en heel klein, zo klein dat ik niet kan geloven dat Zes hierin past. Tenzij het donker bedrieglijk is. De zaklamp laat niets zien; de grot lijkt leeg. Ik weet niet zeker waar ik naar zoek, behalve dat het geluid... verloren was, bijna, en dierlijk, en...

Daar. Er verschuift iets. Zucht.

Ik reik zo ver mogelijk naar binnen, schraap mijn arm tot mijn vingertoppen zacht aanvoelen. Ik weet ineens waarom ze terug is gekomen, zelfs met de geur van Niels die overal hangt. Als ik het kleine wezentje bevrijd, slaakt het een schattig miauwend gilletje. Het kijkt naar me op, lief en nieuwsgierig. Het is een mannetje, zijn donzige vacht is net zo grijs als die van zijn vader, zijn ogen hebben de donkerste kleur cacao. Mijn binnenste begeeft het.

'Shit,' zegt Duncan. 'Wat doen we nu?'

De pup kronkelt in mijn armen, geeft nog een piepend gilletje en komt dan tot rust. Het is koud buiten met de regen die begint te vallen, en ik probeer hem beschut tegen mijn lichaam te houden. Ik lach van verbazing. Hij kan nog maar een paar weken oud zijn – Zes en Negen moeten snel zwanger zijn geworden als hun pups hier nu al zijn.

Mijn gedachten over de implicaties hiervan schieten alle kanten op, en ik probeer te bedenken wat ik moet doen. Niels' opmerking klinkt luid in mijn hoofd. *Je bent timide geweest.* 'Er zijn er nog meer,' zeg ik. 'Die nemen we ook mee.'

Ik geef de pup door aan Duncan, die hem als een voetbal recht voor zich uit houdt.

'Wieg hem.'

Duncan houdt de pup met tegenzin tegen zijn borst, terwijl ik de rest van de pups lostrek en ze één voor één aan hem doorgeef. 'Wacht even,' sputtert hij, maar ik heb mijn handen al nodig. De laatste ligt zo diep in het hol dat ik de stenen aan de randen moet losrukken en mijn schouder bijna uit de kom moet halen om erbij te kunnen. Ze is het onderdeurtje van de roedel, kleiner dan de andere, een vrouwtje, en meer wit dan grijs, net als haar moeder. Ze kruipt tegen me aan en ik ben vervuld van tederheid.

'Zes pups,' zeg ik, terwijl ik me omdraai naar Duncan, die vijf spartelende wezentjes op zijn schoot heeft en me een beetje getergd aankijkt. Ik lach opnieuw. 'Ze passen bij je.'

Hij werpt me een zure blik toe. 'Hoe krijgen we ze terug?'

'Het transport komt eraan. We hoeven ze alleen maar naar de paarden te brengen.'

Maar weer pauzeer ik. Ik kijk naar Nummer Zes, die stil naast ons ligt, en naar deze kleine wezentjes, die hun best doen om zich een weg naar hun moeders kant te wurmen.

De anderen in mijn team willen zich betrokken voelen, ze willen het gevoel hebben dat ze helpen, altijd. Maar alles in me zegt dat dit een sterke wolf is. Geef haar een kans. En op een gegeven moment moet ik op mijn instinct vertrouwen.

'We laten ze achter,' zeg ik.

'Wat?'

'Ze kan dit. Ze kwam terug en ze bleef. Ze kan niet opbloeien als we haar dat niet laten doen.'

Ik kijk naar de pup in mijn armen en gun mezelf een moment van zwakte, druk haar tegen mijn wang en adem haar geur in. Ze nestelt zich in mijn nek en o god, mijn hart. Dan leg ik haar terug in het hol, waar ze veilig en warm is. Als de andere terug zijn gelegd en we Zes slapend hebben achtergelaten bij de ingang van het hol, nestelen de rusteloze pups zich tevreden tegen haar lichaam. Duncan en ik klimmen uit het ravijn.

Ik leg mijn handen op mijn hoofd en sluit mijn ogen.

'Wat is er?' vraagt Duncan.

'Ik heb het verknald. Ik had haar niet moeten verdoven. Als ik had geweten dat ze de pups al had gehad, had ik het niet gedaan. Dan had ik geweten dat ik ze met rust moest laten.'

'Wat maakt het uit?'

'Je verdooft een dier niet, tenzij het absoluut noodzakelijk is. Het is gevaarlijk voor ze.'

Duncan haalt zijn schouders op. 'Je dacht dat het noodzakelijk was. Zet het van je af.'

Mijn handen vallen langs mijn zij. Hard maar waar.

We wachten even tot Evan, Niels en Amelia arriveren met de transportkist. 'Nieuw plan,' zeg ik tegen ze. 'Ze heeft de pups gekregen. Ik laat ze hier achter.'

'Waarom is ze dan verdoofd?' vraagt Evan op hetzelfde moment als Niels zegt: 'Dat is niet verstandig. We zouden ze allemaal terug moeten brengen en haar binnen de omheining moeten voeden terwijl ze zoogt.'

'En dan worden de pups opgevoed binnen een omheining in plaats van in het wild,' zeg ik hoofdschuddend. 'Dat is niet wat we hier proberen te doen. Amelia, ik wil dat je haar een injectie met penicilline geeft en alles wat ze nog meer nodig heeft en haar vitale functies in de gaten houdt tot ze weer bij bewustzijn komt. Laat die wolf niet sterven.'

'Begrepen,' zegt Amelia, en Evan helpt haar af te dalen in het ravijn. Meer menselijke geur om het gebied mee te bezoedelen. Spijtig, maar ik weet nu zeker dat Zes moediger is dan de meeste – ze kwam terug voor haar pups hoewel ze wist dat hier een mens was geweest. En nu kunnen we er in ieder geval voor zorgen dat zij en haar pups zo gezond mogelijk zijn voordat we vandaag vertrekken, en dan is dit geen complete verspilling geweest.

Ik neem Niels apart om hem onder vier ogen te spreken. 'Je hebt me vanochtend van de wijs gebracht en ik heb een overhaaste beslissing genomen. Het is mijn fout, dat weet ik, maar laat me alsjeblieft mijn werk doen.'

Hij is moeilijk te doorgronden, altijd, maar hij knikt en gaat niet verder in discussie.

'Wat zal ze eten?' vraagt Duncan me. 'Ik kan hier niet weggaan zonder te weten dat ze niet meteen naar de dichtstbijzijnde boerderij gaat.'

Een soort angst overvalt me. Opwinding voor iets wat ik al lang vergeten ben. Ik weet wat ik moet doen, de betaling voor mijn beslissing om haar hier achter te laten, maar hoe zal ik deze jacht afronden zonder mijn zus?

'Ik ga iets te eten voor haar zoeken,' zeg ik.

'Hoe bedoel je?'

'Ik heb nog meer verdovingspijltjes. En een mes.'

'Heb je een jachtvergunning?'

'Ja,' lieg ik.

'O, verdomme,' mompelt hij. 'Ik ga doen alsof ik je geloof en hoop dat je weet wat je doet.'

Ik help hem in zijn zadel en spring dan op mijn eigen paard. De grote ruin snuift en danst een beetje en even denk ik dat hij op zal steigeren, maar ik span mijn knieën en hou hem stevig vast, kalmeer hem met een hand in zijn nek. Hij kan de wolven ruiken, en de storm ook.

We laten de anderen op de wolven passen en gaan op weg, net als de lucht openbarst en een stortbui loslaat. De hoeven van de ruin glijden uit in de modder. Duncan geeft zelf toe dat hij geen jager is, maar hij kent wel de algemene graasplekken van de kuddes omdat hij moet weten waar de jagers zich verzamelen, dus we verkennen de dichtstbijzijnde. Stiekem ben ik opgelucht dat hij met me meegaat; ik weet niet of ik dit in mijn eentje zou kunnen. Op de open plek zijn geen herten, maar ik loop om de sporen heen, zoek naar uitwerpselen en stel vast hoe vers die zijn. Als ik denk dat ik weet in welke richting de kudde zich heeft verplaatst, volgen we die naar het oosten.

'Hoe heb je leren spoorzoeken?' vraagt Duncan.

'Mijn vader.'

'In Canada?'

Ik knik.

'Ik heb altijd al naar Canada willen gaan. Goede bossen.'

'Hou je van bomen?'

'Ik hou van hout.'

Mijn gezicht plooit van teleurstelling.

'Hout is mooi,' zegt hij defensief.

'Natuurlijk, karkas-chic.'

Hij lacht. 'God sta me bij. Heb je ooit de stam van een boom opengehakt en gezien wat erin zit?'

Ik knik. Ik heb er zelf nog nooit een doorgezaagd, maar ik heb het wel gezien.

'De patronen zijn als geluidsgolven, en geen ervan is hetzelfde. Honderden jaren oud soms, en niemand heeft ze ooit gezien. Jij bent de eerste die het hart van de boom ziet.'

'Maar dan heb je hem vermoord,' mompel ik verslagen.

Duncan schudt zijn hoofd. 'Je kunt een boom omhakken om hem te helpen groeien. Je kunt hem zo kappen dat hij sterker teruggroeit.'

We volgen de sporen van de kudde naar een kleine klif. Aan de voet ligt een open plek met gras, en daarachter een heuvel bezaaid met dennen. Een kudde edelherten houdt zich schuil tussen de dennen. Duncan wijst verderop naar een helling waar we kunnen afdalen, glibberend en glijdend.

De regen maakt het moeilijker voor de herten om onze nadering te ruiken. Het maakt de kans groter dat ze stil blijven staan. We cirkelen achter ze en stijgen af. Ik steek twee pijltjes in mijn zak en een in de kamer.

'Dat was snel,' zeg ik zachtjes tegen hem. 'We hebben geluk gehad. Het kan dagen duren.'

Ik voel hoe hij naar me kijkt, hoe hij me beoordeelt.

'Als wolven dit doen,' zeg ik, 'doen ze het langzaam. Ze zijn geduldig. Ze brengen dagen door met het volgen van een kudde en het in de gaten houden van de herten. Ze kiezen de zwakkere dieren. De langzamere. Daar kijken ze vooral naar, en ze leren hun eigenschappen, hun persoonlijkheden. Tegen de tijd dat ze een hert aanvallen kennen ze het zo goed dat ze kunnen voorspellen wat er gaat gebeuren. Ze zullen geen energie verspillen. Ze wachten tot ze zonder twijfel weten dat ze kunnen doden.'

Duncan zegt niets. Hij staat zo dicht achter me dat ik zijn warmte kan voelen. Ik herinner me hoe het voelt om hier goed in te zijn. Om zo wolfachtig te zijn als ik ooit zal zijn. Zo dierlijk. En toch heb ik nooit de trekker over kunnen halen. Voor dat deel heb ik altijd mijn zus nodig gehad.

We hurken achter bomen en struiken, blijven laag, en nu zijn we te dichtbij voor woorden, maar ik heb mijn hert in zicht, een kleiner mannetje dat een eindje van de rest zit. Ik richt. Als ik mis en ze laat schrikken, zullen ze wegrennen en moeten we opnieuw beginnen, en ze zullen schichtig zijn omdat ze weten dat er op ze gejaagd wordt. Dus ik kan maar beter niet missen.

Deze keer is het pijltje geluidloos. Het enige wat ik hoor als mijn ogen dichtvallen is de regen. Ik verdwijn erin, los eronder op. Mijn lichaam is weg en ik kan niet meer aangeraakt worden.

Als ik mijn ogen open, is Duncan boven me, zwemmend. De regen omhult ons.

'Je viel flauw,' zegt hij.

Ik ben niet flauwgevallen. Ik was te langzaam, ik werd geraakt door een pijl.

Een stroompje water loopt over het midden van zijn neus en van het puntje ervan, recht op mijn lippen.

Ik volg het stroompje van mijn lippen naar zijn neus. Ik lik de druppels van hem af. Van zijn mond. Hij grijpt me vast, neemt mijn mond met de zijne. We kussen alsof we elkaar verorberen. Bevend. Mijn lichaam was weg en nu wordt het mij. Het is alles wat ik ben, deze behoefte.

En de herinnering.

Stop, zei ik.

'Stop,' zeg ik.

Duncan trekt zich terug. De afstand tussen onze lichamen is een bos.

Ik ga rechtop zitten en voel me net zo versuft als hij eruitziet. Ik wil dit niet. Ik kwam hier om weg te zijn van de rest van de wereld, om ertegen beschermd te zijn.

'Het hert,' zeg ik.

'Je hebt het geraakt.'

Onder het gordijn van regen ligt een vorm. Mijn voeten leiden me erheen en ik denk, niet voor de eerste keer, dat ik blij ben dat ik een beetje moet verdragen van wat ik toebreng. Dit arme schepsel. Ik verwijder het pijltje uit zijn achterhand. Haal het mes uit mijn rugzak.

Kan ik het? Dóe ik het?

Ik heb zo veel medelijden, zo veel liefde voor dit zachte, warme, ademende dier, ik kan me niet voorstellen hoe ik het fysiek letsel kan toebrengen, ik kan me niet voorstellen hoe ik dat zou kunnen overleven, maar er is niet echt een keuze, of wel? Ik ben hier voor de wolven, en de wolven moeten eten.

'Laat mij maar,' zegt Duncan, die mijn angst aanvoelt.

'Ik kan het wel.' Het zijn mijn wolven, dit is mijn last.

En toch. Ik geef hem het mes en draai me om.

We leggen het levenloze lichaam niet ver van de slapende Nummer Zes, waarover ik te horen heb gekregen dat de vitale functies nog sterk zijn. Er is een kans dat ze dit niet wil, omdat het karkas doortrokken is van onze geur, maar ik hoop dat haar overlevingsinstinct aanslaat, het praktische van het moederschap. De pups tillen hun kop op en kijken naar ons.

Het kleine witte onderdeurtje van de worp is heel nieuwsgierig. Ze waagt zich uit het hol om aan het dode wezen te snuffelen, nog warm. En ze kijkt me recht aan alsof ik de verklaring ben voor zijn plotselinge verschijning, en in feite heeft ze gelijk, dat ben ik.

'Terug naar binnen met jou,' zeg ik boven de regen uit zachtjes tegen haar.

Ze houdt haar kop scheef, kijkt me aan. Legt een bezitterige poot op het hert.

'Grappig klein ding.' Duncan grijnst.

Ze keert terug naar het hol om op instructies van haar moeder te wachten. Ze is een van de belangrijkste wolven in dit land. Zij en haar broers zijn hier geboren en hebben een echte kans om van dit land hun thuis te maken, en een thuis voor hun toekomstige kinderen.

'Je moet niks van ze hebben, hè?'

'Ik vind de kleintjes na vandaag wat minder erg, denk ik.'

'Maar waarom? Waarom moet je niks van ze hebben?'

'De mensen hier zijn goede mensen, en ze werken hard. Ik zie ze niet graag bang. Angst zorgt voor gevaar, of het er nu was of niet.'

9

Ik verwacht vast Duncan, want mijn hart gaat sneller slaan en het bevalt me niet hoe gretig ik me voel, maar het is Stuart Burns die op mijn deur klopt. Aggie ligt in bed en ik was bijna zover, ik was de keuken aan het schoonmaken na het eten en smachtte naar mijn kussen. Als ze zich goed voelt, kookt ze en maakt ze schoon terwijl ik aan het werk ben, maar als het niet goed gaat, als ze te moe is, doe ik dat allemaal in de uren voor het slapen gaan.

'Ik wil u even spreken, mevrouw Flynn,' zegt Stuart. In plaats van het risico te lopen mijn zus wakker te maken, stap ik naar buiten en sluit de deur. Stuart torent boven me uit en mijn huid kriebelt, hier alleen met hem.

'Je bent me tweeduizend pond schuldig.' Zijn toon is niet de vriendelijke van toen ik hem leerde kennen, noch de ziedende woede van de kroeg; hij is neutraal, beheerst.

'Dat weet ik, Stuart. Ik heb tijd nodig om het bij elkaar te krijgen. De baan betaalt niet veel.'

'Bel je ouders, ik weet zeker dat ze kunnen helpen.'

Ik frons mijn wenkbrauwen. 'Je weet helemaal niet wat mijn ouders kunnen.'

'Luister, zoek het gewoon uit, want ik verlies mijn geduld.' Hij komt dichterbij, genietend van zijn grootte, en ik verafschuw datgene wat mannen doen, dus ik doe geen stap terug, wat hij wil, ik til mijn kin op.

'Maak dat je wegkomt.'

'Geef me het geld dat je me schuldig bent. En breng het niet naar het huis, ik wil niet dat je mijn vrouw lastigvalt. Ik kom elke avond bij je langs tot je het hebt, wel zo makkelijk voor je.'

Hij stapt in zijn auto en rijdt weg.

Ik heb geen bewuste gedachte als zodanig, maar mijn voeten komen in beweging en als ik Duncans huis bereik zijn mijn handen zo koud dat het pijn doet om op zijn deur te kloppen.

Hij zegt niets als hij me ziet.

Dan: 'Je bent besluiteloos, wolvenmeisje.'

Hij heeft gelijk, dat ben ik inderdaad, ik ben stuurloos. 'Sorry,' zeg ik. 'Ik ga wel.'

Hij pakt mijn hand om me tegen te houden.

We slapen niet, maar liggen naakt aan weerszijden van zijn bed, lamp aan en warm van de open haard in zijn kamer. Het ruikt er naar houtrook en een geur die sterk doet denken aan de werkplaats van mijn vader, een geur die ik niet kan benoemen maar waardoor ik me thuis voel. Fingal slaapt op het kleed voor het vuur, zijn staart af en toe trillend naar de vorm van zijn dromen.

In dit zachte licht zou ik uren naar Duncans gezicht kunnen kijken, voor altijd.

'Is dit hoe je je minnaars bij je houdt?' vraagt hij aan me. 'Wachtend op restjes?'

Ik verberg mijn glimlach. 'Zeg niet minnaars.' Dan: 'Hoe zit het met die van jou.'

'Wat is daarmee?'

'Hoe hield je van ze?'

Hij denkt na, met mijn voet in zijn handpalm. 'Niet zo goed als had gemoeten.'

Ik wacht.

'De paar vrouwen met wie ik iets heb gehad leken altijd iets te willen wat ik niet kon geven, en dat was waarschijnlijk mijn schuld, dat ik daar niet duidelijk genoeg over was. Ik deed me voor als een hele man, zoals een van hen tegen me zei.'

Ik ben verbijsterd. Ik wil vragen wat hij bedoelt, wat hem minder dan heel maakt.

'Ze... we scheerden altijd over het oppervlak. Ik geloof niet dat ik wist wie ze waren, en zij ook niet wie ik was, en dat was zoals ik het wilde. En dan kwam het, je kon er de klok op gelijkzetten, op hetzelfde moment. Ik zei tegen ze dat ik geen kinderen wil en ze geloofden me niet, ze dachten dat ik tijd nodig had en misschien is dat voor veel mannen de juiste manier, misschien kennen ze zichzelf niet en dat geldt zeker voor mij, maar het is ook waar dat ik mezelf niet kan voorstellen als vader, ik denk dat ik misschien te veel op die van mij zou lijken en dat zou onvergeeflijk zijn.'

Ik weet waar hij het over heeft. Ik ken het van heel dichtbij. Toen ik dertig werd, bijna op de dag af, begon ik aan een kind te denken. Iets in mijn lichaam zei: *Nu, nu, dit is waarom je hier bent, dit is de bedoeling.* Een dringende klok waarvan ik niet geloofde dat die echt was, totdat ik hem voelde slaan. Mijn cellen wilden voeden, ze wilden liefhebben en beschermen. Aggie deelde die roep van het lichaam niet, ze voelde niet de paniek die ik voelde. Ze zou beroofd worden van de mogelijkheid om kinderen te krijgen en diezelfde gebeurtenis zou de behoefte in mij doen verdwijnen, zo grondig dat het was alsof ze nooit had bestaan. Al het goede, weggenomen.

Duncan brengt mijn voet naar zijn lippen en kust hem. Ik sluit mijn ogen.

'Hoe zit het met je moeder?' vraag ik. 'Hoe was zij?'

'Ze was aardig,' zegt hij. 'Dat herinner ik me nog het meest. Je kon haar niet beledigen. Ze gaf om iedereen, zelfs als hij zich niet goed gedroeg. Als er iets was, had ze medeleven te bieden. Het is een soort kracht die vrouwen misschien beter kennen dan mannen.'

'Niet alle vrouwen.'

Er valt een stilte en dan vraagt hij: 'Welke gril bracht je vanavond hier?'

'Stuart Burns stond op m'n stoep.'

Duncan verkrampt. 'Wat moest hij?'

'Hij kwam zijn geld ophalen, dat ik niet had.'

'Heeft hij je bedreigd?'

'Hij is geen goede man, Duncan.'

'De volgende keer dat hij langskomt, bel je me. Ik kan er binnen een paar minuten zijn.'

'Ik ben hier niet gekomen omdat ik bang was, dat bedoelde ik niet. Ik kan voor mezelf zorgen.'

Ik weet niet of dat waar is, ik heb zelfs het sterke vermoeden van niet, maar hij zegt: 'Ik weet dat je dat kunt,' en het klinkt alsof hij het meent.

Ik kruip naar zijn kant van het bed zodat mijn gezicht dicht bij dat van hem is. Zijn vingers volgen mijn ruggengraat. Hij heeft grote, dikke handen, ruwe vingers, en toch is zijn aanraking licht. 'Gaf je om de vrouwen die bij je weggingen?'

Zijn hand bereikt mijn nek, mijn kaak, mijn lippen. 'Tuurlijk. Ik was gewoon niet genoeg voor ze.'

Ik kan me op dit moment niet voorstellen hoe dat mogelijk zou zijn.

'Waarom dan. Als het niet om Stuart ging,' vraagt hij.

Waarom ben ik hierheen gekomen.

Mijn lippen raken de hoek van zijn mond. *Waarom.*

Dit zal de laatste keer moeten zijn dat mijn voeten de weg naar zijn deur vinden.

*

Na de trillende reus was pap de langste periode helder sinds we naar BC waren verhuisd, en ik begon hoop te krijgen. Misschien was hij definitief bij ons teruggekeerd. Maar diep vanbinnen wist ik dat dit dwaas was en dat we onze tijd aan het uitzitten waren. Toen Aggie en ik bijna achttien waren, waren we klaar met school en dus besteedden we onze tijd aan overleven, wij drieën, en we deden alsof het leven normaal was.

Het gebeurde voor het eerst op een avond in de kelder, toen we perziken inmaakten. Aggie liet pap woorden in het Spaans herhalen en lachte om zijn uitspraak. Ik inspecteerde een schram op mijn kuit, opgelopen door een roestig stuk metaal en nu steeds meer geïnfecteerd, en bedacht hoe ik antibiotica kon gaan halen zonder dat pap het wist. En dus keek ik niet. Maar er brak iets en er klonk een korte gil.

Ik keek op. Begreep het. Een van de potten was uit de vingers van mijn zus geglipt en in duizend stukjes gebroken. En mijn vader had Aggie zo hard in het gezicht geslagen dat er een rode plek op haar wang was achtergebleven. Ze keken elkaar geschokt aan, vol ongeloof, want dit was nog nooit gebeurd, nooit, niet mijn zachtaardige vader die lachte als we fouten maakten, vriendelijk lachte als we dingen kapotmaakten.

Een schaduw bewoog in de kelder. Een sluier die over ons kwam.

Pap liep weg. Aggie raakte haar wang één keer aan, alsof ze het gevoel ervan in haar handpalm wilde prenten, en toen begon ze het glas op te ruimen.

Ik zei niets, bewoog niet, te bewust van de pijn van mijn zus en hoe ik die uitgerekend deze keer niet met haar had gedeeld.

Het werd een patroon. Er knapte iets in mijn vaders geest. De essentie van wie hij was veranderde. Mam zou het misschien zijn dierlijkheid hebben genoemd, maar in werkelijkheid was het maar al te menselijk. Gefrustreerd. Bang. Beschaamd. En gewelddadig. Iets voelde verkeerd voor hem, iets werd vergeten of plotseling herinnerd, zijn kwetsbaarheid werd hem te veel en hij reageerde het af op Aggie. Een klap of een duw. Het was zo vreemd dat het wel een droom leek waar we doorheen zweefden, vooral gekleurd door ongeloof. Ik wist niet waarom het alleen gericht was op Aggie, misschien omdat zij altijd stoerder was geweest, maar ik zorgde ervoor dat ik elke kleine daad van geweld bekeek, zodat ik het met haar kon delen, en in het begin voelde dit als solidariteit, mijn steun aan haar, maar na veertien dagen en een klap zo hard dat haar lip gespleten was, wist ik dat ik in plaats van toe te kijken haar moest beschérmen.

'Het is tijd voor een tehuis,' zei ik bij het aanbreken van de derde week.

Aggie draaide zich naar me toe; we sliepen nog steeds in onze gedeelde kamer op de eenpersoonsbedden waarin we waren opgegroeid. 'Je zei dat je niet wilde dat hij daarheen zou gaan.'

'Maakt niet uit wat ik zei. En misschien moeten we mam ook bellen.'

'God, nee. Die zou hier alleen maar iets van maken wat het niet is.'

Het was iets, het was alles. We konden hem niet meer vertrouwen, en dat was het ergste verraad van allemaal.

We stonden op en liepen, allebei op blote voeten, naar de gang voor paps kamer. *Weet je het zeker?* gebaarde Aggie naar me.

Ik knikte.

Maar toen we de deur openden was zijn bed leeg.

We deden er bijna een week over om het omliggende land te doorzoeken voordat we konden toegeven dat hij weg was. Op die eerste ochtend was duidelijk te zien dat zijn lievelingspaard uit de stallen was meegenomen en een dag of twee konden we zijn spoor volgen, maar algauw verdween het, hetzij door pech of omdat hij daarvoor gezorgd had, en het werd pijnlijk duidelijk dat waar hij ook heen was gegaan, het niet de bedoeling was dat wij hem zouden volgen. Toch zochten we, in brede, boogvormige cirkels.

In het diepst van ons lichaam wisten we dat hij was weggegaan om rustig en zonder poespas te sterven, als een dier. Misschien om een eind te maken aan wat hij aan het worden was, om de weinige controle die hij nog had uit te oefenen. Of misschien om ons te beschermen op de enige manier die hij kende.

Ik dacht niet dat we hem nog zouden terugzien, en dat was ook niet zo. Onze vader.

10

Ik haal sertraline op voor Aggie als Lainey Burns de apotheek binnenkomt. Ik pak een paar foldertjes van de toonbank over psychotherapie in het nabijgelegen Aviemore: Aggie heeft binnenkort een nieuwe dokter nodig, en misschien kan ik iemand regelen die op huisbezoek kan komen. Dan loop ik naar Lainey in het gangpad met de pijnstillers.

'Hoi.'

Ze ziet me en lacht een echte lach. 'Hoi.'

Alle zwellingen rond haar oog zijn verdwenen en de donkerblauwe plekken zijn zo goed als het kan bedekt met make-up. 'Mooi kunstwerk,' zeg ik, met een knipoog naar het gips om haar arm. Het is versierd met kleurrijke krabbels van bloemen en dieren.

Lainey lacht een beetje. 'Stuarts werk.'

Ik moet verbaasd kijken, want haar glimlach verdwijnt. 'Mensen zijn niet altijd wat ze op het eerste gezicht lijken.'

Daar heeft ze absoluut gelijk in.

'Hoe gaat het met Gealaich?'

'Het gaat goed met haar. Nog steeds schichtig. Ze laat me niet bij haar in de buurt komen.'

'Geef haar de tijd. Ze is geschrokken.'

Mijn mond valt open, maar ik kan de juiste woorden niet vinden. Dus vraag ik maar: 'Gaat het, Lainey?'

Ze wordt niet boos. Ze kijkt me in de ogen. 'Ja. En met jou, Inti?'

Ik zeg niet dat haar man me elke keer de stuipen op het lijf jaagt als hij 's avonds in zijn auto voor mijn huis zit, want ik durf te wedden dat Lainey met erger te maken heeft. 'Ja. Dank je.'

Ik zie haar een blik werpen op de foldertjes in mijn hand en een beetje anders naar me kijken. Ik leg niet uit dat ze voor mijn zus zijn, of dat ik niet verwacht dat ze haar zullen helpen. De bel boven de deur rinkelt en dan is Stuart er.

'Kwam even kijken waarom het zo lang duurde,' zegt hij terwijl hij me aankijkt.

'Sorry,' zegt Lainey. 'Ik ben klaar.'

'Ik zei toch dat je bij mijn vrouw uit de buurt moest blijven,' zegt hij tegen mij.

'Wat denk je dat ik ga doen – haar besmetten?'

'We kwamen elkaar tegen,' zegt Lainey. 'Inti kwam me alleen maar begroeten, meer niet.'

'Oké, dan is alles goed.' Stuart legt de aspirine die zijn vrouw in haar hand hield op de plank en stuurt haar dan naar de deur. 'Nog een fijne avond, mevrouw Doyle!' roept hij naar de oude vrouw achter de toonbank. Zo vriendelijk als wat.

Ik volg hen.

De apotheek ligt tegenover de Snow Goose. Buiten staan Red McRae en burgemeester Oakes met hun pint in de hand een sigaret te roken. De straatlantaarn boven ons is uit, dus als ik Stuarts naam zeg en hij stopt om me aan te kijken, staan we in de schaduw. Lainey houdt zich behoedzaam afzijdig.

Ik heb maar één gedachte. Als zij geen aangifte doet, provoceer ik hem totdat ik iets heb waarover ík aangifte kan doen. Ik zal de richting van zijn woede van Lainey naar mij draaien.

'Wat doe je daar?' vraag ik. 'Als je 's avonds voor mijn huis op de loer ligt, net voorbij het hek zodat je niet in de problemen komt. Waar denk je dan aan? Geniet je van de gedachte dat je me zo kunt intimideren? Word je daar geil van?'

'Hou je gore bek,' zegt hij. 'Ik wil alleen maar wat me verschuldigd is.'

'Het windt je op, hè? De gedachte om vrouwen bang te maken. Alleen zijn we niet bang. Ik ben niet bang voor je, Stuart. Ik vind je zielig. Ik sta bij mijn raam en kijk naar je en ik moet godverdomme láchen.'

Er gebeuren verschillende dingen tegelijk. Hij stapt op me af en dit is het dan, ik zet me schrap met een sensatie van overwinning en een flits van hete angst, en vanuit mijn ooghoek zie ik Red en Andy de straat oversteken en Lainey naar de arm van haar man grijpen, maar ze gaan hem niet tegenhouden en dat weten we allebei. Het is een stem die de ruimte tussen de lampen in glijdt, dat is wat hem tegenhoudt.

'Waarom ben ik niet uitgenodigd voor het feestje?'

Stuart ontspant zijn gebalde vuist.

We draaien ons allebei om en kijken naar Duncan.

'Geen feestje hier,' zegt Stuart. 'Alleen maar een klein meisje dat problemen maakt.'

Duncan staat tussen ons in. Tegen mij zegt hij: 'Ga in de pub op me wachten.'

'Nee, ik –'

'*Inti*.'

Godverdomme.

Ik steek de straat over, trillend van de adrenaline. Dat scheelde niks. Ik werp een blik achterom naar het groepje, maar ik kan niet meer horen wat Duncan tegen ze zegt, ik kan alleen hun gedaanten onderscheiden. Lainey gaat nu ook weg, loopt snel door de straat, en het dringt tot me door dat Duncan daar nu alleen is, in de minderheid, en ik vraag me af of ik terug moet gaan, en dan herinner ik mezelf eraan dat ik niet zo dom moet doen. Hij is een politieagent, en zij zijn voor het merendeel normale mensen. Zijn vrienden, waarschijnlijk. Ik ga naar binnen.

Warme lucht blaast op mijn wangen. Het geluid van stemmen. Ik haal een glas wijn bij de bar en laat me op het afbladderende leren kussen van een hokje zakken. Ik heb het zo warm dat ik mijn sjaal en jas moet uittrekken voor ik weer kan ademen. Er gaan pijnlijke minuten voorbij terwijl ik op hem wacht en me inbeeld wat er buiten zou kunnen gebeuren. Als hij ze gewoon naar huis stuurt, waarom duurt het dan zo lang, en waarom heeft hij Lainey van haar man gescheiden, en hoe langer het duurt, hoe zekerder ik word dat ik weer naar buiten ga. Ik grijp mijn sjaal en jas nog een keer vast als Duncan tegenover me het hokje binnenglipt.

Hij heeft een blauwe plek op zijn wang, een gespleten lip. 'Waar ben je in godsnaam mee bezig?' vraagt hij.

'Ik was niet –'

'Onzin. Ik kan je zien.'

Ik doe mijn mond dicht. Mijn gezicht is zo heet.

'Ik zeg dat je moet oppassen voor hem en jij gaat hem 's avonds op straat lastigvallen? Ik zeg het nog een keer. Je blijft uit de buurt van Stuart Burns, begrepen?' Ik heb zijn stem nog nooit zo gehoord, ik denk dat hij onder die woede bang is.

'Wie heeft je dat aangedaan?' vraag ik.

Een serveerster brengt hem een biertje. Ik weet niet of hij het besteld heeft toen hij binnenkwam of dat ze gewoon wist wat hij zou willen. Hij bedankt haar met een knikje maar houdt zijn ogen op mij gericht tot ze weg is. 'Heb je een appeltje met mij te schillen?'

'Ja.'

'Kom maar op dan. Zeg wat je te zeggen hebt.'

Ik neem een slok wijn en die verwarmt me. Ik leef in zijn handen op zijn glas, zijn rug op het kussen, zijn dunne T-shirt tegen mijn sleutelbeenderen, zijn blauwe plek en zijn bloed en zijn mond als die zijn bier aanraakt. Ik dacht dat ik controle had, maar dit is wat hij met me doet. Ondanks mijn gelofte en het schuldgevoel dat Aggie achterlaten me bezorgt, ben ik te vaak door het bos naar zijn huis geglipt.

'Waar ben je zo bang voor, Duncan?' vraag ik.

Hij antwoordt niet.

'Ik denk dat je wel bang moet zijn. Aangezien je bent wie je bent. En niets doet aan wat je weet.'

'Wat moet ik doen?'

'Wat dan ook.'

'En wat als ik dat gedaan heb?'

Ik breng mijn vingers naar mijn wang, voel de pijn. 'Wat heb je gedaan?'

Hij antwoordt niet.

'Je moet wel bang zijn,' herhaal ik.

'We zijn allemaal bang.'

'Is dat het excuus dat je voor hem verzint?'

'Gewoon een feit.'

'Hij is een monster,' zeg ik.

'Je geeft hem te veel eer. Hij is gewoon een man,' zegt Duncan. 'Dat is gevaarlijk. Dat is hoe je mensen vreselijke dingen laat doen.'

Daar gaat hij niet op in. 'Ik bagatelliseer niet. Als je hem afschildert als een monster, maak je hem mythisch, maar mannen die vrouwen pijn doen zijn gewoon mannen. We zijn het allemaal. Te verdomd veel van ons en allemaal te menselijk. En de vrouwen die ze pijn doen zijn ook geen passieve slachtoffers, en ook geen masochisten van Freud die graag gestraft willen worden. Het zijn allemaal vrouwen, en het enige wat ze doen, van minuut tot minuut, is een strategie bedenken hoe ze de man van wie ze hielden het best kunnen overleven, en dat is niet iets wat iemand zou moeten doen.'

Het is niet wat ik van hem verwacht had te horen. Ik blijf hem onderschatten.

Duncan tast zijn blauwe plek af en ik krimp ineen. 'Niet doen.'

Hij begrijpt misschien sommige dingen, maar hij weet niet

hoe het voelt om in die angst te leven. 'Heb je ooit een vrouw pijn gedaan die van je hield?'

Hij wordt bleek. 'We zijn niet allemaal Stuart Burns,' zegt hij. 'Maar we zijn allemaal feilbaar, en dat maakt ons niet slecht en het is niet hetzelfde.'

We kijken naar elkaar.

'Iedereen doet elkaar alleen maar pijn,' zeg ik.

Hij reikt naar mijn hand. 'Jij en ik hebben iets anders gedeeld.'

'Ja? Ik verdrink.'

'Inti.'

'Ik wil het niet. Ik kwam hier om weg te komen.'

'En langzaam te sterven van eenzaamheid.'

'Wat zou daar zo verkeerd aan zijn?' Ik schud mijn hoofd. 'Je doet dramatisch. Ik heb de wolven. Ik ben hier om te werken.'

'Zij zijn gevaarlijker dan wij.'

'Zijn ze dat?' vraag ik. 'Ze zijn wilder, dat wel.'

'Is dat niet hetzelfde?'

'Ik denk het niet. Ik denk dat het de beschaving is die ons gewelddadig maakt. We besmetten elkaar.'

'Dus dan zou je leven als je dieren. In het bos en zonder mensen, maar je zei zelf dat ze elkaar het hardst nodig hebben.'

Ik zeg niets omdat ik hem even haat.

'Wat is er met je gebeurd?' vraagt Duncan.

'Niks.'

Dan zegt hij, maar niet als een vraag: 'Wat voor soort ding moet je zijn.'

Wat voor soort ding.

'Iemand moet haar beschermen,' zeg ik. 'Als jij je werk niet doet, doe ik het.'

Opeens is het donker achter zijn ogen. 'Je houdt je gedeisd, mevrouw Flynn. Hoor je me?'

Zijn woede wekt die van mij. Ik stel me voor dat ik mijn tanden ontbloot en hem laat zien hoe scherp ze zijn.

'Ik dacht vroeger ook dat mensen goed waren,' zeg ik. 'Ik dacht dat we meestal vriendelijk waren, allemaal te vergeven waren.'

'En nu?'

'Nu weet ik wel beter.'

Duncans woonkamer is klein, rommelig en warm. We zijn hier zonder woorden heen gekomen, alleen een instinct, zoals altijd bij ons. De vonkende aard van verlangen, de strijd ervan. En nog iets, iets roerloos. Ik ga op de oude leren bank zitten en kijk hoe hij het vuur aanmaakt. Rode bakstenen. Grijze steen. Een ruw kastanjebruin tapijt onder zijn blote voeten, onder de mijne. Meubilair zwemt in en uit beeld in het zwakke licht, alle meubelstukken gemaakt van hout en op de een of andere manier gebroken, krom of verbogen of ondersteboven, en stukken krijgen vorm alsof ze uit het niets verschijnen. Ik voel me als in een droom. Elektrisch, gevaarlijk. Ik ben me ervan bewust dat ik geen controle meer heb, en diep vanbinnen is er een overgave. Als hij beweegt, doet hij dat ongemakkelijk. Ik zou weg kunnen kijken, maar dat doe ik niet. Ik wil hem vragen hoe hij gewond is geraakt. Er zijn zo veel dingen die ik niet gevraagd heb, die ik tot nu toe niet heb willen weten. Hij biedt me geen drankje aan en dat wil ik ook niet; ik ben dronken van de rest.

Duncan komt naast me zitten en we kijken elkaar aan.

'Je gezicht doet pijn,' mompel ik.

'Wat ben jij voor ding?' vraagt hij tegen mijn mond en deze keer is het een vraag.

Later in zijn bed houdt hij me vast, zijn lichaam zo warm dat het lijkt alsof hij de open haard in zichzelf heeft aangemaakt. Ik realiseer me hoe koud ik het heb, al heel lang.

*

Ik word wakker uit een droom van een klap in mijn gezicht. Het is zo levendig dat ik het bijna kan voelen. Maar als ik mijn ogen open is het diep in de nacht en ik lig alleen in zijn bed.

11

Mijn telefoon is dood. Het is nu kouder, in deze vroege ochtenduren. Het vuur is opgebrand tot op de kolen. Ik kleed me snel aan en met zijn hond op mijn hielen dwaal ik door zijn huisje voor het geval hij hier ergens is. Waar gaat een man om drie uur 's nachts heen? Ik voel me beschaamd, en dom dat ik in slaap ben gevallen.

'Hij komt zo thuis, schat,' zeg ik tegen Fingal, terwijl ik de bezorgde snuit van de hond aai voordat ik hem in huis opsluit. Mijn auto staat nog bij de apotheek, dus er zit niets anders op dan naar huis te lopen. Ik ben dankbaar voor de frisse lucht. Mijn hoofd bonkt en ik wou dat ik in zijn kast had gesnuffeld voor wat aspirine.

Er is een pad, maar dat is niet zichtbaar in dit licht. De hele aarde lijkt donker onder mijn laarzen. Ik laat me leiden door de bomen. Stil, zeggen ze, rustig aan. Dikke mist komt aangekropen en ik weet zeker dat ik de weg kwijtraak. De maan verdwijnt. Ik begrijp niet waarom ze is weggegaan, en misschien is het niets, maar het voelt ook als iets omdat deze avond anders was.

Voorzichtig, fluisteren de bomen.

Ik blijf lopen, maar langzamer, raak boomstammen aan als ik ze passeer. Mijn voeten gaan door struiken en takken. Een ervan glijdt weg als hij neerkomt, en ik kom op mijn kont neer op het sponsachtige groene mos. Naast me ligt een lichaam, met ogen die in de mist staren.

Ik slaak een gil. Ik krabbel achteruit.

Zijn ingewanden liggen open en stromen eruit. Die van mij tuimelen uit me. Ik knijp mijn ogen dicht.

De eerste donderende gedachte: *Wat als tanden dat hebben gedaan?*

Ik word niets meer dan het kloppen van mijn te snelle hartslag. Ik moet kijken. Ik ben zo bang als ik kijk. Niet naar zijn wonden, zijn rommel, maar naar zijn gezicht, nog intact.

Het is Stuart Burns. Ogen open en glazig, zijn vlees heel gelaten.

Ik leun voorover en braak op de grond.

Terwijl mijn lichaam zwoegt, dringt het tot me door wat dit zal betekenen. Ik zie het overduidelijk voor me, het lot van elke wolf. Dit zal hun dood betekenen. Ik weet niet genoeg om het forensische verschil te zien tussen een gekarteld wapen en het scheuren van de tanden van een dier, en ik kan niet lang genoeg kijken om een gok te wagen, maar ik weet hoe dit eruit zal zien. Ik weet wat iedereen zal geloven, en het zal ze de bossen in sturen om op de wolven te jagen omdat ze een man gedood hebben. En dan zal ook het oerbos verdwijnen, alle bomen die we proberen te redden, elke poging om Schotland weer wild te maken, alles zal verdwijnen. Deze toekomst komt in een oogwenk bij me op, en ik zou hier kunnen huilen, maar niet om deze man. Ooit zou ik medelijden met hem hebben gehad, ongeacht wat hij heeft gedaan, want dit is voor wie dan ook een slecht einde. Maar ik voel alleen woede over hem dat hij hier is, alleen angst voor mijn wolven.

Het lijkt erop dat ze hem gedood hebben. Daar lijkt het heel erg op. Zo vallen ze aan, bij de keel of de ingewanden, de twee kwetsbaarste plekken.

Maar ik weet dat ze dit niet hebben gedaan. Dat zouden ze niet doen, ze vallen geen mensen aan. Iemand heeft Stuart Burns vermoord en hem hier achtergelaten. En die iemand wilde Stuart dood, of wilde de wolven dood.

Ik maak een heel duistere keuze. Of de keuze maakt mij.
Ik begraaf zijn lichaam.

12

Mijn schop gaat nauwelijks in de harde grond. Het kost me alle kracht die ik heb om een gat te graven, en veel te veel tijd. Terwijl het vuil zich in zware stortladingen over hem heen verspreidt, verdwijnt hij langzaam, wordt hij bedekt, langzaam teruggegeven aan de aarde en de wortels en de wereld onder de oppervlakte. Maar als ik zijn gezicht begin te bedekken, is het niet langer zijn gezicht maar het mijne, mijn gezicht dat begraven wordt, mijn keel verstikt door de koude grond, mijn lichaam geheel opgeslokt.

Ik spoel een lawine van vuil door de douche. Ik schrob onder mijn vingernagels en ik doe het snel, en ik denk nergens anders aan. De zon is al goed en wel op tegen de tijd dat ik schoon ben. Aggie zou nu wakker moeten zijn, dus ik ga naar binnen om te kijken hoe het met haar gaat, maar ik tref haar wakker en voor zich uit starend in bed aan, en als ik haar dekens terugtrek zie ik dat ze op de lakens heeft gebloed. *Nee.* Alsjeblieft, niet vandaag. Niet deze ochtend. Ik heb het niet in me om voor haar te zorgen. Maar ik moet wel, dus doe ik het.

Terug onder de douche. Ik was haar onder een straal water. Het zou intiem zijn als ze hier was, maar in plaats daarvan ben ik alleen met haar lichaam en dat is een vreselijke eenzaamheid. Het water glijdt over haar heen en ik zie dat ze verandert, zachter en dikker wordt en voor het eerst zijn we fysiek niet meer hetzelfde. Ik hou haar vast in een omhelzing en druk mijn lippen op haar schouder en ik treur om de gelijkenis die ons verlaat, die ons ontnomen wordt. Ik mis haar zo erg en ik denk dat ik haar te stevig vasthou, en dan denk ik dat ze misschien wakker wordt als ik haar pijn doe.

Mijn greep verslapt. Ze laat zich uit de douche leiden en dat stoort me nog het meest, denk ik, dat er nog enig bewustzijn moet zijn, dat er nog iets van haar overblijft, al is het maar in haar spiergeheugen. Ik droog mijn zus af en doe een maandverband in haar onderbroek voordat ik die over haar benen trek. Ze laat zich erin manoeuvreren, maar als ik haar in de ogen probeer te kijken, is er geen bewustzijn. Ze is er gewoon te moe voor. Ik hoop dat ze ergens is waar het beter is. Ik wou dat ik ergens was waar het beter was, want hier is het klote. Hier is een nachtmerrie.

Hoelang duurt het voordat hij als vermist wordt opgegeven? Hoelang voordat dieren of het weer of allebei hem opgraven? Ik heb eindeloos veel sporen bedekt en daar ben ik inderdaad goed in, want ik ben mijn hele leven al spoorzoeker, en als ik naar die plek kijk, zou ik niets ongewoons opmerken, maar zou een betere jager dan ik mijn pogingen kunnen doorzien? Zou een detective dat kunnen? Hoelang voordat ik gek word en Duncan precies vertel wat ik heb gedaan?

Echt, wat dacht ik godverdomme nou?

Misschien is het nog niet te laat om schoon schip te maken. Als ik het Duncan nu vertel, zal hij het dan onderzoeken? Of zal hij Stuarts dood toeschrijven aan een aanval door een wolf en er niets meer van denken? Red McRae zal vrolijk naar zijn geweer grijpen. En wat als Duncan denkt dat ík Stuart vermoord heb? Ik heb hem begraven, toch? Welk weldenkend mens zou dat doen?

Ik moet het achter me laten. Ik zit er nu in, het is gebeurd. Ik kan alleen maar hopen dat hij nooit gevonden wordt, en als dat wel gebeurt, ik niet te veel DNA op zijn lichaam heb achtergelaten om mezelf erin te luizen.

Wat als een wolf hem echt gedood heeft? fluistert een zachte stem vanbinnen. Maar ik weet het antwoord. Als een wolf Stuart echt heeft gedood, heb ik er goed aan gedaan het te verbergen.

Ik ben alleen op mijn werk als er op de deur van de hut wordt geklopt. Evan en Niels zijn gegevens aan het verzamelen van de Tanarroedel en ik heb Zoe op pad gestuurd om lunch te halen in de stad, maar als ik zie wie er voor de deur staat, wou ik dat ik haar nergens heen had gestuurd.

Duncan heeft zijn hoed in zijn handen. 'Je moet vroeg zijn weggegaan.'

Mijn ingewanden trekken samen, en ik vraag me af of hij me komt arresteren.

'Jij ook,' zeg ik, en ik laat hem binnen. 'Koffie?'

'Ik kan niet blijven, ik heb dingen te doen in de stad.'

We staan daar onwennig, en het is vreemd dat er onwennigheid is, die is er nooit eerder geweest en houdt dat in dat hij iets weet?

'Ik ben even gaan wandelen,' zegt hij.

'Dat vroeg ik niet,' zeg ik, en ik frons mijn wenkbrauwen. 'Om drie uur 's nachts? Waarom?'

'Ik loop altijd als ik dingen aan het uitzoeken ben.'

Ik vraag niet wat hij bedoelt.

'Ik dacht dat ik terug zou komen en dat jij nog zou slapen,' voegt hij eraan toe.

Ik haal mijn schouders op. 'Het geeft niet.'

Alles is nu anders. Ik heb geen ruimte. Er was een lichaam en ik heb het begraven en dit is de man die naar dat lichaam moet gaan zoeken.

'Het is beter zo,' zeg ik zachtjes tegen hem, en ik merk dat het pijn doet, veel meer dan ik had verwacht.

Hij vraagt niet wat ik bedoel. In plaats daarvan: 'Wil je in het weekend komen eten? Ik heb zo nu en dan wat vrienden op bezoek. Je zou het leuk vinden. Ík zou het leuk vinden als je erbij was.' Iets aan zijn stille kwetsbaarheid doet pijn in mijn borst. Hij weet dat er iets veranderd is.

'Dat kan ik niet, Duncan,' zeg ik. 'Ik heb je niets te geven.'

'Neem dan maar van mij. Ik heb meer dan genoeg.'

Mijn ogen prikken en ik kijk van hem weg. Daar ligt het gevaar.

Duncan buigt beleefd zijn hoofd en beschouwt mijn zwijgen als voldoende antwoord. 'Geef me een seintje als je iets nodig hebt, mevrouw Flynn, of als je in de problemen komt. Ik ben niet ver weg.'

Zijn laarzen op de houten vloer galmen na als hij weg is.

*

Ik voel de uitputting in mijn keel, in mijn ogen en mijn tanden. Alles doet pijn. De dag is zo langzaam voorbijgegaan dat ik dacht dat er nooit een einde aan zou komen. Maar er moet nog eten gemaakt worden, en Aggie heeft weer hulp nodig in de badkamer, en ik ben vergeten haar lakens te verschonen, dus dat is er ook nog.

Een gedachte als een rookpluimpje in mijn hoofd die iets nieuws achterlaat. We waren allebei altijd tegelijk ongesteld. Ik had ook ongesteld moeten worden.

Ik ben niet moe meer als ik mijn tweede bezoek aan de apotheek maak in evenveel dagen. Mevrouw Doyle aan de balie stopt de test voor me in een papieren zak en zegt: 'Sterkte, lieverd,' en ik denk dat ze de angst op mijn gezicht moet kunnen zien. Weer thuis. Het is koud in de badkamer. Ik pak de test uit en plas op het staafje, en wacht gebroken tot de minuten voorbij zijn, maar het is niet gelukt, ik zal wel niet goed genoeg gericht hebben. Ik pak een tweede test uit en deze keer plas ik, na een liter water achterovergeslagen te hebben, in een beker en zet het staafje er ondersteboven in.

Ik hoef niet te kijken, niet echt. Ik heb het de hele dag al geweten, denk ik, zelfs voordat de gedachte zich vormde. Maar toch, het bewijs. Geen dubbele streep of zoiets vaags, een klein blauw woordje, *zwanger*, zodat er geen misverstand kan bestaan.

13

'Zoals u weet, mevrouw Flynn, spreken we met iedereen die contact met hem had in de vierentwintig uur voor zijn verdwijning.'

De vergaderruimte is klein, met een raam dat uitkijkt op een bosje pijnbomen en geen eenrichtingsspiegel zoals in de films. Er zijn een camera en een opnameapparaat, maar die staan uit. Duncan zit tegenover me aan tafel. Een politieagent, aan me voorgesteld als Bonnie Patel, zat naast hem, maar ze ging thee voor ons halen en is nog niet terug. Ik denk dat hij zonder haar gaat beginnen.

'Kun je de zaterdag met me doornemen?' vraag Duncan me. Ik moet verbaasd kijken, want hij voegt eraan toe: 'Dit is volledig informeel, we verzamelen alleen zo veel mogelijk informatie om Stuarts bewegingen in elkaar te passen.'

Ik schuif ongemakkelijk heen en weer. Hij klinkt formeel en afstandelijk, alsof dit onze eerste ontmoeting is.

'Ik ben naar mijn werk geweest.'

'In het weekend?'

'Wolven hebben geen weekend.'

'Oké, en na het werk?'

'Ik ben naar de stad geweest, naar de apotheek.'

'Waarom ging je naar de apotheek?'

Ik werp hem een ongelovige blik toe.

'Oké, wat is er dan gebeurd?' vraagt hij.

'Ik zag Lainey daar. Stuart kwam kwaad binnen omdat we aan het praten waren.'

‘Waarom was hij daar boos over?’

‘Omdat hij een eikel is.’

Hij kijkt even naar me op. Past zich misschien aan aan mijn houding. Ik herinner mezelf eraan beleefd te zijn en dit zo snel mogelijk af te handelen. Hij doet alleen maar zijn werk en toch voel ik een pijnscheut dat hij me hier überhaupt heen heeft gebracht.

‘Hoe laat was dit?’

‘De apotheek ging dicht, dus hoe laat dat ook is.’

‘Zeven uur. En toen?’

‘Ik volgde Stuart en Lainey naar buiten en wisselde nog een paar woorden met hem. En toen kwam jij opdagen.’

‘En wat was de aard van die woorden?’

‘Provocerend, waarschijnlijk.’

Duncans wenkbrauwen gaan omhoog terwijl hij wacht. Gaat hij het me echt laten zeggen?

‘Ik probeerde onder zijn huid te kruipen,’ geef ik toe. ‘Ik wilde zien wat hij zou doen als hij onder druk werd gezet.’

‘Wat dacht je dat hij zou doen?’

‘Flippen. Me pijn doen. Zoals hij zijn vrouw pijn doet.’

‘Waarom zou je dat willen?’

‘Zodat ik een aanklacht tegen hem kon indienen.’

Duncan leunt achterover en slaat zijn armen over elkaar. Zucht. ‘Hoe weet je dat hij haar pijn deed?’

‘Dat vertelde jij me.’

‘Ja?’

‘Niet met woorden.’

‘Wat is er nog meer?’

‘Genoeg.’

Daar denkt hij over na, hij bestudeert me. ‘Zou je kunnen zeggen dat er vijandigheid was tussen jullie twee?’

‘Ja.’

‘Je was hem geld schuldig, toch?’

‘Tweeduizend pond, voor het paard dat ik van hem heb gekocht.’

‘Heeft hij je bedreigd voor dat geld?’

Ik overweeg de waarheid toe te geven, maar ik creëer liever niet nog meer motieven voor mezelf. ‘Niet echt. Hij vroeg er gewoon om.’

‘Heeft hij ooit toegegeven dat hij Lainey iets heeft aangedaan?’

Met een frons schuif ik naar voren op mijn stoel. ‘Probeer je nu echt te suggereren dat hij haar niets heeft aangedaan?’

Duncan geeft geen antwoord.

‘Dat is zwak,’ zeg ik. ‘Je deinst nu terug omdat hij vermist wordt.’

‘Maar hoe wéét je dat dat is wat er gebeurd is, Inti?’ vraagt hij opnieuw.

‘Ik wéét het,’ snauw ik. ‘Ik heb het eerder gezien. Het is overduidelijk. Jij weet het ook.’

‘Wat gebeurde er daarna?’ vraagt hij.

Ik worstel met mijn razende gedachten. Zaterdagavond. ‘Dat zei ik al. Jij kwam daar aan en stuurde me naar de kroeg. Dus jij weet beter dan ik wat er daarna gebeurde.’

‘Was dat de laatste keer dat je Stuart zag?’

Ik knik.

‘Heb je hem die avond met iemand anders ruzie zien maken?’

Alleen jij. En je gezicht was gehavend. Alleen heb ik dat niet echt gezien, of wel? Ik heb geen idee wat er buiten gebeurd is. Ik schud mijn hoofd van nee.

‘Ken je iemand anders die net zo *crabbit* was als jij?’

‘Wat is crabbit in godsnaam?’

‘Boos.’

Een lach ontsnapt me.

‘Is er niemand die je kunt aanwijzen als mogelijke verdachte in zijn verdwijning?' formuleert Duncan het anders.

'Nee. De enige mensen die ik hier ken zijn mijn collega's en het zou me verbazen als zij weten wie Stuart is.'

Duncan leunt achterover in zijn stoel en speelt wat met zijn pen. 'Wat bracht je naar Schotland, Inti?'

'Ik ben hoofd van het Cairngorms Wolf Project. Het zou logischer zijn als je me al deze vragen zou stellen waarop je de antwoorden al weet als er een bandrecorder meeliep. Zoals het nu is, kan ik niet echt achterhalen voor wie deze poppenkast bedoeld is.'

'Geen poppenkast. Ik wil het gewoon helder hebben. Je probeerde een ander project op gang te krijgen, toch?' Hij heeft zijn huiswerk gedaan.

'In Utah. Om wolven te herintroduceren om Pando, de trillende reus, te redden.'

'Waarom ben je daar niet heen gegaan?'

'Er was te veel tegenwerking van de lokale bevolking. Je denkt dat het hier erg is, maar in Utah kwamen we niet eens in de buurt.'

'Maar hadden ze dat niet al in Yellowstone gedaan?'

'Ja, en het hele project was een zware strijd. Ze geven meer om landbouw en jacht dan om het redden van bomen.'

'Waarom zouden ze dat niet doen?'

'Omdat deze planeet niet van hen is,' snauw ik. 'We hebben er geen recht op, hij is ons niets verschúldigd.'

Hij is even stil en bestudeert me. 'Het land bewerken is een zware baan.'

'Ik heb niet gezegd dat dat niet zo was.'

'Heb je je ooit afgevraagd waarom natuurbeschermers vaak uit hogere sociaal-economische milieus komen? Ze hebben geld. Ze hoeven niet afhankelijk te zijn van het land om te overleven, ze hoeven niet elke dag moeite te doen om rond te komen.'

'Ik begrijp dat de gevolgen van natuurbehoud niet in gelijke mate gedragen worden door de plattelandsbewoners en de stedelingen, en dat we de last van de verandering eerlijk moeten verdelen,' zeg ik. 'Dat snap ik wel, Duncan. Iedereen hier lijkt te denken dat ik een vendetta heb, maar het enige wat ik tegen boeren heb is dat ze iets tegen mij lijken te hebben.'

'Je project bedreigt hun levensonderhoud.'

'Dat is niet zo. Ze willen gewoon niet delen.' Ik denk aan mijn vader. 'Je kunt op het land vertrouwen en je kunt het bewerken, en je kunt het tegelijkertijd voeden en verzorgen. Je kunt je impact verkleinen. Dat heeft niets met geld te maken. We hebben een verantwoordelijkheid om onze impact te verkleinen. De natuur weer wild maken is hoe we klimaatverandering tegengaan, en iedereen lijkt te zijn vergeten dat dat het enige is wat er nog toe doet. Wíj doen er zeker niet toe.' Ik zwijg even en voeg er dan aan toe: 'Misschien moeten we gewoon de mensheid uitroeien en een beetje genade tonen aan de arme vertrapte aarde.'

'Dat is gewoon ecofascisme.'

Ik ben verbaasd, en lach.

'Het moet frustrerend zijn,' zegt hij, en ik wacht tot hij uitweidt. 'Slimmer zijn dan iedereen en dat er niet naar je geluisterd wordt.'

Ik rol met mijn ogen.

'Ik meen het,' zegt hij. 'Je bent hier om te helpen en het enige wat je krijgt is vijandigheid.' Duncan schuift weer iets naar voren. 'Je hebt het recht om boos te zijn. Dat zou ik ook zijn.' Zijn vingers haken in elkaar en het voelt alsof hij mijn hand vasthoudt. 'De vraag is hoe boos.'

'Boos genoeg om iemand te vermoorden?' verduidelijk ik voor hem.

'Niemand zei dat er iemand dood was.'

'We denken het allebei. En we weten allebei dat die vent uitschot was.'

'Dat is nogal een sterke mening over iemand die je amper kent.'

'Ja,' beaam ik.

'Ik ken die man al mijn hele leven,' zegt Duncan tegen me. 'Er zijn demonen die een hoofd kunnen binnendringen, op een plek als deze.'

Vol ongeloof staar ik hem aan. 'Rechtvaardig zijn gedrag maar zoveel als je wilt, maar mannen slaan hun vrouwen over de hele wereld en het heeft niets te maken met waar ze wonen, en eigenlijk maakt het ook niet uit waarom ze het doen.'

'Als we niet weten waarom ze het doen, hebben we geen enkele hoop ze te helpen ermee te stoppen.'

Ik sla mijn armen over elkaar. 'Het lijkt me dat hij gestopt is.'

Duncan kijkt me aan, maar zegt niets.

'Je hebt genoeg motief zonder mij en mijn wolven hierin te betrekken,' zeg ik.

'Dat is het nou net. Niemand is hier gestorven totdat jij en je wolven kwamen opdagen.'

'Ik dacht dat niemand zei dat er iemand dood was.'

Hij lacht die zeldzame scheve glimlach van hem. 'Mijn fout.'

Hij laat een moment voorbijgaan en ik hoop dat dit voorbij is, dat hij het gaat afronden, maar in plaats daarvan zegt hij: 'Ben je getrouwd geweest, Inti?'

'Nee.'

'Heb je serieuze relaties gehad?'

Bijna wiebel ik, maar ik hou me stil. 'Nee.'

'Hadden je ouders een gewelddadige relatie?'

'Mijn ouders woonden aan weerszijden van de wereld en kenden elkaar nauwelijks.'

'Ik probeer erachter te komen waarom je een vrouw die je nauwelijks kent zo in bescherming neemt.'

'Omdat iemand dat zou moeten doen.' Ik spreid mijn handen op de tafel; ze trillen. 'Moeten we dat niet allemaal? Hoeveel vrouwen moeten er vermoord worden voordat we boos worden?' Mijn stem slaat over. 'Waarom zijn we niet allemaal boos? Waarom zijn we niet woedend, Duncan?'

Hij zoekt mijn gezicht af, maar geeft me niets.

Ik haal diep adem.

'Ik heb Stuart niet vermoord,' zeg ik gelijkmatig. 'Ik heb geen idee wat er met hem is gebeurd, maar de man is waarschijnlijk naar een zonnige plek vertrokken waar hij zich geen zorgen hoeft te maken over een mislukte boerderij en zijn eigen schaamte die hem elke ochtend vanaf de andere kant van het bed aanstaart.'

'Misschien. Of misschien ligt hij ergens dood.'

'Misschien.'

'Ik weet niet waar je op zondagnacht na halfdrie was.'

Ik ben het nu echt zat, ik wil hier als de donder weg. Ik haal adem en vertel wat ik hem niet op een gevoelig moment kon vertellen, ik smijt het naar hem toe als een wapen. 'Ik heb Stuart niet vermoord omdat ik iemand geen lichamelijk letsel kan toebrengen.'

'Hoezo?'

'Ik heb een aandoening die spiegelaanrakingsynesthesie wordt genoemd. Mijn hersens zorgen ervoor dat mijn lichaam de sensaties voelt die ik zie.'

Hij fronst, verbijsterd.

'Ik zal je mijn medische gegevens doorsturen.' Het waren er veel: het duurde een tijdje voor de diagnose gesteld was, omdat spiegelpijn zo zeldzaam is en door heel weinig specialisten begrepen wordt. Zelfs dan maakte het niet veel uit om de diagnose te hebben, want het was nooit een ziekte die behandeld moest worden of een probleem dat opgelost moest worden, maar gewoon een andere manier van bestaan. Het was alleen mijn moeder die genoeg om me gaf om me te helpen manieren te vinden om met mijn ziekte te leven. Vreemd genoeg heb ik bijna geen herinneringen aan die tijd met de dokters.

Duncan neemt dit in zich op, kijkt naar me, denkt erover na. Misschien terugdenkend aan onze nachten samen, zijn gewonde gezicht, mijn reactie daarop... Hij houdt zijn pen omhoog, tikt met zijn vinger tegen het plastic. 'Elke sensatie?'

Ik knik, niet in de stemming om de hele demonstratie door te nemen.

'Voel je dat? Waar?'

'Op mijn vingers, alsof ik de pen in mijn hand heb.'

Zijn ogen worden een beetje groter. 'Shit. Wat je ziet, voel je ook?'

'Ja.'

'Alles, Inti?'

'Alles.'

Er valt een lange stilte. Ik wacht tot hij het verder gaat testen, zijn lichaam ergens aanraakt zodat hij kan zien hoe ik het voel, en als hij dat doet zal ik hem haten.

In plaats daarvan zegt hij: 'Dus het is niet echt onmogelijk.'

'Wat?'

'Het zou moeilijk zijn, maar niet onmogelijk, toch? Om iemand kwaad te doen? Om zijn leven te beëindigen. Je zou er niet dood aan gaan.'

Ik staar hem aan. Is het mogelijk dat ik dit niet serieus heb genomen? Wil hij me echt de moord op Stuart aanrekenen?

'Denk je echt dat ik daartoe in staat ben?' vraag ik, in een poging de pijn uit mijn stem te houden.

'Het enige wat ik met enige zekerheid weet,' antwoordt Duncan, 'is dat we er allemaal toe in staat zijn. Laten we nu maar afronden, Inti, ik heb wat ik nodig had. Bedankt dat je gekomen bent.'

*

Aggie heeft het vuur laaien. Het is warm in het huisje en ze leest een boek met haar rug naar de vlammen. Ik zak naast haar op het oude tapijt; het heeft betere dagen gekend, hier en daar gemarkeerd door kolenvlekken van het vuur. Er zit een rode vlek in de hoek waarvan ik hoop dat het wijn was. Het hele huis heeft een flinke opfrisbeurt nodig, en ik zou het niet erg vinden om het zelf in te richten (alles heeft bloemen), maar toch, ik begin van ons kleine huis te houden. Aggie knijpt even vluchtig in mijn hand zonder op te kijken. Het is een van haar goede dagen en daar ben ik dankbaar voor, zo moe laat ik me op de grond zakken, met mijn rug plat, mijn ogen op het lage plafond gericht. Rookslierten ontsnappen uit de open haard en kronkelen zich een weg naar boven. Mijn zicht is een beetje wankel als ik naar ze kijk. Mijn handen rusten stilletjes op mijn buik. Ik word me ervan bewust en haal ze weg. Even stel ik me voor hoe Duncan zou hebben gereageerd als ik het er tijdens die ondervraging uit had gegooid.

'Er is een man verdwenen,' zeg ik tegen Aggie.

Vanuit mijn ooghoek zie ik dat ze het boek laat zakken.

'Ze gaan morgen in het bos naar hem zoeken. Ze zoeken vrijwilligers.'

Ga je? gebaart ze.

Ik knik en er verdraait iets in me. Het is walgelijk om te doen alsof ik hem wil vinden. Dit voelt als een ergere misdaad dan hem begraven, op de een of andere manier.

Wil je dat ik meega?

Ik hou mijn hoofd schuin om naar het gezicht van mijn zus te kijken. 'Zou je komen?'

Ze geeft geen antwoord en ik weet dat ze wil, dat ze bij me wil zijn, net zoals ik er alles voor over zou hebben om haar aan mijn zijde te hebben, maar er zijn kettingen rond dit kleine stenen huisje die haar binnenin gevangenhouden, en er zijn kettingen rond haar lichaam die haar binnenin gevangenhouden.

Het is toch te donker voor haar om het aan te kunnen. Ik kan haar niet vragen mee te gaan. Wat als we hem vonden?

'Nee,' zeg ik. 'Het komt wel goed.'

Denk je dat hij dood is?

Ik open mijn mond, maar er komt niets uit. In plaats daarvan knik ik stijfjes. Alle spieren in mijn lichaam lijken te zijn verkrampt; ik voel me duizend jaar oud.

Waarom?

Ik wil alles toegeven. Vóór Alaska zou ik dat gedaan hebben. Wat ik wist, wist Aggie. Maar nu is er een wereld waartegen ik haar wil beschermen, er is geweld dat op afstand moet worden gehouden.

'Omdat mannen zoals hij niet zomaar weggaan,' zeg ik. 'Dat is hetzelfde als afstand doen van alles wat van hem is. Als hij weg is, is dat omdat hij dood is.'

Er gaat iets door Aggie heen, een huivering van herinnering. Ze wordt erdoor verzwolgen en ik steek mijn hand naar haar uit, ik wil haar vangen voordat ze weer weg is, maar besef te laat dat ik een fout heb gemaakt. 'Hé,' zeg ik. 'Het is al goed.'

Komt hij? vraagt ze, en zoals elke keer als ze dit vraagt krijgt ze iets kinderlijks dat me zenuwachtig maakt.

Nee, gebaar ik, want dit is de taal die ze vertrouwt.

We ontmoeten elkaar rond zonsopgang bij de stallen van de Burns. Zo'n zestig mensen zijn gekomen om te helpen, naast een heleboel lokale politie en een aantal speurhonden. Hoewel wolf Nummer Dertien nog steeds in het hok zit en we ons allemaal zorgen maken over haar, is mijn team hier – Niels, Evan en Zoe zijn ongevraagd komen opdagen. Ik zie Amelia en Holly dichtbij staan, en rond Lainey, die wezenloos voor zich uit kijkt, staan een paar jonge mannen die haar broers van buiten de stad moeten zijn, plus Red McRae en burgemeester Oakes. Duncan en zijn team van agenten staan vooraan om ons onze bevelen te geven – we moeten altijd hoogstens een paar meter afstand houden, en we houden onze ogen gericht op de grond voor ons, scannend naar alles wat maar een teken van menselijke aanwezigheid zou kunnen zijn. Voetafdrukken, kledingstukken, persoonlijke bezittingen. Alles wat ongewoon is, is de moeite waard om aan te wijzen. Hij zegt niet dat we ook op zoek zijn naar een lichaam, maar dat weten we allemaal.

We gaan als één man het bos in, dit bos dat een stille plek zou moeten zijn, maar die stilte wordt al snel doorbroken door het lawaai van schreeuwende stemmen. Onze voeten vertrappen achteloos het struikgewas, onze handen rukken aan laaghangende takken om ze van onze paden te rukken. Alle dieren in deze omgeving zullen ons horen en zo goed als ze kunnen vluchten. Schuilplaatsen en nesten zullen onder de voet worden gelopen.

Ik bid dat de wolven hier ver vandaan zijn.

Bij het vallen van de avond zijn we koud en uitgeput, en we hebben geen lichaam gevonden. Stuart Burns ligt ten zuiden van het land dat we hebben bestreken. Ik wil vragen hoelang we dit volhouden, hoeveel terrein Duncan ons wil laten doorzoeken. Maar ik doe het niet. Ik moet doen alsof ik niet meer weet dan de rest van de bewoners. Ik moet dat lijk veel dieper in mezelf begraven dan ik het in de grond heb begraven.

14

Nadat pap verdwenen was, gingen Aggie en ik naar huis, naar Sydney, en een moeder die in de twee jaar dat we weg waren geweest niets was veranderd, of het moest zijn dat haar dikke donkere haar zilverkleurig was geworden. We knipperden met onze ogen en het leven was weer zoals het was geweest, alleen voelde ik me een wild wezen dat in het lichaam van een mens was gepropt. Ik voelde me teruggeroepen. Alleen in het bos had ik het gevoel dat ik leefde.

Ik studeerde hard en snel en rondde vóór mijn vijfentwintigste twee wetenschappelijke studies af. Aggie richtte zich op de puberteit die ze had gemist. Tegen de tijd dat ik afstudeerde had ze iets gehad met de helft van de mannen in Sydney. Ik gaf niet toe dat ik haar leven wilde in plaats van het mijne, dat ik degene wilde zijn die in het lichaam leefde, leefde voor aanraking en smaak en verlangen. Ik hoefde het niet toe te geven, ze wist het al.

Op een hete avond nadat ik aan mijn doctoraat was begonnen, ging ik naar mam in ons oude huis. Aggie en ik waren inmiddels verhuisd naar een kleine rijtjeswoning vlak bij mijn uni, maar ik probeerde zo vaak mogelijk bij mam langs te gaan, omdat ze 's avonds alleen foto's van criminelen of slachtoffers bestudeerde, en beide leken me die grimmig gezelschap.

Vanavond zat ze voor twee ventilatoren die niets anders deden dan de hete lucht verplaatsen. Ze wisselde slokken rode wijn af met ijsblokjes en had een van haar lopende zaken voor zich op de grond gelegd. Ik schonk een glas wijn voor mezelf in en ging naast haar zitten. Op mijn armen en benen spoot ik insectenspray, omdat ze nog steeds geen hor had om de muggen tegen te houden.

'Wat is dit?' vroeg ik haar.

Ze wierp een blik op me en werd zich nu misschien pas bewust van mijn aanwezigheid. 'Vermiste persoon.' Ze draaide een foto om zodat ik het gezicht van het tienermeisje kon zien.

'Kan ze zijn weggelopen?' vroeg ik, het lachende jonge gezicht bestuderend.

'Ze is niet weggelopen.'

'Wat is er dan gebeurd?' vroeg ik, want ik wilde het weten, maar ook weer niet. Ik wilde het altijd weten, maar ook weer niet. Een soort dans die mijn moeder en ik samen opvoerden, of misschien een wedstrijd die ik altijd hoopte te winnen, maar dat gebeurde nooit.

'Iemand heeft haar vermoord,' zei mam.

'Hoe weet je dat?'

'Omdat dat altijd is wat er gebeurd is, als iemand verdwijnt. Dat weet elke agent.'

'Maar misschien ook niet,' zei ik zacht. 'Misschien is ze op avontuur.'

'Ik zou die wereld waarin je leeft wel eens willen bezoeken, meisje,' zei mam. 'Hij klinkt vriendelijker dan deze.' Dan: 'Hoe gaat het met de wolven?'

'Die zijn hier ver vandaan.'

'Wat houdt je dan tegen?'

'Ik heb betere vooruitzichten op een baan als ik promoveer.'

'Je rekt tijd omdat je Aggie niet wilt achterlaten.'

'Waar heb je het over?' Aggie achterlaten was niet eens een optie. Zou het mogelijk zijn dat mam dat nog stééds niet begreep?

Ze haalde haar schouders op en wreef een stukje ijs over haar voorhoofd. 'Een van jullie zal de ander uiteindelijk moeten achterlaten.'

'Waarom?'

'Omdat zij niet in het bos thuishoort, en jij wel,' zei mam eenvoudig.

Plots stonden er tranen in mijn ogen. 'Maar dat wil ik niet zonder haar.'

Mam bestudeerde mijn gezicht. Dat van haar werd wazig. 'Harder worden.'

Een paar weken later zat ik op het gras van de campus van de universiteit van Sydney en genoot van de avondzon. Mijn ogen begonnen dicht te vallen toen een schaduw over de pagina's van mijn boek viel. Ik keek op naar het silhouet.

'Hallo,' zei het.

'Hallo,' antwoordde ik.

De man verschoof zodat ik hem kon zien, de vorm en gelaatstrekken van een vreemde. Lang, hoekig gezicht, netjes gekapt en geschoren. Zijn eau de cologne walmde fris op me neer en riep iets bekends bij me op. 'Is dit voor of na je les?'

'Na.'

'Zal ik een drankje voor je bestellen, dan kun je me vertellen hoe het was.'

Merkwaardig.

Ik keek hoe laat het was. Aggie zou nog uren bezig zijn met lesgeven aan haar taalstudenten. Het was niets voor mij om bevriend te raken met vreemden, tenzij ik met mijn zus was, maar dan benaderden ze me niet zomaar en maakten ze het me niet zo makkelijk.

'Waarom niet,' zei ik, terwijl ik mijn boeken in mijn rugzak deed. Hij bood me een hand om me te helpen opstaan en ik nam die aan, waarbij ik merkte dat hij bezweet was.

In de bar van de universiteit zaten we buiten in de zon, tussen de groep studenten. Ik hield van deze lange zomeravonden, waarop het pas laat donker werd.

'Wat was je les vandaag?' vroeg de man. Hij leek ouder dan ik, maar niet te veel. Ik vroeg me af of hij een student was of een docent.

'Het was gewoon een gesprek met mijn begeleider.'

'Begeleider van...'

'Mijn doctoraat.'

'Huh. Kijk eens aan. Je verrast me nu al.'

Ik fronste mijn wenkbrauwen. Ik wist niet goed of ik beledigd moest zijn.

'Wat is je onderwerp?'

'Wolven.'

Hij lachte. 'Natuurlijk. Typisch academisch gelul, iets bestuderen in een land dat zo ver mogelijk van echte wolven af ligt, wat betekent dat je nooit achter je computer vandaan hoeft te komen.'

Ik staarde hem aan.

'Dus vertel me eens wat je leert over wolven uit een boek,' zei hij.

Ik keek weg, over de grasvelden naar de vijver waar de eenden zwommen. Dikke witte ganzen waggelden langs de oever, vrolijk snaterend. Een briesje streek de haren van mijn voorhoofd. Ik zou hem zijn naam kunnen vragen, maar op de een of andere manier wist ik dat dit een deel van het spel was. Ik zou het niet vragen tot hij het deed.

'Kom op, meid,' zei hij, 'ik heb belangstelling, ik geef het toe.'

Toen ik weer naar hem keek, leunde hij dichterbij. Een grote man, zo groot als een linebacker, en in dit licht had hij het uiterlijk van een ouderwetse filmster, al die scherpe hoeken, zo schóón als hij was. Het drong tot me door hoe knap hij was en plotseling had ik niet alleen een diepgewortelde afkeer van hem, ik wilde hem ook, en tot mijn grote schrik wilde ik indruk op hem maken.

'Ik bestudeer de cognitieve kaarten die wolven maken van hun territorium. Ze geven die geografische en temporele kaarten van generatie op generatie door en kennen hun land zo goed dat ze nergens heen gaan zonder bewust doel. Wolven zwerven niet. Ze bewegen doelbewust en ze leren hun pups hetzelfde te doen. Ze kunnen de mentale beelden met elkaar delen.'

'Hoe doen ze dat?'

'Door te huilen. Hun stemmen schetsen beelden.'

Nu keek hij me echt aan, en ik dacht niet dat iemand me ooit zo had aangekeken, met zulke honger.

'Oké, dat is best cool,' opperde hij. 'En waarom dat dan?'

Ik haalde mijn schouders op. 'Ik vind het interessant dat sommige wezens herinneringen kunnen doorgeven, en dat sommige herinneringen zo diep zitten dat ze in het lichaam kunnen leven, in plaats van alleen in de geest.'

'Niets leeft in het lichaam, niet echt, dat is gewoon een truc van je hersens.' Hij streek met een vinger langs mijn hand, de hand waar mijn gin-tonic in zat. Ik schrok ervan. 'Het waren je hersens die dat voelden, niet je hand.'

'En als je niet op je hersens kunt vertrouwen?' Soms maakte de werking van mijn verstand het leven erg moeilijk. Natuurlijk maakte het het soms ook geweldig. Ik was niet van plan dat toe te geven: een gevaar waar ik lang geleden voor heb leren waken. Mannen vatten het op als een uitnodiging om me op de proef te stellen, om me aan te raken. 'Wat studeer jij?' vroeg ik, om van onderwerp te veranderen.

'Neurochirurgie.'

'Ben je hersenchirurg? Kut.'

'Betrapt. Of dat word ik.'

'Nu voel ik me dom dat ik het de hele tijd over hersens had.'

'Nee, hoor. Ik ben maar een slager. Kom, laten we een stukje gaan lopen.'

Ik knipperde met mijn ogen. 'Hoe zit het met onze drankjes?'

'Ik heb geen dorst meer.'

Hij leidde ons door het park en door de straten van de stad. Ik stuurde Aggie snel een sms'je dat ik haar later thuis zou zien, en voelde een golf van opwinding bij de gedachte hoezeer ze zou instemmen met dit onverwachte rendez-vous. Ik had bijna tegen haar gezegd dat ze naar ons toe moest komen, want iets interessants doen zonder haar was onnatuurlijk voor me, maar ik herinnerde mezelf eraan dat er dingen moesten zijn die ik alleen deed. Mams woorden flitsten ongevraagd door mijn hoofd. *Een van jullie zal de ander uiteindelijk moeten achterlaten.*

We liepen een hele tijd en de vreemdeling was voor het grootste deel een vlotte gesprekspartner, op af en toe een moment na dat hij zo abrupt van onderwerp veranderde dat ik bijna een whiplash kreeg. Op die momenten was er iets in zijn ogen te zien, een flits van verveling misschien? En dan ging hij over op iets anders en ik moest rondscharrelen om me te oriënteren.

Al snel veranderde hij van richting, net zo scherp als hij van onderwerp veranderde, en we stonden voor een flatgebouw. Zonder te vragen ging hij naar binnen en wachtte tot ik hem zou volgen.

Ik aarzelde. Ik zei tegen mezelf dat dit te veel was, een veel te grote veronderstelling, en bovendien gevaarlijk, maar als ik eerlijk ben was het maar voor een fractie van een seconde. De opflakkering van adrenaline voelde aan als angst, maar ook als een verlangen naar iets, wat dan ook, en altijd was er mijn onverzettelijke nieuwsgierigheid die de rest oversteeg. Dit lichaam van mij dat dingen zocht en wist die ik niet wist. Dus volgde ik hem naar binnen en liet de lift ons naar de bovenste verdieping brengen en toen volgde ik hem naar zijn appartement. Om iets van mezelf te hebben. Om iets te voelen waar ik niet alleen maar naar had gekeken.

De volgende ochtend bracht hij me naar huis. Ik wist nog steeds niet hoe hij heette. Hij wist nog steeds niet hoe ik heette. Ik werd overspoeld door de onstuimige herinneringen van die nacht, het gevoel van de zijden banden om mijn polsen die me aan het bed vasthielden, het gevoel van zijn mond op mijn lichaam, de opwinding die dat teweegbracht, het gevoel dat ik in een ander leven woonde.

Toen hij voor ons huis stopte, realiseerde ik me dat ik hem niet had verteld waar ik woonde.

Er werd iets koud vanbinnen.

Maar een klein stil stukje, het duisterste deel van me, vermoedde het al, toch? Wist ik het niet vanaf dat eerste moment?

Hij leek ontspannen, een beetje ongeduldig. Hij moest naar zijn werk. Dus toen hij me kuste, was het zonder de trage, slepende passie van de vorige nacht, maar er was een ander soort vertrouwdheid, iets wat duidelijk maakte dat hij dit al eerder had gedaan.

'Dag, meid,' zei hij. 'Doe me een plezier en denk vandaag aan me, oké? Denk aan me als je onder de douche staat.'

Ik stapte versuft uit en liep naar binnen.

Aggie riep naar me vanuit de keuken. 'Kom. Nu. Vertel.'

Ik ging op het bankje in de keuken zitten. Aggie schonk koffie uit de percolator op het fornuis. 'Je ziet er vreemd uit,' zei ze.

'Ik weet eigenlijk niet wat ik moet zeggen,' gaf ik toe. 'Het was... onverwacht.'

Misschien had ik hem wel verteld waar ik woonde. Dat moest wel. Ik was die ochtend afgeleid. Toen de gedachte zich opdrong, zonk ik weer weg in de opwinding ervan. 'Ik weet niet eens hoe hij heet.'

'De tering.' Aggie gooide haar hoofd achterover en jankte als een wolf.

'Sst,' lachte ik.

Zonder waarschuwing ging de deur van ons terrasje open en er stapte iemand naar binnen. Ik schrok, maar toen zag ik dat hij het was, de man, en er kwam een onverwachte lach bij me op, en toen gebeurde er van alles tegelijk, hij zei: 'Je hebt je telefoon in mijn auto laten liggen, meid,' en ik zei: 'O,' en Aggie zei: 'Hallo, knapperd,' en om de een of andere reden liepen we allebei naar hem toe en toen bleef hij staan en wij bleven staan en we staarden elkaar alleen maar aan toen wederzijds afgrijzen opkwam.

'Shit,' zei hij. Hij wierp me een snelle blik toe, een blik die leek te smeken om iets, om genade, misschien. En toen verschoof zijn blik, voorgoed, naar Aggie. 'Ik wist het niet,' zei hij duidelijk. 'Ik wist het niet, Aggie. Ik dacht dat jij het was.'

Aggie keek naar mij, en ik keek naar haar.

'Dat is zo,' zei ik. 'Hij dacht echt dat jij het was. Hij heeft nooit naar mijn naam gevraagd.'

In doodsangst wachtten we op haar reactie.

En ze brak mijn hart toen ze met haar vrijgevigheid zei: 'Moeten we lachen? Of hem vermoorden?'

Zijn naam was Gus Holloway. Hij was Aggies nieuwe vriend, de vriend die ik nog niet had ontmoet vanwege zijn gestoorde werktijden. Hij was dertig, speelde elke dinsdagavond rugby, en hij liep zijn coschappen in het RPA Hospital. Hij deed 's ochtends zes scheppen suiker in zijn koffie en dronk alleen maar Fireballs, en hij had Aggie leren kennen omdat ze zijn neef Japans leerde. Hij brak regels. Hij was de personificatie van zelfvertrouwen. Hij kon haar met een blik laten klaarkomen. Hij had zeven sets lakens van Frans linnen en verschoonde ze elke dag.

Dat waren de dingen die ik wist voordat ik Gus ontmoette.

Wat ik na die nacht wist, waren dingen waar ik geen recht op had om te weten.

En wat ik niet wist. De dingen die ik nog niet over hem wist hoorden diep in de lelijkste krochten van zijn ziel, op een plek die mijn moeder had gezien en waarvoor ze ons geprobeerd had te waarschuwen, alleen luisterde ik niet naar haar, ik luisterde nooit.

Het was al laat toen hij eindelijk vertrok. Ik verstopte me in mijn kamer. Ik wist niet hoe ik hem ooit weer onder ogen zou kunnen komen. Ze praatten daar urenlang, en toen deden ze dat andere ding dat ze blijkbaar altijd doen, het ding dat waarschijnlijk betekende dat ze het hadden bijgelegd. Hoe klein en onwaardig moet ik de vorige avond zijn geweest, vergeleken met het hartstochtelijke wezen dat hij normaal had. Hoe had hij het niet kunnen weten?

Aggie kwam mijn kamer binnen en schoof naast me op het bed.

'Hij zei dat hij dacht dat we ons spelletje speelden,' zei ze tegen me. 'Waarbij we doen alsof we personages zijn.' Ze schudde haar hoofd en gaf toen toe: 'Dat spelen we soms. Het begon als een manier om me te helpen repeteren.' Het amateurtheatergezelschap waarbij ze zich had aangesloten. Dat toneelstuk waar ze alleen maar in zat omdat ze Duits kon.

Ik knikte en wist niet wat ik moest zeggen.

Misschien wist hij het niet. Misschien wist ik het ook niet. Ik wist het niet, niet echt. Niet bewust.

Ik dacht aan de blik op zijn gezicht toen hij ons vanmorgen naast elkaar zag staan. Er was geen verrassing in zijn ogen, alleen schuldgevoel.

'Sorry,' zeg ik. 'Aggie. Ik heb het verknald.'

'We delen hem wel.'

'Wat zeg je nou?'

'Ik kan me niet voorstellen dat hij nee zou zeggen.' Ze pakte mijn hand en kneep erin; ze had iets koortsachtigs en ze maakte echt geen grapje, er was iets losgekomen in haar hoofd. 'Ik doe niets zonder jou. Dat is niet wat wij zijn. We delen.'

Ik stak haar haar achter haar oor. 'O man. Jij moet wel de meest vrijgevige en losgeslagen persoon op aarde zijn.'

Ze lachte tegen mijn schouder en ik kon niet zeggen of ze misschien huilde.

'Ik kan niks hebben met iemand als ik weet dat jij hem leuk vindt,' zei ze. 'Dat doe ik niet. Ik dump hem wel.'

'Ik vind hem niet leuk,' zei ik. 'Hij verveelde zich toen ik praatte.'

Ze lachte door haar tranen heen. 'Dat doet hij. Hij is eigenlijk een beetje een eikel.'

15

Ze huilt nog steeds, sommige nachten. Nummer Zes. Evan wilde haar Ash noemen, toch? Ze huilt om haar partner, maar nu om haar kracht, om haar territorium af te bakenen, om er aanspraak op te maken en vijanden af te weren. Ze leert haar baby's te huilen, uitdagend in het donker, en met de dag worden ze sterker. Binnenkort zal ze ze leren jagen. Ze zullen het vroeg moeten leren, want er is geen roedel die voor ze kan doden.

In de aula van de school wordt een bijeenkomst belegd over de zoektocht naar Stuart. Deze keer staat er niemand op het podium. Duncan staat op zijn plek bij de deur en kijkt naar het publiek. Dit is geen politiebijeenkomst, maar een bijeenkomst die is belegd door Laineys broers, die vooraan in het publiek zitten. Een van hen, minstens tien jaar jonger dan Lainey, gaat naar de microfoon. 'Bedankt dat jullie gekomen zijn,' zegt hij. Hij kan hoogstens een tiener zijn, maar hij spreekt met een duidelijk en klinkend zelfvertrouwen. 'Mijn zwager is nu al twee weken vermist. De politie heeft geen enkele reden om te vermoeden dat hij ervandoor is gegaan – ze zoeken naar dingen als telefoongegevens en eventuele afschrijvingen van bankrekeningen en die zijn er niet, en ze hebben ook zijn telefoon, die thuis was achtergelaten, wat betekent dat het er steeds meer op lijkt dat er iets met hem is gebeurd. Of het een ongeluk was of niet, iemand weet iets en we zijn van plan het uit te zoeken. We loven een geldbeloning uit voor alle informatie die de politie kan leiden naar de verblijfplaats van Stuart.'

Iemand in de menigte staat op. Een vrouw. 'Niemand gaat je iets vertellen, jongen. Of wolven moeten hun zonden gaan opbiechten.'

O fuck.

Evan zit naast me. Hij pakt mijn hand en knijpt er hard in, minder om mij te troosten dan zichzelf, denk ik. We hadden gehoopt dat deze dag niet zou komen.

'We weten allemaal wat er gebeurd is,' gaat ze verder. 'We moeten die arme man laten rusten, maar dat moeten we doen in de wetenschap dat zijn lichaam verloren is.'

'Niet verloren,' zegt iemand anders.

'Dit is precies wat we wisten dat er zou gebeuren,' zegt een andere stem.

Ik sta op en loop naar de microfoon op het podium. 'Mag ik?' zeg ik tegen de jongen, en het lijkt erop dat hij bezwaar gaat maken, maar dan haalt hij zijn schouders op en gaat opzij. 'Voordat dit uit de hand loopt,' zeg ik duidelijk, 'wil ik graag uitleggen dat als een wolf een mens had gedood, we dat zouden weten. Dan hadden we resten gevonden. Wolven eten de maag van hun prooi niet op. Ze verbrijzelen botten, maar alleen om bij het merg te komen, wat scherven achterlaat. Ik kan jullie verzekeren dat er voor ons nog iets over zou zijn om te vinden. Op zijn minst bloed, en heel veel.'

Er valt een zware stilte en ik besef dat ik ze alleen nog maar ongeruster heb gemaakt.

De bijeenkomst loopt ten einde. Maar ik heb in hun gezichten gezien waar ik bang voor was. Ze geloven me niet. Het kan ze niet schelen wat ik zeg. Er nadert iets, als een storm. Ik zal proberen het tegen te houden, maar vroeg of laat zal hun angst toeslaan. Als er geen dader wordt gevonden, gaan ze met wapens het bos in.

Buiten roep ik naar Lainey, maar ze wordt door haar broers in een auto geduwd. Ze zijn met z'n vijven, en een van de oudste, niet de jongen die ik sprak, gaat voor me staan. 'Niet nu,' zegt hij. 'Ze is moe.'

'Ik wil alleen zien of alles goed met haar is. Mijn naam is Inti, ik ben een vriendin van haar.' Het woord komt er makkelijk uit, maar is het waar?

'We weten wie je bent. Ze heeft geen beelden meer nodig van wolven die botten verbrijzelen, oké?'

Ik loop leeg. Lainey staart vastberaden voor zich uit en wil duidelijk niet met me praten. Ik wilde geen vrienden toen ik hier kwam, en nu zou ik willen dat ik er voor haar kon zijn, maar zo werkt het niet. Ik heb van mezelf een bron van conflicten in haar leven gemaakt. Ik heb alles erger gemaakt. 'Het spijt me,' zeg ik tegen haar broer. 'Dat beeld wilde ik niet oproepen. Maar jullie weten dat dat niet is wat er is gebeurd, toch? Anders zouden jullie geen beloning uitloven.'

'We dekken ons gewoon in,' zegt hij vlak. 'Niemand van ons verwacht dat geld te moeten betalen.'

*

De wolvenjongen zijn ongeveer twee maanden oud en ze zijn uit hun hol gekomen, schriel en groezelig, met poten en oren die te groot zijn voor hun lichaam. Ze worstelen en spelen aan één stuk, struikelen over zichzelf en gillen van opwinding. Ze zijn verhuisd naar een ontmoetingsplaats – waar ze zouden rondhangen met de rest van hun roedel als ze er een hadden – niet ver weg van hun schuilplaats, en gelukkig voor mij is het een zichtbaar stuk gras tussen de weinige bomen. Ik ga de meeste dagen naar ze toe en blijf op een afstand om te kijken zonder ze te storen. Ze weten dat ik hier ben. Ze kunnen me op bijna drie kilometer afstand ruiken. Hoe vaker ik kom, hoe meer ze aan me gewend raken, en dat is precies waar ik me tegen zou moeten beschermen, en toch blijf ik komen, gefascineerd door ze en ook met de dag banger dat er een jager tussen de bomen vandaan zal stappen die ze allemaal neermaait.

Ondanks mijn eigen regels ben ik Nummer Zes als Ash gaan beschouwen. Ze waakt over haar pups tot ze gedwongen wordt ze achter te laten om te jagen. Normaal gesproken zijn er andere wolven om op ze te passen, dus ik blijf meestal in een slaapzak liggen, hoewel ik geen idee heb wat ik kan doen als er jagers komen. Tussen ze in gaan staan, denk ik – hoewel ik op dit moment niet zeker weet of dat echt een afschrikmiddel zou zijn.

Menselijke jagers zijn niet de enige bedreiging voor de onbeschermde pups. De Tanarroedel, sterk met vijf volwassen wolven, is hier niet ver vandaan. Ze zwerven rond en breiden hun territorium uit. Als ze dit land willen opeisen, kunnen ze opdagen, vastbesloten om de pups te doden voordat ze volwassen wolven worden die een bedreiging kunnen vormen. Maar er komen geen andere wolven, en de pups brengen hun tijd spelend en slapend door, of oefenend hoe ze hun broers en zussen moeten besluipen en aanvallen.

Ik heb Ash een paar keer zien terugkomen, haar buik opgezwollen doordat ze zoveel als ze kan naar binnen heeft geschrokt, want er wachten zes hongerige monden op haar. Ze wordt omringd door haar pups, die haar snuit likken om haar te laten weten dat ze uitgehongerd zijn. Ze braakt het vlees uit en zij slokken het op, waarbij ze met elkaar vechten om de grotere stukken. Als ze aan haar bek blijven likken, gromt ze soms om hun gulzigheid te beteugelen, en in de flits van dominantie kan er geen misverstand over bestaan dat dit een broedend vrouwtje is, een leider. Haar pups trekken zich meteen terug.

Als ze willen overleven, deze jonge roedel, moet Ash nieuwe leden werven – wolven die met haar kunnen jagen, haar helpen de pups groot te brengen en haar helpen rivaliserende roedels te bestrijden.

Ik lijk ze niet achter te kunnen laten. Het wordt een probleem.

Thuis heeft Aggie een groentelasagne gemaakt, met voornamelijk champignons, nadat ik had uitgelegd dat ik op het Schotse platteland niet aan aubergines kon komen.

'Je hebt vast de hele dag gekookt!' zeg ik terwijl ze de folie verwijdert en een hemelse geur me tegemoetkomt. Ze is nog steeds niet naar buiten gegaan om kennis te maken met Gall. Dat zegt waarschijnlijk meer over haar geestelijke gezondheid dan wat dan ook. Ze houdt net zoveel van paarden als pap.

Is Dertien al uit haar kooi gekomen? vraagt Aggie.

'Ze gaat eruit en weer terug om eten te zoeken. Maar nee, niet echt, en Twaalf – de jonge reu uit de Glensheeroedel – is aan het rondsnuffelen.'

Loopt ze gevaar door hem?

Ik aarzel en knik dan.

Het heeft geen zin om tegen haar te liegen.

Sluit de kooi.

'Haar weer opsluiten? Echt niet, dat kan ik niet doen.'

Ik kijk hoe mijn zus de lasagne snijdt en op borden serveert. Ze is boos op me. Ik probeer het uit te leggen. 'Ze overleeft het niet als ze niet voor zichzelf kan zorgen. Als ze bang voor hem is, kan ze vluchten of ze kan vechten. Maar opgesloten zitten in een kooi is geen leven. Het is beter dat ze vrij is om te sterven.'

Aggie kijkt naar me op. *Ze blijft daar niet voor niets in.*

Ik schud mijn hoofd en begin te eten. Met een mond vol mompel ik: 'Angst. Het is gewoon angst en dat is zwakte.'

Ik kijk haar niet aan als ze iets probeert te gebaren, dus geeft ze me een harde por om me naar haar handen te laten kijken. *Je bent helemaal verkrampt.*

'Wat?' snauw ik, en ik denk dat ik weer iets verkeerd heb begrepen, maar ze vormt opnieuw dezelfde woorden. 'Wat wil je dat ik zeg?'

Laat het los.

'Nou wordt-ie mooi.' Ik stop de laatste hap lasagne in mijn mond, maar ik kan het niet meer proeven. 'Ik moet vanavond even weg.'

Vriendje? gebaart ze.

'Ik heb geen vriendje.'

Haar wenkbrauwen gaan omhoog.

'Ik ben bij de wolven geweest.'

Ze kijkt me sceptisch aan. Gebaart dan: *Het is een bosbes.*

'Hè?'

Aggie houdt haar hoofd schuin. *Je baby is zo groot als een bosbes.*

Mijn wangen worden warm. Alle irritatie die ik voelde vloeit weg en ik pak haar hand, want natuurlijk weet ze het. 'Het maakt niet uit. Ik vertel het hem vanavond. Dat ik het niet hou.'

Je hoeft niemand iets te vertellen.

Ze heeft gelijk, dat is waar. Het is niet echt nodig om Duncan hiermee op te zadelen – ik weet dat hij het met mijn beslissing eens zal zijn, want hij heeft nooit kinderen gewild en dat heeft hij me uitdrukkelijk gezegd. Bovendien is het niet zijn beslissing om te nemen. En toch voel ik dat ik door het bos naar zijn huisje word getrokken, en ik weet dat ik het hem moet vertellen, alleen wil ik niet uitzoeken waaróm ik dat moet.

Van wie is het? vraagt Aggie.

'Van niemand. Het was een vergissing.'

Heeft hij je pijn gedaan? vraagt ze, en wat pijn doet is de vraag zelf, dat dit is wat ze is gaan verwachten, en echt, waarom zou ze dat niet?

'Nee.'

Aggie neemt me op. *Doe het niet voor mij. Vanwege mij.*

'Het is voor mij,' zeg ik tegen haar. 'Het is jij en ik, weet je nog?'

Aggie omhelst me innig.

'Jij en ik,' zeg ik nog een keer. Een mantra om haar bij elkaar te houden, mezelf bij elkaar te houden.

Er is nog steeds een heuveltje, maar als je niet wist dat het door mensenhanden was gemaakt, zou je het niet kunnen zien. Ik sta erbij stil en vraag me af welke geheimen het lichaam daar heeft. Levend in het moment dat ik hem vond, in de openheid van zijn vlees, de leegte van zijn ogen. Ik stel me voor dat ik hurk en mijn handen tegen zijn ingewanden druk, ze terugduw waar ze thuishoren en hem afsluit, ik stel me voor dat ik zijn huid weer samensmelt tot zijn ogen opengaan. Ik zou er alles voor over hebben om die ochtend in de mist gedroomd te hebben. Ik fantaseerde dat hij dood was, maar zijn dood heeft alleen maar meer problemen gebracht.

Ik zak op mijn hurken en denk terug, ondanks de misselijkheid die dit met zich meebrengt. Ik probeer de herinnering aan zijn lichaam op te roepen, probeer iets op te merken wat ik misschien gemist heb, een wond die anders is dan de andere, iets wat me een aanwijzing zou kunnen geven, een duwtje in de goede richting, wat dan ook. Als ik er door een wonder achter kan komen wie hem echt vermoord heeft, zou ik de wolven kunnen vrijpleiten. Zouden ze veilig zijn. Ik misschien niet, maar dat is een andere kwestie.

Hoe dan ook, als Stuart al zo'n wond had, heb ik die niet gezien. Ik zag alleen bloed en de binnenkant van dingen die ik niet had mogen zien.

Ik ga verder door het donkere bos. Terugkerend langs het pad dat ik die ochtend nam, en zo vaak daarvoor. Geluid kabbelt zachtjes uit Duncans huisje. Ik hoor het voordat ik het rozige licht zie. Ik had niet verwacht dat ik een praatje zou moeten maken, maar ik verman mezelf en klop toch op de deur. 'Ik doe wel open,' hoor ik een vrouwenstem zeggen, en mijn maag draait zich om en ik sta op het punt me om te draaien en weg te rennen als de deur openzwaait en ik Amelia zie.

'Je ziet er opgelucht uit,' zegt ze lachend.

'Ik... ja,' zeg ik. 'Hoi.'

'Hoi.' Ze kust mijn wang en trekt me mee naar binnen. 'Ik wist niet dat je zou komen. Wat een leuke verrassing.'

'Ik kwam alleen even met Duncan praten, maar ik kan wel een andere keer komen.'

'Doe niet zo dom.'

Ik was Duncans etentjes vergeten. De kleine woonkamer is vol. Holly is er, net als Fergus Monroe, onze piloot, wat me verbaast omdat ik niet wist dat hij en Duncan vrienden waren, en de politieagent, Bonnie. Ze zitten allemaal op een kluitje en bewerken zo te zien hout op een enorm stuk katoen wat is neergelegd om de vloer te beschermen. Duncan zelf is in de keuken aan het koken en als hij opkijkt en mij ziet, fronst hij zijn wenkbrauwen.

Wie zal ik vanavond zijn – verdachte in een verdwijning, of een vrouw die onlangs de relatie met hem beëindigde? Hoe dan ook, ik denk niet dat hij veel reden heeft om me hier te verwelkomen. Hij schenkt een glas wijn voor me in en als hij het me aanreikt raken onze vingers elkaar en ik denk dat het misschien met opzet is. Hij speelt een spel, een spel dat de twee vrouwen samenbrengt en hem in de problemen kan brengen. Ik vraag me af of ik het lef heb om het spel mee te spelen. Ik denk eigenlijk van wel.

'Wat zijn jullie aan het doen?' vraag ik aan de groep.

Ze grinniken allemaal, behalve Duncan, die zich omdraait om zijn glimlach te verbergen. 'Duncan heeft besloten dat het de missie van zijn leven is om timmerman te worden, maar hij is er echt, ontegenzeggelijk, slecht in,' legt Amelia uit, 'dus komen we af en toe bij elkaar om hem te helpen de rotzooi op te knappen die hij heeft gemaakt, en in ruil daarvoor kookt hij voor ons, waar hij eerlijk gezegd niet slecht in is.'

Nu begrijp ik tenminste waarom zijn huis zo vol staat met slecht gemaakte meubels.

'Ben je goed in schuren?' vraagt Bonnie me.

Ik zak naast haar op de grond. Ze schuurt de poot van wat eruitziet als een klein, scheef salontafeltje. 'Ik doe niks liever,' zeg ik.

Ze grijnst. 'Begin dan maar.'

Ik luister naar de praatjes van de anderen terwijl we werken. Hun stemmen zweven over me heen terwijl ik me op mijn taak concentreer. Ik wil niet overweldigd raken door het gevoel van wat ze aan het doen zijn. Ik ben moe vanavond, en mijn eigen sensaties zijn genoeg.

Duncan is klaar met koken en brengt elk van ons een kom *shepherd's pie*. 'Nee, dank je,' zeg ik.

'Heb je al gegeten?'

'Ik eet geen vlees waar ik niet zelf op heb gejaagd.'

Hij schiet in de lach. 'Je moet jezelf eens horen, Inti Flynn.'

Ik moet ook lachen. Hij draagt weer een handgebreide wollen trui. Deze is crèmekleurig en heeft een ruitpatroon. Het maakt zijn ogen donker.

'En, hebben Duncan en Bonnie je al ondervraagd, Inti?' vraagt Amelia me met niet-geringe vrolijkheid.

'We hebben iedereen ondervraagd,' zegt Bonnie, alsof ze het al eerder heeft gezegd. 'Dat moest wel.'

'Eerlijk gezegd had ik Duncan helemaal voor mezelf,' zeg ik, terwijl ik een blik op hem werp, en even zijn we daar weer samen in die kamer.

'En, hoe bracht ze het ervanaf?' vraagt Amelia hem. 'Hebben we een moordenaar in ons midden?'

'Daar ben ik nog niet uit,' zegt hij, en dan lacht hij die scheve glimlach, en ik weet niet helemaal zeker of hij een grapje maakt.

'Ze had een alibi,' zegt Bonnie.

'Wat was het?'

Bonnie lijkt het ook grappig te vinden. 'Dat is niet aan mij om te zeggen.'

Dus Duncan heeft het haar verteld. Ik neem aan dat hij mijn alibi was en ik dat van hem. 'Je hebt het me nooit gevraagd,' zeg ik.

'Wat?' zegt Bonnie.

'Je hebt me nooit naar mijn alibi gevraagd. Vind je niet dat je dat had moeten doen?'

'Dat hebben we van iemand anders gekregen.'

'En je hebt er niet aan gedacht om erop terug te komen, het met mij te bevestigen?'

Ze heeft het fatsoen om beschaamd te kijken.

Ik richt mijn ogen op Duncan.

'Ik wilde je je niet ongemakkelijk laten voelen,' zegt hij.

'Waar hebben jullie het over?' vraagt Amelia op hoge toon.

'Ik was hier die nacht,' zeg ik, omdat ik wil zien hoe Duncan reageert.

'Is Duncan je alibi?' zegt Fergus, en hij schiet in de lach. 'Dat moet wel een vorm van belangenverstrengeling zijn.'

Amelia en Holly lijken het ook grappig te vinden, terwijl Bonnie zenuwachtig aan hout friemelt.

'En ik ben dat van hem,' zeg ik. 'Niet dat het me gevraagd is.'

'Een vergissing,' zegt Duncan. 'Wanneer het je uitkomt laat ik je wel terugkomen naar het bureau. Ik heb nog een paar vragen die ik je toch al wilde stellen.'

'Joepie.'

'Het is allemaal enorme tijdverspilling, toch?' vraagt Holly. 'Als we weten dat die klootzak ervandoor moet zijn. Tot over zijn oren in de schulden.'

Daarbij spitsen mijn oren zich. 'Bij wie had hij schulden? De bank?'
'Onder andere,' zegt Holly.
'We hoeven het niet over de financiën van de man te hebben,' zegt Fergus.
'Nee, maar het is een goede reden om uit je leven te verdwijnen,' zegt ze.
'Het had Lainey kunnen zijn,' zegt Amelia.
'Meel!' zegt Bonnie op berispende toon.
'Ik zeg het alleen maar! Als ik het was geweest die hij in elkaar sloeg, had ik hem jaren geleden al begraven. Je kunt mij niet wijsmaken dat zij niet jullie belangrijkste verdachte is.'
'Hij is niet doodverklaard,' zegt Bonnie.
'Het was meer dan in elkaar slaan,' zegt Holly.
'Dat bedoel ik,' zegt Amelia. 'Hij was een smerige klootzak.'
'Dat was hij niet altijd,' mompelt Fergus.
'En moet dat ons boeien?' zegt Amelia, haar eeuwig goede humeur nu verdampt. Er is een gevoel van verraad in haar en ik denk dat ze Stuart al heel lang moet kennen, net als zij allemaal.
'Waardoor is hij veranderd?' vraag ik.
Niemand heeft een antwoord, ze halen alleen hun schouders op, schudden hun hoofd.
Het is Duncan die zegt: 'Mannen leren om ervan uit te gaan dat ze de controle hebben, maar in een moderne samenleving is dat niet meer zo, dus sommige mannen voelen het wegglijden en dat vernedert ze. De vernedering maakt ze boos, en dan gewelddadig.'
'Breng het patriarchaat ten val!' roept Amelia.
'Jezus,' mompelt Fergus, terwijl hij naar zijn borst grijpt.
'Ik neem het haar niet kwalijk dat ze het ergens anders heeft gezocht,' zegt Holly.
'Hol,' waarschuwt Amelia snel.
'Sorry.'

Er valt een stilte. Mijn gedachten schieten alle kanten op om er wijs uit te worden – had Lainey een verhouding? Ik probeer me voor te stellen wie het geweest kan zijn. Het lijkt me dat diegene de hoofdverdachte zou zijn voor Stuarts dood.

Fingal tippelt naar me toe en kruipt naast me op de grond. Zijn kop laat hij in mijn schoot rusten. Ik stop met schuren om hem te aaien. Hij is in slaap gevallen tegen de tijd dat het wolvengehuil door het huisje snijdt.

'God sta ons bij,' zucht Fergus. 'Daar gaat ze weer.'

Fingal tilt zijn kop op om te luisteren, trillend van spanning en met spitse oren. Hij kijkt mij vragend aan en kijkt dan naar zijn baasje voor instructies. Moet hij ons beschermen? Is dit een oproep aan hem, een waarschuwing of een uitnodiging? Roert het een oerhart in hem?

Ik denk het wel, want hij tilt zijn snuit op en slaakt zelf een lang, opgewonden gehuil. Het zet mijn huid in vuur en vlam.

'Jezus!' roept Fergus uit, luider deze keer.

Het gejank weergalmt buiten en binnen.

'Zie je wat je met me gedaan hebt?' vraagt Duncan, en ik besef dat hij tegen mij praat. 'Hij doet dit verdomme elke avond.'

Ik kan het niet helpen, ik glimlach. Iets aan de reactie van de hond windt me op.

'Ik hou van ze,' zegt Holly. 'Zou ik een pup kunnen krijgen, denk je?'

'Een wolvenjong?' vraagt Amelia lachend.

Holly kijkt me aan en ze lijkt serieus. Ik schud mijn hoofd.

'Waarom niet?' vraagt ze. 'Als het van jongs af aan van ons was, als het niet anders wist... Zo zijn honden toch ontstaan? Iemand heeft het gedaan, lang geleden.'

'Veertigduizend jaar terug,' zegt Fergus. Dan voegt hij eraan toe: 'Tijdens het mesolithische tijdperk.'

Ik grijns. 'Je bent een geschiedenisnerd hè, Fergus?'

Hij haalt zijn schouders op. 'Ik probeer over veel dingen een beetje te weten.'

'Maar nergens veel van,' zeggen de anderen in koor, een afgezaagde plagerij.

Ik aai Fingal om hem te kalmeren. Hij is nu even stil, vastbesloten om naar het gehuil uit het bos te luisteren. Dat is niet voor hem: Ash heeft grotere wezens om te waarschuwen.

'De pup zou je leren kennen,' zeg ik tegen Holly, 'en je zou hem kunnen trainen. Ze zijn intelligent en leren snel, en ze zijn heel loyaal.'

'Zie je wel!' zegt Holly.

'Maar waarom zou je dat willen?' vraag ik. Ze kijken nu allemaal naar me. Ik kan hun ogen voelen, want hier gaat het om, toch? Dit is de angst waarmee ze nu leven. De kinderen in ons verlangen dat monsters vormen aannemen die wij begrijpen. Ze willen de wolven vrezen omdat ze elkaar niet willen vrezen. 'Wolven begrijpen mensen niet en gaan niet met ze om zoals honden, zelfs niet als ze vanaf de geboorte door ze zijn grootgebracht,' zeg ik. 'Domesticatie is een product van fokken. Het duurt vele generaties om de wildheid uit een schepsel te fokken. Deze hond en de wolf buiten behoren niet meer tot dezelfde soort. Hoeveel je ook van een wolvenjong houdt, het zou uitgroeien tot het roofdier dat het van nature is, en zoiets aan een ketting of aan huis gekluisterd houden is zo ongeveer het wreedste wat ik me kan voorstellen.'

Fingal laat nog een machtig gehuil horen en we schrikken allemaal op.

Duncan gaat onhandig naast me op de grond zitten en trekt zijn hond op zijn schoot. 'Rustig maar, jongen. Ze huilt niet voor jou.'

Fingal kwispelt met zijn staart en likt Duncans hand.

'Ik kan dit vanavond niet aan,' verkondigt Fergus, en hij staat op om wat harde muziek op te zetten. Als de anderen verder kletsen en zich weer over hun houtwerk buigen, werp ik een blik op Duncan. Hij is in gedachten verzonken. Misschien is dit het moment om het hem te vertellen, snel, dan ben ik er maar vanaf. Maar de woorden komen niet.

'Denk je dat het ooit kan?' vraagt hij me zacht. 'Uit een wezen gefokt worden?'

'De wildheid?' Ik steek een hand uit om de hond te aaien en mijn vingers komen heel dicht bij de zijne. Ik wil hem zo graag aanraken dat ik in brand zou vliegen. 'Dat is ons overkomen, denk ik,' mompel ik. 'De meeste dagen denk ik dat we er niet verder vanaf konden staan, dat het langzaam uit ons werd gefokt totdat we meer op machines dan op dieren gingen lijken.'

'En de andere dagen?' vraagt hij.

'Op de andere dagen,' zeg ik langzaam, 'denk ik dat ik gek zal worden van de wildheid.'

Er zijn een paar uur verstreken als er voor de tweede keer op de deur wordt geklopt.

'Het is hier verdomme spitsuur vanavond!' zegt Fergus. Hij is met de minuut dronkener geworden en zijn accent is tegelijkertijd zwaarder geworden. Ik kan hem nauwelijks verstaan. Hij deint heen en weer waar hij zit en doet nog steeds alsof hij werkt, maar kan allang geen gereedschap meer hanteren.

Amelia is het dichtst bij de deur blijven zitten, dus ze staat op om een tweede keer open te doen. 'Hallo, lieverd,' zegt ze, maar er komt geen antwoord, alleen Lainey Burns die zich langs haar heen de woonkamer in dringt. Haar ogen zijn op zoek naar Duncan.

'Wat ben je in godsnaam aan het doen?' vraagt ze hem. 'Ik zéi toch...' Lainey ziet mij en valt stil.

Duncan komt moeizaam overeind, en ik zie dat zijn been hem echt pijn doet, dus ik steek een hand uit waarmee hij zich kan afzetten. Hij kijkt me dankbaar aan, gaat dan naar Lainey en neemt haar mee de gang in.

'Ik moet hem begraven, Duncan,' horen we haar zeggen. 'Dit moet voorbij zijn.'

Ze verdwijnen in Duncans slaapkamer en de deur gaat dicht, waardoor het geluid van hun stemmen verdwijnt. Lainey heeft hem dus niet gedood, of ze moet een geweldige actrice zijn.

Ik neem een slok van de wijn, die ik vergeten was.

'Arme meid,' zegt Fergus.

'Ze is beter af,' zegt Amelia.

'Hé,' zegt Fergus. 'Een beetje respect voor een oude vriend.'

'Hij was geen vriend van mij.'

'En dat mag waar zijn, maar niemand verdient het om levend opgegeten te worden.'

Er valt een ongemakkelijke stilte. Ze doen allemaal moeite om mijn blik te vermijden.

'Het is wat we allemaal denken, hè?' zegt Bonnie dan. 'Er zijn geen antwoorden gevonden omdat de man is opgegeten door de vervloekte wolven waarvan we allemaal doen alsof we ze niet kunnen horen. Je zei het zelf, Inti. Het zijn roofdieren en niets kan dat veranderen.'

Ik kom overeind.

'Inti...' probeert Amelia.

'Ik moet even naar de wc,' zeg ik, wat waar is, en ik loop naar de gang. Maar als ik bij de slaapkamerdeur kom, blijf ik even staan om te luisteren. Ik kan ze hiervandaan horen, de klank en cadans van hun woorden, en er valt me iets aan op, aan de manier waarop die woorden verstild zijn geworden, intiem. Ik zie weer de manier waarop hij haar bij de arm nam om haar door de gang te leiden, de manier waarop ze regelrecht zijn slaapkamer in ging. Ze zijn vrienden, natuurlijk, ze kennen elkaar al heel lang, maar een instinct in mij herkent iets meer. Als hun stemmen helemaal wegvallen, wordt de zekerheid in mij nog luider; er is veel meer intimiteit in een stilte die zo lang duurt.

Ik keer terug naar de woonkamer zonder naar het toilet te zijn geweest. Ik ga naast Fergus op de bank zitten en zeg, zo zacht dat niemand het kan horen: 'Het is Duncan, hè? Met wie ze iets heeft?'

'Nee, tuurlijk niet,' zegt hij, maar hij is zo dronken dat ik zo door hem heen kan kijken. 'Ze hadden iets, lang geleden op de middelbare school, voordat ze ooit iets met Stuart kreeg. Ze hadden verkering en iedereen dacht dat ze zouden trouwen, maar het werkte niet, omdat hij toen door die slechte periode ging. Tegenwoordig zijn er geruchten, maar je weet hoe geruchten zijn.'

Ik pak mijn jas en loop naar de deur. Ik wil hier niet meer zijn. Ik neem snel afscheid van iedereen, negeer de kreten dat ik moet blijven en ga naar buiten. De nachtlucht is fris op mijn hete wangen. Ik ben nog maar bij de bomen als ik de deur open hoor gaan en een diepe stem hoor. 'Inti?'

Ik hoef niet te stoppen. Ik ben buiten de lichtsfeer van het huis, ik kan weg zijn voordat hij me gezien heeft. Maar er komt iets in me op, een al te bekende woede, en daaronder iets sinisters. Een langzaam, huiveringwekkend besef van iets wat ik had moeten zien.

'Ik ben hier,' zeg ik, en ik wacht op Duncan die me in het donker tegemoetkomt.

Hij beweegt langzaam, zoals altijd. 'Je wilde me spreken.'

'Waarom heb ik niks meer van Bonnie gehoord? Waarom heeft ze me niet gevraagd om je alibi te bevestigen?'

Hij neemt even de tijd om zich aan te passen. 'Omdat ze me vertrouwde toen ik haar vertelde dat jij en ik de nacht samen hebben doorgebracht. Ze vond het niet nodig om je in verlegenheid te brengen.'

'Waarom zou ik in verlegenheid worden gebracht?'

Hij haalt zijn schouders op.

Ik kijk omhoog in zijn gezicht. 'Moet ze je vertrouwen?'

Duncans ogen zijn zwart in dit licht. Ik kan maar net de contouren van zijn gezicht onderscheiden, zijn neus, zijn mond.

‘We hebben de nacht niet samen doorgebracht, hè? Niet de hele nacht. Ik werd wakker en je was weg, Duncan.’

De stilte valt weg.

‘Waar was je heen?’

‘Dat heb ik je verteld.’

‘Je ging wandelen.’

Je ging wandelen op het moment dat in de buurt van je huis een man werd vermoord, en je neukte met zijn vrouw.

Het bloed giert in mijn oren.

‘Ik breng je naar huis,’ zegt Duncan.

‘Ik loop liever,’ antwoord ik, want ik stap niet bij hem in de auto. Ik ken deze man niet. Hij heeft het zelf gezegd. Hij vertelde me de waarheid over wat hij had gedaan, en ik luisterde niet. We zijn allemaal in staat om te doden.

16

Het was maar iets van een jaar na het voorval met Gus. Ik was te laat voor een afspraak met Aggie, waar ze iets groots van maakte. 'Uitgerekend vandaag,' zei ze de hele tijd terwijl ze lippenstift op mijn mond smeerde en me door de straat trok.

'Wat is er vandaag?' vroeg ik, maar ze liep door. Ze droeg een T-shirtjurk waardoor ze er mager en langbenig uitzag, en ze had haar haar in een chique bob geknipt, waarbij haar pony tot haar grote, roetachtige ogen reikte. Ze zag er prachtig uit, en pijnlijk cool, en lichtjaren verwijderd van de meisjes die we in het bos waren. 'Wacht, waar gaan we heen?' wilde ik weten.

Aggie glimlachte alleen maar. En trok me het bureau van de burgerlijke stand in.

Gus' neef James was de tweede getuige. Ze waren geen broers, maar dat hadden ze wel kunnen zijn – ze leken sprekend op elkaar, hoewel James de iets kortere, iets magerder, minder knappe versie van zijn oudere neef was. Met z'n vieren hadden we een vaste grap dat als hij en ik toevallig verliefd zouden worden, dat het leven voor ons allemaal een stuk makkelijker zou maken. Het zou logisch zijn, het laatste stukje van een legpuzzel.

James glimlachte naar me toen Aggie en Gus trouwden. Ik probeerde terug te glimlachen. Volgens mij deed ik dat. Maar het bloed was uit me gelekt en ik had het gevoel dat ik moest overgeven.

Daarna gingen we dumplings eten. Het restaurant was meer een bar, met zwarte muren met graffiti en schemerige rode lichten en intieme fluwelen zitjes. Gus en James deden Fireball-shots, omdat ze dat altijd dronken. Aggie en ik moesten niets hebben van dat spul, maar ze was in zo'n goede bui dat ze er toch een paar nam. De chemie die zij en Gus hadden was verbazingwekkend; ze kwamen tot leven in elkaars gezelschap en ik kon zien hoe ze elkaar betoverden. Hij hield haar hand vast op de tafel en, omdat ik keek, hield hij ook die van mij vast.

Ik moest mijn blik dwingen zich los te maken van zijn aanraking, want die was niet van mij, niet voor mij. Ik was maar een dief.

Ik ging naar het toilet om koud water over mijn gezicht te sprenkelen. Aggie kwam naar binnen en ging op de wastafel zitten, ook al was die nat. 'Toe maar,' zei ze.

Ik schudde mijn hoofd.

'Je hoeft je geen zorgen te maken,' zei ze. 'Ik heb hem om mijn vinger gewonden.'

'Gefeliciteerd.'

'Wat is er?'

'Niks.'

'Hou op met die onzin, Inti.'

Ik keek naar haar spiegelbeeld. 'Waar ben je mee bezig?'

Ze sloeg haar armen over elkaar.

'Wat is dit?' drong ik aan. 'Wat is dit verdomme allemaal?'

'Rustig maar.'

'Wat probeer je te bewijzen?'

'Niks! Waarom ben je zo boos?'

'Omdat je me hier zomaar mee overvallen hebt en je moeder niet uitgenodigd hebt omdat je weet dat ze hem zou haten en je weet dat je dit allemaal overhaast doet en het geeft me allemaal het gevoel dat je helemaal losgeslagen bent.'

'Wat is er mis met losslaan?'

'Je doet jezelf pijn.'

Ze hield mijn blik vast. 'Dacht je dat hij op een dag met jou zou eindigen?'

De lucht verdween uit me. Een herinnering aan het feit dat haar humeur zomaar kon omslaan. Ik liep naar haar toe en pakte haar gezicht vast. Haar wangen waren heel heet in mijn handen. 'Nee, idioot. Je bent een natuurkracht. Niemand zou mij ooit boven jou verkiezen.'

'Hou je mond, Inti,' snauwde ze, en ze duwde mijn handen weg. 'Zulke dingen moet je niet zeggen.'

'Ik wil hem niet,' zei ik, en ik meende het echt. Ik wilde hem niet voor mij en ik wilde hem niet voor haar. Ik wilde hem niet in ons leven en hier was hij, door de wet aan ons gebonden. 'Je had het me kunnen vertellen,' zei ik zacht. 'Ik kan niet geloven dat je het me niet verteld hebt.'

'Ik wilde niet dat je me om zou praten.'

'Ik heb de baan,' zei ik jammerlijk.

Ze staarde me aan. 'Dus we verhuizen naar Alaska?'

'Je hebt nu een man.'

'En dus?' Ze gleed van de natte toilettafel. 'Dus wat? Als hij wil mag hij meekomen, maar het gaat om jou en mij, toch?'

Opluchting, zo diep dat ik me ervoor schaamde. 'Juist.'

Een grijns spleet haar gezicht. 'Het zijn wolven, baby. Fucking wolven.' En toen pakte ze me vast en gooide haar hoofd achterover en huilde haar wolvengehuil en een vrouw die het toilet binnenkwam wierp ons één blik toe en draaide zich meteen weer om en ik lachte en lachte en toen deed ik mee.

Toen we klaar waren ging Aggie terug naar de tafel, maar ik bleef nog even om naar de wc te gaan. Terwijl ik mijn handen waste, zei ik tegen mijn spiegelbeeld dat ik me moest vermaken. Mijn zus wist wat ze deed, dat wist ze altijd. Dit zou wel goed komen.

Er liep iemand door de donkere gang toen ik uit het toilet kwam. We botsten zachtjes tegen elkaar en ik werd tegen de muur geduwd en het was Gus, ik zou zelfs in het pikdonker hebben geweten hoe hij voelde.

'Ik heb je gemist, schatje,' zei hij, zijn adem heet in mijn oor, en zijn handen gingen naar mijn borsten.

Ik duwde hem weg. 'Gus, wat de fuck.'

Hij knipperde met zijn ogen en keek toen geschokt. 'O shit. Inti?'

'Bullshit,' snauwde ik, en mijn gezicht gloeide. 'Jezus, ik heb ander haar en andere kleren.'

De schok viel weg om amusement te onthullen. 'Het was maar een grapje, meid. Voor de goeie ouwe tijd.'

Verbijsterd staarde ik hem aan. 'Dit doen we niet meer, oké? Wat voor spelletje je ook speelt.'

'Geen spelletje,' zei Gus. 'Vrienden, oké?'

Ik staarde hem streng aan.

Lachend sloeg hij zijn arm om me heen en nam me mee terug naar de tafel. 'Of eigenlijk,' zei hij, 'is het nu familie, zús.'

*

Bonnie zit achter haar computer als ik het piepkleine politiebureau binnenkom. Er is een receptionist die me vraagt hoe hij me kan helpen, maar Bonnie ziet me en zwaait naar me. Er staan ongeveer zes bureaus in de open ruimte, de meeste worden zo te zien gedeeld door een paar politieagenten, terwijl het grootste in een kantoor staat dat slechts wordt afgescheiden door een glazen wand met een bordje waarop DUNCAN MACTAVISH, HOOFDINSPECTEUR staat. Hij is niet in zijn kantoor – daar heb ik voor gezorgd voordat ik hierheen kwam.

'Hoe gaat het met je, Inti?' vraagt Bonnie.

‘Goed, dank je. Ik wilde nog even terugkomen op het alibi.’

Ze knikt. ‘Laten we Duncans kantoor gebruiken voor een beetje privacy.’

Ik volg haar naar binnen en zij neemt plaats achter zijn bureau. Ik neem de stoel ertegenover. Het is een klein, rommelig kantoor, tot de nok toe gevuld met torenhoge stapels papier. Hij heeft geen foto’s of persoonlijke spullen. ‘Zo te zien heeft hij het digitale tijdperk niet echt omarmd, hè?’

Bonnie kijkt rond naar de chaos en glimlacht. ‘Ja. Nee. Maar het is eigenlijk makkelijker om alles op een rijtje te houden als je het voor je hebt liggen. Wil je een schriftelijke verklaring afleggen, Inti?’

‘Als dat makkelijker is, vertel ik het je gewoon.’

‘Dat is minder formeel.’

‘Oké, nou ja, volgens mij hechten jullie niet zo veel waarde aan formeel.’

Ze zucht. ‘Het spijt me dat ik je niet meteen onder vier ogen gesproken heb. Duncan is mijn baas en ik wilde hem wat discretie gunnen vanwege de aard van zijn verklaring, en ik dacht dat jij die discretie ook wel zou waarderen.’

‘Ik begrijp het gewoon niet echt. Ben ik een verdachte of niet?’

‘Op dit moment niet. Je bent een persoon van belang. Daarom heb ik je eerste gesprek nog niet opgevolgd.’ Ze zwijgt even en leunt achterover in de stoel. ‘Ik vond het wel vreemd dat hij het niet opnam. En dus vroeg ik hem daar off the record naar, en hij zei tegen me dat hij het niet formeel had gemaakt omdat hij wist waar je die avond was, en dat was genoeg voor mij.’ Nog een stilte. ‘Wat mij betreft ben je geen verdachte, Inti. Maar als je me iets wilt vertellen, iets wat zou kunnen helpen...’

‘De laatste keer dat ik Stuart zag, was buiten de pub met Duncan, en toen Duncan binnenkwam, was hij in elkaar geslagen of zo. Heeft hij je dat verteld?’

Bonnie knikt. ‘We hebben een degelijke tijdlijn van waar

Stuart was tot vroeg in de ochtend, toen hij verdween en niet meer werd gezien.'

'Dus waar was hij?'

'Ik ben bang dat ik de details van een lopend onderzoek niet met je kan bespreken. Is er een bepaalde reden waarom je je hier zorgen over maakt?'

'Natuurlijk, hij mishandelde zijn vrouw, en ik wil weten wat er met hem gebeurd is.'

'Wat ik kan zeggen is dat we geen bewijs hebben gevonden dat hij vertrokken is.'

'Wat inhoudt...'

'Dat we besloten hebben dit als een mogelijke moord te beschouwen.'

'Kan hij geen ongeluk hebben gehad of zo?'

'Natuurlijk. Het achterland hier is behoorlijk gevaarlijk. Soms raken we op ruig terrein wandelaars kwijt. Maar we vinden altijd hun lichamen. En nu moeten we ook nog rekening houden met aanvallen van dieren.'

'Je zou resten vinden,' verzeker ik haar.

Ze knikt. 'Daar hebben we jouw deskundige mening over. Maar je zou een sterk motief hebben om ons daarvan te overtuigen, hè? Als de wolven iemand hebben gedood, moeten ze worden afgemaakt.'

'Wat, allemaal?'

'Of je moet een enkele dader kunnen aanwijzen, en dan moeten we zeker weten dat hij uit zichzelf handelde.'

En ze weet dat ik haar die zekerheid moeilijk kan geven.

'Zal ik de vraag dan maar stellen?' vraagt ze. 'Waar was je op de avond dat Stuart Burns voor het laatst is gezien?'

'Ik was in de pub in het dorp en toen ben ik met Duncan naar huis gegaan.'

'Naar zijn huis?'

'Ja.'

'Hoe laat was dat?'

'Ik denk rond een uur of negen.'

'En was je daar de hele nacht?'

'Ja.'

'Dank je, Inti, dat zal ik in je dossier zetten.'

Ze vraagt me niet of híj er de hele nacht was. Dus zeg ik niets, want zijn leugen onthullen zou die van mij kunnen onthullen. Maar er is ook een stemmetje binnenin dat me zegt dat ik nog niets moet zeggen, niet voordat ik bewijs heb, of in ieder geval een meer concreet gevoel dat Duncan Stuart echt vermoord heeft, meer dan dit vreselijke onderbuikgevoel. Ik wil hem niet in de shit brengen als hij toch niets gedaan heeft.

'Hoe verklein je je lijst met verdachten voor zoiets?' vraag ik.

Ze haalt haar schouders op. 'We kijken naar iedereen met wie Stuart een conflict gehad kan hebben, iedereen die een reden had om hem weg te willen hebben, om hem kwaad te doen. Zonder een lichaam is het altijd moeilijk.'

'Wat als het helemaal niet om Stuart ging?'

'Hoe bedoel je?'

'Nou... zo grondig iemand uit de weg ruimen en geen sporen achterlaten is een goede manier om iedereen te laten concluderen dat hij wel opgegeten moet zijn door de gloednieuwe wolven die ze allemaal per se weg willen hebben.'

Ze knikt langzaam. 'Ik begrijp het. Daar zullen we rekening mee houden.'

'Dank je, Bonnie.' Ik sta op om te vertrekken.

'Zie ik je de volgende keer weer bij Duncan?' vraagt ze opgewekt.

Bij de deur blijf ik staan. 'Bonnie, luister. Hij komt er momenteel niet al te best vanaf. Naar bed gaan met getrouwde vrouwen. Met meerdere vrouwen tegelijk naar bed gaan.'

Bonnie schuift ongemakkelijk heen en weer. 'Ik weet niet wat ik tegen je moet zeggen, Inti.'

'Vertel me maar of je denkt dat hij een goede man is.'
'Ik denk dat hij een mens is.'
'Ja, dat vermoedde ik al.'

Ik zit in mijn auto en tik 'Duncan MacTavish, hoofdinspecteur' in op Google. Er verschijnen pagina's met links. De meeste verwijzen naar krantenartikelen over Stuart Burns, aangezien Duncan de leiding heeft over het onderzoek. Hij wordt ook genoemd in andere artikelen over zowat alle kleine en grote misdaden in de streek, tot jaren terug, meestal omdat hij degene is die er verklaringen over aflegt. Ik begin de artikelen door te lezen en als ik weer bovenkom om adem te halen, besef ik dat er uren zijn verstreken en dat het buiten donker is. Ik heb niet echt een idee van wie hij is, behalve dat hij een goede agent is. Voor zover ik kan zien krijgt hij dingen voor elkaar, hoewel er ook een paar onopgeloste misdaden zijn, van vandalisme tot diefstal van landbouwmachines.

Hij heeft geen sociale media waarop ik hem kan stalken. En dus bel ik Fergus en ga op zijn aanbod in iets te gaan drinken.

De pub is rustig vanavond. Fergus en ik zitten aan een hoektafeltje en delen een kan bier en een schaal friet. Ik drink niet van mijn bier, maar dat merkt hij niet. We kletsen een poosje – wat inhoudt dat Fergus een poosje kletst en ik luister – en ik krijg een idee van zijn rusteloosheid. Volgens mij is hij een man die terugverlangt naar de tijd toen iedereen nog tot in de vroege uurtjes doorfeestte. Hij schetst een beeld van zijn tienerjaren, een tijd waarin hij geen controle had, toen hij alleen zijn vrienden had en ze elkaar allemaal aanbaden, ze waren net zo rusteloos als hij, net zo gebrand op ervaringen, verveeld omdat ze opgroeiden in een kleine stad.

'Ik heb het gevoel dat ik daar vastzit, om eerlijk te zijn,' geeft Fergus toe. 'Een zestienjarige in een lichaam van veertig.'

'Maakte Stuart deel uit van die groep?' vraag ik.

'Ja. Lainey ook. En Duncan en Amelia. We zaten allemaal bij elkaar op school.'

'Wat denk je dat er met hem gebeurd is?'

Fergus schudt zijn hoofd. 'Misschien is hij er gewoon klaar mee.'

'Waarmee?'

'De boerderij. Zo'n ondankbaar leven. Ik weet het niet, het is vreemd.'

Ik krijg het gevoel dat hij zich er niet goed over voelt om met mij te praten, een buitenstaander. Ik probeer voorzichtig te porren, maar ik ben niet meer zo goed in voorzichtig. 'Maar denk je dat hij zijn vrouw zo achtergelaten zou hebben? Zomaar, zonder iets te zeggen?'

'Lijkt me niet waarschijnlijk, nee. Niemand kan Stuart verwijten dat hij niet van zijn vrouw hield.'

'Zeker, hij leek vastbesloten tot de dood van haar te houden.'

Fergus verstrakt. 'Ze hadden al iets sinds ze kinderen waren,' zegt hij, alsof dat alles verklaart, en misschien is dat ook wel zo. 'Alle jongens hier waren een beetje verliefd op Lainey. Maar ze vond haar gelijke bij Stuart. Knap en aardig en zo, en iedereen wist dat ze voor elkaar bestemd waren.'

'Wat is er dan veranderd?'

'Niks.'

Ik schud mijn hoofd. Deze hele klotestreek kneep een oogje dicht voor een vrouw in gevaar.

'Ik bedoel, ik denk...' Fergus denkt even na. 'Drank is een vloek voor sommige mannen. Dan zijn ze zichzelf niet meer. Hij probeerde de hele tijd te stoppen, maar volgens mij was er een tijd dat ik er geld op ingezet zou hebben dat zij zou verdwijnen, als een van hen al zou verdwijnen.'

'Bedoel je weggaan? Of vermoord worden?' vraag ik.

‘Weggaan!’ roept hij uit. ‘Jezus, als ik dacht dat ze vermoord zou worden, zou ik…’

‘Zou je wat?’

Fergus kijkt me weer aan. ‘Je bent echt een harde.’

Ik ga door. ‘Denk je dat iemand hem misschien haatte? Uit jaloezie of uit woede, of wat dan ook?’

‘Nu klink je als Mac die rondsnuffelt.’

‘Duncan? Heeft hij jou ondervraagd?’

‘Natuurlijk, hij heeft iedereen in de stad ondervraagd.’

We zwijgen een tijdje.

Uiteindelijk zegt Fergus: ‘Als je het mij vraagt, als iemand hem uit de weg heeft geruimd, moet diegene echt gigantisch veel lef hebben. Hij zou niet makkelijk uit te schakelen zijn. En ermee wegkomen, dat is een ander verhaal.’

‘Waarom zeg je dat?’

‘Omdat Mac blijft rondsnuffelen. Een bloedhond, dat is hij.’

En snuffelt hij zich een weg naar een verkeerde dader als hij zichzelf daarmee beschermt? Heeft hij het op mij gemunt?

‘Is hij altijd al zo geweest?’ vraag ik voorzichtig.’

‘Ja. Zo lang als ik me kan herinneren. Hij bijt zich vast. En je weet bij iemand nooit of hij zo geboren is of dat het komt door de shit die hem overkomt.’

‘Wat is er met hem gebeurd?’

‘Het stond in de kranten. Het is geen geheim of zo.’

Ik wacht.

Fergus zucht. ‘Duncan heeft zijn vader gedood.’

Fergus drinkt om dronken te worden. Dat zie ik vrij snel. Hij praat over wat er gebeurd is, maar slechts een beetje, genoeg voor mij om te weten dat hij erbij was, erna, en hij zag wat er was gebeurd en is het nooit vergeten. Ze waren er allemaal, Duncans beste vrienden. Hij belde ze voordat hij de politie belde. Lainey, zijn vriendin. Fergus, Amelia. Duncan huilde niet, herinnert Fergus zich. Hij huilde nooit, ondanks alle stukjes die daarna kwamen.

Ik breng Fergus naar huis en help hem naar binnen. Hij strompelt en ik voel een steek van medelijden met hem als ik hem in bed leg en een glas water voor hem haal. Dan ga ik naar huis. Aggie ligt al in bed, dus kruip ik in dat van mij en zink diep weg onder de dekens, scrollend op mijn telefoon tot ik het artikel van vijfentwintig jaar geleden vind.

Het was kerstavond. De politie arriveerde en ontdekte twee dode lichamen.

Duncans vader was doodgeknuppeld. Zijn moeder doodgeslagen. Aanvankelijk konden de agenten geen kaas maken van de plaats delict. Ze dachten dat het een inbraak was. Maar toen ze Duncan en zijn vrienden boven ineengedoken aantroffen, konden ze reconstrueren wat er gebeurd was.

Duncan had geprobeerd zijn moeder te beschermen. Dat was hem niet gelukt.

Zijn daad werd beschouwd als verdediging van een ander. Hij was zestien. Ik staar naar zijn foto, zijn hoofd kaalgeschoren, schaduwen onder zijn ogen. De jongen die me aankijkt is gebroken.

Ik doe het licht uit en probeer mijn lichaam stil te houden, maar het wil niet stoppen met trillen. Trauma kan nieuwe patronen creëren. Dat weet ik maar al te goed.

*

Er is een feest. Het beweegt om me heen. Geluidloos. Gewichtloos. Mijn lichaam leeft met hen, met deze lichamen in mijn huis, lichamen die ik niet ken maar kan voelen. Ik loop de woonkamer uit. Ik ben op zoek naar Gus. Op zoek naar Aggie. Ik voel me wazig.

Mijn voeten gaan langzaam de trap op. Vastberaden. Mijn

geest raast vooruit. Naar hun slaapkamer.

De deur is dicht.

Ik ben binnen, op de een of andere manier. Op hun bed, een bed dat beweegt. Er ligt een hand om mijn keel en ik kan niet ademen, ik kan niet wegkomen.

'Inti!'

Met een schok word ik wakker. Mijn zus zit op mijn bed, houdt mijn armen vast, houdt me helemaal vast. Ik moet gedroomd hebben dat haar stem mijn naam zei, want ze zegt niks, mijn zus die meer woorden kent dan wie dan ook.

Je huilde, gebaart ze.

Een golf van misselijkheid overvalt me en het kost al mijn energie om naar de badkamer te rennen en over te geven. Aggie trekt mijn haar naar achteren en als ik klaar ben geeft ze me wc-papier om mijn mond af te vegen en zitten we tegenover elkaar op de koude tegels.

Wat een stel zijn we, gebaart Aggie.

Ik knik. Uitgeput.

Ochtendmisselijkheid?

'Ik denk het.' Het is makkelijker dan haar vertellen waar ik over droomde. Dat weet ze toch wel, natuurlijk weet ze dat.

'Werk met Gall vandaag,' zeg ik met overslaande stem. 'Ze heeft liefde nodig.'

Ik kan niet naar buiten.

'Waarom niet, Aggie?'

Hij kan daar buiten zijn, antwoordt ze eenvoudigweg.

Ik staar naar mijn zus en denk – en het is bizar dat dit de eerste keer is dat ik het echt denk – dat ik niet weet of ik tegen deze waanzin opgewassen ben.

Ik droom weer, maar deze keer niet over monsters. Over wolven. Over met ze mee rennen in de schaduw van de berg.

17

Ik heb een paar echt slechte dagen gekend. Op een ervan heb ik een wolf gedood.

Het was de eerste keer dat ik verdovingspijlen afschoot uit een vliegtuig. Ik werkte al maanden vanaf de basis in Alaska in het Denali National Park and Preserve en vreesde voor dit moment, het moment waarop ik de trekker zou moeten overhalen en een wolf zou moeten verdoven zonder te weten wat er daarbij met mij zou gebeuren, hoewel ik wist dat ik daar toch een keer achter moest komen. En dus gingen we met het vliegtuig omhoog. Ik werd vastgesnoerd en leerde hoe ik aan de zijkant moest hangen, zodat ik het beste schot zou hebben als we laag bij de grond vlogen, en al snel vonden we haar, slingerend langs een stuk met gras begroeide prairie, en ik richtte, gebruikmakend van al die jaren waarin pap me geleerd had op geschilderde doelen te schieten, om mijn ademhaling te vertragen, mijn handen tot rust te brengen, mijn vizier te richten en de trekker over te halen. De dartpijl raakte haar en ik slaakte een zucht toen ze op de grond viel; ik keek toe en voelde mijn benen vloeibaar worden, mijn borst prikken van de impact. Het was een geluk dat ik vastzat.

Tegen de tijd dat het vliegtuig geland was, was ik mezelf weer. Niels, die met mij in het vliegtuig zat, ging me voor naar de gevallen wolf. We hurkten over haar heen, maar er was iets mis. Ze ademde niet meer.

Door de pijl was haar long ingeklapt en ze was dood.

Mijn eigen longen stopten met werken, maar ik weet niet of

dat kwam door mijn spiegelpijn of omdat ik zo hard snikte. In al die tijd in het bos had ik nog nooit een levend wezen gedood. Het was ondraaglijk om daar te zitten met haar vacht tussen mijn vingers. Ik had haar maandenlang in de gaten gehouden, haar leren kennen, voor haar gezorgd. Ik begon me af te vragen of wat we deden wel goed was. Of onze betrokkenheid in hun leven niet te veel was. We probeerden ze te redden, maar soms doodden we ze ook. We stampten door de wereld en verkreukelden dingen waar we liepen, te menselijk, niet schepsel genoeg.

Thuis, in de flat die ik deelde met Aggie en Gus, sloot ik mezelf op in de badkamer en huilde zo lang onder de douche dat Gus op de deur begon te bonzen omdat hij dacht dat ik ingestort moest zijn. Aggie sliep dagenlang bij me in bed, ook al werd Gus daar na de eerste nacht kwaad om. Hij had dezelfde houding als mam, dat ik harder moest worden. Dit was mijn werk, toch? Er gebeurde van alles als je met levende wezens werkte.

Na een week dwong Aggie me met ze te gaan wandelen, waar ik het al tijden over had. Ze wilde eerder niet gaan, dit was duidelijk een poging om me op te vrolijken, maar ik ging akkoord omdat we niet veel tijd samen doorbrachten. Werk was een gekkenhuis, een heel nieuw leven. Zij was taalkunde gaan studeren en onze agenda's kwamen bijna nooit overeen. En dus gingen we terug naar het nationale park waar ik werkte, en Gus kwam mee, zoals altijd.

We strompelden naar de top van een helling en ik hield mijn adem in, omdat ik wist welk uitzicht ons te wachten stond. Een wereld van herfstkleuren. Een feest. Een glooiende heuvel bedekt met bladverliezende lariksen, espen en zwarte populieren, die allemaal zo geel waren geworden dat het pijn deed om ze te zien, en sommige waren vurig oranje. Er waren papierberken met helderrode bladeren en overal verspreid stonden de groenblijvende sparren. Aan de andere kant van het meer leek het landschap meer op een toendra, boomloze heuvels bedekt met kersenroze en rode struiken die naar beneden liepen om de randen van Lake Wonder te omhelzen, glinsterend lila nu, onder de zonsondergang met strepen goud en oranje. En boven alles doemde de met sneeuw bedekte top van Mount Denali op, kraakhelder en wit en duizelingwekkend in zijn enormiteit.

Ik had nog nooit zo'n plek gezien, en zou er ook nooit meer zo een zien.

Aggie kwam bij ons, buiten adem. Ze slaagde erin 'O' uit te brengen, en toen viel ook zij stil.

'Denk je dat we dieren gaan zien?' vroeg Gus uiteindelijk.

'Misschien,' zei ik. 'Als we geluk hebben. Laten we ons kamp opzetten.'

Later vertelden we verhalen rond een vuurtje. Aggie vertelde Gus met plezier over de keren dat we als kinderen hadden gewisseld om te zien of iemand het zou merken. Niet bij leraren of vrienden. Alleen bij mam.

'Wisselden jullie vaak?' vroeg Gus.

'Nee,' zei ik.

'De hele tijd,' zei Aggie. 'Inti schaamt zich ervoor hoe leuk ze het vond.'

Ik bloosde, blij met het schemerige licht.

'Wat vond je er leuk aan?' vroeg Gus.

Daar dacht ik over na en ik herinnerde me die dagen nog levendig. De waarheid was eenvoudig: Aggie was degene die meer leefde, meer verbonden was. Wanneer ik haar over me heen drapeerde, voelde ik me levendiger dan ik me ooit als mezelf voelde.

Tegen Gus zei ik: 'Het was gewoon een uitdaging. Gewoon leuk, denk ik.'

'Hoe deden jullie het? Want jullie zijn nogal verschillend...'

'Dat heet acteren, schat,' zei Aggie.

‘Ze is voor mij net zo vertrouwd als ik voor mezelf ben,’ zei ik. ‘Het is heel makkelijk om Aggie te worden.’

Gus leek te genieten van dit onderwerp. ‘Als ik een tweelingbroer had, zou ik mensen echt allerlei rotzooi aandoen.’

‘Dat is leuk om te weten,’ mompelde Aggie.

‘Hebben jullie ooit bij mij gewisseld?’ vroeg hij.

We vielen stil, want dit was terrein waar we ons verre van hielden.

‘Je weet best dat we dat niet hebben gedaan,’ zei Aggie. ‘Niet opzettelijk.’

‘Hoe zou ik dat weten?’

‘Je zou het gewoon weten.’

‘Ik wist het de eerste keer ook niet,’ zei hij.

Onzin.

Er bewoog iets in het donker. Ik schoot overeind.

Schuifelende voetstappen naderden van de voet van de heuvel.

‘Wat is dat in godsnaam?’ fluisterde Gus.

Ik pakte mijn zaklamp en scheen ermee over de helling. ‘Rustig maar,’ zei ik. ‘Het zijn maar mensen.’

‘Hoi!’ Aggie begroette de wandelaars, die bij ons vuur stopten voor een praatje.

Twee mannen van middelbare leeftijd die Amerikaans klonken. ‘Komen jullie uit Australië?’ vroeg een van hen.

‘Goed gehoord,’ antwoordde Aggie, die het er een beetje dik op legde, maar als we op reis waren vond ze het altijd leuk om haar accent zwaar aan te zetten.

‘Wij komen uit Colorado.’ Ze bleken op jacht te zijn.

Ik zag de vormen op hun rug, de lange smalle lopen van jachtgeweren. ‘Waar jagen jullie op?’

‘Wolven.’

‘Waarom?’ wilde Aggie weten.

‘Omdat dit de enige staat is waar het nog legaal is om op ze te jagen,' antwoordde de man, alsof dat voor de hand lag.

'Maar waarom jagen jullie überhaupt op ze?' drong ze aan.

'Wat is het alternatief? Arme, zielige antilopen neerknallen, die je nog niets doen als hun leven ervan afhangt?'

'Het is echte sport,' beaamde zijn vriend. 'Jagen op een roofdier. Meer een uitdaging dan achter zijn prooi aan gaan, meer een gelijk speelveld.'

'Als jullie een gelijk speelveld willen, moeten jullie die geweren misschien achterlaten en proberen een wolf met je blote handen te doden,' stelde Gus voor.

Ze lachten alsof hij een grap had gemaakt. 'Ik weet het goed gemaakt. Wij gebruiken de technologie die door de mens is gemaakt en zij kunnen de technologie gebruiken die hun tot hun beschikking staat,' zei een van hen.

'Jullie zijn walgelijk,' zei Aggie duidelijk, haar stem zo koud dat hij door de avond sneed en al het andere deed verstommen. Een onhandig geschuifel van voeten.

'Nou, dan gaan we maar,' zei een van de jagers. 'Sorry dat we jullie gestoord hebben.'

'Wat jullie eigenlijk storen is dit hele ecosysteem,' zei mijn zus, en ik hield zoveel van haar.

'Er zijn genoeg wolven hier,' zei de andere man. 'Ze zijn niet bedreigd.'

'En hoelang denk je dat dat met mannen als jullie in de buurt zal duren?'

'Oké, we gaan. Fijne avond nog.' En met die woorden liepen ze verder, en ik haatte ze om hun beleefdheid, haatte het dat ze heel aardig leken en toch hier waren om dit afschuwelijke te doen, jagen omwille van het jagen, niet om te overleven, niet om te eten, alleen maar om macht te hebben over een ander schepsel.

Ik liep de helling af naar het meer.

'Inti?'

‘Laat me maar even.’

Het was nu echt donker, maar er waren zo veel sterren, de maan een verblindend witte bol. De hemel verlichtte mijn weg door de verwarde struiken, de dalingen en stijgingen en kleine holen van konijnen. Ik liep helemaal tot aan de rand van het water, met sterren die glinsterden op het oppervlak, en ik zonk op de grond onder de gloeiende berg.

De tijd verstreek en er kwam iemand naar me toe. Ik verwachtte Aggie, maar het was Gus.

‘Het lukt ze vast niet er eentje te schieten,’ opperde hij.

‘Sommige van de wolven hier heb ik zelf grootgebracht,’ zei ik. ‘We hebben ze vanaf de geboorte opgevoed. Ik hield ze vast en voedde ze en speelde met ze. En toen lieten we ze vrij om opgejaagd en afgeschoten te worden. En niet alleen door jagers, maar door ons. Door mij.’

Gus zweeg een tijdje en zei toen: ‘Alles gaat dood.’

‘Niet alles wordt gedood.’

Uit het niets zei hij: ‘Ik heb iemand gedood.’

‘Wat?’

‘In mijn eerste jaar. Ik repareerde een hersenbloeding. Mijn hand schoot uit. Ik heb een vrouw gedood.’

Ik wist niet wat ik moest zeggen terwijl ik hierover nadacht.

‘Ik heb het Aggie nooit verteld,’ gaf hij toe.

‘Waarom niet?’

‘Dat hoeft een vrouw niet over haar man te weten.’

Ik fronste mijn wenkbrauwen en keek hem aan in het sterrenlicht. ‘De waarheid?’

‘Dat hij fouten kan maken.’

‘Eh. Ik zeg het je niet graag, maar ze weet echt wel dat je fouten maakt.’

‘Ik kan op zijn minst proberen haar daartegen te beschermen.’

‘Denk je vaak na over wat er gebeurd is?’ vroeg ik.

'Nee,' zei Gus. 'Nooit.'

'Waarom niet?'

'Dat kan ik mezelf niet toestaan, anders zou ik nooit meer de operatiekamer in gaan.'

Daar dacht ik over na. Ik wist wat hij bedoelde. Als ik mijn werk wilde blijven doen, zou ik mijn werk in hokjes moeten verdelen. Maar ik wist niet of ik dat kon. Ik dacht dat dat zou betekenen dat ik mezelf zou moeten vergeven.

'Het doet er toch niet toe,' zei Gus, zijn stem nu harder, alsof hij zichzelf probeerde te overtuigen. Hij leunde achterover op zijn handen en keek omhoog naar de berg die boven ons uittorende. 'Het is allemaal vlees. Alleen maar verdomd vlees.'

Ik huiverde. 'Ben je toch een slager.'

'Inderdaad. En dat kun jij maar beter ook worden. Ik wil niet dat het leven je kwetst, Inti. Je bent familie van me.'

18

De wolven zijn allemaal begonnen met huilen. Ze roepen dag en nacht, rennen rondjes door hun nieuwe territoria, roepen naar elkaar om de grenzen van het land van hun roedel te bepalen en roepen naar andere wolven dat ze weg moeten blijven. Ze maken hier echt hun huis en creëren plattegronden die ze generaties lang zullen doorgeven.

Ik ga er dagelijks op uit, soms met Fergus in het vliegtuig, andere keren te paard met het team. Soms alleen, om sneller te kunnen gaan. Ik volg hun bewegingen en verzamel gegevens van hun uitwerpselen en de resten van hun prooien.

De pups in de Abernethyroedel van Ash zijn ongeveer drie maanden oud en groeien snel. Het zijn nu jonge dieren, hun vacht wordt dikker dan dat van een volwassen dier en hun ogen zijn overgegaan op het opvallende bleke ambergeel. Ze eten vlees, maar alleen de knaagdieren die ze kunnen vangen. Ze huilen vol zelfvertrouwen. Als ik dat kon zou ik elke minuut met ze doorbrengen. Het kleine witte onderdeurtje van de roedel, Nummer Twintig, dat ik vasthield toen ze net geboren was, blijft de kleinste en bleekste van ze. Maar ze is ook de brutaalste van haar broers en zussen en heeft meer dan twee keer zoveel prooien gevangen als zij. Ik vermoed dat ze ondanks haar grootte op een dag leiding zal geven aan deze roedel.

De Tanarroedel, in het oosten, heeft het grootste territorium afgebakend, en de drie jaarlingen zijn volgroeid en geslachtsrijp, wat betekent dat ze misschien ook zullen vertrekken om zelf partners te zoeken. Maar op dit moment is de roedel van vijf wolven van plan om samen te jagen, en ze hebben bewezen dat ze in dit opzicht de meest harmonieuze roedel zijn, en hun dominantie wordt niet bedreigd. Ze geven me hoop, de Tanarroedel, omdat ze jagen en sterk worden, wat betekent dat de omstandigheden in de Schotse Hooglanden goed voor ze zijn.

En zoals uiteindelijk is gebleken, was de gevoelige Nummer Dertien, achtergelaten in haar omheining omdat ze te bang was om weg te gaan, misschien wel helemaal niet bang. Misschien wachtte ze gewoon. Want gisteren ging het mannetje van een jaar, Nummer Twaalf, die gevaarlijk dicht bij haar cirkelde en ons allemaal ongerust maakte, het terrein achter het gaashekwerk op. Maar hij viel Dertien niet aan, hij paarde met haar.

Op de meeste dagen word ik wakker en vraag ik me af of dit de dag zal zijn dat ik een telefoontje krijg dat een jonge vrouwtjeswolf is afgedwaald naar privéterrein en is doodgeschoten. Of verstrikt is geraakt in een val, en aan haar verwondingen is overleden. De felle Nummer Tien van de Glensheeroedel liep in die eerste dagen haar kooi uit en is niet meer teruggekeerd. Elke keer als ik het veld in ga en niet specifiek op zoek ben naar een andere wolf, stel ik mijn zender af op haar signaal voor het geval ik toevallig in haar buurt kom, maar dat gebeurt nooit. We zijn haar helemaal kwijt. Maar de rest van haar roedel is gebleven en heeft mijn nieuwsgierigheid gewekt.

Ik lig plat op een verre heuvel, verrekijker omhoog, en probeer de afschuwelijke beten van de muggen te negeren. Ik moet uitzoeken waarom de vijf Glensheewolven blijven samenkomen op een plek aan de zuidkant van een glooiende berg, langs een rivier die door het gebergte stroomt. Het is ook het hart van hun territorium, dus er is minder kans dat andere wolven in de buurt komen, wat het de veiligste plek voor ze maakt. Ik hoopte, maar durfde er niet van uit te gaan, dat dit was omdat ze in hun holen zaten, en als ik ze nu bekijk denk ik dat ik gelijk had. Nummer Acht, het broedende vrouwtje van de roedel, of de vrouwelijke alfa, lijkt een hol te graven. Ik heb al mijn zelfbeheersing nodig om het niet uit te schreeuwen van verrukking, maar ik lach zachtjes, en mijn handen trillen van opluchting.

Zonder waarschuwing klinkt er een zacht piepje uit de zender in mijn rugzak. Die moet ik afgestemd hebben laten staan op een signaal van de roedel, maar hij piept opnieuw, snel nu, om me te vertellen dat hij iets heeft gevonden dat dichtbij is, een signaal dat veel dichterbij is dan de Glensheewolven op die naburige berg.

Dit is open land. Brede, winderige bergen en heuvels. Niet veel dekking. Nergens om je te verstoppen. Maar aan de voet van mijn heuvel is een moerassig heidelandschap, met gras dat lang genoeg is om wilde wezens te verbergen, als ze zich bijzonder goed kunnen verstoppen.

Ik wacht en kijk naar beneden. Het gras wiegt met de wind mee en onttrekt elke beweging aan het zicht. Dat is de enige weg terug naar de auto.

'Waar ben je?' mompel ik.

Ik denk dat ik het weet. Ik denk dat zij het moet zijn.

Ik ga rechtop staan en loop met grote, luide passen, zoals je zou doen als je slangen probeert af te schrikken. Als ik me als prooi gedraag, zal ze me zo zien. Al stampend haal ik de zender uit de rugzak, zet de piepende monitor uit en begin de gegevens van het nabije signaal te downloaden.

Het is een lange, huiveringwekkende wandeling terug naar mijn auto. Mijn laarzen piepen in het stinkende veen en ik denk dat dit een vreselijke plek is om te worden aangevallen, ik zou onmogelijk kunnen ontsnappen, en ik weet ook dat proberen te vluchten de slechtst mogelijke reactie zou zijn en denk dat zij in elk geval ook problemen zou hebben in de modder. Maar laten we niet doen alsof ik ook maar iets van haar lenige, wendbare kracht heb. Laten we niet doen alsof ik veilig ben. Door het signaal weet ik dat ze, waar ze ook is, dichtbij is en niet voor me wegvlucht. Ze houdt me in de gaten. Brutale meid.

We hebben hier een schuilplaats nodig, als we deze roedel in de gaten willen blijven houden. Nummer Tien is teruggekeerd en ze zal niet toestaan dat haar familie kwetsbaar is.

Als ik bij de auto ben, wil ik niet instappen. Ik besef dat ik van elke seconde van deze angstaanjagende wandeling heb genoten.

Terug op de basis wordt de identiteit van de wolf bevestigd. Vrouwtje Nummer Tien. Mijn team en ik kijken stomverbaasd toe hoe de gegevens binnenstromen, al haar gps-pings van de afgelopen maanden, de duizenden kilometers die ze heeft afgelegd, de plekken waar ze heeft gelopen, de wereld die ze heeft verkend, om op tijd terug te keren om haar zus en haar roedel te beschermen terwijl ze zich voorbereiden op het naderende nest. Alsof ze het op de een of andere manier wist.

Ik zit op de voorste trede van de hut en kijk naar de donderkoppen die binnenrollen.

Het oneindige mysterie van wolven.

Niels komt bij me zitten en biedt me een kop thee aan. Hij is halverwege de vijftig, heeft nog steeds een lang, atletisch figuur en is bijna militaristisch over zijn gezondheidsregime. 'Gefeliciteerd,' zegt hij. 'Vrouwtje Nummer Tien, veilig en wel. Het was een goede dag.'

'Het was een goede dag,' beaam ik.

'Je zei dat ze terug zou komen.'

Ik haal mijn schouders op. 'Ik dacht wel dat ze op een gegeven moment zou komen opdagen.' En was bang dat ze dat niet zou doen.

Een tijdje nippen we zwijgend van onze thee.

'Het spijt me dat ik zo kwaad werd over Zes en haar hol.'

'Dat is niet nodig. Je had gelijk over haar capaciteiten. Het spijt me dat ik tegen je in ging,' antwoordt hij. 'En dat ik je timide noemde. Je weet dat ik enorm veel respect heb voor je werk. Ik heb nog nooit iemand gekend met zo'n superieur instinct voor de dieren.'

Ik kijk hem verbaasd aan. Dat wist ik niet. Ik had zelfs gedacht dat hij me frustrerend vond. 'Dank je, Niels. Eerlijk gezegd ben ik misschien wel timide geweest. Ik weet het niet, ik kan me gewoon niet neerleggen bij de rol die we in dit hele verhaal spelen en ik ben er steeds meer aan gaan twijfelen. Hoeveel actie is te veel, en wanneer is het niet genoeg?'

'De moeilijkheid van het werken met wilde dieren,' beaamt hij. 'Ik denk er vaak over na hoe hun angst voor ons geen natuurlijke toestand voor ze is. Ze worden er niet mee geboren, het is een aangeleerde gewoonte, aangeleerd door ons. Mijn familie had een wildpark toen ik opgroeide, en dat had een kleine roedel van drie wolven.'

Dat heeft hij me nooit verteld. Ik weet dat hij is opgegroeid in het uiterste noorden van Noorwegen, ver boven de poolcirkel, en hij heeft me al eerder verteld over zijn herinneringen aan de jaren tachtig, toen wilde wolven terugkeerden naar Noorwegen. Het debat ging meteen over het behoud van deze wolven versus de wens om ze af te maken en de Noorse landbouwindustrie te beschermen. Het veroorzaakte verdeeldheid onder de mensen en een hartstochtelijk conflict, omdat wolven, zoals Niels al zei, een ongeëvenaard vermogen hebben om mensen te laten vóelen.

Nu zegt hij: 'De wolven die wij hielden, zijn in ons park geboren en gewend geraakt aan onze aanwezigheid, onze aanraking. De meeste wolven die ik in parken heb gekend, blijven verborgen voor bezoekers, maar deze drie haastten zich naar het hek en ze waren net zo gefascineerd door de mensen als de mensen door hen. Als de bezoekers vertrokken, volgden de wolven ze zo ver als ze konden en keken uit naar hun terugkeer. Er was geen angst, maar een wederzijdse nieuwsgierigheid.'

Ik glimlach.

'En heb je niet de verhalen gehoord over die geluksvogels die wolven hebben grootgebracht en vrijgelaten, om ze jaren later ergens in het wild tegen te komen en genegenheid van de wezens te krijgen?'

Ik knik, hoewel ik nooit zeker wist of ik die verhalen geloofde, of vermoedde dat ze voortkwamen uit verlangen. 'Geloof jij ze?' vraag ik Niels, in de verwachting dat hij vertrouwt op het ondubbelzinnige van wetenschap.

Maar hij zegt: 'Natuurlijk. Veel dieren zijn daartoe in staat, we zien het keer op keer. Ik geloof dat ze van nature loyaler zijn dan wij en dat verbindingen diep vanbinnen worden opgebouwd, daar waar het instinct leeft. Door de verdwijning van die man broeit er hier woede, en er zijn mensen die willen vechten om de wolven te vernietigen, en er zijn mensen die zo apathisch zijn dat ze ervoor zorgen dat ze vernietigd worden. En dus moeten wij degenen zijn die vóór ze vechten. Dat is altijd de juiste actie om te ondernemen.'

Zijn woorden prikkelen mijn beschermende instinct, mijn zekerheid.

Alle wezens kennen liefde, zei pap altijd. Alle wezens.

*

De zomer is aangebroken en het land heeft zijn gezicht naar de zon gekeerd, opbloeiend onder zijn warmte. Het bladerdak en de aarde zijn groen, lichtgevend boven en onder. De Schotse heide heeft de velden en heuvels overwoekerd en kleurt de grond schitterend lila en roodgloeiend. Maar zelfs in de zomer lijkt de lucht het niet te merken; nog steeds neigt die meer naar grijs, naar wit, nog steeds regent het meestal, nog steeds hangt er een spookachtige mist over alles. Ik moet denken aan hoe Duncan deze plek ziet, groot genoeg om je in het niet te laten vallen, zo mooi en desolaat dat je er gek van kunt worden als je er niet voor gemaakt bent. Ik voel het in me doordringen.

Jagen is moeilijker nu, want de herten zijn gezonder, ze hebben meer te eten en dus worden ze sterk en snel, wat niet alleen de snelheid maar ook het uithoudingsvermogen van de wolven op de proef stelt.

Ik hoop dat de verdwijning van Stuart elke dag verder wegzakt in de herinnering. Ik hoop dat de geruchten over zijn dood ophouden. Het is nu twee maanden geleden. Maar elke keer dat ik erover hoor, elke argwanende blik die me in de supermarkt wordt toegeworpen, weet ik dat dat niet zo is, en dat Niels gelijk had. De bezorgdheid neemt alleen maar toe.

En altijd is er het kleintje vanbinnen. *Een kers*, gebaart Aggie. Dan: *Een pruim*. De tijd tikt door. Mijn lichaam verandert. Mijn organen verschuiven. Ik voel me vreemd, maar ik kom geen stap dichter bij een besluit.

Een deel van me hoopt vast dat het gewoon weggaat.

Meestal denk ik er niet over na. Dat kan ik me niet veroorloven.

Waar ik aan denk is Duncan. En hoewel ik veel pijn voor hem voel bij de gedachte aan wat hij heeft doorgemaakt, begrijp ik ook wat geweld met mensen doet, waartoe het ons in staat stelt, en ik weet dat ik de waarheid nodig heb, op welke manier dan ook.

Deze avond, zoals ik de afgelopen avonden heb gedaan, ben ik vroeg weggegaan van mijn werk en wacht ik in de straat bij het politiebureau om Duncan te volgen als hij uit zijn kantoor komt. Hij gaat nooit rechtstreeks naar huis. Hij haalt eten of gereedschap op en gaat bij mensen langs. Vanavond volg ik hem terwijl hij zich meldt bij de oude mevrouw Doyle, die in de apotheek werkt en alleen woont. Ze is zesenzeventig en heeft artritis, maar ze weigert haar werk op te geven. Ze drinken thee in de serre, waarna hij klusjes rondom het huis doet; gisteren maakte hij haar dakgoten schoon, vandaag graaft hij het onkruid uit haar tuinbed. Vervolgens brengt hij eten naar een vrouw die in haar eentje vijf kinderen grootbrengt: wat brood en melk, en vlees van de slager. In de voortuin trapt hij een balletje met haar jongens. Dan volg ik hem naar het huis van Fergus en aan het uiteinde van de straat zie ik ze samen bier drinken in de tuin terwijl de zon ondergaat. Ik heb hem nu vaak genoeg gezien om te weten dat dit zijn vaste klanten zijn, maar dat er ook anderen zijn voor wie hij tijd maakt, mensen die hulp nodig hebben, of misschien gewoon wat gezelschap. Hij geeft veel om mensen; het is de structuur van zijn leven hier. Ik denk dat hij een goed mens moet zijn. Maar niemand is maar één ding.

Ik volg hem naar huis en zijn achterlichten in het donker staren terug naar me. Waarom doe ik dit? Waarom avond na avond naar hem kijken? Wat verwacht ik te zien? Het enige wat ik herken is het instinct om overzicht te hebben dat ik heb gevoeld tijdens de jacht. Je kijkt om te leren.

Ik verwacht dat hij zijn oprit op rijdt, dat ik door zal rijden naar mijn eigen huisje, klaar voor de avond. Maar dat doet hij niet, hij rijdt verder, en ik denk: shit, gaat hij naar mijn huis? En doet het ertoe of hij naar mijn huis gaat? Op de een of andere manier wel. Maar ik zie zijn remlichten en dan stopt hij langs de kant van de weg. Hij gaat te voet het bos in. Ik parkeer op mijn oprit en loop terug langs de weg tot ik bij zijn auto ben en duik de bomen in.

De wereld licht op, een bliksemflits. In het donker kun je geen sporen volgen, maar ik ben roerloos en stil en al snel hoor ik zijn voetstappen kraken door het struikgewas. Dan het licht van zijn telefoon, en ik zie hem zoeken naar iets. Nee, hij loopt gewoon, bestrijkt terrein.

Hij is op zoek naar Stuart. Ik weet het. En hij is echt verdomd dichtbij.

Ik stap zijn pad op en hij schrikt. 'Jézus, Inti. Wat doe je hier?'

'Wat doe jíj hier?'

'Volg je me weer?' vraagt Duncan.

Ik loop rood aan. Dat is vernederend. In plaats van het te ontkennen, knik ik.

'Waarom?'

'Omdat ik je probeer te doorgronden.'

'Waarvoor? Ik dacht dat je wilde dat het voorbij was tussen ons?'

Dat is niet wat ik wil.

Maar.

'Ik vermoed dat je Stuart vermoord hebt.'

Hij zwijgt.

'Heb je dat?' vraag ik.

Bliksem, en daarin heeft hij iets van mij gezien. 'Je bloedt,' zegt hij.

'Wat?'

Hij schijnt met zijn telefoonlampje op mijn gezicht en ik huiver. 'Je neus.'

Ik breng mijn hand omhoog en die komt bebloed terug. Ik heb nog nooit een bloedneus gehad. Het maakt me van streek. 'Heb je Stuart vermoord?'

'Je wilde toch dat er iets gedaan werd?'

'Dat jij hem zou arresteren! Of haar helpen bij hem weg te komen! Niet dat je hem zou vermóórden, Duncan, jezus christus.'

'Zou het iets uitmaken?' vraagt Duncan. 'Als ik dat gedaan had?'

Dat heb ik mezelf nu al duizend keer afgevraagd. Ik adem die vraag. Omdat ik het zelf niet wilde doen? Was ik er niet als een soort psychopaat over aan het fantaseren?

Het antwoord waar ik steeds op terugkom is dat er een verschil is. Tussen denken en doen. Ik heb geweld gezien en ik heb gezien wat ervoor nodig is en wat het achterlaat. Er is geen weg terug.

En als je het me eerlijk vraagt? Stuart kan me niet schelen. Hij kan wegrotten. Wat me wel kan schelen is hoe hij vermoord is, en of het de bedoeling was dat het er zo uit zou zien.

'De wolven krijgen de schuld,' zeg ik, en mijn stem slaat over.

Duncan zegt niets en misschien komt dat omdat het hem niets kan schelen en op dit moment lijkt hij hardvochtig.

'Als ze hierdoor iets overkomt,' zeg ik duidelijk tegen hem, 'zal ik ervoor zorgen dat jij ervoor opdraait.'

'Volgens mij draai ik er nu al voor op, toch?' vraagt hij.

Ik weet niet wat ik moet zeggen. Ik proef ijzer.

Als ik thuiskom, zit mijn zus ineengedoken op de koude keukenvloer met een mes in haar hand.

'Wat is er gebeurd?' zeg ik. Ik vergeet dat ik mijn bloedneus moet stoppen en loop meteen naar haar toe. Ze laat het mes pas los als ik het uit haar greep wrik en dan trillen haar handen zo erg dat ze nauwelijks kan gebaren. Ze moet het een paar keer herhalen voordat ik kan zien wat ze zegt.

Hij is daar buiten.

'Wat?'

Ik hoorde iets.

'Nee, hij is er niet,' zeg ik. 'Kom op. Kom met me mee.'

Ze schudt haar hoofd.

'Aggie, kom mee naar buiten, dan laat ik het je zien.' Ik tril van frustratie en zonder waarschuwing spuwen mama's woorden uit me. 'Harder worden!'

Verraad in haar ogen. Ze weet hoe pijnlijk die instructie voor me was toen ik opgroeide. Ze weet hoe klein ik me daardoor voelde. Ze gaat naar de slaapkamer, maar ik pak haar arm en trek haar naar de voordeur. 'Je moet zien dat er niemand buiten is!'

Aggie stribbelt tegen, een doorgedraaid dier. Ik weet haar vast te pinnen, pak dan haar voet en sleep haar naar de deur. Ze bokt, schopt me tegen mijn been en ik grijp haar en we gaan neer, verwoed worstelend. Het bloed uit mijn neus druipt op ons allebei. 'Aggie, stop!' grom ik. 'Kom gewoon, fuck, kom naar buiten, ik wil dat je het ziet!' Als ik haar nu niet naar buiten krijg, word ik net zo gek als zij.

Laat me los, gebaart ze. *Inti, laat me los.*

De lucht verdwijnt uit mijn borstkas, en ook uit die van haar.

'Dat kan ik niet,' zeg ik, en dan zakken we allebei uitgeput op de grond.

Het dringt tot me door: wat ik haar moet vertellen. Wat ik haar vanaf het begin had moeten vertellen.

'Hij is daar niet,' zeg ik, 'want hij is dood. Ik heb hem vermoord.'

Aggie staart me aan. *Maar jij kunt niet doden.*

Ik schud mijn hoofd. 'Dat heb ik nooit gewild.'

Ze zoekt mijn gezicht af naar de waarheid en moet die vinden, en dan zakt haar lichaam tegen het mijne aan door het gewicht van haar opluchting. Ze maakt één gebaar, de beweging voor dankjewel, en dan gaat ze naar bed. Zonder te beseffen, denk ik, dat zij niet de enige is die hulp nodig heeft. Ze laat me hier achter om op de keukenvloer te liggen, erop te bloeden en te bedenken wat er nodig is om een mens te doden. Alleen je vlees, alleen de ziel.

Hij ligt op hun bed als ik hem vind, op de plek waar zij nog niet zo lang geleden lag, op een bed dat onder haar bewoog, en nu klim ik boven op hem en er is angst in zijn ogen als ik mijn mond laat zakken naar zijn hals en die openscheur...

Ik word wakker met helse pijn. Mijn spieren zijn verstijfd op de tegels en de geur van de droom blijft hangen; bloed is onder me uitgesmeerd en op mijn handen en gezicht zitten korstjes. Het eerste ochtendlicht doet pijn aan mijn oogleden en door het raam drijft het geluid van de angst van een paard. Eerst denk ik dat ik nog droom, dat ik weer een kind ben en dat pap op het punt staat het beest onder handen te nemen. Maar het is geen droom, het is mijn arme paard dat van streek is door iets, hinnikt en schichtig steigert. Iets heeft haar laten schrikken en even denk ik: wolf.

Ik loop naar de deur als ik door het keukenraam Aggie zie.

Ze is buiten.

Mijn voeten stoppen.

Ik kijk hoe mijn zus naar het paard loopt, naar de manen van Gall reikt en zichzelf op haar rug zwaait. Ze drukt haar lichaam en mijn lichaam tegen de ruggengraat van het paard, legt zich plat en zwaar en vurig neer, kalmeert haar met onze hartslag, onze stevige, zachte handen, onze ademhaling. Galls hoeven vallen stil op het gras, haar hele wezen valt stil, één met de vrouw op haar rug. Betoverd door die fluisterende aanraking, die wetenschap waar mijn zus mee geboren is. Als Aggie haar gezicht tegen de nek van het wezen legt en glimlacht, ga ik op de keukenvloer zitten en huil.

*

Ik ben als eerste in het basiskamp, dus ik ben degene die het ontdekt. De twee codes voor sterfgevallen.

Als ze aankomen gaan Evan, Niels en ik te paard op zoek naar de lichamen en om uit te zoeken wat er is gebeurd. De twee leden van de Tanarroedel, wolven Nummer Vier en Nummer Vijf, liggen dood binnen de grenzen van een territorium dat niet van hen is. Het territorium van Ash.

'Er is gevochten,' veronderstelt Evan, want de kelen en magen van de wolven zijn opengereten, en dat is duidelijk het werk van een medewolf.

Ja, duh, weet ik met moeite voor me te houden.

Ik voel diepe droefheid als ik naar ze kijk, maar er is geen woede. Het ligt in de aard der dingen die hun leven tot een einde hebben gebracht.

We zullen de lichamen binnenbrengen, maar eerst volgen we het bloedspoor terug naar het centrum van Ash' territorium en ontdekken dat ze nog leeft, maar bloedt uit haar snuit, en dat haar dochter Dertien en haar nieuwe partner Twaalf bij haar zijn, allebei ook gewond. In plaats van zelf een nieuwe roedel te stichten, moet het paar dat onlangs heeft gepaard hierheen zijn gekomen om zich bij die van Ash te voegen. Dertien is thuisgekomen bij haar moeder en ze hebben samen een gevecht geleverd. Ik haal geen adem terwijl ik het bos afspeur naar enig teken van de pups, want als ze dood zijn, weet ik niet wat ik ga doen. Maar mijn oog valt op een beweging en ik zie ze alle zes tevoorschijn komen uit een struikgewas, vrolijk worstelend alsof er niets gebeurd is, en ik weet dat Ash en haar twee volwassen wolven erin geslaagd zijn om een roedel van vijf af te weren om ze te beschermen. Het zou logisch zijn als Twaalf en Dertien aanspraak zouden maken op haar dominante positie als het nieuwe broedende paar van de roedel, maar ik denk niet dat ze dat zullen doen. Volgens mij is Ash de sterkste wolf die ik ooit ben tegengekomen.

Evan is zichtbaar van streek door de dode wolven. Hij is even gevoelig voor hun dood als ik was toen ik voor het eerst begon met dit werk. In die tijd was het verdriet, zelfs als ze elkaar doodden of stierven aan een ziekte, net zo diep als het ontdekken van een wolf die onnodig gedood was door een mens. Dus ik neem hem mee voor een wandeling en we plukken wilde bloemen, waar hij altijd net zoveel van heeft gehouden als van de dieren.

'Ik wen er nooit aan,' geeft hij toe.

'Dat is niet erg, niet echt. Het is nogal iets grimmigs om aan te wennen.'

'Maar dat zou ik wel moeten. We zien het vaak genoeg. Daarom geven we ze ook geen naam.'

Ik haal mijn schouders op. 'Maar toch. Er is te veel liefde om het ooit makkelijk te maken. Vergeef jezelf daarvoor.' Ik hurk om gele bloemetjes aan te wijzen, elk met vijf bloemblaadjes. Ze hebben wel iets weg van een madeliefje.

'*Ranunculus flammula*,' zegt Evan. 'En een paar *Filipendula ulmaria*.' Hij plukt een paar van elk en we lopen verder. Een moerassig veld strekt zich voor ons uit en we gaan van het pad af.

'Ga je dit weekend naar Glasgow?' vraag ik. Evans hele familie woont daar, en ik denk dat hij daar misschien ook iets met iemand heeft, want hij grijpt elke kans aan om daar heen te gaan. Hij heeft een familie die volledig achter zijn werk staat; hij heeft me eens verteld dat ze het heerlijk vinden om een zaak te hebben om zich achter te scharen, met zo veel mogelijk lawaai en ophef.

'Niet nu,' zegt Evan. 'Er zal te veel te doen zijn, met de roedels die vechten.'

'Ga,' zeg ik tegen hem. 'Ik heb je dit weekend niet nodig, maar je moet wel uitgerust zijn.'

'Ga je je eigen advies opvolgen, baas?'

Dat negeer ik.

'Ben je naar de onderzoeksplek geweest?' vraagt hij me.

Ik knik.

'Ik ook. Ik ga er de hele tijd heen. Ik staar naar de grond, dwing de kleine dingen tevoorschijn te komen en schreeuw soms naar ze, alsof ik gestoord ben.'

Ik lach. 'Misschien blijven ze onder de grond om jou te pesten.'

'Ja, misschien. Wanneer besluiten we dat dit niet heeft gewerkt?'

'Zover zijn we nog lang niet.'

'Dat weet ik, maar is er een moment?'

Langzaam schud ik mijn hoofd. Niet voor mij, niet echt. Maar wel voor de lokale bevolking. Ik zeg: 'Geef de wolven de tijd, Evan. Ze hebben alleen wat geduld nodig.'

'Dat is nooit m'n sterkste kant. Oeh, kijk hier eens. Dit is een schoonheid. *Dactylorhiza incarnata*. Een moerasorchidee.'

Met niets eromheen schieten in het drassige gras ongeveer dertig schitterend gevlekte roze orchideebloemen uit een enkele rechtopstaande stengel. Het is levendiger dan welke kleur van Werner dan ook, maar bevindt zich in dezelfde familie, denk ik, als karmijnrood, de tint van rode tulpen, *Rosa officinalis* en het mineraal dat spinel heet. Geen enkel dier heeft deze kleur, behalve misschien enkele geluksvogels. Het is bijna vreemd om in dit land van bruin en grijs zo'n levendige tint te zien.

'Daar kun je een mooi boeket mee maken,' zeg ik.

Maar Evan richt zich op zonder het te hebben geplukt. 'Ik denk dat we deze eenzame lieverd maar achterlaten. Ze heeft hier een eigen rol te spelen.'

*

Ik bel mam en krijg haar 's ochtends vroeg aan de lijn, voordat ze naar haar werk vertrekt.

'Hoe gaat het met de wolven?' vraagt ze. Op de achtergrond hoor ik haar koffiezetapparaat.

'Ze vermoorden elkaar.'

'Klinkt logisch. En Aggie?'

'Ja, het gaat... goed met haar.' Beter dan in tijden. Vanmorgen was ze búiten. 'Mam, mag ik je iets vragen?'

'Ik dacht wel dat je dat zou willen.'

'Hoezo?'

Ik hóór haar bijna haar schouders ophalen. 'Je toon.'

Daar sta ik even bij stil. 'Je bent echt goed in het doorgronden van mensen, hè?'

'Is dat je vraag?'

'Nee.'

Ze lacht een beetje, een uitademing.

'Wat is het eerste wat je doet als er iemand vermoord is?'

Een korte stilte. 'Is alles goed, lieverd?'

'Ja, hoor.'

'En je zou het me vertellen als dat niet zo was, toch?'

'Ik had gedacht dat je alleen maar zou willen dat ik wat harder werd.'

Ze zegt een tijdje niets. Dan: 'Lieverd, je komt er op een dag wel achter, maar we zijn het meest feilbaar als we onze kinderen proberen op te voeden.'

Dat komt, denk ik, het dichtst bij een erkenning dat ze slechte keuzes heeft gemaakt. Dichter bij een verontschuldiging dan ze ooit zal komen.

'Je had gelijk, weet je,' zeg ik abrupt. 'Ik moest inderdaad harder worden. En dat ben ik ook, ik ben zo hard geworden dat ik nu rimpelig oud leer ben.'

Ze zucht, maar gaat niet in discussie.

'Je hebt een tijdlijn nodig,' zegt mam, en terwijl ze praat, komen er stukjes van mijn kindertijd naar boven; dit zijn dingen die ze me al heeft geleerd, maar ik had geprobeerd ze te vergeten. 'Maak een tijdlijn van de bewegingen van je slachtoffer, hun gewoonten, hun routines. Vorm een gedetailleerd beeld van hun leven, zodat je alles kunt zien wat opvalt. Wat niet past is je eerste aanwijzing. Kijk naar mensen aan wie je misschien niet hebt gedacht. Zoek naar motieven. Zoek naar leugens.'

'Hoe herken ik de leugens?'

'Ga ervan uit dat het allemaal leugens zijn, en bewijs dan wat waar is.'

'Dat klinkt als veel werk.'

Ze lacht. 'Ja. Nu ga ik me inbeelden dat je een nieuwe carrière hebt, het schrijven van misdaadromans, oké?'

'Ja, oké. Bedankt, mam.'

Ze wacht, maar ik weet niet hoe ik het moet zeggen.

'Wat is er nog meer, Inti?'

'Is er een reden waarom je dit werk doet? Omdat ik weet dat je er helemaal in opgaat. Ik weet dat je geen ruimte hebt voor veel anders. En het moet een behoorlijk donkere plek zijn om vrijwillig heen te gaan, vooral omdat je de meeste mensen niet heel hoog hebt zitten. Dus ik vroeg me af of er iets met je gebeurd was.'

Mam zegt niets. Ik hoor hoe ze haar koffie inschenkt, de melk toevoegt en het flesje terugzet in de koelkast. De schuifdeur gaat open en dicht en ik hoor dat ze een sigaret opsteekt. Ik zie voor me hoe ze op het betonnen balkon zit, zie de bruisende oceaan voor me waar ze naar moet kijken, de zon die langzaam achter haar opkomt en alles verbrandt.

'Je vader heeft me niet in elkaar geslagen, als dat is wat je vraagt.'

'Nee,' zeg ik snel. Dat had ik niet gevraagd, niet direct, maar een grote druk valt van mijn borst.

'Je hoeft geen slachtoffer te zijn om erom te geven,' zegt ze. 'Je moet gewoon emmers vol empathie hebben.'

Ik adem uit. 'Ja. Bedankt. Sorry dat ik dat vroeg.' En ik meen het oprecht. Dit zijn haar zaken. Ik wilde alleen weten of ze net als Duncan is. Of haar behoefte om mensen te beschermen bestaat omdat ze zelf niet beschermd werd.

'Mijn stiefvader,' zegt ze plotseling, zachtjes, terwijl ze longen vol rook uitademt.

Ik heb nog nooit grootouders ontmoet, of stiefgrootouders.

'O,' zeg ik, op een lange adem van mezelf. 'Dat spijt me. Hoelang, mam? Hoelang duurde het voordat je eroverheen was?'

'Lieverd,' zegt ze, 'ik slaap met dode vrouwen die me vanaf de muur in de gaten houden.'

Maar dat kan ik niet accepteren. Dat haar manier de enige is. Aggie zal anders zijn. Er moet een manier zijn om te genezen, en als zij dat niet wil, zal ik sterk en zeker genoeg voor haar zijn. Ze kan mijn ziel krijgen in plaats van de hare, als ze die nodig heeft.

19

Ondanks de vage, aanhoudende misselijkheid die de laatste weken rondhangt, moet ik proberen deze tijdlijn op te bouwen. In een lila schemering klop ik aan bij Red McRae. Zijn vader doet open.

'Sorry dat ik u stoor. Is Red thuis?'

'Hij is buiten bij de schapen. Kom binnen. Ik roep hem wel op.'

Ik ga naar binnen en wacht bij de deur terwijl de oude man met een walkietalkie tegen Red zegt dat de wolvendame hier is om met hem te praten.

'Is er hier ook geen bereik?' vraag ik als hij weer bij me is.

'Geen greintje. Kom binnen, kom binnen, het is onbeleefd om in de deuropening te blijven hangen. Ik zal thee voor ons zetten. Of je moet koffie willen?'

'Thee is goed.'

'Ik zal niet vragen wat je hier doet.'

'Oké.'

Het stenen huis is gezellig en er wordt duidelijk echt in geleefd. Ik denk dat het al heel lang in de familie is.

'Ik ben Inti,' zeg ik. 'Laat mij dan de thee maar zetten.'

'Douglas,' antwoordt hij, en dan laat hij me mijn gang gaan in het keukentje.

'Wonen jullie hier met z'n tweeën?'

'Ja, sinds Quick is overleden.'

'Wie was Quick?'

'Reds vrouw.'

‘O, dat spijt me.’ Als het water kookt wijst hij me naar het kastje met de theezakjes. ‘Goeie naam, Quick.’

‘Ja, en welverdiend.’

‘Hoezo?’

‘Ze kon snel een pistool trekken.’

‘En kwam ze uit het Wilde Westen?’

‘Ze was geestig,’ verduidelijkt hij met een gniffel, ‘en ze schudde zo een dodelijke belediging uit haar mouw, sneller dan je met je ogen kon knipperen.’

Ik glimlach. ‘Ze klinkt geweldig. Zijn jullie hier al lang?’

‘Mijn hele leven en dat van mijn vader voor mij.’

‘Allebei schapenboeren?’

‘Inderdaad, en zelfs nog verder terug dan dat. We zijn allemaal schapenvolk geweest, minstens een half dozijn generaties van ons. Je zou vaker naar het dorp moeten komen, juffrouw. Het zou goed voor je zijn om wat mensen te leren kennen.’

‘O ja? Waarom?’

‘Het is niet goed om al je tijd met dieren door te brengen, en dat zeg ik uit ervaring. Ik ga op donderdagavond naar een ding in de wolwinkel. Kom ook.’

‘De wolwinkel? Wat voor ding?’

‘Een breiclubje.’

Ik kijk op naar hem. ‘Zit u bij een bréiclubje?’

‘Nou en of. Het is ontspannend. Kom maar, oké? We bijten niet.’

‘De dieren ook niet. Meestal.’

Hij kijkt me aan terwijl ik het water in de kopjes giet. ‘Waarom ben je hier, wolvenmeisje?’

‘Ik ben een vrouw,’ zeg ik tegen hem.

Douglas’ gezicht plooit zich tot een glimlach. ‘Sorry. Wolvenvrouw.’

Ik geef hem zijn mok en leun tegen het aanrecht. ‘Ik weet het eigenlijk niet, Douglas. Ik weet het eigenlijk niet.’

'Jullie doen goed werk.'

Mijn mond valt open van verbazing. 'Vind je?'

Douglas knikt.

'Maak je je geen zorgen over je schapen? Alle anderen wel.'

'De tijd van schapen is voorbij,' zegt hij eenvoudig, en hij nipt van zijn thee.

Als Red terugkomt neemt hij me mee naar een klein, rommelig kantoor en laat me voor zijn bureau zitten alsof ik problemen heb met de rector. 'Wat wil je?'

Ik leun achterover in mijn stoel. 'Ik kreeg een warmer welkom van je vader.'

'Hij heeft dementie.'

Ik lach terwijl ik in mijn vermoeide ogen wrijf. 'Juist. Luister, het heeft niets te maken met de wolven of je schapen of wat dan ook.'

'Wat dan wel. Ik heb dieren om te drenken.'

'Die avond bij de pub, voordat Stuart vermist werd.'

Zijn wenkbrauwen gaan omhoog en hij gaat achterover zitten, mij spiegelend. Ontspannen nu hij merkt dat hij de overhand heeft.

'Ik ging naar binnen. Liet Duncan daar bij jou achter. En toen hij binnenkwam was hij in elkaar geslagen.'

'Wat is je vraag?'

'Wat is er gebeurd?'

Red staart me aan. Nu ik die van zijn vader heb gezien, is zijn snor niet zo indrukwekkend meer. 'Waarom wil je dat weten?' vraagt Red aan mij.

'Ik probeer een tijdlijn samen te stellen.'

Hij grijnst. 'Stage lopen bij de politie, hè?'

Ik geef geen antwoord.

'Je hebt me een hoop problemen bezorgd, mevrouw Flynn.'

'Hoezo?'

'Weet je hoeveel het kost om hekken te bouwen?'

'Nee, dat weet ik niet.'

'Weet je wat het iemand kost om de hele nacht op te blijven om zijn kudde te bewaken?'

'De kosten van het werk, denk ik. En het spijt me dat we die kosten hoger hebben gemaakt, echt waar, maar waar wil je heen, Red?'

'Waarom zou ik je ergens mee helpen?'

'Omdat je een goede man bent die wil weten wat er met zijn vriend is gebeurd.' Ik moet hopen dat dit waar is. Er is altijd de mogelijkheid dat Reds verlangen om zich te ontdoen van de wolven hem een verdachte maakt in deze zaak. Ik weet alleen niet of ik de gedachte kan verkroppen dat een man zijn vriend vermoordt om de wezens waarop hij wil jagen erin te luizen.

'Wat ga je voor mij doen?' vraagt Red.

Mijn ogen vernauwen zich. 'Wat wil je?'

'Laat de aanklacht vallen voor de wolf die ik gedood heb.'

De aanklacht die nooit zou worden ingediend omdat Duncan een lafaard is? Bijna glimlach ik. Het is duidelijk dat Duncan Red nooit heeft geïnformeerd dat hij besloten had de dodelijke schietpartij te laten gaan. Ik doe een paar seconden alsof ik het afweeg, en knik dan. 'Prima.'

'Stu was opgewonden door wat je tegen hem zei. Hij wilde een beetje een handgemeen en hij koos daar de verkeerde man voor. Er was al kwaad bloed tussen hem en MacTavish. Ze waren ooit vrienden, en daarom is het waarschijnlijk allemaal zo misgelopen. Er was niet veel voor nodig om een van de twee te laten ontploffen. Mac kreeg het te pakken en toen sloeg hij Stu, hij sloeg die man bont en blauw en het waren oude demonen in hem die dat deden.'

Ik ben buiten adem. 'Hadden ze al eerder zo gevochten?'

'Niet sinds ze kinderen waren, geloof ik.'

'Waarom dan die avond?'

'Dat zei ik al – je hebt Stu opgehitst, Inti. Je hebt een licht geworpen op iets wat hij verborgen wilde houden. Als we tenminste moeten geloven waar je hem van beschuldigde. Hij wilde met iemand vechten en Duncan was er, en Duncan had zelf ook wat wrok opgebouwd.'

Dit verwerk ik even. 'En wat gebeurde er toen?' vraag ik. Ik verwacht misschien iets als het ziekenhuis.

Maar Red zegt: 'Hij heeft hem voor de nacht naar de cel gebracht.'

'Meer niet?'

'Meer niet.'

'Weet je zeker dat hij hem naar het bureau heeft gebracht?'

'Waar zou hij hem anders heen gebracht hebben?'

'En dat is de laatste keer dat je Stuart hebt gezien?'

Red knikt.

Ik sta op om te gaan. 'Bedankt dan maar.'

'Mevrouw Flynn. Ik heb niet veel op met de commissaris, niet nadat ik gezien heb hoe kwaad hij kan worden. Maar MacTavish is geen man tegen wie je het op wilt nemen. En eerlijk gezegd is het sneu en gevaarlijk dat je probeert de aandacht ergens anders op te vestigen dan op je eigen achtertuin. We weten allemaal wat er met Stuart is gebeurd. Dit gevecht ga je niet winnen.'

'Denk je dat dit een gevecht is?' Met een glimlach ga ik naar de deur. 'Als ik begin te vechten, Red, dan zul je dat weten.'

Ik parkeer voor het politiebureau, behoorlijk misselijk nu. Ik doe het raam omlaag en laat de lucht het zweet op mijn hete gezicht afkoelen. Je zou denken dat als Duncan die avond een bebloede Stuart hierheen had gebracht, hij tot de ochtend in een cel zou zijn vastgehouden, waarschijnlijk met een dossier, en bij daglicht zou zijn vrijgelaten. Wat zou betekenen dat hij niet midden in de nacht in het bos vermoord kan zijn. Wat lijkt te impliceren dat Duncan Stuart ergens anders heen heeft gebracht. En toen terugkwam naar de pub om mij te zien. En toen weer verdween, ergens rond halfdrie 's nachts. Mijn tijdlijn wordt er niet veel duidelijker op.

Het motief wel.

Ik begrijp heel goed waarom Duncan Stuart Burns zou vermoorden. Wat ik niet begrijp is waarom hij het zou doen en dan het lijk achterlaten om ontdekt te worden. Het enige motief dat ik kan bedenken is om het te laten lijken op een moord door een wolf.

Misschien wilde Duncan Stuart niet doden, maar stierf de man aan zijn verwondingen en zag de hoofdcommissaris een kans om twee vliegen in één klap te slaan. Zichzelf redden van een moordaanklacht en een legale reden creëren om van de wolven af te komen, zodat de spanning onder zijn mensen afneemt en alles weer normaal wordt.

Hij vraagt zich vast af wie het lichaam heeft verstopt.

Of niet. Het begint voor de hand te liggen.

Ik rij naar de boerderij van de Burns. Ik heb deze plek vermeden sinds mijn ontmoeting met Lainey en haar broers. Het is heel duidelijk hoe weinig ze me wil zien. Maar ik maak me zorgen om haar. Ik wil zien of ze in orde is. Als, en alleen als, ze openstaat om over die nacht te praten, kan ze misschien wat licht werpen op de gebeurtenissen bij de pub, en de vraag of Duncan haar man wel of niet naar het politiebureau heeft gebracht. Maar mijn eerste prioriteit is haar het brood en de soep te brengen die Aggie heeft gemaakt, en een fles wijn.

Ik jongleer met mijn buit om op de deur te kunnen kloppen. Haar licht brandt en ik zie een flits van haar gezicht in een raam voordat de gordijnen worden dichtgetrokken. Ze doet niet open.

Misschien geeft ze mij de schuld van het conflict van die avond, de ruzie die tot zijn verdwijning leidde. Misschien neemt ze het me kwalijk dat ik er überhaupt bij betrokken ben geraakt. Eerlijk gezegd begin ik ook te denken dat ik beter meteen weg had kunnen blijven. Ik zet het eten en drinken op haar stoep en laat haar met rust.

*

'Inti Flynn. Wat kan ik voor je doen?'

'Ik wilde je uitnodigen om vanmiddag naar de schuilhut te komen.'

Duncan antwoordt een hele tijd niet. Ik luister naar zijn ademhaling over de lijn. 'Waarom?'

'Het komt zelden voor dat een schuilhut wordt opgezet met zo'n goed zicht op het hol van een roedel. We kunnen ze vrij gemakkelijk in de gaten houden.'

'En waarom zou ik dat willen?'

'Omdat maar weinig mensen op deze wereld wolven in het wild kunnen zien. Het is iets heel speciaals. Ik probeer je op andere gedachten over ze te brengen, Duncan.'

Ik hoor hem nadenken. 'Hoe laat dan?'

De schuilplaats is gemaakt van hout en is slechts groot genoeg voor twee of drie mensen. Hij is laag bij de grond, heeft een grasdak om beter op te gaan in de omgeving, en een smal kijkvenster van waaruit je 360 graden uitzicht hebt op golvende bruine heuvels die deel uitmaken van de zuidoostelijke hellingen van het Cairngormsgebergte.

Het is hier echt afgelegen. Het landschap is enorm op een manier die ik niet kan bevatten. Ik voel me een miljoen kilometer verwijderd van de mensheid, en heel klein.

Ik ben al dagen niet in het basiskamp geweest, want van hieruit kan ik met een verrekijker de Glensheeroedel zien broeden voor de geboorte van hun nieuwe nest. De moeder, Nummer

Acht, is verdwenen in de spleet die zij en haar partner hebben gegraven, en ze is er al zes dagen niet uit gekomen. Wat volgens mij betekent dat ze haar pups daar heeft gekregen, en binnenkort tevoorschijn zal komen. De andere vier wolven, waaronder Nummer Tien, de zus die terug is van haar lange reis, zijn dicht bij elkaar gebleven. Ik breng de ochtend door met kijken naar twee van de wolven die spelen, de ene met een lange witte zwanenveer, waar ze eindeloos blij mee is, ze zwaait ermee tussen haar tanden en slaat er met haar poten tegenaan, terwijl de andere – de mannelijke alfa – urenlang danst met de schaduwen van wolken. Het oude mannetje Nummer Veertien, onze oudste wolf, kijkt sereen naar ze, terwijl de waakzame Nummer Tien de rivieroever afspeurt, op en neer, gebiologeerd door iets in het water. Hoe meer ik naar ze kijk, hoe meer ik begrijp dat ik nooit zal weten wat er in de kop van een wolf omgaat, ik zal niet eens in de buurt komen. Ik lach om de dwaze tiener in mij die dacht dat ze achter hun geheimen kon komen.

De deur knalt open en ik spring bijna uit mijn vel. 'Jezus, Duncan.'

Hij moet zich vooroverbuigen om in de kleine schuilhut te passen en hij lijkt niet goed te weten wat hij hier doet.

Ik hoop dat hij de uitnodiging ziet als een zoenoffer in plaats van wat het werkelijk is: een tactiek.

Onhandig schuifelt hij naar binnen zodat hij de deur kan sluiten. Gaat zo ver mogelijk bij me vandaan zitten. Terwijl ik hem de tweede verrekijker geef en hem in de juiste richting wijs, kijk ik naar de kleine uitdrukkingen op zijn gezicht, de beweging van zijn ogen, het trillen van zijn lippen. Ik kijk hoe zijn handen bewegen, hoe hij een ruimte inneemt. Ik probeer hem te doorgronden, zijn zenuwtrekjes, zoals wolven hun prooi doorgronden. Ik zal de waarheid over die nacht achterhalen, hoe dan ook. Als ik daarvoor dichterbij moet komen, dan doe ik dat.

'Dit is de Glensheeroedel,' zeg ik. 'Ze wachten tot het broedende vrouwtje haar jongen krijgt.'

Hij bekijkt ze rustig en beweegt zijn blikveld van wolf naar wolf. 'Vier maar?'

'En de moeder in het hol.'

'Welke is de alfa?'

'Het fokmannetje is Nummer Zeven, helemaal links.'

'Wat is hij aan het doen?'

Ik breng mijn verrekijker omhoog en zie Zeven kauwen op een stok en die tussen zijn poten wurmen. Ik haal mijn schouders op. 'Hij speelt.'

Duncan fronst zijn wenkbrauwen. 'Zo eng zien ze er niet uit.' Hij werpt een zijdelingse blik naar me. 'Maar jij ziet er ook niet zo eng uit.'

Ik weet niet wat ik daarop moet zeggen. Met ons tweeën ingeklemd in de kleine ruimte voelt die warm en bedompt aan. 'Wie heeft je ooit verteld dat ik eng ben?'

'Dat hoefde me niet verteld te worden.'

Het is de bedoeling dat ik dicht bij hem kom en in plaats daarvan raak ik geïrriteerd. 'Moet je horen wie het zegt.' Ik veeg het haar van mijn bezwete gezicht. 'Ik wíst dat je niet zo aardig kon zijn als je leek. Dat is nooit iemand.'

'Wat is er met je gebeurd?' vraagt hij.

'Niks,' zeg ik kwaad, en ik vuur terug: 'Wat is er met je been gebeurd?'

Ik verwacht niet dat hij antwoordt, maar hij zegt: 'Mijn vader ging erop tekeer met een cricketbat. Verbrijzelde mijn dijbeen. Mam wilde hem niet nog kwader maken door me naar een ziekenhuis te brengen, dus verbond ze me zo goed mogelijk, en het genas heel slecht.'

Mijn borstkas loopt leeg. Elk restje van woede sterft onmiddellijk weg en ik krijg tranen in mijn keel en ik wil mijn handen naar hem uitsteken, maar moet mezelf heel stil houden.

'Hoe oud was je?' vraag ik zo gelijkmatig als ik kan.

Hij haalt zijn schouders op. 'Geen idee. Dertien?'

Het begint te regenen, waarvoor de wolken me al de hele dag waarschuwden. 'Dit weer is meedogenloos,' mompel ik, van slag. Ik weet niet goed hoe ik me moet gedragen, wat ik moet zeggen. Ik had het weer mis over hem.

'"De zomer op het hoogplateau,"' reciteert Duncan, '"kan verrukkelijk zijn als honing, maar ook een bulderende bezoeking."'

'Wat voor politieagent kent er nou poëzie?' zeg ik terwijl ik een mug uit mijn gezicht sla – zelfs met de deur dicht vinden de kleine rotzakken nog een weg naar binnen. Ik denk dat ik opgelucht ben dat ik ergens anders heen gebracht word, weg van het cricketbat en gebroken botten, en ik haat mezelf om deze lafheid.

'Allerlei politieagenten, denk ik.'

Ik schud mijn hoofd. 'Geen van de agenten die ik ken.'

'Laat me raden – je vader is een agent?'

'Mijn moeder. En niet het soort dat poëzie kent.'

'O ja? Wat voor soort is ze dan?'

'Het soort dat iets vermoedt en er werk van maakt in plaats van de hele nacht buiten in de auto te zitten wachten tot er binnen iets ergs gebeurt.'

Bij die woorden valt er een stilte.

En ik realiseer me dat het misschien vooral dit is wat ik niet kan vergeven: zijn passiviteit.

'Vertelt ze je veel over haar werk?' vraagt Duncan.

Ik haal mijn schouders op.

'Omdat elke half fatsoenlijke rechercheur weet dat je niet achter de man aan gaat tenzij je hem opgesloten kunt houden, tenzij je hem in een ijzersterke greep hebt, want anders gaat hij rechtstreeks naar huis en doet zijn vrouw duizend keer meer pijn dan hij anders gedaan zou hebben. Soms doodt hij haar.'

Ik kijk Duncan aan. 'Is dat wat er met je ouders is gebeurd?'

Hij richt zich weer op de wolven. Knikt.

'En jij probeerde haar te beschermen.'

'Nee,' zegt Duncan. 'Dat heb ik niet gedaan. Niet die dag. Die dag zag ik hoe hij haar doodsloeg en ik zat daar maar, zo stil als een lijk.'

In mijn binnenste een pijnlijke herkenning.

Duncan zegt: 'Ik heb mijn vader vermoord, maar het was geen zelfverdediging, of de verdediging van iemand anders, zoals ze zeiden. Er was niemand om te verdedigen. Ik denk dat je dat zou moeten weten.'

'Wat was het dan?'

Zijn kaak trilt. 'Wraak. Haat. Ze was al dood toen ik met datzelfde cricketbat zijn schedel verbrijzelde.'

Ik slik, mijn wangen in brand. De woorden buitelen uit me zonder mijn toestemming. 'Mijn zus werd mishandeld door haar man.'

Met een ruk draait Duncans hoofd naar me om. 'Wat?'

'Mijn tweelingzus.'

Hij laat de lucht uit zijn longen stromen.

'Het spijt me,' zegt hij met een hapering in zijn stem. 'Het spijt me echt. Vergeef me.'

Er ontsnapt een verstikte lach aan me. 'Hoezo? Jij hebt het niet gedaan.' Ik breng een trillende hand naar mijn ogen, vingers drukken mijn oogleden dicht. Ik begin me weer misselijk te voelen. 'Het veranderde me in iets wat ik niet was geweest,' geef ik toe. 'Iets waarvan ik nooit had gedacht dat ik het zou kunnen zijn. Ik wilde hem vermoorden. Ik wilde het zo graag. Ik was wild. Duncan, ik... je hebt geen idee hoe zachtáárdig ik vroeger was. Ik geloofde dat er magie was in de ruimte tussen onze lichamen, en nu ben ik gewoon dit... harde, boze ding.'

'Je bent nog steeds zachtaardig,' zegt hij. 'Je doet alsof je dat niet bent, maar ik zie het in alles wat je doet.'

Ik huil toch.

Mijn hand gaat naar mijn buik, waar de kleine bult zich vormt. Ik moet hem daar dwingen vandaan te gaan, anders stort ik in.

In een ander leven misschien.

Duncans handpalm rust op mijn rug, groot en warm, en dit had ik voor hem moeten kunnen doen.

'Waar is je zus nu?'

Ik veeg mijn ogen af. 'Thuis.'

'In Blue Cottage?' Hij fronst, verward. 'Ik wist niet dat er daar iemand bij je woonde.'

'Ze gaat niet weg. Behalve in haar gedachten.' Ik verschuif, worstelend met de woorden. 'Ik wist niet... dat dat kon gebeuren. Met iemand. Dat die zomaar uitgedoofd kon worden. Dat we de kracht hebben om elkaar ongedaan te maken.'

'Krijg je hulp voor haar?'

'Dat heb ik geprobeerd. Ik nam haar mee naar een instelling waar ze goede zorg kon krijgen, je weet wel, therapie en medicijnen en zo. Maar ze had er zo'n hekel aan. Ze wil gewoon rust. En alleen zijn. Daarom heb ik haar hierheen gebracht. Ik dacht dat het misschien stil genoeg zou zijn om haar te genezen.'

Er valt een lange stilte en dan vraagt hij: 'Was je erbij? Toen het gebeurde?'

Mijn ogen zoeken door het gordijn van regen naar de wolven, maar ze zijn verdwenen. 'Nee,' antwoord ik.

Een tijdje later, het regent nog steeds hard.

'Kom op,' zeg ik. 'Ik heb je wolven beloofd en dit clubje gaat niet veel meer opleveren.'

'Dus?'

'Dus gaan we op zoek naar een andere roedel, als je er klaar voor bent.'

We lopen de zijwaarts striemende regen in en doen de capuchons van onze regenjassen op. Het is een behoorlijke wandeling langs de berghelling en ik kan in de verte zien waar hij zijn truck heeft geparkeerd. 'Mijn auto staat verderop,' zeg ik tegen hem als we dichterbij komen. 'Volg mij.'

Ik neem hem mee terug in de richting van huis en sla dan af naar het noorden, naar Abernethy Forest. Tegen de tijd dat we aan de rand parkeren is het opgehouden met regenen, en Fingal springt uit de cabine van de truck om opgewonden mijn handen te likken. *Hé, hallo.* 'Kan hij stil zijn of moeten we hem achterlaten?' vraag ik.

'Hij weet dat hij hier stil moet zijn. Zal zijn geur ze storen?'

'Niet meer dan die van ons.'

We gaan met z'n drieën op weg, al snel omringd door bomen. Mos bedekt de grond met geelgroen. Er zijn varens zo hoog als mijn schouders. Ik raak ruwe stammen en gladde takken aan, ga met mijn vingers door zacht gebladerte, over stekelige naalden. Mijn voeten zakken een beetje weg in de doorweekte grond. Door het bladerdak is een grijze lucht te zien, waarvan het licht de randen van alles knapperig maakt en de kleuren van binnenuit verlicht. Het is koud, nog steeds, zelfs in de zomer. Zonder de zon om ons te verwarmen voelt het kouder aan. De regen heeft zijn geur achtergelaten, een geur als geen ander, en glinsterende druppels aan het uiteinde van elk blad. We lopen zo snel als Duncan kan, terwijl Fingal vrolijk voor ons uit huppelt, achter konijnen aan.

'Vangt hij ze?' vraag ik.

'Nee,' zegt Duncan. 'Hij zou niet weten wat hij met ze moest doen.'

We gaan door de berkenbomen aan de rand van een zilverkleurig loch, waar de hond aan de oever geduldig op ons wacht. We stoppen om het prachtige uitzicht in ons op te nemen, en terwijl we rustig naar het water staren, duikt een grote bruin-witte roofvogel naar beneden en vangt iets kronkelends en geschubds in zijn klauwen. Hij spartelt in het opspattende water en moet hard werken om de zware forel weer de lucht in te krijgen, zijn prachtige gestreepte vleugels zelfs met de extra lading ontzettend krachtig.

Als hij weg is, denk ik eraan om adem te halen. 'O mijn god.'

'Een visarend,' zegt hij glimlachend.

'Zoiets heb ik nog nooit gezien.'

'Speciaal voor jou getimed dan.'

'Die vis was half zo groot als hij!'

'Ik heb verhalen gehoord over visarenden die vissen vangen die zo groot zijn dat ze onder water worden gesleurd. Hun klauwen grijpen de prooi en ze kunnen niet loslaten, of ze weigeren het, en ze verdrinken.'

Mijn glimlach valt weg. Toch zal ik het geschenk dat ik dat heb gezien niet vergeten. Ik wou dat Aggie hier was geweest.

Ik speur de grond af naar afdrukken, uitwerpselen, gebroken gebladerte. Het bos loopt omhoog en wij volgen het.

'Weet je waar ze zijn?' vraagt Duncan op een gegeven moment, en hij klinkt buiten adem.

Ik vertraag mijn pas. 'Nee.'

'Hoe zit het met de halsbanden die ze dragen – zijn die niet om ze te lokaliseren?'

'Alleen als ik op het juiste moment afstem op de juiste frequentie, en ik heb sowieso mijn spullen niet bij me.' Ik werp een zijdelingse blik op hem. 'Wolven zijn heel moeilijk te vinden. Als je ze niet kent, hun territorium niet kent, kun je het wel vergeten. Ik heb ooit een groep documentairemakers ontmoet die tien jaar lang op zoek waren naar wolven om te filmen en er maar twee keer een glimp van hadden opgevangen.'

'Waarom is het zo moeilijk?'

'Omdat wolven schuw zijn. Ze overleven door verborgen te blijven en ze zijn zowat de beste overlevers die er zijn.'

'Dus wat – moeten we denken als wolven?'

'Nee, dat kan niet.'
'Hoe gaan we ze dan vinden?'
'Kun je een geheim bewaren, Duncan?'
Hij lacht meewarig. 'Helaas wel.'
'Je moet beloven dat je het alleen gebruikt om er goed mee te doen. Beloof je dat?'
'Ik beloof het.'
Ik glimlach terug. 'Je jaagt niet op wolven. Je jaagt op hun prooi.'

We klimmen naar een hoge rotsmassa die bedekt is met struikheide, met zijn paarse, klokvormige bloemen. De kudde graast rustig op een open plek onder ons. Aan hun kant bevindt zich een beek, dwars door de heuvels. Op ons rotsplateau zie ik wat uitwerpselen en ik hurk om ze te bekijken.
'Wolf?' vraagt hij, en ik knik. 'Dan zijn ze hier boven geweest. Is het hier veilig?'
Ik haal mijn schouders op en geniet van zijn onbehagen.
'Waarom is het wit?'
'Waarschijnlijk omdat ze botten hebben gegeten,' zeg ik.
'Jezus.'
Ik kijk hem over mijn schouder aan. 'Ik laat ze je geen pijn doen.'
Hij kijkt me in de ogen. 'Is dat zo?'
Ik kom overeind. 'Zie ik eruit als iemand die je door wolven laat opvreten?'
'Daar probeer ik achter te komen,' antwoordt Duncan.
We laten ons op de rand van de rots zakken, onze benen naar beneden bungelend in de richting van de klif. Hij trekt zijn regenjas uit en onthult een feloranje trui, bijna neonkleurig. Nog een gebreid meesterwerk, mijn favoriet tot nu toe.
'Wauw. Dat is me de trui wel.'
Hij lacht.

'Wie maakt die voor je?'
'Er is een breiclubje in de stad.'
'Ik heb gehoord over dat breiclubje.'
'Nou, de leden kunnen niet allemaal even goed breien, en dus zijn mijn truien niet allemaal even goed.' Hij trekt de kraag van zijn regenjas naar achteren om te laten zien dat het stiksel langs zijn schouder is losgekomen en opengescheurd, met loshangende draden.
Ik glimlach. 'En toch draag je hem.'
'Natuurlijk.'
'Je kunt je rits maar beter weer dichtdoen, hij is fel genoeg om de dieren te laten schrikken.'
Dat doet hij snel.
Fingal ligt tussen ons in, hijgend met zijn tong uit zijn bek, zijn ogen gericht op de herten beneden.
'Waarom dan de wolven?' vraagt Duncan. 'Waarom dit als je leven?'
'Als we het over natuurbehoud hebben, over het redden van deze planeet, moeten we beginnen met de roofdieren. Want als we de roofdieren niet kunnen redden, hebben we geen kans om iets anders te redden.'
Even reageert hij niet, en dan zegt hij: 'Ja, maar waarom?'
'Ik...' Ik stop en probeer het antwoord te bedenken. 'Ik heb altijd van ze gehouden, zonder reden. Heb altijd hun geheimen willen kennen. En toen hoorde ik dat ze bossen konden redden...' Ik kijk naar Duncan. 'Sommige mensen hebben wildheid nodig in hun leven.'
Hij knikt langzaam. 'Ben je achter hun geheimen gekomen?'
'Natuurlijk niet.'
We glimlachen allebei.
'En jij? Waarom ben jij bij de politie gegaan? Door wat er met je ouders gebeurd is?'
'Ja. Maar de reis van die avond naar de penning viel niet mee.

Ik was lelijk vanbinnen, mijn hele puberteit. Ik zocht ruzie. Ik had chaos nodig. Ik dacht dat het de woede was die me voedde, maar het enige wat het deed was me vergiftigen. Ik wist dat ik iemand zou doden als ik op dat pad bleef. Dus maakte ik een keuze. Vrede, koste wat kost. Vriendelijkheid. Die van mij is een druppel op een gloeiende plaat vergeleken met die van mijn moeder, maar ik probeer het elke dag.'

We zwijgen een tijdje en ik denk na over de bedrieglijkheid van die woede waar hij het over heeft.

Duncan maakt een gebaar om de beboste heuvels te omvatten. 'Deze bomen stammen rechtstreeks af van de IJstijd,' zegt hij. 'De eerste dennen in Schotland arriveerden hier rond 7000 voor Christus, en dit is wat er overblijft, een ononderbroken evolutionaire keten.'

Dat weet ik, denk ik. *Daarom ben ik hier.*

'Maar dat weet jij al, hè?' vraagt hij.

'Was Lainey erbij toen je Stuart die avond thuisbracht, na de pub?'

Duncan neemt even de tijd. 'Ben ik daarom hier?'

Ik antwoord niet.

Hij schudt zijn hoofd. 'Ik heb Lainey naar het bureau gestuurd om op ons te wachten. Ik wilde haar daar niet hebben als het mis zou gaan. Toen we klaar waren heb ik Stuart naar het bureau gebracht, zodat zij hem naar huis kon brengen.'

Aha. 'En heeft ze dat gedaan?'

Duncan zoekt mijn gezicht af. 'Waar zit je naar te vissen?'

'Ik probeer gewoon alles op een rijtje te zetten.'

'Ik kan geen details delen over een lopende...'

'Ja, dat weet ik.'

Na een lange pauze zegt hij: 'Ik zette hem in haar auto en zij heeft hem mee naar huis genomen.'

'Dus zij is de laatste die hem gezien heeft? Zou dat haar niet tot verdachte nummer één moeten maken?'

'Ja.'

'O. Wat was haar verhaal dan?'

Hij spreidt zijn handen. 'Gewoon dat ze hem naar huis bracht en dat ze naar bed gingen en dat ze die ochtend wakker werd en zag dat hij weg was. Ze dacht dat hij aan het werk was, maar hij kwam niet thuis.'

Shit. Als Lainey de waarheid vertelt, verandert dat de zaak. Het betekent dat ik nog steeds geen idee heb hoe, wanneer of waarom Stuart in dat stuk bos is gekomen.

Ze kan natuurlijk liegen. En dat kon Duncan ook. Ik denk dat het zelfs mogelijk is dat ze het verhaal samen hebben verzonnen.

'Ga je nog steeds met haar naar bed?' vraag ik. Van alle vragen die ik heb gesteld en waar ik geen antwoord op wil.

Ik voel zijn lichaam verstrakken. 'Nee,' zegt hij. 'Al niet meer voordat ik jou leerde kennen.'

Ik merk dat ik hem wil geloven en ook weer niet, ik wil dat er een goede reden is om hem te wantrouwen, in plaats van deze gapende put van onzekerheid.

'Hou je nog steeds van haar?' vraag ik, zachter.

'Inti, wat –'

'Ooit hield je van haar, toch? Toen je jonger was. Er moet nog wat liefde over zijn als je de moeite neemt om een verhouding met haar te hebben, waarom neuk je anders niet met een vrijgezel?' Ik ben nu grof en besef dat ik ook boos ben.

'Ik geef om haar,' zegt Duncan met meer volwassenheid dan ik heb laten zien. 'Ik maak me zorgen om haar. Ik haat wat hij haar aandeed. Volgens mij hou ik al heel lang niet meer van haar. Ik kon het niet meer, en dat is maar goed ook. Ze was bang voor me na wat er gebeurd was. Dat was iedereen. De dood kruipt onder je huid, je draagt het met je mee. Mensen kunnen dat voelen.'

We staan op het punt het op te geven. Een koude wind giert door de bomen om ons heen. De herten staan nu al een tijdje stil, kauwen erop los, eten al die kleine boomscheuten en knoppen van planten op voordat die de kans krijgen om te groeien. In dit tempo is het uitgesloten dat die open plek weer een bos wordt. Ik denk net dat de wolven van hun luie reet moeten komen en hun werk hier doen als ik iets zie bewegen. Eerst lijkt het niets. Dan een verschuiving in de kwaliteit van het licht tussen de bomen.

Ik grijp Duncans arm om hem te waarschuwen stil te zijn.

Uit de schaduwen smelt een bleke voorpoot. Dan een snuit, met een zwart uiteinde. De punten van haar oren. Een witte wolf.

Ik richt Duncans blik op haar.

Dan beweeg ik mijn hand verder stroomopwaarts. Naar waar de bruine wolf net zo kalm toekijkt van achter de boomgrens. Benedenwinds, waar ze niet geroken worden.

'Ze ruiken ons,' mompel ik, 'maar ze zijn gewond en hebben honger. En wie weet hoelang ze deze kudde al in de gaten houden.'

'Gaan ze aanvallen?'

'Misschien. Het is een slimme plek.'

De twee wolven die we kunnen zien – Ash en haar nieuwe schoonzoon, Nummer Twaalf – staan heel stil te kijken. Ash' dochter, Nummer Dertien, zal hier ergens zijn, misschien sluipt ze stilletjes rond om de kudde te flankeren. En verder naar achter verschuilen zich de zes slungelige pups, die graag willen leren. Ik bracht Duncan hier om naar de kudde te kijken, maar ik kan niet geloven wat een mazzel we hebben met deze waarneming. Toegegeven, de herten bevinden zich binnen het territorium van de Abernethyroedel, maar ondanks al mijn eerdere bravoure ben ik zelden wolven tegengekomen die ik niet actief aan het opsporen was via gps of radiosignaal.

Ik vraag me af wat Duncan ziet als hij naar ze kijkt. Voor mij zien ze er subtiel krachtig uit, eindeloos geduldig en mooier dan alles wat ik ooit heb gezien. En net als ik dat denk, wordt er een stille taal tussen ze gesproken en schieten ze van de plek waar ze zich schuilhielden. Vloeiend, sterk, onmiskenbaar. De herten slaan op de vlucht. De meeste gaan naar het noorden, naar de bergen. Vijfhonderd herten rennen samen, laten de aarde schudden met een machtig gerommel dat ik kan voelen door mijn lichaam, van mijn hand naar Duncans arm, de grond trilt van hun kracht, trilt door ons heen, de wereld wordt opgeschud door twee wolven.

Een groepje herten trekt naar de rivier. Soms is het een goede dekking; de wolven bewegen niet zo snel als de herten in het water. Maar vandaag is het een vergissing, want daar is Nummer Dertien en elk van de pups, die de verre oever bewaken zodat de herten niet kunnen oversteken. Ze spartelen in het water, in paniek.

Ash en Nummer Twaalf snijden tussen de herten door en scheiden het hert af dat ze al hebben uitgekozen. Het is een kleine hinde. Ze zullen haar al dagen in de gaten hebben gehouden. Ash drijft haar het water in, waar ze op de rest van haar soortgenoten stuit, die haar de doorgang blokkeren. Ze verspreiden zich zowel stroomopwaarts als stroomafwaarts, het is een chaos, en binnen deze maalstroom waadt Ash bijna nonchalant de rivier in en sluit haar mond en die van mij om de keel van de hinde. 'Mijn god,' zegt Duncan ademloos. Als het hert probeert weg te komen, houdt Ash het stevig vast, de kracht van haar kaken als een ijzeren klem, onaantastbaar. De hinde laat zich een paar passen meevoeren tot ze struikelend tot stilstand komt en zachtjes in het water zakt. Beide dieren worden heel stil en blijven dat een tijdje. Een spel van geduld, en het heeft iets intiems. De rest van de kudde is ontsnapt, nu de wolvenroedel ze heeft laten gaan. De wolven kijken toe hoe hun leider de laatste ademteugen van haar prooi afwacht en dan het beest over het gras sleept. Ash, Twaalf en Dertien beginnen de hinde te verslinden, met bloed dat hun vacht bevlekt. De jongere wolven sluipen rond en proberen te proeven, maar ze weten dat ze zullen krijgen wat er over is.

Warm speeksel heeft mijn mond gevuld. Ik ben uitgehongerd. Niets voor mensen is zo simpel, zo zeker.

Ik knipper in het vervagende licht, besef nu pas dat het donker wordt. Spoedig zullen we de wolven die zich tegoed doen niet meer zien, noch onze weg terug. Ik besef dat ik Duncans arm nog steeds vastheb en laat hem los.

'We moeten gaan,' zeg ik.

Hij antwoordt niet en zegt dan: 'Dat was...' Langzaam schudt hij zijn hoofd. In het schemerlicht denk ik dat er tranen in zijn ogen staan.

'Ja,' zeg ik zacht. 'Ik weet het.'

Er gaat iets tussen ons voorbij, een ander soort begrip. Verlangen was er al vanaf het begin, maar er is nu iets anders. De rust die hij me laat voelen. De kalmte.

Maar al snel besef ik dat ik zo in de wolf opging dat ik niet voelde wat het hert voelde. Geen scheuren aan mijn vlees, niet opgegeten worden. Alleen de smaak van bloed. Ik draai me weg van Duncan.

Het is een lange weg terug naar de auto's. Ik maak me zorgen om Duncans been; hij loopt manker dan ooit en zijn gezicht is bleek geworden. Ik begin me af te vragen of hij het zal halen tot aan de auto's en begin te bedenken wat ik zal doen als hij het niet haalt. Ik zou een soort draagbaar kunnen maken en hem slepen. Ik zou hulp kunnen gaan halen. Maar hij blijft strompelen, de ene verbeten stap na de andere. Tegen de tijd dat we bij de auto's zijn, beeft Duncan en ben ik duizelig. Ik ben ervan overtuigd dat ik in het donker om ons heen lichamen heb zien bewegen.

'Welterusten,' zegt Duncan, en ik ben opgelucht dat het daarbij blijft. Maar dan zegt hij: 'Ik begrijp waarom je het niet doet. Maar vertrouwen moet worden geboden voordat het kan worden waargemaakt.'

Ik kan de toppen van de bomen langzaam zien wiegen in de wind. Ik wacht op het gehuil van een wolf, maar ze verheft haar stem niet, niet vanavond. Druk bezig met eten.

'Vertrouwen bestaat niet in de wildernis,' zeg ik zacht. 'Alleen mensen hebben dat woord nodig.'

20

Vijf jaren gingen voorbij in Alaska. Het lukte ons drieën om voor het grootste deel naast elkaar te bestaan. Maar ik merkte een verandering in mijn zus op. Ze leek niet langer van binnenuit verlicht, opgewonden bij het vooruitzicht wakker te worden voor een nieuwe dag. Er waren al lang geen nieuwe gebaren meer bedacht, ik kon me zelfs niet herinneren wanneer ze voor het laatst onze gebarentaal had gebruikt. Ze doceerde taalkunde aan de University of Alaska Anchorage en ging 's avonds veel uit. Zij en Gus vochten voortdurend, felle, woeste, gillende ruzies. Geen van beiden liet de ander ooit alleen, door de ruzies leken ze vaster aan elkaar te kleven, hoewel ik me niet kon voorstellen hoe er respect kon blijven, gezien de smerigheid die ze moeiteloos konden oproepen, of de strijd die ze aangingen om elkaar te vernederen. Ik wilde het voor hen beëindigen, maar wist niet hoe, wist dat alleen zij dat konden doen, en toch haatte ik mijn positie als toeschouwer en vroeg me af of ik er spijt van zou krijgen als ik niets ondernam.

Maar dit was mijn plek, waar hij altijd was geweest. Een stille derde partij in hun intimiteit. Ik hield mezelf voor dat Aggie een kracht was en dat ze wist wat ze deed, wat ze wilde en wat ze kon verdragen, en het was waar – ze was een grote kracht, maar wat ik toen niet wist, is dat elke kracht kan worden gestopt door genoeg weerstand.

Ik begon langer te werken, en op de basis te slapen. Ik kon de gedachte niet verdragen om naar huis te gaan en geconfronteerd te worden met hun verheven stemmen, of hun lippen die elkaar aanraakten, het gestolen gevoel van zijn mond op de mijne en de brandende schaamte die gepaard ging met mijn verlangen. Ik miste mijn zus vreselijk en haatte Gus omdat hij tussen ons in kwam zoals niets anders dat ooit had gedaan. Misschien was een deel van me ook boos op Aggie, omdat ze hem liet begaan.

Het was op een zondagavond dat ik mezelf eindelijk naar huis sleepte na een week op het werk te hebben geslapen. Een vloedgolf van vermoeidheid dreigde me naar beneden te trekken, maar de stemmen die vanuit het huis klonken lieten me weten dat ik niet snel zou gaan slapen. Er zat een groepje mannen in mijn woonkamer, Gus' groepje chirurgenvrienden. Ze begroetten me beleefd en richtten zich toen weer op de footballwedstrijd. Ik zag dat Gus biertjes uit de koelkast pakte.

'Hé.'

'Hé, meid, help me eens met deze.'

Ik liet mijn tas vallen en pakte de armvol blikjes.

'Ik zou mijn rechterbal geven voor een VB,' zei hij weemoedig, terwijl hij spijtig naar het Amerikaanse bier in zijn handen keek.

'Waar is Aggie?' vroeg ik.

'Uit.' Hij zei dit nonchalant terwijl hij terugkeerde naar de woonkamer, maar er liep spanning door zijn schouders.

Ik volgde hem en deelde de biertjes uit aan mannen die me niet bedankten. 'Met wie is ze uit?'

'De andere leraren.'

'Oké. Ik ga naar bed, dus kun je wat minder lawaai maken.'

'Natuurlijk, prinses, we gaan toch weg.'

Ik ging naar boven, ging op mijn bed zitten en belde Aggie.

Een mannenstem antwoordde. 'Hallo?'

'Met wie spreek ik?' vroeg ik.

'Luke.'

Ik haalde opgelucht adem, want ik had van Luke gehoord,

een collega van Aggie op de universiteit. 'Luke, kan ik Aggie spreken?'

'Ze is verhinderd.' Ik hoorde het plezier in zijn stem en irritatie laaide op.

'Wat betekent dat?'

'Dat ze te veel gedronken heeft en dat ze momenteel over haar nek gaat in mijn badkamer.'

'Waar woon je, dan kom ik haar halen.'

'Ze redt zich wel hier.'

'Nee, ze redt zich niet. Geef me je adres.'

Er moet iets in mijn stem geklonken hebben, want hij gaf het me. Ik pakte mijn sleutels en stampte de trap af.

'Waar is de brand, meid?' riep Gus van tussen het luidruchtige groepje toen ik naar de deur stormde.

'Ik ga Aggie halen.'

Mijn voeten knarsten op het grind buiten. Het was koud, mijn adem vormde wolkjes. Al snel knarste er een ander paar laarzen en ademde er een andere mond. 'Je hoeft niet mee te gaan, ik haal haar alleen maar op,' zei ik, maar hij stapte in mijn auto en we reden in stilte door de nachtelijke straten van Anchorage. Ik kende de stad nog steeds niet goed, omdat ik er heel weinig tijd had doorgebracht, maar Gus wees me de weg naar het huis.

Toen we naar de voordeur liepen, zei ik: 'Geen... rare dingen doen, oké? Het zijn gewoon vrienden van het werk.'

'Natuurlijk,' antwoordde hij, en ik moet zeggen dat hij echt ontspannen leek. Luke deed de deur open en op dat moment ramde Gus met een zware vuist in zijn gezicht, waardoor Luke meteen op de grond viel.

'Fuck!' Ik zakte op één knie, duizelig, mijn zicht weg. Fuck fuck fúck het deed pijn. Mijn ogen stroomden, mijn gezicht gonsde van de hitte. Toen mijn gedachten terugkeerden telde ik door de pijn heen, één ademhaling, twee ademhalingen, drie vier vijf. Het kloppen in mijn neus, ogen en schedel begon af te zwakken. Ik knipperde de vlekken uit mijn ogen, stond op en volgde Gus het huis in. Ik stopte naast Luke om te kijken of alles goed met hem was. Hij kreunde en hield zijn bloedneus vast, en toen ik dat zag, stak ik instinctief mijn hand uit om het bloed te stelpen dat uit de mijne gutste, bloed dat er niet was, maar dat ik heel warm en glibberig kon voelen op mijn gezicht, tussen mijn vingers, in mijn mond. 'Sorry,' zei ik. 'Gaat het?'

'Zorg maar gewoon dat ze mijn huis uit komt,' mompelde Luke.

Ik vond Gus in de deuropening van de badkamer. Aggie lag languit op de tegels en omhelsde de onderkant van het toilet, haar braaksel vers in de pot. Ze was nauwelijks bij bewustzijn en het maakte me duizelig om haar zo te zien. Gus staarde naar haar met een soort kilte.

Ik zakte op de grond en trok mijn zus in mijn armen, terwijl ik het haar uit haar gezicht veegde. Gus was in ieder geval helder genoeg om door te trekken.

'Aggie, hé, gaat het?'

Ze opende haar ogen en toen ze me zag glimlachte ze. 'Hé, jij daar,' zei ze, en toen lachte ze. 'Hé, ik daar.'

'Kun je opstaan?'

'Natuurlijk,' zei ze, wat in elk geval half waar bleek te zijn. Gus en ik ondersteunden haar toen ze wankel als een veulen naar de auto strompelde.

'Schatje,' zei ze tegen haar man toen hij haar op de achterbank wilde zetten. 'Wacht.'

'Stap in, Aggie,' zei hij.

'Ben je boos op me, lieverd?'

'Drie keer raden.'

Ze lachte. 'Dat is vreemd.'

'Hou je mond,' zei hij afgemeten, en iets in mij werd wakker, een zekere alertheid.

'Ik wilde dit niet,' zei ze.

'Bullshit.'

'Snap je het dan niet?' vroeg Aggie. 'Ik ben je eigendom niet.'

Gus duwde haar hard op de stoel. Ze viel achterover en stootte bijna haar hoofd. Ik struikelde, uit evenwicht gebracht door de sensatie.

'Hé,' zei ik, maar Gus worstelde Aggie in haar gordel, en hij was te ruw, waardoor ze tegen hem aan bokte, en hij snauwde iets en greep haar bij de keel om haar in bedwang te houden, en toen zijn vingers mijn luchtpijp dichtknepen, maakte ik een vuist en stompte hem onhandig tegen de achterkant van zijn schedel, stompte mezelf onhandig tegen de achterkant van mijn schedel.

Gus draaide zich om, hield zijn hoofd vast en staarde me met verwilderde ogen aan. 'Wat krijgen we nou? Ik probeerde haar alleen maar in de auto te krijgen!'

'Raak haar niet zo aan,' wist ik versuft uit te brengen.

Hij lachte. 'Jezus christus. Je hebt echt geen idee hè, meid? Ze is gek op drama, ze creëert het. Ze houdt ervan om ruw behandeld te worden.'

'Hou op, Gus.'

'En ze is niet de enige. Jij hield ook van ruw, als ik het me goed herinner.'

Ik wurmde me langs hem heen en leunde in de auto, mijn hoofd bonzend van de adrenaline. Aggie had de strijd opgegeven en worstelde nu om haar eigen gordel om te krijgen. Ik reikte langs haar en klikte hem voorzichtig vast, waarna ik in haar hand kneep. 'Gaat het?'

'Natuurlijk,' zei ze, en ze klonk zo moe, vermoeider dan een mens zich veilig kon voelen. Ze liet een vinger zachtjes van haar voorhoofd langs haar wang glijden; een liefdevolle aanraking van mijn gezicht, een van onze geheime talen. 'Met jou, Int?'

‘Met mij gaat het prima. Laten we naar huis gaan.’

Ze sliep tegen de tijd dat we terugkwamen. Gus droeg haar naar binnen. Onze koorts was over. Er hing geen woede meer in de lucht, alleen vermoeidheid, alleen verdriet. Ik bracht water en pijnstillers naar Aggies bed en trof hem toen aan op de vrijgekomen bank in de woonkamer. Zijn chirurgiemaatjes waren naar huis en hij had geen enkel licht aangedaan.

Ik ging naast hem zitten, tintelend, met uitgewrongen zintuigen. ‘Dat was te veel,’ zei ik. ‘Veel te veel.’

‘Ik weet het.’

‘Ze heeft niets verkeerds gedaan.’

‘Ze raakt bezopen in het huis van een andere man en dat vind jij niet verkeerd?’

‘Het zijn vrienden. Ze mag vrienden hebben en ze mag bezopen raken.’

Zijn ijzige stilte was genoeg afkeuring.

Ik stond op, klaar met hem. ‘Word volwassen, Gus.’

‘Ik wist niet dat je het in je had, Inti,’ zei hij, waardoor ik bleef staan.

‘Wat?’

‘Die ruzie. Ik dacht dat je daar te lief voor was.’

Ik draaide me om zodat hij mijn gezicht kon zien toen ik het woord nam. ‘Als het om mijn zus gaat, kan ik alles zijn wat ik moet zijn. Vergeet dat niet.’

Nadat Gus de volgende ochtend naar zijn werk was vertrokken, ging ik aan zijn kant van het bed zitten. Aggie was bleek en had holle ogen, maar ze pakte de koffie met een dankbare glimlach aan en ging rechtop zitten om ervan te genieten.

‘Meestal ben je nu al weg,’ zei ze.

‘Ik ga wat later. We moeten praten.’

‘Ik weet het al, Inti.’

‘Ik ga het toch zeggen, voor mijn eigen bestwil.’ Ik likte aan mijn lippen en keek uit het raam naar de zonovergoten straat. 'Ik had het eeuwen geleden al moeten zeggen. Ik wilde niet... Ik wilde er niet bij betrokken raken, maar dit moet stoppen. Je moet weg bij Gus.'

'Dat weet ik.'

'Hij is geen goede man.'

'Dan is hij perfect voor mij. Ik ben een stuk stront.'

Ik keek naar mijn zus. 'Het maakt me bang dat je dat over jezelf zou zeggen.'

'Wat ben ik nou, behalve een slap aftreksel van jou? Wat kan ik anders doen dan jou door het leven volgen? Zonder jou ben ik gewoon niks.'

Mijn mond viel open. 'Zo denk ik ook over jou.'

Aggie lachte een beetje. 'Dus wie van ons heeft gelijk?'

'Dat weet ik niet.'

'Ik heb je gemist,' zei ik.

'Ik heb jou ook gemist,' zei ze.

'Ik zal onze koffers pakken. We kunnen vandaag vertrekken.'

Ze schudde haar hoofd, en ik wist dat er eerst iets heel ergs moest gebeuren voordat ze het zou overwegen. Toen liet ze me opschrikken door te zeggen: 'Je moet alleen voor jezelf pakken. Een andere plek zoeken om te wonen. Dichter bij je werk misschien.'

Ik staarde haar aan. 'Hoe bedoel je?'

'Er is geen reden voor jou om onze onzin te ondergaan. Alle ruzies. Het is verschrikkelijk, en ik zie hoe vreselijk je het vindt.'

'Ik laat je niet in de steek.'

'Het is niet in de stéék laten,' zei ze, en ze rolde met haar ogen. 'Doe niet zo dramatisch. Je zou een huis dichter bij je werk kunnen zoeken. Een plek voor jezelf.'

Het was geen onredelijk voorstel, behalve dan dat we nooit apart hadden gewoond en dat ook nooit wilden, en omdat we daar altijd zo zeker van waren geweest gingen er alarmbellen bij me af. Hij kwam tussen ons in en zij liet hem begaan, en iets daaraan voelde heel verkeerd aan.

En zo begon een idee vorm te krijgen.

21

Donderdagavond in de wolwinkel. Ik sta een tijdje buiten in de kou en probeer de energie op te brengen om naar binnen te gaan. Waar ben ik mee bezig. Ik wil niet gezellig doen, dus wat doe ik hier in godsnaam?

Ik verman mezelf en doe de deur open. De bel gaat en verschillende gezichten kijken op.

'Daar is ze,' zegt Douglas. 'Kom binnen, meisje.' De oude man staat op om me zijn stoel aan te bieden en trekt er voor zichzelf een andere bij.

'Dank je,' zeg ik, en ik ga naast mevrouw Doyle zitten, bij wie Duncan op de meeste dagen langsgaat en van wie ik een zwangerschapstest heb gekocht. In de kring zitten een paar gezichten die ik ken – Holly en Bonnie zijn er allebei en zwaaien naar me – en een paar gezichten die ik niet herken, niet alleen vrouwen maar ook een paar mannen.

Holly komt aan mijn andere kant zitten en geeft me een kopje aan.

'Wat is dit?'

'Brandnetelwijn,' zegt ze. 'Douglas maakt het.'

'Natuurlijk doet hij dat.' Ik neem een slok en laat een lange fluittoon horen.

'Ja, het is spiritus, maar we hebben geen keus, hij dwingt ons het te drinken,' zegt Holly.

'Waar is je breiwerk, lieverd?' vraagt mevrouw Doyle me, alleen versta ik haar sterke accent niet, dus ze moet het herhalen.

'Dat heb ik niet. Ik heb nog nooit gebreid.'

'Mijn hemel,' zegt ze. 'Nou, dat geeft niet, ik zal je laten zien wat je moet doen, lieverd.' Dat moet ze ook herhalen, totdat ze begint te lachen en zegt: 'En ik dacht dat ik degene was die doof werd,' wat Holly voor me moet vertalen en dan lachen we allemaal.

Terwijl mevrouw Doyle me leert breien, met enorme naalden en dikke lussen wol waarvan ik vermoed dat ze gewoonlijk gebruikt worden om de kinderen bezig te houden, kletst Holly er lustig op los – zij en Amelia blijken tweelingdochters te hebben met wie ze heel wat te stellen hebben. Als ze hoort dat ik ooit de helft van een tienertweeling was met wie haar moeder heel wat te stellen had, gilt ze van opwinding.

'Help me, Inti, alsjeblíeft. Het enige wat ze doen is tegen elkaar fluisteren en ons uitlachen!'

Ik haal mijn schouders op als mevrouw Doyle de sneue poging die ik heb gedaan moet ontwarren, en het moet bekend zijn dat de zesenzeventigjarige vrouw artritis in de handen heeft en ze nauwelijks kan bewegen, maar zelfs zij is in staat een paar steken te breien zonder ze in de knoop te krijgen.

Tegen Holly zeg ik: 'Het zal niet zijn wat je wilt horen.'

'Kom maar op.'

'Je zult nooit zo dicht bij hen komen als zij bij elkaar, dus geef dat maar vast op.'

Ze zakt onderuit in haar stoel. 'Jezus. Ze windt er geen doekjes om hè, mevrouw Doyle?'

'Gebruik de naam van de Heer niet ijdel, liefje,' zegt mevrouw Doyle zonder op te kijken.

'Sorry, mevrouw Doyle.'

Vervolgens komt het gesprek op het landgoed van Dundreggan, ten westen van hier in de buurt van Loch Ness, een paradepaardje van herbebossing door de liefdadigheidsinstelling Trees for Life. Mevrouw Doyle blijkt er al heel lang vrijwilliger te zijn en gaat er morgen heen voor de volgende fase van het planten van bomen.

'Hoelang doet u al vrijwilligerswerk?' vraag ik haar.

'Al jaren. De meesten van ons hebben hier wel eens bomen geplant. We moeten voor onze omgeving zorgen, nietwaar?'

Ze vertelt me, langzaam zodat ik haar kan volgen, over de vierduizend hectare land van het landgoed die wordt herbebost, over de miljoenen bomen die zijn geplant, maar ook over de problemen die ze hebben gehad. 'Berkenzaden bedekken elk jaar de grond, biljoenen, zeggen ze, maar de herten komen langs en eten alle uitlopers op, waardoor er niets kan groeien. We zijn hier al jaren- en jarenlang bezig met het hertenprobleem, lieverd, al voordat jij geboren was. En ze hebben daar niet zo veel geluk als hier – zij hebben geen wolven om de herten verder te laten trekken.'

'Misschien zullen de wolven ze wel vinden,' mompel ik. 'Op een dag, als het veilig voor ze is om verder te zwerven.'

'O ja, ik hoop het. Maar voor nu, weet je wat we daar doen om de herten in beweging te houden?'

'Wat?'

Ze wijst naar Douglas aan de andere kant van de kring en schatert het uit. 'Meneer McRae gaat soms met me mee en hij en een paar van de jongere jongens gaan dan 's avonds naar buiten en krijsen een eind weg op de doedelzak. Die lieverds maken het ergste geluid op aarde en ze jagen dat brutale ongedierte meteen weg.'

Ik lach met haar mee terwijl Douglas rechtop in zijn stoel gaat zitten. 'Ik wéét gewoon dat u niet net mijn doedelzakmuziek hebt beledigd, mevrouw Doyle.'

'Helemaal niet, meneer McRae, ik was eigenlijk nog vrij gul.'

Douglas houdt zijn buik vast terwijl hij lacht en al snel lacht de hele kring met ons mee. Volgens mij flirten die twee een beetje met elkaar.

'Wat wordt er nog meer gedaan om Schotland weer wild te maken?' vraag ik aan mevrouw Doyle. Ik wil haar aan de praat houden, blij dat ik haar gevonden heb.

'O, van alles, lieverd. Het begon helemaal verkeerd, zou ik zeggen, toen we ons voor het eerst realiseerden dat onze boskap ons had teruggebracht tot een paar zielige bosjes Caledonische dennen. In plaats van inheemse bomen te planten, plantte ons bosbeheer bosjes uitheemse coniferen! Waanzin! Echt verschrikkelijk voor de inheemse fauna. Hoe dan ook, we kwamen weer op het goede spoor en begonnen de inheemse bomen te planten en de arme verloren dieren te herintroduceren. Om te beginnen waren er de bevers. Ik hoor nu dat landeigenaren in het zuiden betalen om de bevers op hun land te hebben, zo gek zijn ze op ze. En al snel gaan we naar het noorden, naar het moerasland.'

'Wat is het moerasland?'

'De Mhoine, lieverd. Het grootste veenmoeras ter wereld. Dat slaat honderden miljoenen tonnen koolstof op. Meer dan welk bos dan ook, geloof ik.'

'Echt?'

'En ze willen er een ruimtestation op zetten! Stel je voor! De idioten. Weet je wat er met turf gebeurt als er een vonk op neerkomt? Het vat vlam en blijft maar branden en al die koolstof komt vrij in de lucht. Het is kwétsbaar. En zij willen er raketten op laten ontploffen! De waanzin van de rijken, hè?'

Ik knik, geschokt. 'Waarom gaan jullie daarheen?'

'Om te protesteren, natuurlijk.'

Vol ontzag kijk ik haar aan.

'Ik hoop dat u het niet erg vindt dat ik het zeg, maar ik ben nog niet veel mensen van uw leeftijd tegengekomen die zo openstaan voor natuurbehoud.'

'O, onzin. We zijn hier, tussen de rest van de herriemakers. We zijn hier.'

Ik voel een sprankje hoop in mijn borstkas bij het horen van de passie in haar stem.

'En weet je wat het geheim is, lieverd?'
'Wat?'
'Nou, je hoeft niet op grote schaal te herbebossen. Je kunt klein beginnen, in je eigen achtertuin. Ik kweek al jaren wilde bloemen en o – allerlei soorten kleine wezentjes komen me opzoeken.'
'Wat geweldig,' zeg ik ademloos. 'Zou ik eens bij u op bezoek mogen komen?'
'Natuurlijk, lieverd, ik zou vereerd zijn als je kwam. Het is zoveel makkelijker dan de meeste mensen weten,' voegt mevrouw Doyle er nog aan toe. 'Maar verandering is voor sommigen beangstigend,' geeft ze na een tijdje toe. 'En als je je hart openstelt om een landschap weer te laten verwilderen, stel je je hart open om jezelf weer te laten verwilderen.'

Er gaan een paar uur voorbij en ik krijg de meeste breiers te spreken, en Douglas vertelt een heleboel vreselijke grappen waar we allemaal om moeten giechelen, en we eten heerlijke kaas, behalve wanneer ik naar de zachte brie reik en mevrouw Doyle fluistert: 'Die is niet voor jou, lieverd,' en tegen de tijd dat we aan het afronden zijn bedenk ik me dat dit een perfecte gelegenheid is om een paar vragen over Duncan te stellen.
'Mevrouw Doyle?' zeg ik terwijl ik haar methode om de overgebleven wol op te rollen kopieer.
'Ja, lieverd.'
'Ik heb gemerkt dat Duncan vaak bij u langskomt...'
'O, de schat.' Ze lacht een brede lach. 'We zijn gek op onze Duncan.'
Ik weet niet wat ik wil vragen, dus zeg ik maar gewoon: 'Hij lijkt heel aardig.'
'O ja, dat is hij. Echt heel erg aardig. Daarom hebben we hem zo vaak over de vloer, de arme jongen.'
'Hoe bedoelt u?'

'Hij heeft gewoon wat liefde nodig, die jongen. Hij heeft familie nodig.'

Ik staar haar aan. Het kwam niet bij me op dat zij misschien degenen zijn die voor hem zorgen. Dat het in werkelijkheid Duncan is die eenzaam is.

Na het breien ga ik naar de Snow Goose. In de overvolle kroeg zit Lainey. Ze zit met haar broers en Fergus witte wijn te drinken. Ik wil haar niet in de hoek drijven, maar misschien is ze dan eerder geneigd met me te praten in het openbaar. Ik loop naar hun tafel en krijg knikjes van de mannen, maar helemaal niets van Lainey. Ze staart me aan, woordeloos en afwachtend. Ze ziet er doorleefd uit. Veel te moe voor haar leeftijd. Ze is in haar eentje eigenaar van een failliete boerderij. Maar ze vreest tenminste niet voor haar leven.

'Inti,' begroet Fergus me. 'Kom je bij ons zitten?'

'Kan ik Lainey even spreken?' vraag ik.

Ze aarzelt en staat dan op.

'Wat drink je?'

'Chardonnay.'

Ik wijs haar naar een rustig hoektafeltje naast de open haard terwijl ik naar de bar ga. Ik sta op het punt twee wijn te bestellen voordat ik me bedenk en voor mezelf mineraalwater neem.

Ik zak weg in de zetel, ingeklemd achter een stenen muur. Het is hier privé. We zullen niet afgeluisterd worden. 'Hoe gaat het met je?'

'Goed, dank je.'

Ik slik en geef toe: 'Ik maak me zorgen om je. Ik ben een paar keer bij je langs geweest...'

'Bedankt voor het eten en de wijn. Waar wilde je het over hebben?'

'Eerst wil ik zeggen dat het me spijt van Stuart. Van je verlies.'

'Hoezo? Je hebt je gevoelens over hem duidelijk gemaakt.'

Heb ik dat? Ik dacht dat ik me behoorlijk ingehouden had. ‘Hoe gaat zijn familie ermee om? Zijn ouders wonen in het dorp, toch?’

Ze knikt, en haar handen ontspannen een beetje. ‘Ze vragen steeds waar hij is.’

‘Wat zeg je tegen ze?’

‘Dat ik het niet weet.’

Ik sta op het punt iets te zeggen als ze eraan toevoegt: ‘Dat is toevallig een leugen.’

De woorden sterven op mijn tong.

Ze kijkt naar me, zoekt mijn gezicht af zoals ik het hare afzoek. Mijn vingers friemelen onrustig.

‘Wat is er die avond gebeurd?’ vraag ik. ‘Nadat je hem had opgehaald van het bureau.’

‘Ik nam hem mee naar huis en we gingen naar bed. Hij was weg toen ik wakker werd. Dat is wat ik iedereen heb verteld.’

‘Dus wat is de waarheid?’

‘Stu was echt in elkaar geslagen. Over zijn ribben en buik, vreselijke blauwe plekken. Toen we thuiskwamen zei hij dat Duncan op hem af was gekomen, alsof hij echt kwaad was. En dat had hem aan het denken gezet, tijdens de rit naar huis. Hij vond het raar om zo te vechten tenzij het ergens over ging. En dus vroeg hij mij of het ergens over ging.’ Lainey nam een flinke slok van haar wijn. Haar woorden zijn kalm, afgemeten, maar volgens mij heeft ze de wijn nodig. ‘Ik zei nee,’ gaat ze verder. ‘Ik kon me niet voorstellen wat er zou gebeuren als hij de waarheid wist. Ik zou liegen en ik zou die leugen met me meenemen het graf in. Maar hij wist het toch, denk ik. Misschien dacht hij er al een tijdje aan. Hij was nog steeds duizelig, maar hij liet me van richting veranderen. Hij zei niet waar we heen gingen, maar hij was heel stil. Daardoor wist ik dat er iets ergs aan de hand was, want hij werd niet boos op me. Hij hield alles gewoon voor zich. Liet het opbouwen.’

Opeens ben ik zenuwachtig. Ik begrijp niet waarom ze me dit vertelt. Dat wilde ik natuurlijk, maar ik had niet gedacht dat het zo makkelijk zou zijn. De gevarenwaarschuwing in mijn hersens wordt geactiveerd.

'We kwamen bij de afslag naar Duncans huis,' zegt Lainey. 'Ik stopte. Hij zei dat ik door moest rijden, maar dat kon ik niet. Dus Stu stapte uit en begon te lopen.'

'Wanneer was dit? Hoe laat?'

Ze schudt haar hoofd, weet het niet, verloren in de herinnering. De gebeurtenissen die ze beschrijft zijn als opsommingstekens, momenten die ze in gedachten wel duizend keer moet hebben doorgenomen. 'Ik begon naar huis te rijden. Ik belde Duncan. Waarschuwde hem dat Stu op weg was naar zijn huis en dat hij van ons wist. Ik dacht: laat Stu de klere maar krijgen. Krijg de klere maar, laat hem maar doen wat hij wil, misschien zou het hem eindelijk in de problemen brengen als hij de politiechef zou aanvallen. Maar hij was in alle staten... Zo erg had ik hem nog nooit gezien. Ik kon niet zomaar... Ik weet het niet. Iets maakte dat ik omkeerde. Misschien dacht ik dat ik hem er nog van kon weerhouden iets te doen.' Ze neemt nog een slok en haar glas is bijna leeg. 'Ik kon hem niet vinden bij de afslag, dus reed ik door. Langs jouw huis. Door de bomen. En toen zag ik jou.'

Mijn mond wordt droog.

'Ik zag wat je met hem deed,' zegt Lainey tegen me. 'Je was vlak bij de weg. Wist je niet dat je vlak bij de weg was?'

Dat was ik. Veel te dichtbij. Maar dat was niet echt mijn keuze geweest, of wel?

Er komt een kelner om Laineys glas mee te nemen. Ze bestelt nog een wijn.

'Maak er maar twee van,' zeg ik zwakjes.

Als we alleen zijn schuif ik mijn stoel zo ver mogelijk naar achteren, ingeklemd tegen de hoek zonder ruimte om te ademen. 'Heb je het Duncan verteld? Is dat waar jullie het die avond bij hem thuis over hadden?'

Ze schudt haar hoofd. 'Ik heb hem niet verteld wat ik zag, maar ik wilde weten waarom hij daar niet had gekeken – hij wist dat Stu naar hem toe zou komen. Dus waarom had hij daar niet gekeken?'

'Wat zei hij?'

'Dat hij had gekeken. Hij had daar rondgelopen en niets gevonden. Hij zei dat het geen zin had, en dat Stuart ergens anders heen moest zijn gegaan.'

Er valt een stilte.

Lainey had hem precies kunnen vertellen waar ik Stuart begraven had. Maar dat deed ze niet, en ik realiseer me dat dat komt omdat ze niet zeker weet of Duncan hem vermoord heeft.

Dat is het enige wat ik nu begrijp. Hij heeft niemand verteld over Laineys telefoontje omdat hij zichzelf beschermde. Het plaatste Stuart bij zijn huis, en het plaatste hem in het bos op het tijdstip van de moord.

Toen Lainey Duncan belde om hem te waarschuwen, lag hij met mij in bed. Hij ging Stuart 's nachts ontmoeten. Misschien hebben ze weer gevochten. Duncan doodde hem. En misschien werd hij onderbroken doordat ik door het donker strompelde. En dus ging hij weg. Verstopte hij zich in de schaduw en keek hij toe hoe ik Stuarts lichaam begroef, net als Lainey dat deed vanaf de weg? Of ging hij weg en wist hij dat ik er niet was? Maar hij moet het absoluut geraden hebben toen hij thuiskwam en me niet meer in bed aantrof.

Om te denken dat we met z'n vieren door dat stuk bos liepen, elkaar passerend als geesten in het maanlicht.

Ik heb het gevoel dat ik moet overgeven.

Als Duncan weet wat ik gedaan heb – en dit is een schrale troost – denk ik niet dat hij me kan arresteren zonder zichzelf te betrekken bij de ergere misdaad. Maar Lainey had er niets mee te maken. Ze kan nog steeds naar voren komen en ons allebei aangeven.

‘Wat ga je doen?’ vraag ik.

‘Ik zou dit glas nu meteen in je gezicht stuk kunnen slaan,’ zegt ze, en ze is zo kalm dat het huiveringwekkend is. ‘Ik denk dat het goed zou voelen.’

‘Ja. Waarschijnlijk wel.’

‘Wie ben je?’ vraagt ze. ‘Waar kom je vandaan? Hoe heb je... Hoe neemt iemand die beslissing?’

‘Om eerlijk te zijn, Lainey? Dat is de vraag die ik mezelf elke avond stel.’

Onze wijn arriveert en we drinken er allebei dorstig van. Het kan me niet schelen dat dat niet de bedoeling is. Op dit moment kan het me echt niks schelen.

‘Heb je je ooit voorgesteld hem pijn te doen?’ vraag ik haar. ‘Toen hij jou pijn deed?’

‘Natuurlijk. Ik dacht er de hele tijd aan. Ik vroeg me af of ik het zou kunnen. Hoe ik het zou doen.’

‘Daar dacht ik ook aan. Toen ik jullie allebei ontmoette en ik zag wat hij deed. Ik kon aan niks anders denken.’

Lainey staart me aan.

‘Maar er is een verschil tussen je iets inbeelden en het doen, en dat verschil is verdomme zo groot als een oceaan.’

Ze fronst haar wenkbrauwen. ‘Waar heb je het over?’

‘Als je me wilt aangeven,’ zeg ik tegen Lainey, ‘neem ik je dat niet kwalijk. Als dat betekent dat je hem fatsoenlijk kunt laten rusten. Dat is het beste voor je familie, toch? Dus doe het, als het nodig is.’

Ze buigt naar voren en houdt mijn blik vast. ‘Denk je dat ik jouw toestemming nodig heb? Als ik je had willen aangeven, had ik dat wel gedaan. Krijg de klere, Inti. Krijg de klere omdat ik bij je in het krijt sta. Ik sta verdomme bij je in het krijt, en dat is onzin, want voor zoiets zou je bij niemand in het krijt moeten staan.’ Lainey brengt een hand naar haar ogen en ik zie die trillen. Zonder waarschuwing komt ze zo explosief overeind dat de stoel op de grond valt. 'We praten nog wel, oké?' zegt ze. 'We praten nog wel een keer. Alleen... Het is de bedoeling dat ik een leuke avond heb met mijn broers, ik kan dit nu niet.'

'Natuurlijk, wat je maar wilt. Het spijt me echt.' Dan: 'Ben je... Lainey, ben je blij dat hij er niet meer is?'

Het antwoord is te belangrijk.

Ze staart me aan. 'Vraag je me dat echt?'

Ik knik.

Ze gaat met een hand over haar gezicht. Dan zegt ze: 'Hij was mijn beste vriend en ik hield van hem en ik ben al jaren een geest. Natuurlijk ben ik blij dat hij er niet meer is.'

Buiten voel ik al mijn zekerheden wegglippen. Haar woorden hebben iets losgemaakt in mijn hoofd.

Ik klim in het bed van mijn zus. Ze is wakker en rolt naar me toe. In het donker kijken we elkaar aan.

'Ben je echt?' fluister ik.

Ze maakt geen geluid, geen beweging.

'Of ben je doodgegaan?'

Aggie steekt haar hand uit om haar eigen gezicht te traceren, haar vinger tastend naar haar wangen, mijn wangen, haar voorhoofd, mijn voorhoofd, haar lippen, mijn lippen.

'Ik kon je niet loslaten,' dring ik aan, terwijl ik haar aanraking zo diep voel, en toch, is dit geen trucje van mijn geest? Om te doen alsof er waarheid is waar die er niet is?

'Ben je een geest?' vraag ik haar.

Aggie knijpt zo hard in mijn hand dat het pijn doet, zo hard dat mijn botten verbrijzeld zouden kunnen zijn. Ze probeert me ongetwijfeld pijn te doen. Dan maakt ze een gebaar. Een van de eerste die ze ooit bedacht heeft.

Ik weet het niet.

22

Er zijn geen nieuwe uitlopers in de in kaart gebrachte kwadranten op de heuvel. Ik ga naar het land dat Evan me liet zien toen dit begon, het terrein van de botanisten dat nauwlettend in de gaten wordt gehouden, maar er is niets. Niets in een vallei die is kaalgevreten. Niets groens tussen het bruin, dat zich een weg baant naar de zon. Het is te vroeg, ik weet het, en nu ook het verkeerde seizoen, we moeten het experiment de tijd geven om te werken, de wolven een kans geven om hun magie uit te voeren, ik weet het, maar toch loop ik over het land alsof ik mezelf wil straffen. In mijn gedachten, altijd, Red en zijn geweer. Hij heeft nog minder geduld dan ik.

Aggie laat een schets voor me achter die niet veel meer is dan een ruwe cirkel met daaronder gekrabbelde woorden. *Een grapefruit. En ze kan jou nu ook horen.*

*

Deze week is ze zo lang als een courgette. Ze is misschien geen zij, maar in gedachten heeft ze haar eigen vorm aangenomen, zonder dat ik daar een beslissing over heb genomen. Mijn lichaam maakt en ik wacht. Zal dit de dag zijn dat Lainey van gedachten verandert?

*

Herfstkleurige uitbarstingen zetten de bosbomen in vuur en vlam. Hyacintrood, de kleur van de vlekken op de vuurwants, *Pyrrhocoris apterus*. Hollands oranje, de kruinen van goudkuifwinterkoninkjes. Het citroengeel van horzels. Kleuren zo levendig dat ze de lucht om ze heen strelen en van dit land een andere wereld maken. Bladeren glinsteren als een frisse wind hun takken schudt. De meeste mensen in het dorp zeggen dat de winter dit jaar vroeg is en meedogenloos zal zijn. Het is pas oktober, maar we kunnen het allemaal in de lucht voelen.

Nummer Acht is allang bevallen en de nieuwe wolvenpups in Glenshee zijn nu veertien weken oud. Ze hebben hun hol verlaten en zijn vlees gaan eten; in tegenstelling tot de pups van Abernethy hebben ze een gezonde roedel die voor ze jaagt. Hun ogen worden goudkleurig. Ze worden roofdieren.

En kleintje is nu een aubergine.

*

De eerste is een koe, gedood op een boerderij in de buurt van Glen Tromie. Het is guur land hier, in het middenwesten van het nationale park. Grimmige heidevelden. Verstoken van de meeste levende wezens en toch bezaaid met ruige koeien. Vee, overal. Een grijze motregen, ergens tussen regen en mist. We hebben allemaal op deze dag gewacht. Er is een soort stilte geweest, maar die zal nu verdwijnen: er zal lawaai zijn.

Evan en ik rijden naar de vallei om het karkas te inspecteren en te bevestigen dat het door een wolf is gedood. Het grootste deel van de koe is weggerukt en het lijdt geen twijfel dat alleen een groot roofdier met extreme kracht in zijn kaken zulke schade kan hebben aangericht. Het is uitgesloten dat een vos dit gedaan heeft, niet bij een koe, niet op zulk onverbiddelijk terrein, niet met zo veel kracht.

De boeren zijn een ouder echtpaar, Seamus en Claire. Seamus is ontroostbaar – de koe in kwestie is een van zijn beste fokdieren, een ouder meisje dat hij al jaren heeft. Ze heeft een kalf achtergelaten dat moet worden grootgebracht. Ik heb het gevoel dat hij zich net zo radeloos zou voelen over elk van zijn koeien die wordt gedood.

'Is dit uw land?' vraag ik, terwijl ik uitkijk over het verwaaide gras.

'Ons land eindigt een eind verderop naar het westen,' geeft Seamus toe.

'Zijn er hier ergens hekken?'

'Natuurlijk niet, het is land dat van niemand is.'

Ik kijk naar hem. 'Mag ik u een raad geven? Breng uw vee terug naar uw eigen land en zet ze achter een hek. U bent hier maanden geleden al voor gewaarschuwd, keer op keer. En nu verwacht u van de Wolf Trust dat ze u vergoeden?' Ik schud mijn hoofd en begin terug te lopen naar de auto. Achter me hoor ik Evan zich verontschuldigen en een aantal preventieve methoden uitleggen – opnieuw. Ik voel me slecht over mijn uitbarsting; de arme man heeft iets verloren waar hij van hield. Maar hij had dit kunnen voorkomen, en hij heeft het niet eens geprobeerd.

Ik zie Duncans truck langs de weg aankomen en haast me naar mijn auto voordat hij er is. Net als ik de motor start klopt hij op het raampje. Met tegenzin laat ik het zakken, me bewust van hoe groot mijn buik eruit moet zien. 'Hé.'

'Wolf?' vraagt hij.

'Yep.'

'Wat doen we?'

'Waaraan?'

'Aan de wolf.'

Ik frons. 'Niks, Duncan. Het is één koe. Ze zullen ervoor betaald worden. Er zullen meer dieren gedood worden. Je zou je mensen aan het idee moeten laten wennen in plaats van ze hoop te geven dat ze verhaal kunnen halen.'

Ik draai het raampje dicht.

Het duurt niet lang voordat het nieuws over de koe zich verspreidt. Het gaat heel snel zelfs. En alsof dit een oorlog is, wordt het vuur snel beantwoord. De stilte is voorbij.

De geur bereikt me als eerste, nog voordat ik het heb gezien. Dit is de molecule die mij afstoot en tegelijkertijd roofdieren aantrekt. Ik weet dat het een chemische reactie is, maar mijn lichaam vult zich toch met adrenaline en ik wil niets liever dan me omdraaien en de andere kant op rennen. In plaats daarvan ga ik verder en kijk.

Over de hut van ons basiskamp is een vermiljoenen mantel gedrapeerd. Spetters zijn over muren en ramen gespat met wat alleen maar een verrukte opgetogenheid genoemd kan worden. Het maakt me bang, wat de bedoeling was, en dat maakt me kwaad, zoals de meeste dingen.

Ik pak mijn telefoon, ook al is het nog maar net ochtend. Geen bereik. Nooit enig bereik. Ik moet het veld in lopen voordat ik kan bellen, en zelfs dan valt Duncans stem steeds weg. Ik slaag erin over te brengen dat hij moet komen.

Duncan arriveert nog half slapend. Ik had er niet aan gedacht hem te waarschuwen Fingal niet mee te nemen, en nu schiet de hond trillend van plezier van smeersel naar smeersel.

'Ze hebben er heel wat werk van gemaakt,' mompelt Duncan. Ik wacht terwijl hij rond het kleine gebouw strompelt en foto's maakt met zijn telefoon. 'Is er ingebroken?'

'Nee.'

'Weet je het zeker? Heb je binnen gekeken om zeker te weten dat er niets is meegenomen?'

'Er is niets meegenomen. De deur zat nog op slot.'

'Ze proberen je gewoon bang te maken.'

'Je meent het, Duncan.'

'Laat het maar aan mij over. Gaat het?'

Ik knik en hij springt weer in zijn auto. Fingal reageert niet als hij wordt geroepen omdat hij aan het dierenbloed likt, dus ik loop naar hem toe en trek hem zachtjes aan zijn halsband weg. 'Kom, ondeugd.' Hij geeft een opgewonden gil en springt achter in de truck.

'Ik bel je als er nieuws is,' zegt Duncan. Hij kijkt me aan en ik moet bewust vermijden mijn gezwollen buik aan te raken. Het heeft lang geduurd voordat het aan me te zien was. Tegenwoordig ben ik naakt duidelijk heel zwanger. Met dikke wollen truien en een losse overjas weet ik vrij zeker dat je het niet ziet. Ik zie er slordig uit, maar dat is niet ongebruikelijk voor mij.

'Dank je,' zeg ik.

Tegen de tijd dat het team arriveert, heb ik alleen de voordeur schoongeboend en stroomt er een rivier van zweet van me af.

'Wat krijgen we nou,' zegt Zoe. 'Ik word misselijk.'

'Wie heeft dit gedaan?' vraagt Evan.

'We hadden het al verwacht,' zegt Niels.

'Hm. Niemand heeft mij gewaarschuwd,' zegt Zoe.

'Niet specifiek.'

'Was er hier een dier?' vraagt ze.

'Je bedoelt behalve...' Evan gebaart naar het bloed.

'Ja, een levend dier.'

'Duncans hond was hier,' zeg ik tegen haar.

Zoe kreunt en krabt aan haar armen. 'Ik wist het, ik krijg uitslag. Ik ben echt niet geschikt voor dit wildernisgedoe.' Ze rent naar binnen, vermoedelijk om een antihistamine te nemen voor haar allergie voor dierenhaar. Vanuit de deuropening roept ze: 'Ik kom niet meer naar buiten voordat dat allemaal is opgeruimd. Waarschijnlijk zelfs dan niet. Ik woon nu hier.'

'Hoe is dat anders dan normaal?' mompelt Evan. Dan komt hij dichter bij me staan. 'Laat mij dit maar doen, baas. Niels en ik kunnen het wel aan, ga jij maar naar binnen om aan de dag te beginnen.'

Ik schud mijn hoofd en blijf schrobben.

Hij dempt zijn stem. 'Dat is in jouw toestand waarschijnlijk niet het beste idee.'

Ik stop. 'Wat?'

'Niemand anders weet het. Ik heb alleen drie zussen en een heleboel nichtjes en neefjes.'

Het is niet zo dat ik het voor me hou als een groot geheim, ik doe alleen mijn best om er niet aan te denken, en dat betekent dat ik er niet over praat. Dus niemand behalve mevrouw Doyle – en nu Evan – weet ervan. Ik geef hem mijn spons en ga zwijgend naar binnen. Heel even sta ik stil, hand op mijn buik, op de stevige gezwollen bobbel daar. Er is daarbinnen een heel universum.

Als de hut zo schoon is als we hem kunnen krijgen, stuur ik Evan en Niels op pad om de roedels te vinden en hun laatste gps-gegevens te downloaden. We moeten weten welke wolf de koe heeft gedood. De Tanarroedel jaagt op de gevlekte herten met enorme geweien, en een heel eind van de boerderij van Seamus en Claire. Ik betwijfel of zij het waren. De Glensheeroedel is het dichtstbij, maar is in de buurt van hun hol gebleven terwijl hun pups nog jong zijn, en ze zullen daar waarschijnlijk nog maanden blijven. We zullen een plan moeten bedenken om de pups een halsband om te kunnen doen. Uit de gegevens van Nummer Tien blijkt dat ze bij haar roedel is gebleven, wat ik niet verwacht had te zien. Van alle wolven zou ik er geld op ingezet hebben dat zij het was. Ondertussen heeft de Abernethyroedel zich tevreden in hun bos in het noorden genesteld. Waardoor ik geen enkele verklaring heb.

De volgende aanval is veel erger dan de eerste.

Halloween is op komst. De straten zijn versierd met hangende lichtjes en spinnenwebben. Grotesk gesneden lantaarns staan op drempels en hoeken. Spookachtige geesten turen uit ramen en vingerbotjes reiken omhoog uit hun graven van aarde. De Schotten houden van hun monsterverhalen; hier geniet men van het macabere.

Ik rij door de stad als ik word tegengehouden door een groep mensen op de weg. Mijn eerste gedachte is dat het een soort straatfeest moet zijn. Maar als ze voor mij uit elkaar gaan, zie ik dat er iets op het straatbord is gehangen, en het is niet zoals de andere prullaria. Een grijze vlek. Een bungelende tong. Mijn maag draait zich om.

De oude Nummer Veertien, de grijze wolf die allerlei bedreigingen overleefde en zijn gezin uit de omheiningen naar veiligheid leidde. Onthoofd, met zijn kop aan een strop, alle vier de poten afgehakt en rond de vier punten van het bord gedrapeerd.

Ik ben geen vrouw meer, geen mens, geen dier, wat ik ook was. Ik ben woede gekleed in vlees.

Vanavond komen de hongerige geesten, vanuit de velden, op zoek naar beschutting voor de naderende winter. Geef ze geschenken van voedsel en warmte om hun verlangen naar wraak te stillen. De grens tussen deze en de Andere Wereld is dun. Dat zijn de oude overtuigingen van Samhain, het Keltische oogstfeest dat het begin van de donkere helft van het jaar markeert, de komst van de kou. In een veld buiten het dorp wordt in de schemering een groot vreugdevuur aangestoken. Mensen uit alle hoeken van de Cairngorms arriveren gekleed in spookachtige kostuums. Ooit zouden ze een koe hebben gedood; ik kan de oerheidense geur van haar bloed bijna ruiken in de lucht. Met mijn eigen honger beweeg ik me tussen de vermomde lichamen.

Het monster dat ik zoek blijkt dom te zijn. Hij bewaarde het lijk van Nummer Veertien, misschien om de huid illegaal te verkopen, misschien als een trofee, en hij bewaarde de zenderhalsband die om de nek van de wolf zat. Misschien haalde hij die uit elkaar, misschien hield hij hem onder water en dacht hij dat dat genoeg zou zijn. Maar ze zijn bijna onmogelijk kapot te krijgen en daarom is hij de code voor een sterfgeval naar ons systeem blijven sturen, en zo heb ik hem gevonden.

Zijn naam is Colm McClellan. Hij is eenendertig jaar, gescheiden, en heeft twee kinderen die niet bij hem wonen. Hij is niet eens een boer, maar hij houdt wel van jagen. Ik heb hem vanavond vanaf zijn huis gevolgd en heb gezien hoe hij zijn kinderen door het festival leidt, ze snoepjes voert en ze rond de knetterende vlammen laat rennen.

Hij draagt een wolvenmasker.

Manieren om een man te doden. Duw hem, ongezien, in een vreugdevuur.

Een lichaam strijkt langs me heen in de menigte. Een hand pakt de mijne en leidt me af. Ik haal mijn blik van Colm en zie Duncans gezicht in de schaduw.

'Is alles goed met je?' vraagt hij me.

Ik probeer langs hem heen te lopen, maar hij houdt me tegen.

'Inti. Het spijt me wat er gebeurd is.'

Ik kijk naar Duncan. 'Is dat zo? Ik dacht dat jij de wolven net zo graag weg wilde hebben als de rest.'

'Zeg dat niet. Je weet dat ik van gedachten aan het veranderen ben. Dankzij jou. Ik wist het niet zeker, maar nu wel.'

'Wat weet je zeker?'

'Dat wat je hier naar ons hebt gebracht goed is.'

Daardoor blijf ik staan. 'Hoe weet je dat zo zeker?'

'Dat komt door jou,' zegt hij.

Hij laat mijn hand los, maar alleen om met een vinger zijn eigen gezicht te betasten. Ik huiver; hij weet dat ik het kan voelen.

Zijn vingertop loopt koortsig van mijn voorhoofd naar mijn wang naar mijn lippen. Het voelt niet als een truc, de afstand tussen onze lichamen voelt als de truc omdat we dezelfde huid delen, dezelfde spieren, dezelfde botten en hun merg. Ik zou heel makkelijk meegesleurd kunnen worden, er is een vloed die me mee wil nemen. Een fractie van een seconde is hij alles, hij is de hele wereld, en het kleintje in mij een universum voor ons beiden, maar ik heb me lang geleden overgegeven aan een universum dat alleen mijn zus en mij omvatte, en ik weet niet hoe ik dit zal overleven. Ik denk dat Duncan iets in mij ziet wat er niet echt is.

'Ben je er al achter wie het gedaan heeft?' vraag ik.

'Nog niet. Dat komt nog wel.' Duncan leunt dicht tegen mijn gezicht. 'Ik krijg hem wel te pakken.'

Maar dat zal hij niet. Omdat ik degene ben die hem te pakken krijgt.

Colm zet zijn kinderen bij hun moeder af en gaat dan naar huis. Ik volg op een paar auto's afstand. Hij woont aan de rand van de stad. Hij heeft een grote schuur achter, maar parkeert zijn auto op de oprit en gaat naar binnen.

Ik heb een koevoet. Die heb ik bij de bouwmarkt gekocht.

In het donker steek ik over naar zijn auto en sla de koevoet tegen zijn voorruit. Keer op keer. Dan sla ik zijn ruiten in, stuk voor stuk, en de achterruit ook. Hij komt nu naar buiten. Schreeuwt naar me. Terwijl hij me allerlei smerige namen toeroept zwaai ik naar zijn been en voel zijn knie kraken. Colm schreeuwt, ik schreeuw. Ik val bijna, de pijn barst los als licht voor mijn ogen. Maar ik haal adem en leun op mijn koevoet, en als het gevoel van verbrijzelde botten voorbij is, voel ik iets anders. De kennis van wat ik heb toegebracht, en het is een roes, onstuimig, verontrustend. Ik zou door kunnen gaan, maar in plaats daarvan loop ik langs hem heen naar de achtertuin. Ik gebruik de koevoet om de slecht afgesloten schuur te openen, maar binnen vind ik niet de resten van Veertiens lichaam. Ik vind alleen zijn zenderhalsband, samen met ander afval weggegooid in een emmer.

Ik bel Duncan.

'Ik heb een adres voor je. En een naam.'

'Inti, zeg me dat je niet...'

Ik geef hem de informatie en hang op, en dan veeg ik mijn afdrukken van de koevoet – of het veel zal uitmaken weet ik niet –, gooi hem met een klap op de grond en vertrek. 'Gore tééf!' gilt Colm. In mijn achteruitkijkspiegel zie ik hem languit in zijn voortuin liggen, en hij wordt steeds kleiner.

Thuis pak ik een fles wijn uit de kast en loop ermee naar onze paddock. Ik neem een paar slokken en ga op mijn rug in het koude gras liggen om naar de enorme volle maan erboven te kijken. De lucht is zo helder, zo grenzeloos, dat ik erin val.

Tranen sijpelen in mijn haar.

Voetstappen in het gras en een lichaam naast het mijne. Mijn zus pakt de wijnfles uit mijn hand en drinkt ervan, zet hem buiten mijn bereik en komt dan naast me in het donker liggen.

Onze vingers verstrengelen zich. Van ergens dichtbij klinkt het zachte gesnuif van een paard dat dichterbij komt.

'Denk je dat we enige controle hebben over wat we zijn?' vraag ik.

Ze neemt haar hand niet terug om te antwoorden, maar houdt hem in de mijne.

'Ik denk dat het meeste van mij is achtergebleven in paps bos. En nu ben ik alles wat ik haat.'

Ik sluit mijn ogen en mijn haar is nat van het zout, ik ben ervan gemaakt.

Haar hand beweegt nu, en snel. *Nee*, gebaart ze. En gebaart het dan opnieuw: *Nee.*

Ik rol naar haar toe en krul me op tot een bal. Het gif stroomt uit me en ik heb niet meer zo gehuild sinds het gebeurd is, want ik had het recht niet om zo te huilen toen mijn zus gewond was en zelfs zij niet kon huilen.

Aggie houdt me vast, ze houdt me zo stevig vast, haar lippen op mijn slaap, ze kust me keer op keer, en als haar vingertoppen een patroon op mijn ruggengraat trommelen, keer ik terug naar onze kleine lichamen in vaders schuurtje, toen ze me die allereerste keer terugbracht, zoals ze dat nu ook doet.

Ze hapt naar adem, kantelt mijn kin, en we kijken allebei omhoog om te zien wat de lucht doet, hoe die groen en paars danst, de kleuren die te schitterend zijn om opgenomen te worden in *Werner's*, en ik huil nog steeds, maar nu is het om de schoonheid van de wereld, en om zijn zachte aantrekkingskracht, om het mysterie ervan en haar timing, om haar diepe, diepe weten, toen ik zo dicht bij de rand was en nu ben ik teruggekeerd, en ik vraag me af of dit is wat Aggie ziet, elke keer als ze bij me terugkomt.

23

Ik word aangeklaagd voor mishandeling en het opzettelijk beschadigen van eigendom. Colm wordt aangeklaagd voor het doden van Veertien. We brengen geen van beiden een nacht door in de gevangenis, maar we krijgen wel hoge boetes.

In de weken erna wordt een spoor van vee dood achtergelaten. De meeste ochtenden word ik wakker met telefoontjes van Bonnie die tegen me zegt dat ik naar de volgende boerderij moet gaan om het volgende half opgegeten karkas van een schaap of koe te inspecteren, en telefoontjes van Anne Barrie.

'Los het op, Inti,' zegt Anne. 'Doe het nu, of al onze banen staan op het spel.'

Ik zou de raven kunnen volgen naar de dode dieren, als ik dat zou willen; ze reizen in grote zwermen en vullen de lucht boven de karkassen. En met elk nieuw dood dier groeit mijn angst. De wolf, welke het ook is, heeft geleerd dat hij zich kan voeden met vee. Wolven houden niet van de smaak van opgesloten dieren, ze houden van wild vlees, en ze jagen er graag op. Dat heet hun prooibeeld. Schapen en runderen, zo kwetsbaar als ze zijn, maken geen deel uit van dat prooibeeld. Ze zijn een laatste toevlucht voor een uitgehongerde wolf. Dus ik moet erachter komen welke wolf zo'n honger heeft dat hij zijn instinct negeert, en waarom.

Ik denk dat ik al weet welke het was. Ik denk dat ik dat wel moet weten. En zodra we het bewezen hebben, moeten we haar doden.

Vandaag is de Tanarroedel in beweging, ze trekken oostwaarts naar de rand van Reds land, wat zowat de slechtste plaats is waar ze heen kunnen gaan. Als de mensen uit dit dorp vastbesloten zijn om hier een oorlog van te maken, moet ik ervoor zorgen dat ze geen extra munitie krijgen, en de wolven helpen zichzelf niet door zo dicht rond te cirkelen bij Reds land. Als het donker is laat ik mijn zus achter bij de tv en rij ik naar het terrein van Red. Ik rij niet de oprit op, maar parkeer naast het hek van zijn voorste wei. Ik heb het geweer uit de wapenkluis gehaald en haal het uit de kofferbak, en dan rij ik het land van McRae op. Ik kom niet langs de plek waar Negen is gedood, maar ik denk aan hem. Ik ga door hekken, reik naar beneden om hekken los te maken en ze dan achter me weer vast te maken. Eén ding heb ik wel geleerd door tijd door te brengen op paps land: sluit nooit een hek dat je open aantreft, laat nooit een hek open dat je gesloten aantreft. Ik weet niet waar Red vanavond de schapen heeft, maar uiteindelijk vind ik ze in een oostelijke paddock, zwaar omheind en zo ver van de boomgrens als zijn terrein toestaat. Ik waardeer het dat hij voorzichtig met ze is, in tegenstelling tot veel boeren die nog steeds weigeren hun vee te omheinen. Een soort opstandigheid, denk ik. Ze gooien hun eigen ruiten in.

Ik loop naar de rand van de slapende kudde, hun wollige lichamen ineengedoken om hun lammeren te beschermen tegen de kou, en ik ga op het gras zitten. Blik gericht op de rand van het bos, geweer klaar op mijn schoot. Als er wolven komen voor deze schapen, zal het van tussen die bomen zijn, en ik zal ze opwachten.

Het broedende mannetje Nummer Twee, leider van de Tanarroedel en nu het sterkste alfamannetje van alle wolven die we hebben vrijgelaten, is Werners fluweelzwart. De kleur van obsidiaan. De enige zwarte wolf in Schotland. Een verzwelgend zwart, het zwartste zwart van de diepe nacht. Hij is een enorm schepsel, met negentig kilo zo groot dat hij tot de soort van zijn neven zou kunnen behoren, de grotere wolven uit Alaska. Hij beweegt zich met een verbluffende vloeibaarheid die voortkomt uit dergelijke kracht. Zijn kracht is volkomen dierlijk.

Ik kom hier al nacht na nacht, en deze nacht, de vijfde van mijn herderswacht, zie ik alleen zijn gouden, niet-knipperende ogen, en ik weet dat hij het is.

Hij staat in de dekking van het bos en kijkt naar ons.

Hij kijkt naar mij.

Wachtend op zijn moment.

Zijn roedel zal achter hem staan, klaar om in beweging te komen als hij het zegt. Drie hongerige, volwassen wolven die deze wezens en hun warme bloed kunnen ruiken, en ze nog niet van een ander kunnen onderscheiden. Ze zullen zich verspreiden en ons flankeren, snel en stil bewegen om een schaap aan de rand van de kudde neer te halen. Ze kunnen er elk één pakken, als ze willen, en dan met gemak de rest doden. Deze trage, onvoorbereide kuddedieren maken geen kans tegen de aard van zulke roofdieren.

Ik heb me altijd meer zorgen gemaakt over het lot van het roofdier dan over zijn prooi. Roofdieren brengen hun leven door met langzaam verhongeren. Elke jacht kan hun laatste zijn. Dus als ik hier alleen was, zou ik de wolven laten smullen. Maar dit is een wereld gemaakt door mensen. Als je je voedt met de verkeerde dieren, zullen de wolven sterven. Dus ik trek mijn geweer, geladen met kogels, geen pijltjes, en ik richt op Nummer Twee.

Het schot scheurt door de nacht en weerkaatst van de heuvels. Zijn maanverlichte ogen zijn nu verdwenen. Gevlucht met zijn gezin om ergens te jagen waar het veiliger is, hoop ik, afgeschrikt door het schot dat ik boven hem afvuurde. Toch blijf ik op mijn plek, voor het geval dat.

De schapen zijn wakker en rennen. In een gammele groep begeven ze zich naar de omheining en drommen tegen elkaar. Blatend van verontwaardiging vragen ze zich af wat er in godsnaam aan de hand is.

Vijf minuten later zoeft er een quad over het veld. 'Wat ben je verdomme aan het doen?' Red zet de motor af en springt van de motor. 'Wat heb je geschoten?'

'Niks,' zeg ik.

'Je kunt er maar beter niet omheen draaien, meisje.'

'Ik heb op een vos geschoten.'

Hij staart me in het donker aan en probeert iets van me te begrijpen, van mijn geweer. We zijn nauwelijks te onderscheiden. 'Bewaakte je ze?'

Ik knik.

Zijn schouders zakken af. Hij mompelt iets binnensmonds wat ik niet eens kan opvangen. En dan: 'Waarom?'

'Omdat ik net zomin als jij dode schapen wil zien,' zeg ik.

Red wrijft in zijn ogen. 'Laat het nu maar aan mij over. Je hoort niet zo laat buiten te zijn, juffie, niet in jouw toestand.'

Ik draai me weg en wou dat hij niet had geraden dat ik zwanger was. Ik voel me blootgesteld.

'Heb je hem geraakt?' vraagt Red.

'Wat?'

'De vos.'

'Nee, meneer. Maar hij weet nu dat hij uit de buurt moet blijven.'

'Hoe weet je dat hij het weet?'

Ik kijk naar Red. 'Dieren leren hun lesje. Wat dat betreft zijn ze slimmer dan mensen.'

's Morgens ga ik op weg naar de Glensheeroedel. Ik weet waar de Tanarroedel is, nadat ze gisteren de grens van Reds boerderij hebben overschreden. En ik ben ook op zoek geweest naar de Abernethyroedel, en heb daar gisteren eindelijk een glimp van opgevangen. De pups van Ash zijn nu ongeveer zes maanden oud en enorm gegroeid. Ze zien er bijna uit als volwassen dieren, een beetje magerder, hun poten nog steeds een beetje groot voor hun lijf. Het onderdeurtje van de groep – Nummer Twintig – is nog steeds de kleinste, maar haar broers en zussen respecteren haar. Ze wordt steeds puurder wit naarmate ze ouder wordt, nog witter dan haar moeder. Terwijl ik toekeek hoe ze haar grote broer domineerde met een snelle hap naar zijn bek, een snelle hap naar de mijne, verwonderde ik me opnieuw over de complexiteit van de machtsdynamiek tussen wolven. Ze zijn in staat om persoonlijkheidskenmerken te herkennen, om te weten dat innerlijke kracht net zo krachtig is als fysieke. Dominantie heeft vaak niets te maken met omvang of agressie.

Het is koud vandaag. Ik ben blij dat ik in de schuilhut ben. De wind giert langs de kale bergen om me heen, beukt tegen het kleine verborgen bouwsel. Als ik deze schuilplaats niet had, zou ik hier nooit in zulk zwaar weer kunnen zijn: ik zou omvergeblazen worden.

Ik pak mijn verrekijker om naar de Glensheeroedel te kijken.

Verbeeld ik me het verdriet in hun lichamen of maak ik ze menselijk? Het is zeker waar dat wolven rouwen om hun eigen soort. Ik denk niet dat ik me hun verdriet inbeeld over het verlies van Nummer Veertien. Ze hebben iets ingetogens en spelen niet. Zelfs de pups lijken bedrukt. En het is niet alleen Nummer Veertien die vermist is. Ik kan ook Nummer Tien niet zien. Haar gegevens zeggen me dat ze hier is, of zeer recent was. Maar als ik mijn verrekijker afstel, zie ik een ongewoon voorwerp in het gras, en ik herken Tiens zenderhalsband. Ze heeft zich ervan losgekauwd. Ze kan overal zijn.

'Nee,' zeg ik met een zucht. Hier is het bewijs waar ik al bang voor was.

Natuurlijk was jij het.

De wolf die nergens bang voor is, zelfs niet voor mensen.

Ik droom van de bronstige herten in het bos, van het geluid dat ze maken als ik 's morgens vroeg door het bos loop, dat machtige gekletter dat kilometers ver door de mist galmt.

Knal, gaan hun geweien als ze hun lichamen tegen elkaar smijten. *Knal.*

Ik schrik wakker.

Knal.

Geen gewei, maar iets wat tegen het raam smakt. Iets nats. Het wordt als een zak tegen het glas geslingerd en de knal is meer een *dréun.*

Wat krijgen we nou?

Er is iemand buiten. Ik ren de kamer van mijn zus in en trek haar uit bed. Druk haar plat op de grond zodat we niet door de ramen gezien kunnen worden.

Er zijn nu stemmen, meerdere, huilend als wolven.

'Shit shit shit shit shit. Blijf hier, beweeg je niet.'

Ik kruip terug naar mijn kamer en pak mijn telefoon. De figuren lopen nu rond het huis, ik hoor ze bonzen op de deuren en de ramen, ze proberen binnen te komen. Een van hen loopt mank, ik kan zijn silhouet niet zien en nee, nee nee nee dat kan hem niet zijn, laat het hem alsjeblieft niet zijn. Maar als ik kijk, vangt zijn gezicht het maanlicht en het is niet Duncan, het is Colm McClellan, wiens manke been ik zelf heb veroorzaakt.

Er is geen bereik op mijn telefoon en ik zou hem wel gefrustreerd tegen het glas kunnen gooien. Nadat ik mijn zus uit haar kamer heb gehaald, rennen we allebei, voorovergebogen, naar de badkamer en springen in het bad. Hier in de hoek is één streepje bereik en ik hou de telefoon op zijn plek totdat ik dat heb gevonden. Mijn vinger wil 999 bellen, maar stopt, en drukt in plaats daarvan op de knop voor Duncan. Hij is dichterbij.

'Inti?' antwoordt hij. Hij klinkt suf.

'Hij is hier,' fluister ik. 'Kom. Hij is met mannen en hij probeert binnen te komen.'

'Ik kom eraan.'

Aggie kruipt de keuken in. 'Wacht!' Ik klauter achter haar aan. Ze pakt een mes uit de la en ik besef dat dat een goed idee is, en pak er zelf ook een. We kruipen bij elkaar op de keukenvloer en het dringt tot me door dat dit precies is hoe ik haar laatst aantrof, toen ze dacht dat ze buiten iemand had gehoord en ik zei dat ze gek was, maar jezus, misschien had ze wel gelijk.

Of misschien zijn we allebei gek.

Boven ons wordt een raam ingeslagen en glas regent op ons neer. Ik druk een hand over mijn mond. Aggies ogen zijn te groot. Ik denk dat de mijne net zo groot zijn.

Het geluid van een auto die aan komt scheuren. Sommige figuren schieten weg, maar een paar blijven staan. Ik sta op zodat ik door het kapotte raam kan kijken. Duncan is hier. Hij is ongewapend.

'Je bent gearresteerd, Colm,' zegt hij. 'Jullie allemaal. Stap in de truck.'

'Fuck you, smerige verrader!' roept Colm, en hij rent op hem af, ondanks zijn kruk en gebroken knie, en ik denk dat hij in een soort psychose moet zitten, want dat is gewoon krankzinnig gedrag. Ik zak weer op de grond zodat ik niet zie wat er gebeurt, en mijn zus en ik houden elkaar vast en ik heb er genoeg van, ik heb echt genoeg geweld gehad voor duizend levens.

Iemand opent de voordeur en loopt naar binnen, en het is Duncan, maar ik begrijp niet hoe hij dat heeft gedaan, totdat ik zie dat het glas van de deur ook is gebroken en hij zijn hand naar binnen heeft gestoken om hem van het slot te halen. Zelfs daar gaat mijn hart sneller door kloppen, want nu kan iedereen binnenkomen.

Duncan ziet ons en komt naar ons toe. Ik weet niet wat er

buiten is gebeurd, maar hij heeft de mannen op de een of andere manier overmeesterd. Mijn lichaam reageert; het is bang voor hem. 'Niet doen!' zeg ik, en hij blijft staan. Ik begrijp de angst niet, kan hem niet uitleggen, zelfs niet aan mezelf, maar hij is hier, en hij is luid, en ik wil hem hier niet binnen hebben.

'Gaat het?'

'Ga nou maar, Duncan, alsjeblieft.'

'Ik moet je naar het ziekenhuis brengen, je laten nakijken, lieverd.'

'Het gaat prima met ons, er is niets gebeurd. Alsjeblieft.'

Ik kan niet stoppen me hem en Stuart voor te stellen, hoe zijn vuist Stuart bijna doodsloeg onder de bol van een straatlantaarn. Ik kan niet stoppen hem die nacht in het bos te zien en ik wil het uit mijn hoofd, ik wil hem weg uit mijn ruimte, uit mijn leven.

Zijn ogen gaan naar wat ik niet langer kan verbergen, zelfs nu ik ineengedoken op de grond zit. Mijn gezwollen buik. Hij ziet het, hij herkent het, en hij komt weer op ons af, en nu ben ik niet alleen misselijk, ik kom verschrikt overeind.

'Naar áchteren,' zeg ik.

Duncan blijft staan, verbijsterd. 'Sorry.'

Aggie beweegt haar lichaam beschermend tussen ons in, haar hand uitgestoken om hem af te weren en ik denk: hier is mijn zus, en omdat hij ook naar haar kijkt, denk ik ook: goddank, ze is echt, ze leeft, ik ben niet gek.

'Wees alsjeblieft niet bang voor me,' zegt Duncan. 'Jullie allebei niet. Ik ben hier alleen maar om te helpen. Ik heb met ze afgerekend, oké? Die eikels zitten opgesloten in de truck. Ze waren niets van plan, ze probeerden je alleen maar bang te maken.'

Dat is ze verdomme gelukt.

Zijn ogen gaan steeds terug naar mijn buik. 'Is dat...'

'Ga weg, Duncan!' schreeuw ik.

Ik ben roerloos, op mijn trillende kern na. Ik wacht om te zien of hij weer op me af zal komen. Zou ik tijd hebben om naar het mes te grijpen?

De verwoesting op zijn gezicht snijdt bijna door mijn zekerheid dat er hier enige dreiging is. 'Het is al goed, ik ga wel,' zegt hij, 'je bent veilig,' en dan gaat hij inderdaad.

Aggie en ik houden elkaar vast. Voelt ze zich zo woest als ze lijkt? Ze voelt in mijn armen echter dan ze in jaren is geweest.

Ze maakt zich los en gebaart: *Hij is de vader.*

Ik knik.

Laat hem niet meer binnen.

Ik kijk haar aan. Ik dacht dat haar angst waanzin was, maar er is niets krankzinnigs aan leren van je ervaringen. Haar waakzaamheid is misschien wel het zinnigste in ons leven.

'Dat zal ik niet doen,' beloof ik.

Later verneem ik dat de zak die gebruikt is om onze ramen in te slaan vol zat met wat er nog over was van Veertiens lichaam.

24

Ik had een plan, een wanhopig plan. Als Aggie haar man niet kon verlaten, zou ik haar worden, ik zou het oude spel spelen en me vermommen als haar, en ik zou een eind maken aan hun giftige huwelijk, ik zou voor haar bij hem weggaan. En ik zou het haar pas vertellen als het gebeurd was, zodat ze me niet zou proberen tegen te houden.

Ik bracht de dag door met Aggie en herinnerde me hoe het was om in haar huid te kruipen, om de wereld door haar ogen te zien. Met veel passie, en een humeur dat onstuimig oplaaide. Ik had genoeg van haar met Gus gezien om te begrijpen dat er tussen hen voortdurend een rivaliteit speelde die grensde aan flirten, een wandeling op het scherp van de snede van woede en verlangen.

Toen het zover was trok ik Aggies kleren aan en deed mijn haar en make-up zoals zij de hare deed. Het was een kostuum, het was een harnas, en de waarheid was dat weer in Aggie glippen het makkelijkste was wat ik ooit had gedaan. Op de een of andere manier voelde ik me thuis.

Ik stuurde hem een berichtje vanaf Aggies telefoon en ontmoette Gus na het werk in de stad. We dronken wat in een bar en ik nam een doelbewustheid aan in mijn manier van bewegen, in waar mijn blik op rustte, in hoe ik mijn uitdrukking hield, want dat was Aggie. Beheerst, zelfs verveeld, totdat ze er niet meer was. Gus was moe en gestrest, maar ik kon zien dat hij op mij gefocust was. Me bestudeerde. Ik liet me er niet nerveus door maken; in plaats daarvan genoot ik ervan zoals Aggie zou doen, in de wetenschap dat zij de controle had. Ik genoot ervan begeerd te worden, de echt verboden rilling van lust over mijn huid die ik lang geleden had afgezworen, maar nu ongebreideld mocht omarmen.

Ik wist niet hoe ik het onderwerp subtiel moest aansnijden, hoe ik me ervoor moest opwarmen, dus onder het zwakke licht van de bar flapte ik eruit: 'Inti en ik gaan verhuizen.'

Hij staarde me aan en er was een flits van iets in zijn ogen, maar hij bewoog of sprak zo lang niet dat ik een verschuiving onder mijn voeten begon te voelen.

'Ik dacht,' zei Gus heel langzaam, 'dat ik mezelf duidelijk had gemaakt.' Zijn hand ging naar die van mij en kneep er een beetje te hard in, en nog harder. 'Als je me probeert te verlaten, zal ik je vinden, en ik zal je zus vermoorden.'

Ik dacht dat ik hem verkeerd verstaan had.

En toen werd de waarheid, die te gruwelijk voor me geweest was om te raden, duidelijk. Er was geen spel tussen hen. Alleen echt gevaar. Alleen een monster dat zich verborg achter het knappe gezicht van een man. En ik was er blind voor geweest.

'Kom op, laten we naar huis gaan en een bad nemen, ontspannen, het is een lange dag geweest.'

Ik trilde zo erg dat ik nauwelijks kon lopen, maar hij stuurde me de bar uit en toen wist ik wat voor een lachertje ik was door te denken dat ik hier ook maar enige controle had, door te denken dat Aggie die had. De macht lag helemaal bij hem en hij gebruikte die om haar te gijzelen. Ik begreep nu waarom ze had geprobeerd me weg te krijgen.

Hij reed ons naar huis en terwijl hij het over zijn werk had, kon ik er alleen maar aan denken hoe ik uit deze auto moest komen, ik moest eruit, ik moest eruit, ik moest het portier openen en achteruit de weg op rollen en ik moest wegrennen, godverdomme gewoon wegrennen, maar dat kon ik natuurlijk niet, niet zonder Aggie.

Hij nam me mee naar hun slaapkamer. Ik was verstijfd. Ik moest iets zeggen, hem duidelijk maken dat ik het was, maar er kwam niets uit mijn mond, op droog gekras na. Hij sloot de deur en nog steeds was ik verstijfd. Ik had nog nooit zo'n angst gekend, zo vloeibaar, zo heet. En toen nam hij mijn keel in zijn handen en kneep erin, sneed mijn lucht af. Dat was wat hij bij haar deed. Deed hij dat elke nacht? In deze kamer met maar één muur tussen ons?

'Ik dacht dat je begreep,' zei hij terwijl hij me wurgde, 'hoeveel ik verdomme van je hou.'

Hij was een gek. En hij ging ons vermoorden.

'Stop,' wist ik naar adem happend uit te brengen, maar dat deed hij niet.

De deur barstte open en daar stond Aggie, en Gus liet zijn handen van mijn keel vallen zodat ik sidderend adem kon halen en van hem weg kon wankelen.

'Wat de fuck?' zei hij.

'Betrapt,' zei ze met een glimlach.

'Hebben jullie gewisseld?' Er was iets uitzinnigs in zijn ogen en mijn hart ontvluchtte mijn lichaam, we moesten weg zien te komen, hij kon elk moment doordraaien. En toen schoot hij in de lach. Hij bulderde van het lachen. 'Dat was verdomd goed, moet ik toegeven. Ik had geen flauw idee.'

Alsof dit allemaal een grote grap was.

'Je had me te pakken, Inti,' zegt hij tegen mij.

'En ik denk dat we bewezen hebben of je het wel of niet door zou hebben,' zei Aggie, en mijn hoofd tolde, want wat was er in godsnaam aan de hand, het was alsof ze allebei meededen aan de grap en toen zag ik Aggies hand achter haar rug een gebaar maken. Ze had al jaren geen gebaren meer gemaakt.

Ga.

Ze beschermde me. Ze had genoeg meegekregen van wat ik probeerde te doen en probeerde de zaak te sussen. Maar hoe kon ik haar alleen laten in deze kamer met hem? Hoe kon ik haar ooit nog alleen laten met hem?

Aggie kuste haar man, en het was ik die hem kuste en ik had wel kunnen overgeven. Haar handen, ze gebaarde weer. *Vertrouw me.*

En dus liet ik haar achter, als de lafaard die ik was. Ik ging naar de badkamer en ik gaf over tot er niets meer in me zat. En toen zat ik, stijf als een plank op het voeteneinde van mijn bed, te luisteren of ik geluiden door die muur hoorde. Ik heb tot het eerste ochtendgloren zitten luisteren.

25

Vanavond belegt burgemeester Andy Oakes een vergadering in de school over het dode vee, en wij wolvenmensen zijn niet uitgenodigd. Ik wil me niet voorstellen wat ze zonder ons erbij zeggen.

Ik gebruik de afleiding om boodschappen te doen en, zoals ik al hoopte, de gangpaden zijn leeg. Ik dwaal doelloos rond, in gedachten verzonken en steeds weer op mijn schreden terugkerend. Het personeel kijkt me aan en mompelt tegen elkaar. Daar word ik zo door in beslag genomen dat ik met mijn karretje tegen een enorme uitstalling hondenvoer in blik aan rij, waardoor de blikken luidruchtig op de grond donderen en alle kanten op rollen.

Ik klauter op mijn knieën om ze op te rapen, terwijl twee jonge kassamedewerkers aan komen snellen om me te helpen. Een meisje en een jongen, niet ouder dan vijftien.

'Echt, sorry,' zeg ik.

'Geeft niet, wij doen het wel,' zegt het meisje vriendelijk.

'Echt, mevrouw, rust maar uit,' zegt de jongen.

Ik geef het op en zak op mijn achterste. Het is moeilijk rondkruipen als je buik uitpuilt tot het formaat van een bowlingbal. De groei lijkt te versnellen, terwijl mijn energieniveau daalt en mijn rug pijn doet. Vanmorgen heb ik voor het eerst gegoogeld of dit normaal is, en ontdekte dat de omvang van mijn buik eigenlijk kleiner is dan gemiddeld. Aggie zei dat de baby zo groot is als een kanteloep. Ik legde de telefoon in paniek weg op het moment dat die me dingen begon te vertellen over hoe de baby nu licht kan zien, hoesten, hikken en drómen.

'Bent u de wolvenvrouw?' vraagt het meisje me.

Ik knik en verwacht een soort van... ik weet het niet, een berisping? Maar de tieners stoppen met het verzamelen van blikken en kijken me opgewonden aan.

'Hoe zijn ze?' vraagt ze. 'Hebt u er al een aangeraakt?'

We zijn in het laatste gangpad en er is verder niemand in de buurt. Ik leun achterover tegen de plank. 'Zo vaak.'

'Als baby of als volwassen dier?'

'Allebei.'

Dat maakt ze helemaal gelukkig. Ze komen wat dichterbij.

'Bent u er al eens door een gebeten?'

'Nee, niet echt gebeten. Ze kauwen en happen als ze klein zijn, maar dat is maar spel.'

'Hebben ze u leren kennen?'

'Natuurlijk. Wolven zijn familiedieren. Als je ze opvoedt, blijven ze loyaal tot je ze vrijlaat. Soms zelfs daarna.'

'Waarom houdt u ze dan niet?'

'Daar zijn ze te wild voor.'

'De wolven hier,' vraagt het meisje. 'Zijn die echt gevaarlijk? Want ik heb er 's avonds een keer eentje gezien en die rende gewoon weg, zo snel dat je het nauwelijks kon zien.'

Ik kies mijn woorden zorgvuldig. 'Als je afstand houdt, hoef je nergens bang voor te zijn. Maar probeer ze nooit aan te raken of te voeren.'

'Wat als hij dichtbij is?' vraagt de jongen. 'Ik bedoel, als we aan het wandelen zijn en hij is er gewoon opeens.'

'Als je in het bos een wolf tegenkomt en hij vlucht niet voor je weg, wil ik dat jullie één ding onthouden. Loop er nooit voor weg. Als je een wolf aankijkt, maak je hem bang. Als je vlucht, zal hij op je jagen.'

Opgewonden kijken ze me aan. Ik hoop echt dat ze niet op zoek gaan naar een manier om dat advies te testen.

'De wolf die ik zag...' zegt het meisje zachtjes, 'die was prachtig.'

Ik knik.

'Sorry dat sommige mensen zo strontvervelend zijn,' zegt de jongen. 'Maar dat is niet iedereen. Een heleboel mensen vinden het idee dat er weer wolven in Schotland zijn geweldig. Zoals het vroeger was.'

Ik glimlach. 'Dank je. Dat betekent veel voor me.'

Ik laat ze me overeind trekken.

Het is begonnen te sneeuwen als ik buitenkom, en ik ben vergeten iets te kopen. Ik kijk omhoog naar de lucht en zie hoe de vlokken langzaam heen en weer gaan. Het is echte, pluizige sneeuw, bijna gewichtloos en glanzend in het maanlicht.

Mijn auto is de enige die hier geparkeerd staat en er leunt iemand tegenaan. Een fractie van een seconde is het Gus, zijn lange, brede gestalte, en dan draait hij zich om en het is niet Gus maar Duncan, en ik zuig een slok lucht naar binnen om te proberen mijn hartslag te kalmeren die nog steeds niet wil kalmeren.

Ik stop een paar passen bij hem vandaan. Hij blokkeert het portier aan de bestuurderskant. Doet hij dat met opzet, zodat ik niet weg kan? Jezus, ik moet mezelf onder controle krijgen.

'Ik moet het vragen...' Duncan haalt een hand door zijn haar, dat steeds langer, piekeriger en zilverkleuriger wordt. In het neonlicht van de kruidenierswinkel ziet hij er ziekelijk uit, zijn ogen hol. Een golf van bezorgdheid overvalt me.

'Is het van mij?' vraagt Duncan.

Ik denk dat ik deze vraag al verwachtte, hem vreesde. Hoewel het lichtelijk beledigend is – ik weet niet met hoeveel mannen hij denkt dat ik naar bed ben geweest.

'Nee,' zeg ik. 'In die zin dat het ook niet van mij is. Ik sta het af.'

'Is dat een omslachtige manier om te zeggen dat het wél van mij is? Dat jij en ik – dat we het samen gemaakt hebben?'

Ik geef geen antwoord.

'Kan ik... Ik zal je helpen, Inti. Je hoeft dit niet alleen te doen.'

'Je wilt geen kinderen,' zeg ik. 'Dat heb je zelf tegen me gezegd.'

Hij laat een ademteug, een soort lach, ontsnappen. 'Dat was ooit waar, voordat ik jou leerde kennen. Tegen de tijd dat ik het zei, was het al een leugen.'

O god.

'Je hoeft het niet af te staan,' zegt hij.

Ik krijg de woorden er bijna niet uit. 'Dat wil ik.'

'Waarom?' vraagt hij.

Ik sluit mijn ogen, voel me duizelig worden. 'Omdat er niets goeds meer in me zit, Duncan. Ik ben gewoon boos, en dat is alles.'

'Dat is zo'n onzin,' snauwt hij.

Ik loop langs hem heen naar de auto en grijp naar de deurklink, maar mijn hand werkt niet mee om hem te openen, ik blijf hier staan om te proberen heel te blijven.

'Ik heb Stuart niet vermoord,' zegt hij abrupt. 'Ik dacht dat ik dat niet hoefde te zeggen, maar het lijkt erop van wel.'

Ik kijk hem in de ogen. 'Ik denk niet dat ik je geloof.' Al het andere is onlogisch. 'Je was daar toen buiten,' zeg ik. Ik ben er klaar mee te verbergen wat ik weet. 'Lainey belde je, om te zeggen waar Stuart was. En jij ging hem zoeken.'

'En dat mislukte,' zegt Duncan. 'Ik heb niks gevonden.'

'Waarom heb je dan gelogen over haar telefoontje? Waarom zou je die moeite doen, als het niet was om jezelf te beschermen?'

'Om jóu te beschermen!' roept hij uit. 'Ik heb die nacht niks gevonden, Inti, maar jij wel, hè? Jij was ook buiten. Als je van mijn huis naar dat van jou bent gelopen, was je daar op hetzelfde moment als hij.'

Er zitten sneeuwvlokken in zijn wimpers, en ook een paar in die van mij, die de wereld verzachten. Ik kan me geen woorden herinneren.

'Ik blijf mezelf dezelfde vraag stellen,' geeft hij toe. 'Als je het gedaan hebt, zou het me dan wat uitmaken? En dat gaat in tegen alles waar ik me ooit aan heb vastgehouden.'

'Het zou wat uitmaken. Het maakt uit,' zeg ik. 'De dood kruipt onder je huid, het blijft bij je. Dat is wat je zei.'

Kras, gaat het kleine mensje binnenin, *kras* gaan haar kleine vingernagels. *Niet nu*, smeek ik haar. *Alsjeblieft, kleine meloen, niet nu.*

'Het enige wat belangrijk voor me is, is dat mijn zusje veilig is. En ik vertrouw er niet op dat jij ons geen pijn doet,' zeg ik botweg tegen hem. 'Ik vertrouw niemand.'

'Dat heb ik ook meegemaakt, Inti.'

'Dat weet ik, en het gaat niet weg.'

'Je hebt het mis,' zegt hij. 'Het gaat weg als we het weg laten gaan. Ik heb ruimte voor je gemaakt.'

'Denk je dat het uitmaakt dat er liefde is?' vraag ik. 'Liefde maakt alles alleen maar gevaarlijker.' Ik stap in de auto.

'Inti.'

Mijn ruitenwissers vechten tegen de sneeuwvlagen als ik van de parkeerplaats rij. Maar het duurt niet lang of ik moet van de weg af, onzeker of ik wel door kan rijden. Ik kijk naar de sneeuw die valt in de koplampen.

Het kleine mensje in mij beweegt weer, ze draait met zo'n kracht dat ik naar adem snak. Ik druk mijn hand tegen haar en voel haar hand op mij terugdrukken, en op die manier is ze zo ver gekomen, verder dan alles wat ik wist, alle muren die ik heb opgetrokken, dat ze me heeft gevonden, ze heeft gezien, en verstoppen is voortaan uitgesloten.

26

De rit van Denali naar Anchorage was lang en ik maakte hem steeds minder vaak. Maar vanavond had ik mijn eigen bed nodig, dus maakte ik de reis, maar ik trof weer mannen in het huis aan. Het begon een gewoonte te worden. Gus voelde zich ellendig en was woedend op zijn vrouw, die bang voor hem was en probeerde de dagen door te komen zonder hem 'te provoceren'. Maar hij wilde dat zij zich net zo ellendig voelde als hij, en daardoor ik ook. Dus vulde hij het huis vaak met mannen die drank achteroversloegen met een bijna uitdagende behoefte om dronken te worden. Ik haatte het, en meestal vluchtte ik terug naar mijn werk. Maar vanavond was ik te moe, mijn dag was te slopend geweest en ik had gewoon slaap nodig.

James, zijn neef, was op bezoek uit Sydney. Hij haatte me onvoorwaardelijk, omdat ik één keer met hem naar bed was geweest en niet nog een keer, en hoewel hij in mijn huis logeerde, had hij de hele week nauwelijks een woord tegen me gesproken. De rest was een mix van Australische vrienden en chirurgen die Gus kende van zijn werk. Er was een vreemd soort concurrentie tussen de Amerikanen en de Australiërs, elk erop gebrand om te bewijzen dat ze meer konden drinken en zich slechter konden gedragen. De Australiërs wonnen altijd: deze specifieke groep uit Gus' rugbydagen was goed geoefend in het zijn van eikels.

Ik probeerde erlangs te glippen, maar zoals gewoonlijk werd er geroepen dat ik moest blijven voor een drankje, eentje maar, wat er altijd meerdere werden voordat ik kon ontsnappen.

Vanavond had ik de energie niet om me ertegen te verzetten, dus ik zonk op de bank naast iemand die Robbo heette en pakte het biertje aan.

Al snel waren er meer biertjes, toen tequila, toen cocaïne.

Ik hoefde er niets van te nemen om me dronken, doorgesnoven en misselijk te voelen. Ik hoefde alleen maar hier te zijn, te kijken. Ik wilde dat Aggie thuis zou komen, ik wilde het echt wanhopig graag. Ik voelde me veel te oud voor dit alles, ik voelde me alsof ik uit het echte leven in een verwrongen, giftige droom van adolescentie was gestapt. Waarom woonde ik in een huis met een man die dit leuk vond? Waarom was mijn zus met hem getróuwd?

Angst maakte dat ik bleef zitten, dat ik de drankjes aannam en meelachte, terwijl mijn hoofd overspannen was en strategieën bedacht om uit deze situatie te komen zonder iemand te beledigen.

Ik keek naar Gus, die nu shotjes nam. Hij negeerde me. Het zou allemaal wel goed komen. Ze zouden zo dronken worden dat ze out gingen en ik zou naar bed gaan. James zat aan mijn andere kant en kneep me stevig vast. Zijn adem rook smerig en zijn ledematen hingen slap. Ik keek hoe de mannen om me heen elkaar opstookten, stieren die met hoeven stampten en snoven, en ik bleef stil en nam de weg van de minste weerstand. Zit het uit, maak geen ophef. Het laatste wat ik wilde was een scène veroorzaken. Ze hadden iets onvoorspelbaars, ze leken eropuit om zichzelf te verliezen en dingen te vernielen en ik wilde niet in hun blikveld staan als ze op een idee kwamen.

De deur ging open en daar was mijn zus. Ik was zo opgelucht dat ik bijna in tranen uitbarstte. Ze wierp één blik op wat er aan de hand was, zag mijn uitdrukking en wendde zich tot haar man. 'Wat spelen we, schat? Ik doe mee.' Toen greep Aggie mijn hand en trok me van de bank.

James greep mijn andere pols. 'Kom op, Aggie. Niet zo'n spelbreker zijn. Ze vermaakt zich.'

'Ik moet alleen even met haar praten en dan komen we terug om te spelen.'

Ik kon haar nauwelijks horen boven de bonkende muziek, het gelach en de dreunende stemmen. James liet me los en ik haastte me met Aggie naar de keuken.

'Hoeveel heb je gedronken? Kun je rijden?' vroeg ze me.

Ik schudde mijn hoofd.

'Ga naar boven en doe je slaapkamerdeur op slot.'

'Kom met me mee.'

Ze knikte en we stonden op het punt te gaan toen Gus aankwam. 'Twee voor de prijs van één,' zei hij. Zijn pupillen waren grote zwarte gaten.

'We gaan naar bed,' zei Aggie.

'Nee, hoor. Je houdt van spelen. Spelen dan.'

Zij en Gus keken elkaar lang aan.

Ik zei tegen mezelf dat ik me moest ontspannen, gewoon ontspannen, het was niet zo erg, er gebeurde niets. Er waren mensen hier. Er kon niets gebeuren waar andere mensen bij waren.

Aggie trok haar man terug naar de woonkamer, zodat hij zich niet zou herinneren of erom zou geven dat ik hier ook was, zodat ik naar boven kon vluchten nu ik de kans nog had. Ik deed de deur van mijn slaapkamerdeur op slot en belde de politie. Ik diende een klacht in over de herrie en wachtte tot ze kwamen. Het duurde ongeveer twintig minuten en ik stak mijn hoofd uit het raam om te luisteren naar Gus die opendeed en tegen de agenten zei dat hij minder herrie zou maken, en toen vertrokken ze. En het feest ging door.

Ik belde ze opnieuw en deze keer zei ik dat er een gevecht was uitgebroken en dat er mensen in gevaar waren, maar toen ze terugkwamen konden ze duidelijk zien dat er niemand aan het vechten was, dus wat moest ik doen? Wat kon ik zeggen als ik ze weer belde? Er was eigenlijk niets gebeurd. Misschien vermaakte Aggie zich daar beneden wel. Misschien wist ze hoe ze deze situatie moest aanpakken. Mam had ons de waarschuwingssignalen geleerd en er waren er wel duizend geweest. Mijn leven lang nam ik het haar kwalijk dat ze het slechtste in mensen zag, maar toen ik in mijn kamer stond en naar het lawaai beneden luisterde, besefte ik hoe naïef ik was geweest om te denken dat ik wist waar mensen toe in staat waren.

Het was de bedoeling dat je wegging, als je de waarschuwingssignalen zag, maar wat als je dat niet kon? Wat als hij te gevaarlijk was om weg te gaan? Wat als je zus dacht dat blijven betekende dat ze jou beschermde? Wat als ze gelijk had, en dit was hoe we hem overleefden? Door het risico te beperken?

Ik hoorde een dreun van buiten. Ik deed mijn deur van het slot. Gus nam Aggie mee naar hun kamer. James volgde hen. Ze was nauwelijks bij bewustzijn, maar ze wierp me een blik toe toen ze achter de deur verdween, niet van beheersing maar van angst.

Elke twijfel verdween. Ik wist ondubbelzinnig dat blijven niet langer een optie was. Dat er niet langer een manier was om de situatie onschadelijk te maken. Er stond iets heel ergs te gebeuren en mijn zus had hulp nodig.

Ik stormde naar voren. 'Hé!'

Gus wierp een blik op me. 'Bemoei je er niet mee, meid.'

'Het is goed, Inti, ga maar naar bed,' zei Aggie vanuit de kamer.

'Of je kunt meedoen, als je wilt?' stelde James voor.

'Jullie doen dit niet. Ik bel de politie.'

'Jezus, relax,' zei James, en toen draaide hij aan mijn pols tot mijn telefoon op de grond viel. Hij stampte erop met de hak van zijn laars. Lachte. Zei nog eens dat ik moest relaxen, ze maakten gewoon wat lol. Ging naar de slaapkamer van mijn zus en deed de deur dicht.

Ik gooide mezelf tegen de deur. 'Laat haar eruit, stelletje zieke klootzakken!'

Toen ze niet antwoordde rende ik naar beneden en zei tegen de mannen dat Aggie hulp nodig had, dat Gus en James haar in de slaapkamer hadden opgesloten, maar in plaats van te helpen lachten ze en draaiden zich om, en niet één van hen wilde me zijn telefoon lenen.

Ik rende terug naar boven en begon tegen de deur te schoppen, in een poging de klink los te krijgen, ik gooide mijn schouder keer op keer tegen het hout. Ik zou deze deur openkrijgen, al moest ik hem met mijn handen en tanden uit elkaar trekken en mezelf daarbij vernietigen.

'Reken af met die trut, oké?' hoorde ik James van binnenuit zeggen.

De deur ging open en ik stond oog in oog met Gus, te groot om erlangs te duwen, te sterk om er iets aan te doen. 'Wil je echt meedoen?' vroeg hij, en ik wist niet wat hij me vroeg, behalve dat ik het wel begreep. 'Wil je dit zien?' Wat er in deze kamer gebeurde zou gebeuren ongeacht mijn pogingen om het te stoppen. Er was niets wat ik kon doen, niet tegen hun grootte en kracht, niet als er beneden geen hulp zou zijn, niet nadat mijn telefoon vernield was.

Het enige wat ik kon doen, zo leek het, was bij mijn zus zijn zodat ze niet alleen hoefde te zijn.

Hij liet me binnen, en Aggie lag naakt op het bed en was echt helemaal weg, dronken of stoned of iets dergelijks, en James hield haar bij de keel vast, hij hield mij bij de keel vast, en toen Aggie me zag probeerde ze rechtop te gaan zitten, ze schreeuwde dat ik haar hier weg moest halen, om haar te laten gaan, ze schreeuwde naar hen om te stoppen, smeekte hun om te stoppen totdat James met zijn vuist zwaaide en haar zo hard in het gezicht stompte dat ze knock-out ging.

Toen ik mijn ogen opende, lag ik op de rand van het bed. Een bed dat bewoog.

Mijn kleren waren nog aan en niemand raakte me aan.

Maar... ik draaide mijn hoofd opzij.

Het gezicht van mijn zus was op gelijke hoogte met het mijne. Haar ogen waren gesloten.

'Aggie,' zei ik, en ze opende ze.

Ik pakte haar hand en kneep er zo stevig mogelijk in. Ik was geschokt door de haat die Gus in zich moest hebben, de vernedering, de woede. Hoe had ik dat niet in hem kunnen zien? Maar dat had ik wel, hè? Ik had het gezien, en toch had ik erop vertrouwd dat het nooit zo erg zou worden, want zo erg was niet te bevatten. Ik dacht aan alle momenten die hiertoe hadden geleid en wist dat er duizend waren die maar een klein beetje hadden kunnen verschuiven en dan had ik ons er misschien van kunnen redden. Al die momenten waarop ik wist wat hij was, waarop ik het monster herkende en toch niets deed, zelfs vanavond niet, toen ik op die bank zat en bij mezelf bedacht dat dit een slechte situatie was en ik niet vocht om weg te gaan, ik wilde verdomme geen óphef maken, en alles in me stond in brand en ik zou nooit ophouden met branden. Ik wilde hem en James allebei op brute wijze vermoorden, alleen kon ik niet staan en vechten omdat ze ons allebei aan het bed vastgepind hadden, en ik kon het trauma voelen dat ze haar lichaam toebrachten, om beurten, de een na de ander, en schijnbaar met de bedoeling schade aan te richten, een poging om te vernietigen en vernederen. Ik kon niet opstaan en vechten omdat ik verkeerd was gemaakt, omdat ik zwak was. Ik kon haar niet beschermen zoals zij ons hele leven voor mij had gedaan. Zij redde mij hiervan, maar ik kon haar niet redden. En terwijl ik haar blik vasthield, terwijl ik alles van haar vasthield, was ik niet genoeg tegen deze vloed, ik kon het niet volhouden, ze verliet me, ze was weg.

*

Ik zit onder de douche en probeer te verdwijnen. Maar er is een kleintje en ze kronkelt in me en stuurt me terug naar het ergste wat mijn huid heeft gekend, terug naar die nacht, steeds weer, naar dat bed toen het bewoog en mijn onvergeeflijke stilte. Dit zijn de herinneringen die in mijn lichaam leven.

Toen ze weg waren, James en de rest van de mannen, zat Gus op de grond met zijn hoofd in zijn handen. Hij probeerde zijn bloedende vrouw niet te helpen. Ik worstelde me overeind, versuft maar ongedeerd, en gebruikte de telefoon van mijn zus om een ambulance te bellen, en daarna deed ik wat ik kon voor haar, maar uiteindelijk betekende dat gewoon dat ik haar haar streelde zoals ze dat graag heeft, keer op keer, ook al dacht ik dat ze het niet kon voelen.

Haar lichaam overleefde het nauwelijks. En toen ze wakker werd, was ze ergens anders heen gegaan, en ze had al haar sterke stukken meegenomen, zelfs haar stem.

27

We zoeken al twee weken naar Nummer Tien als Evan eindelijk door de voordeur van het basiskamp komt en zegt: 'We hebben haar gezien.'

'Halleluja!' zegt Zoe.

Ik ben met Fergus de lucht in gegaan om Tien te zien. De winter is echt begonnen, ongewoon vroeg, zoals iedereen wist. Het is eind november, maar de wereld is wit. Zonder haar zenderhalsband is Tien onzichtbaar voor onze technici, en dagenlang zoeken met het vliegtuig leverde ook niets op. Ze kent het geluid van het vliegtuig inmiddels en weet dat ze verborgen moet blijven. Dus stuurde ik Evan en Niels op pad om naar sporen te zoeken. Ik wilde dat zelf doen, maar wist dat mijn buik zo dik was geworden dat ik nutteloos zou zijn. Nu ik zesendertig weken zwanger ben heeft kleintje de verloren tijd ingehaald en groeit ze in een alarmerend tempo. Ze wordt over een maand verwacht, op eerste kerstdag.

Hoe dan ook, zwanger of niet, het is zwaar om in zo'n dik pak sneeuw naar buiten te gaan. Het is zeker makkelijker om er sporen in te zoeken, de wolven zijn trager, hun afdrukken duidelijker. Maar zij zijn wilde wezens en wij zijn iets tammer. We zijn vergeten hoe we ons door de wildernis moeten bewegen alsof we er deel van uitmaken. Dit is het domein van Nummer Tien en wij zijn er op verboden terrein. Mijn hoop om haar te vinden neemt met de dag af, maar als ik Bonnie spreek, zeg ik altijd dat we dichtbij zijn, dat we het voor elkaar krijgen, ze moeten alleen de jagers wat langer ophouden zodat we het zelf kunnen afhandelen. Ook al word ik er misselijk van, ik heb haar verzekerd dat als we Nummer Tien vangen, we haar zullen doden: het zal dit zijn, en alleen dit, dat de rest van de wolven zal redden van Red en zijn vrienden. De enkele losgeslagen wolf moet worden aangepakt om de soort te beschermen.

'Waar?' vraag ik nu.

'Aan de voet van de berg Cairn Gorm.'

'Waarom heb je haar niet binnengebracht?'

'Dat heb ik geprobeerd. Ik miste haar. Ze ontsnapte en we konden haar niet meer vinden.'

'Dat meen je niet! Waarom heb je haar sporen niet gevolgd?'

'Er is een sneeuwstorm daar boven!' antwoordt hij. 'Er waren geen sporen!'

Mijn slechte humeur neemt af als ik zie hoe moe Evan is en hoe koud hij het heeft. Hij en Niels zijn daar al dagen. 'Sorry,' zeg ik. 'Je hebt er goed aan gedaan haar te vinden. Ga naar huis en neem een douche. Ga slapen.'

Terwijl Evan naar buiten stampt, zeg ik tegen Zoe dat ze Evans locaties moet downloaden zodat ik kan kijken waar hij Tien heeft gezien. Hij heeft gelijk dat het ver weg is. Diep in het wilde hart van de Hooglanden, waar ik voor het eerst vermoedde dat de wolven zich geroepen zouden voelen. Het zou dagen duren om in slecht weer zo ver te rijden. Ik denk niet dat ik Evan kan vragen om morgen weer op pad te gaan, hij kan niet meer, en Niels is slecht in spoorzoeken, zelfs als het niet midden in een sneeuwstorm is. Bovendien zijn al onze paarden uitgeput en kan Tien allang weg zijn van die plek tegen de tijd dat iemand daar weer is.

'Dit is verdomme een nachtmerrie,' zegt Zoe, terwijl ze de hoop uit me ziet wegsijpelen.

'Het is goed. Het komt wel goed. Ik ga wat telefoontjes plegen, kijken of ik wat oude collega's hierheen kan krijgen om ons te helpen. We hebben alleen meer mankracht nodig. Tien kan met dit weer niet door de bergketen, dus ik denk dat ze naar het zuiden gaat, terug naar haar roedel. We kunnen haar dichter bij huis afsnijden, waar de omstandigheden niet zo slecht zijn en we meer mensen hebben om te helpen.'

Ik pak mijn telefoon en zie dat ik twee gemiste oproepen van Duncan heb, wat vreemd is, maar ik heb nu geen tijd om me zorgen over hem te maken. Ik ben net bezig met Bonnie op het wolvenfront, dus alles waar hij met me over wil praten kan wachten. Ik bel een paar van mijn Denali-collega's om ze zo snel mogelijk hierheen te laten vliegen. De meeste hebben hun eigen werk en kunnen niet weg, maar een paar willen graag helpen en zeggen dat ze de voortgang van het project al maanden op het nieuws volgen.

Ik ga langs de stallen. We hebben Gall hierheen verhuisd voor de winter, omdat ze thuis geen stal heeft om haar warm te houden. Ik voer haar een paar appels en doe dan hetzelfde voor de andere uitgeputte paarden die al weken door het land trekken. Ik borstel ze allemaal en zorg ervoor dat hun hoeven in orde zijn, voordat ik terugga naar Gall en over haar nek aai. 'Ik wou dat ik je naar huis kon brengen,' zeg ik zachtjes tegen haar. 'Aggie mist je.' Ze drukt haar neus tegen mijn wang en ik sluit mijn ogen, de warme geur van haar inademend.

Ik rij naar huis over ijzige wegen.

Aggie reageert niet op mijn binnenkomst. Ik neem aan dat ze in bed ligt, waar ze al de hele dag ligt, maar in plaats van te proberen haar over te halen te komen eten, laat ik haar daar liggen; ik kan haar stilte vanavond niet onder ogen komen. Tot zover de gedachte dat ze misschien een ommekeer heeft gemaakt. Door Colms aanval is ze weer in een neerwaartse spiraal beland, en om eerlijk te zijn voel ik me nog niet helemaal vrij van diezelfde spiraal.

Ik ben bezig mijn winterkleding uit te trekken als er vlak achter me geklopt wordt. Bonnie heeft een grauw gezicht. 'Kom binnen,' zeg ik tegen haar en ik trek haar de warmte in. 'Is alles goed met je? Wat is er gebeurd?'

'Ik moet je iets vragen.'

'Oké.'

Haar nerveuze energie is alarmerend.

'Ga zitten. Kan ik iets voor je halen?'

'Nee, ik hoef niets, dank je.'

'Gaat dit over Colm?'

'Nee. We houden hem goed in de gaten, je hoeft je geen zorgen te maken.'

Ik ga in de fauteuil tegenover die van haar zitten. Mijn zus komt niet uit haar kamer. De gedachte vliegt snel als een klein vogeltje naar me toe: dat komt omdat ze er niet echt is. Ze is dood.

Nee, dat is ze niet. Duncan heeft haar gezien. Hij heeft haar gezien.

'Ik heb bezoek gehad van Red McRae,' zegt Bonnie.

'Oké.'

'Hij zei dat je bij hem langs was geweest en dat je iets had gezegd dat hem is bijgebleven.'

Ik probeer terug te denken aan dat gesprek.

'Blijkbaar dacht je dat Duncan betrokken was bij de dood van Stuart.'

'Wat?'

'Die avond voordat hij vermist werd. Die heb je bij Duncan doorgebracht.'

'Ja...'

'Je vertelde me dat je daar de hele nacht was. Maar ik realiseerde me dat ik je nooit gevraagd heb of Duncan daar de hele nacht was.'

Mijn hart klopt hard in de toppen van mijn vingers en tenen.

'Was Duncan bij je vanaf het moment dat je de kroeg verliet tot het daglicht van de volgende ochtend?'

Ik zeg niets omdat ik niet weet wat ik moet zeggen.

En dan, op een of andere manier, doe ik het. Hij zei dat hij Stuart niet heeft vermoord. En hoe idioot het me ook mag maken, zelfs na alles wat Aggie en ik hebben meegemaakt, elke les van het tegendeel, ik denk dat ik hem eindelijk geloof. 'Ja,' antwoord ik.

'O.' Ze zucht en ik zie dat dit gesprek haar veel kost. 'Waarom dacht je dan dat Duncan er iets mee te maken had?'

Ik adem uit. Dit is wat ik wilde – de waarheid achterhalen over wat er met Stuart is gebeurd, zodat ik het iemand kon vertellen en de schuld niet op de wolven zou worden afgeschoven. Dit was het hele punt van wat ik deed, hem zo begraven. En nu er hier iemand zit die naar me wil luisteren, kan ik alleen maar denken aan hoe ik overtuigend kan liegen. Net zomin als ik de wolven hiervoor kan laten opdraaien, kan ik een onschuldige de schuld geven.

Ik schud mijn hoofd. 'Ik was kwaad op hem. Ik ben nu al een tijdje boos. Hij had me niet verteld dat hij met Lainey sliep en ik voelde me gebruikt of zo. Ik praatte mijn mond voorbij bij Red. Maar hoe graag ik hem ook een toontje lager wil laten zingen, Duncan lag de hele tijd bij me in bed. Dat is alles wat ik weet. Het spijt me dat ik je tijd heb verspild.'

Ze zegt een hele tijd niets. Ze kijkt naar me. Het is een verontrustend openhartige blik en ik denk dat dit de manier moet zijn waarop ze mensen zover krijgt om dingen op te biechten, om onder die blik uit te komen. Ik hou voet bij stuk.

Bonnie staat op. 'Oké, bedankt, Inti. Ik wilde er nog even op terugkomen.'

'Natuurlijk, dank je.'

Als Bonnie eenmaal weg is, kan ik niet bedenken wat ik moet doen. Ze geloofde me niet, dat weet ik zeker. Haar politieneus heeft een geur geroken en die gaat ze volgen, of ze mijn informatie nu heeft of niet.

Ik trek mijn jas, muts en sjaal aan. 'Aggie, ik ben zo terug!' roep ik terwijl ik naar buiten ga. Misschien is dit de reden waarom hij me vandaag belde; ik voel me nu slecht omdat ik niet heb teruggebeld toen ik bereik had. Ik moet hem op zijn minst laten weten dat ik weer een verdachte van hem heb gemaakt. Hem waarschuwen dat Bonnie misschien achter hem aan komt.

In plaats van met pijnlijke voeten door de kou te lopen, rij ik het korte stukje naar Duncans huisje. De lichten zijn aan en zijn auto staat hier. Maar als ik aanklop, komt er niemand. Ik klop nog een paar keer en zie dan dat de deur niet op slot is. Binnen roep ik zijn naam en verwacht dat Fingal komt aangestormd.

Maar dat doet hij niet, er is niemand hier.

Wat vreemd is.

De houtkachel knettert alsof hij net is aangestoken, en dat is niet iets wat Duncan zou doen, vlak voordat hij naar buiten zou gaan, hij zou het rookkanaal niet zo open laten staan, daardoor zou het huis in brand kunnen vliegen. Zijn portemonnee en sleutels liggen op de koffietafel. Zijn auto is buiten. Ik sta in zijn woonkamer en probeer erachter te komen waar hij is, hoe het kan dat hij niet naast me staat. Is hij de hond gaan uitlaten en heeft hij alles gelaten zoals het was?

Ik loop naar buiten en blijf in het donker staan. 'Duncan?' roep ik.

Stilte.

En dan een jammerend geluid.

Iets in mij wordt koud.

Ik haal mijn telefoon uit mijn zak en doe de zaklamp aan. Dan loop ik, langzaam, het donker in. De sneeuw voor me is wit, onaangeroerd, en dan zie ik hem verstoord door voetafdrukken, en dan weer door strepen rood.

De kleur van kersen en de koppen van goudvinken. En van slagaderlijk bloed.

Ik zie Fingal als eerste. Zijn maag open. Zijn longen bewegen snel omdat hij als door een wonder nog leeft. Zijn ogen zijn open en staren me aan als ik langs hem loop, pijn heb, wil stoppen maar verder gedwongen word door het andere lichaam, het grotere menselijke lichaam dat een paar meter verderop ligt.

Duncan, ook.

Zijn keel is open. Al zijn bloed lijkt vrij te zijn gekomen, op de sneeuw. Al het mijne.

Ik grijp naar mijn keel om hem dicht te houden, en ik kan niet kijken, maar ik moet wel. Ik zal kijken, en ik zal gewoon moeten voelen wat ik voel, want dit zal niet de laatste keer zijn dat ik naar hem kijk.

Ik zak, trillend, op mijn knieën. Steek mijn handen uit naar zijn gezicht. En kijk. Hij opent zijn ogen en het schokt me zo erg dat ik het uitschreeuw.

Er komt geen geluid uit Duncans mond, maar ik heb een leven lang stille talen begrepen. In zijn ogen staan woorden van angst en smeken en liefde.

'Het is oké,' zeg ik. 'Je bent in orde,' en wat een absurd iets om tegen iemand te zeggen die zo aan het morsen is, maar het doet er niet toe, ik beweeg zonder nadenken om zijn keel dicht te drukken, om sneeuw in de wond te drukken en die dicht te pakken. Het doet pijn en ik kan nauwelijks ademen, maar ik laat me niet beheersen door mijn toestand, niet hier.

Mijn hond, zeggen zijn ogen.

'Fingal is in orde,' zeg ik tegen hem. 'Hij leeft.'

Duncans greep op mij is zo sterk. Hij schudt me door elkaar.

'Ik begrijp het,' zeg ik tegen hem. 'Ik laat hem hier niet achter.' Omdat hij geprobeerd moet hebben Duncan te redden.

Mijn handen zijn glibberig van zijn bloed, hij zit overal op me, en de geur, het is duizelingwekkend. Ik bedenk dat ik een ambulance moet bellen, maar er is geen bereik, ik krijg weer geen signaal, de afgelegenheid van deze plek, het isolement zal ons allemaal de das omdoen.

'Ik breng je naar een ziekenhuis, Duncan.'

Mijn hond, zeggen zijn ogen.

'Ik laat hem niet alleen. Kun je staan?' Natuurlijk kan hij niet staan, zijn keel ligt open. 'Ik zal je moeten slepen, oké?' Ik leg mijn glibberige handen onder zijn oksels en grijp hem zo goed mogelijk vast, dan begin ik zijn gewicht terug te slepen over de sneeuw. Het is heel moeilijk, veel moeilijker dan ik dacht dat het zou zijn. Het zou zelfs moeilijk zijn als ik niet acht maanden zwanger was, maar op dit moment schreeuwen mijn spieren van weigering. Dit is te veel, te onmogelijk. Maar ook weer niet. Het is gewoon een persoon in veiligheid brengen. Dat kan ik doen. Fingal is hier, we passeren hem, en ik zeg: 'Niet kijken, Duncan, niet kijken,' maar hij kijkt wel, natuurlijk doet hij dat, en iets in hem breekt als hij zijn hond ziet liggen, snakkend naar adem. Ik zeg: 'Hij leeft nog,' maar dat is een schrale troost, want we weten allebei dat niets het overleeft als een wolf zijn ingewanden openscheurt. Duncan huilt de stille pijn van verdriet, maar ik blijf slepen, ik moet blijven slepen. Hij is zo zwaar, mijn handen zo glibberig, ik laat hem voortdurend vallen, maar ik raap hem telkens weer op en sleep hem voort, ik zal hem eeuwig voortslepen als het moet, want bij elke wankele stap weet ik iets met heel mijn ziel, dat ik fout zat, dat hij Stuart niet heeft gedood en ook dat het hoe dan ook niet uitmaakt, want er is een groter weten in mij, en dat is de diepte en breedte van hoe ik van hem hou.

Ik kijk naar beneden naar zijn gezicht en zie dat zijn ogen gesloten zijn, hij is bewusteloos. Een snik verlaat me, maar als ik zijn pols voel op zoek naar een hartslag vind ik er de vage herinnering van. Op de een of andere manier ademt hij nog steeds, zijn hart klopt nog. We bereiken de auto. Ik open het achterportier. Stap erin, draai me om, onhandig als een walvis op het land, en reik naar hem toe. Mijn rúg, als ik hem omhoog en op de stoel trek, god, dat doet pijn. Ik heb op mijn tong gebeten en proef ijzer. Er zijn vlekken voor mijn ogen, en zijn keel is als de mijne, maar er komt nu een soort verdoofdheid opzetten, dat gevoel van vermoeidheid dat me uitschakelt, en eindelijk zit hij in de auto, het is me gelukt.

Ik sta op het punt om voor in te stappen als...

Mijn hond, zeiden zijn ogen.

Ik keer terug voor Fingal. Ik laat hem niet achter. Niet nu hij gevochten heeft om Duncans leven te redden, nu hij is gestorven toen hij het probeerde, en is dat niet wat dieren doen, je hart breken met hun moed, met hun liefde. Ik schep hem op en hou hem tegen mijn borst. Hij is lichter dan ik dacht dat hij zou zijn. Een klein wezentje onder al zijn haar. Zijn ogen zijn nog open en ik kijk hem aan terwijl ik me terug haast naar de auto. 'Brave jongen,' zeg ik keer op keer, 'lieve jongen,' terwijl hij wegglipt.

Ik leg hem voorzichtig op de stoel voorin. Zijn ogen zijn nu gesloten. De hijgende ademhaling is opgehouden.

Ik rij snel over de zwarte weg naar de stad. Ik rij veel te snel, maar niet zo snel als de auto kan, in de wetenschap dat de wegen bochtig en gevaarlijk zijn 's nachts, in de wetenschap dat ik Duncans leven niet zal redden als ik deze auto in de prak rij.

Bij de ingang van het ziekenhuis roep ik om hulp, en die komt, ze tillen Duncan op een brancard en vervoeren hem naar een plek waar ik hem niet meer kan zien. Ik zak op een plastic stoel in de wachtkamer tot een verpleegster komt en me door de deuren leidt, en ik denk dat ze me naar Duncan brengt, maar ze zet me op het uiteinde van een bed en controleert mijn hartslag en luistert ook naar de hartslag van de baby. Al snel komt er een dokter die een echo maakt, en als ik uitleg dat ik nog nooit bij een dokter ben geweest, niet tijdens mijn zwangerschap, is hij geschokt en begint van alles te zeggen over hoe onverantwoordelijk ik ben geweest en hoeveel dingen er mis hadden kunnen gaan, maar een deel van mij schakelt uit en ik kan hem niet meer horen. Ik staar naar het plafond en denk aan de wolf.

Het klopte gewoon niet – wie Stuart heeft vermoord. Als Lainey het niet heeft gedaan, als ik het niet heb gedaan en Duncan ook niet, wie dan wel? Wie kan het gedaan hebben?

Het antwoord was hier al die tijd al, de hele stad zag het antwoord, maar ik weigerde. Ik was te koppig, te moedwillig blind. Ik beschuldigde liever de man van wie ik hield dan de dieren die ik hierheen heb gebracht. Zelfs toen ik wist dat er één wolf bij was die niet bang was voor mensen, één wolf die agressiever was dan de rest, één wolf die niet gekooid wilde worden. En nu heeft Duncan betaald voor mijn ontkenning.

Ik krijg te horen dat hij geopereerd wordt. Dat hij daar lang zal blijven, en dat het een wonder zal zijn als hij de nacht overleeft.

Eerst ga ik naar het basiskamp om de oude gegevens door te kijken. We zijn Nummer Tien een tijdje kwijt geweest nadat ze uit de omheining was gevlucht. Ze rende naar het noorden. Naar ons toe. Dat wisten we, dus waarom kwam het niet bij me op om het te controleren? Omdat ik het niet wilde zien.

Maar ik controleer het nu. Ik kijk naar de pings van die data en hoewel er geen locatie is op de avond van Stuarts dood, zijn er twee aan weerszijden die dichtbij genoeg voor haar zijn om hem te bereiken in de dode hoek ertussen.

Thuis bereid ik me voor. Red en zijn jagers zullen hetzelfde doen, als ze het horen. De vonk die de lucifer aanstak. Al het bewijs dat ze nodig hebben, nu er twee mensen zijn verscheurd. Ze zullen op jacht gaan naar de wolven, allemaal. Maar dat is niet de enige reden waarom ik op pad ga. Of de ware reden.

De ware reden is dat ik al eens stil heb gelegen. Ik heb iets vreselijks laten gebeuren en ik heb het niet rechtgezet. Ik was niet sterk genoeg. Dus ik vul een rugzak met benodigdheden. Voedsel en water en lucifers en sokken en extra handschoenen. Een slaaprol voor in de vrieskou. Een doosje met kogels. Ik trek zo veel mogelijk lagen aan, al heb ik er niet zoveel nodig als ik ooit had, met een oventje in mijn buik om me warm te houden. Sneeuwlaarzen, een muts, handschoenen.

Aggie verschijnt in haar pyjama als ik op weg ben naar buiten. Vanuit mijn ooghoek zie ik haar gebaren.

Waar ga je heen?

Bij de deur kijk ik haar aan.

'Een wolf doden.'

28

Voordat de rechtszaken begonnen, zelfs voordat het onderzoek op gang was gekomen, bleef Gus vrij om te doen wat hij wilde, en hij had besloten dat hij het niet zou opgeven om zijn vrouw in het ziekenhuis te zien. Dus wachtte ik tot zijn volgende mislukte poging om langs de beveiliging te komen, en ik volgde hem naar huis. Vanuit mijn auto zag ik hem naar binnen gaan, zag zijn silhouet in hun slaapkamerraam. Uit de keuken pakte ik een mes. Mijn handen waren zo vochtig dat ik het nauwelijks kon vastpakken. Mijn mond was te droog om te slikken. Ik wist niet zeker of ik terug naar de slaapkamer kon gaan, maar het moment ging voorbij en ik deed het toch. Ik bewoog snel. Ik had niet eerder dingen uit vrije wil gedood, maar dit was anders. Met dit schepsel had ik geen medelijden en ik was niet bang om mezelf daarbij te doden.

Hij lag op het bed. Ogen dicht. De politie zou later die avond komen, om hem te arresteren, maar voorlopig lag hij ongebonden en ongestraft.

Ik lag boven op hem en onder mij en het mes was tegen zijn keel en tegen de mijne.

Gus opende zijn ogen.

Hij was bang, ik zag het heel duidelijk. Het voelde goed. Hij had me gemaakt tot iets wat genoot van zijn angst. Ik drukte op het mes tot het de huid brak; het prikte en een druppel bloed gleed langs mijn nek.

'Inti,' zei hij.

'Niet praten.'

'Het spijt me.'

'Niet doen.' Het kwam eruit als een snauw, een grom vanuit de basis van mijn maag en eruit door mijn tanden.

Ik was van plan hem te vermoorden.

Hij kon het zien, en hij begon te huilen.

Het was afschuwelijk. 'Niet doen,' zei ik opnieuw. Ik drukte het mes harder, sneed een zuivere lijn over zijn keel en het deed pijn, het deed echt pijn, en het bedroog me met zijn pijn, het deed mijn hele keel dichtknijpen in paniek.

'Ze zal nooit kinderen krijgen, wist je dat? Ze heeft sindsdien niet meer gesproken en misschien zal ze nooit meer een woord zeggen. Je hebt iets ergers gedaan dan haar vermoorden. Je hebt haar gemarteld, je hebt haar vernederd, en je liet haar in leven om het zich te herinneren.'

En ten slotte de vraag waarop ik het antwoord niet kon doorgronden, de vraag die ik slapeloze nachten zou stellen.

'Waarom?'

Maar hij gaf me geen antwoord, zou nooit antwoorden, want misschien wist hij niet waarom, misschien was dat de ware verschrikking ervan, dat er nooit een verklaring zou zijn om dit zinvol te maken. Hij hield op met huilen en ik zag hoe hij zich terugtrok in zijn koude innerlijke wereld, en ik wist dat dit zijn manier was om ermee om te gaan, een methode die hij zijn vrouw had bijgebracht. Ik wenste dat ik hem meer dan eens kon doden.

Maar toen ik zijn keel wilde opensnijden, bewoog mijn hand niet.

En ik wist heel duidelijk dat ik het niet kon. Zelfs nu was ik niet moedig genoeg. Ik was niet mijn zus, die haar hele leven dichtbundels tegen de neuzen van wrede jongens sloeg, om mij te beschermen, en de trekker overhaalde zodat ik dat niet hoefde te doen.

'Heb je ooit van haar gehouden?' vroeg ik.

Hij antwoordde niet en daar was ik blij om, want de vraag betekende niets meer voor me. Het maakte hoe dan ook niet uit.

Het is allemaal maar vlees. Alleen maar verdomd vlees.

'We zullen je nooit meer zien,' zei ik tegen hem. 'Want als ik je gezicht ooit zie, al is het maar voor een seconde, dan vermoord ik je. Begrijp je dat?'

Hij knikte één keer.

Ik liet het mes zakken.

*

Ik heb een paard nodig. Tien is in de bergen, voorbij waar de wegen eindigen. Geen van onze paarden is uitgerust, behalve Gall. Terwijl ik haar zadel en mijn rugzak en geweer vastmaak, besef ik dat ik nerveus ben. Ik heb haar niet meer bereden sinds de dag dat we elkaar ontmoetten, op het ijs. De dag dat ze haar been brak en haar geest, en ik ben me maar al te bewust van het feit dat ik niet degene was die haar genoeg heeft getemd om sindsdien bereden te worden. Maar Aggie heeft haar bereden en met de dag is Gall kalmer en zelfverzekerder geworden. Ik wil kleintje niet in gevaar brengen, maar ik denk dat als Duncan gelijk had over vertrouwen, dieren zeker op dezelfde manier moeten reageren. Misschien heeft dit paard het nodig dat ik vertrouwen in haar heb. Of misschien sta ik op het punt om eraf gegooid te worden.

Ik denk eraan hoe ze me op het ijs liet zakken en me op haar liet neervlijen, hoe ze overeind kwam en die steile rivieroever beklom ondanks haar verwonding, en mijn handen gaan naar haar neus zoals ze dat al duizend keer hebben gedaan, ik voel haar trillen van ongeduld onder mijn handpalm, ik voel mijn handpalm tegen de warme, kloppende hartslag in haar nek en de mijne, en weet dat we de behoefte delen om vrijuit te gaan.

Ik bestijg haar. Ze snuift of stampt niet, ze geeft me geen indicatie dat ze zich ongemakkelijk voelt. Ik gebruik mijn dijen om de stotende beweging te verminderen, duw haar naar voren en pas mijn bewegingen aan de hare aan. Er is een vloeibaarheid tussen ons waarvoor ik mijn vader dank, voor al die jaren te paard en voor zijn begrip van de liefde die tussen een ruiter en haar paard kan bestaan. En dan zijn we weg, opgaand in maanverlicht bos.

De dageraad gloort aan de horizon als we aankomen aan de rand van het territorium van de Glensheeroedel. De nacht was koud en lang, onze reis frustrerend langzaam terwijl een autorit hooguit een paar uur zou hebben geduurd, maar ik had geen voertuig om Gall mee te nemen en zonder haar had ik vanaf hier niet verder kunnen gaan. De zon laat de witte grond glinsteren en de warmte vult mijn spieren met energie. Ik betwijfel of Tien nog steeds hier is, maar ik zal het toch controleren. Vanuit de schuilplaats kijk ik hoe de pups genieten van het ochtendlicht, en het doet mijn borst pijn om ze zo vrolijk te zien spelen. Ik voel hoe hun tanden langs mijn huid schrapen, hun tongen mijn gezicht likken, hun poten me tegen de sneeuw slaan. Ik voel hun pelzen tegen me aangedrukt, hun warmte, hun kracht, hun zekerheid de mijne. Om zo thuis te zijn in je lichaam. Om op je gemak te zijn, en krachtig. Een rilling van verlangen gaat door me heen en ik ben er bijna, ik denk dat ik het kan voelen, hun kracht, hun saamhorigheid, de familie. Kleintje trapt, haar voet sterker dan ik me had kunnen voorstellen, en ik denk dat zij het ook voelt.

Ik moet hier weg. De aantrekkingskracht om te blijven is sterk, het gevoel van hen te visceraal. Ik voel me wolf. Ik ben mezelf aan het vergeten.

Er is geen teken van Tien, dus ik moet naar het noorden, naar de berg waar ze voor het laatst gezien is. Haar patroon is om vanuit het midden van het park haar prooien te doden en dan terug te gaan naar het centrum. Misschien voelt ze zich daar vrijer, waar geen wegen, huizen of mensen zijn. Misschien is ze slimmer dan wij weten, en begrijpt ze dat ze daar het veiligst is, waar wij haar niet kunnen bereiken.

Gall en ik rijden een lange tijd, volgen valleien en bergkammen door gure, winderige heuvels. Onze hoogte stijgt en daalt en stijgt weer. We doorzoeken de bergketen en er is geen dekking als we de berg op gaan en weer naar beneden, geen respijt tegen de ijskoude sneeuw of bijtende stormen. De uren leiden ons weer naar de nacht, de spookachtige uren die ik vrees. We stoppen op regelmatige tijdstippen om te eten en te drinken, en om te rusten. De onderbrekingen in de eentonigheid van de rit helpen de schaduwen tegen te houden. Maar in het donker heb ik geen kans om sporen of uitwerpselen te zien, of resten van een prooi, dus als we bij een stuk grond zonder sneeuw komen, maak ik een vuur, laat Gall op de grond zakken en slaap tegen haar lichaam om ons alle drie warm te houden.

Ik denk aan Duncan en mijn woede wakkert me aan. En ik ben kwaad op Tien, maar dit is dwaasheid en uiteindelijk weet ik dat ik het meest kwaad op mezelf ben. Omdat ik haar niet eerder heb aangepakt. Omdat ik deze aanvallen niet heb gezien. We namen haar mee uit haar huis en dumpten haar in een vreemd land en we verwachtten dat ze zich zou aanpassen, maar ik denk dat dat te veel gevraagd was. Misschien is ze net zo boos als ik.

Op de tweede dag breekt de ochtend aan en daarin vind ik de sporen van een handvol vermoedelijke damherten.

De woorden van mijn vader in mijn oor. *Je jaagt niet op wolven. Ze zijn slimmer dan wij. Dus in plaats daarvan jaag je op zijn prooi.*

Soms, en alleen omdat ik er in de loop der jaren zoveel heb gezien, denk ik dat ik de vage pootafdrukken van een wolf in de sporen van het hert kan ontdekken. Hierin zit het verschil tussen een wolf en een hond, of zelfs een wolf en de meeste andere dieren. De elegantie en efficiëntie van het specifiek zoeken naar samengeperste sneeuw – sneeuw waar andere dieren het harde werk voor hebben gedaan – is een slimme manier om de energie die ze moet gebruiken te verminderen. Maar ik ben haar nu op het spoor.

Na enige tijd volgen we de hertensporen langs een ijzige rivier naar de rand van een enorm bevroren loch. Het glinstert blauw-wit in de zon. De sporen lopen uiteen langs de rand van het loch.

En aan de andere kant, zomaar, een wolf.

Ze kijkt naar me. Een tanige bruine vlek. Ik kan me voorstellen dat ze me uitdaagt. Dan loopt ze, nonchalant, uit het zicht.

Hoe graag ik haar ook wil bereiken, ik ben niet zo dom om met een paard over een bevroren meer te gaan zonder dat ik weet hoe dik het ijs is. Ik geef Gall een duwtje en we gaan rond het loch, nog steeds stapvoets. Ik laat me niet aanzetten tot een drafje of rennen; mijn zekerheid zal lang en langzaam sudderen. Ik hoef me niet te haasten. Ik heb haar nu. Met geduld zal ik haar doden.

Ik pik de sporen van Nummer Tien op. Ze zijn schoon en helder in de sneeuw. We volgen ze gemakkelijk naar de voet van de berg. Ze moet zich bewust zijn van mijn geur. Ze moet weten dat ik achter haar aan kom. Maar ik kan zien dat ze niet vlucht, ze loopt net zo rustig als wij. Iets ouds wordt in me losgemaakt terwijl we verder en verder stappen. Ik haal het geweer uit het zadel en laad het met een kogel, maar hou de veiligheidspal erop en de loop naar boven gericht. Galls stappen worden de mijne, de ritmische bewegingen van haar lichaam dreunen door de polsslag in mijn aderen.

Het schepsel voor me slaakt een brul.

De taal van het meest territoriale wezen op aarde, dat me waarschuwt om weg te gaan of op eigen risico verder te gaan.

Ze jankt opnieuw en het begint te veranderen van een waarschuwing in hoon.

Galls oren gaan platliggen, maar ze loopt rustig door. Mijn woede heeft niets van dezelfde kalmte. De wolf provoceert het tot iets uitzinnigs. Er is geweld in mij, in mijn handen, die vibreren met de behoefte om iets uit te oefenen, en als het wraak is voor de dingen die me zijn afgenomen, prima, dan zal ik dat ook hebben. Ik ben klaar met prooi worden. Ik zal eindelijk een roofdier zijn. Ik zal de muren en de zelfbescherming vergeten en ik zal datgene worden waarop ik jaag en het allemaal voelen.

*

De sneeuw begint te vallen; spoedig zullen de sporen bedekt zijn. Het maakt niet uit. Er is een open plek vóór ons en zij is aan de andere kant ervan. Ik kan haar nauwelijks zien door de sneeuwstorm die begint, maar ze is daar, roerloos en toekijkend. Ik zwaai van het paard, dat onrustig is nu de wolf zo dichtbij is. Ik kan niet riskeren dat ze me eraf gooit.

Ik kijk Nummer Tien aan zoals ik ooit deed, maar dat was in een kooi en dit is heel ver van die kooi. Ze deinsde toen niet voor me terug. Deze keer heb ik het geweer aan mijn oog, gericht op haar borst. Deze keer ben ik klaar, wachtend tot ze aanvalt. Ze nam iets dierbaars van de wereld. Van mij. Ooit was ik niet sterk genoeg om het goed te maken, maar dat ben ik nu wel, dat zal ik zijn.

Ik verstel de veiligheidspal.

Ze maakt zich niet klaar om aan te vallen.

Ze kijkt alleen maar naar mij.

Mijn hand op de trekker stopt.

De vloedgolf gaat erdoorheen.

Ze is geen mens die goed en kwaad begrijpt. Je kunt niet boos zijn op een dier, het niet haten, er geen wraak op nemen.

Dat heeft geen zin. Ze doodde niet omdat ze wreed was. Ze doodde omdat haar instinct haar daartoe aanzette, om zich te beschermen tegen bedreigingen, om te overleven, zichzelf in stand te houden, verder te leven.

Alles verlaat me in een roes zodat alleen een groot en diep verdriet overblijft.

Ik haal de trekker over.

Want of ik het nu voel of niet, of ik van haar hou of niet, ze heeft twee mensen aangevallen. Want als zij niet neergehaald wordt, zullen ze allemaal neergehaald worden. Omdat dit mijn werk is, een verschrikkelijk deel ervan. Maar niet omdat ze straf verdient of omdat ik wraak wil.

Mijn ogen zijn gesloten. Ik zal minder zijn als ik ze weer open.

Ik sta heel stil en kom in het reine met alle manieren waarop ik dit had kunnen vermijden. Het is me nu vernietigend duidelijk wat ik vanaf het begin had moeten doen: ik had de boeren bij dit proces moeten betrekken, met hen moeten samenwerken in plaats van ze als de vijand te behandelen. Misschien waren ze vijandig tegen mij, maar er stond zoveel op het spel, dat ik daarboven uit had moeten stijgen en de weg had moeten wijzen naar samenwerking, naar het delen van deze planeet. Niemand kan je vertrouwen winnen als je het niet aanbiedt.

Tien ademt nog. Ik steek de open plek over naar haar. De kogel ging door haar nek; ik kan het voelen in de mijne, scherp en stralend.

Ik zak op de grond en leg mijn hand op haar voorhoofd, streel haar zachte vacht. 'Het spijt me,' fluister ik. 'Het spijt me zo.' Haar ogen kijken naar me op en ik stel me helemaal voor haar open, leg mezelf bloot zodat ze me kan zien, en dat doet ze, en ze sterft.

Alle wezens kennen liefde.

Ik streel haar een hele tijd.

Het is de kou, uiteindelijk, waardoor ik in beweging kom. Het is niet omdat ik haar wil verlaten. Dat wil ik niet, nooit. Ik heb een doek meegebracht om haar in te wikkelen. Als ze daar eenmaal door beschermd is laat ik Gall op haar knieën zakken zodat ik Tiens lichaam op haar rug kan trekken. Het verbaast me dat Gall bereid is deze last te dragen, maar ze was altijd al dapper. De wolf is niet zo zwaar als ze eruitziet, een fijn wezen, mager van vorm. Ze lijkt bijna teer nu haar woestheid weg is, gestolen. Niet voor de eerste keer haat ik mijn werk, de menselijkheid ervan. Ik zou haar hier achterlaten om de andere dieren te voeden, om de aarde te voeden, als ik Red en de jagers geen bewijs van haar dood hoefde te laten zien, als mijn werk niet inhield dat ik haar resten moest bestuderen.

Ik klim nog een keer op Galls rug en nestel me vlak voor de wolf, zodat ik haar vervagende warmte kan voelen tegen de basis van mijn ruggengraat. En dan komt de kramp.

Ik heb al eerder kramp gehad. Dit is... luider.

Kleintje knijpt me van binnenuit samen. Er is druk en ongemak en dan is het weg. Ik begin naar huis te rijden met een gedachte in mijn achterhoofd en een luidere gedachte dat het daar nog te vroeg voor is. Zo'n pech kan ik toch niet hebben.

Tenzij het mijn schuld is. De beweging van mijn lichaam, de zwelling van mijn ziel. Iets oproepen voor het zijn tijd is.

Niet nu, kleintje, zeg ik haar. Hou gewoon vol.

Maar de krampen gaan door, nemen toe in intensiteit en frequentie tot ik niet meer tegen mezelf kan liegen, dit is aan het gebeuren. De enige vraag is of ik op tijd thuis zal zijn. Het is de bedoeling dat het vele uren duurt, toch? Dagen soms?

Het is een kortere reis naar huis dan het was om hier te komen. We zijn dichterbij gekomen en nu kan ik rechtdoor door Abernethy Forest, naar mijn huis en dan daarachter de stad, het ziekenhuis waar Duncan ligt. Dit is het laatste stuk, maar het is nog lang. Het bos strekt zich uit en toch ben ik enorm dankbaar dat ik in zijn beschutting ben.

De bomen fluisteren.

Ga door.

Een beetje verder nu.

De druk wordt te groot en ik moet van het paard af. Ik moet me verplaatsen. Ik hijg en vloek en loop in cirkels. Het is verbijsterend oncomfortabel, zo oncomfortabel dat het onmogelijk lijkt dat mijn lichaam dit gevoel kan volhouden, maar het doet het toch, en ik heb geen redelijke gedachten meer, begin te onderhandelen met de lucht en de wortels, kan niet bedenken wat ik in godsnaam moet doen of hoe ik dit kan laten ophouden, maar ik wil beslist, beslist dat het stopt.

Ik kan zien dat Gall nerveus is, maar ik heb niet het vermogen om me daar zorgen over te maken, totdat ik een lange, lage kreun laat horen, het gekreun van een koe, en ze schokt van schrik bij het geluid en dan is ze weg, ze draaft weg en laat me hier achter en het lukt me absoluut om me er nu zorgen over te maken.

Dus loop ik. Tussen de weeën door, zo lang als ik kan tot de volgende komt. Mijn huid is zo rauw dat zelfs mijn kleren pijn doen, en ik zou er alles voor over hebben om ze uit te trekken, maar ik ben helder genoeg om te weten dat dat heel dom zou zijn. Ik moet aan deze baby gaan denken. Ik ben zo koppig geweest. Ik ben een lafaard. Ik heb haar in gevaar gebracht omdat ik doodsbang was voor hoe ik van haar zou kunnen houden en hoe ik door haar opgeslokt zou worden, en ik kon niet toestaan dat ik zo rampzalig kwetsbaar was en dus heb ik haar in plaats daarvan kwetsbaar gemaakt en dat is onvergeeflijk.

Ik praat tegen haar terwijl ik door de sneeuw loop. Ik zeg alle dingen die ik de afgelopen acht maanden had kunnen zeggen, als ik maar moedig genoeg was geweest. Ik wil dat ze leeft en dan lijkt dat dwaas, want het is haar wil om te leven die om de paar minuten mijn lichaam aangrijpt, haar kracht, ondanks mijn pogingen haar te negeren. Terwijl ik me op handen en voeten in de sneeuw laat zakken, weet ik dat ik zo kalm moet zijn als ik kan, dat ik moet streven naar kracht die de hare waardig is.

Ik weet niet hoeveel tijd er nog is voordat ik mijn broek moet uittrekken. Ik heb moeite om niet te persen, ik weet niet hoe ik moet persen en toch kan ik niet anders, ik moet wel. Ik ben nog nooit zo bang geweest. Nog nooit zo kalm.

Ik trek mijn laarzen en broek en ondergoed uit, mijn sokken laat ik aan, en met mijn jas maak ik een bed op de grond. De bomen boven en rondom. Ze wiegen. Ik ben hier thuis, en zo blij. Het is toch goed dat ik hier ben. Het was altijd al de bedoeling om hier te zijn.

De pijn begint de overhand te nemen en zwelt vanbinnen in me op, exploderend in een machtig gebrul dat de vogels uit de bomen doet opschrikken. Ze scheurt door me heen en alles is zo vastgeklemd dat ik vergeet te ademen en er zijn vlekken voor mijn ogen en ik denk dat het menselijk lichaam een mislukking van de evolutie is omdat het niet bedoeld was om dit te weerstaan, onze vorm is verkeerd, onze capaciteit is verkeerd, en toch doen vrouwen dit elke dag en ze overleven en dat is wat ik zal doen, ik zal dit doen en overleven omdat ik daarna de baby in veiligheid moet brengen.

Met mijn vingers voel ik aan haar hoofd, er is zeker iets hards en nats, maar ik kan niet zien of het haar schedel is, ik moet het hopen. Ik beweeg nog steeds, niet in staat om de juiste positie te vinden, op mijn rug is een nachtmerrie, maar op mijn handen en knieën kan ik er niet bij om haar te vangen, dus uiteindelijk sta ik en leun met mijn voorhoofd tegen een boom. Die houdt me overeind, en ik buig mijn knieën en reik naar beneden om haar op te vangen. Binnen in mij is een zekerheid die ik nooit gekend heb. Dit is mijn pijn. Het is geen truc, niet gestolen, het is van niemand anders dan mij. Dit is mijn lichaam, mijn kind. Ik kan haar voelen en ze is van mij en op dit moment is de waarheid daarvan zo krachtig dat ik in staat ben allemachtig hard te persen. Haar hoofd en schouders persen zich een weg naar buiten en dan glijdt de rest van haar vrij, mijn handen grijpen haar bij haar been en zwaaien haar in mijn armen. Ze is een gekneusde tint en bedekt met bloederige, kutachtige smurrie, dus ik laat mijn mond op haar gezicht zakken en zuig haar luchtwegen schoon. Ze haalt diep adem en ademt in mijn longen, longen die we delen, en ik dacht dat mijn toestand een truc was, een vloek, een last om te dragen, maar op dit moment is het een geschenk. Ze opent haar ogen.

En kijkt naar mij.

Ik ben gehalveerd en verdubbeld tegelijk.

Ik zak op de grond op mijn geïmproviseerde bed en leg haar op mijn borst, tegen mijn huid, en ik leid haar naar mijn borst zodat ze zich kan vastklampen. Ze doet het meteen, met heel weinig tegenstribbelen. Ik voel vaag de placenta van me loskomen, maar ik ben te geconcentreerd op haar gezicht om er veel aandacht aan te besteden. Ze is zo klein. Ik weet niet of ze iets uit mijn onvoorbereide borst krijgt. Ik bijt met mijn tanden in haar navelstreng en wikkel haar dan in mijn dikke thermische onderhemd. Ik kan het niet verdragen om haar neer te leggen, om haar ook maar een seconde los te laten, maar ik moet me aankleden, anders vries ik dood. Dus ik leg haar neer en trek onhandig mijn kleren aan en druk haar dan tegen mijn borst in de warme jas. Ik heb geen kracht meer in mijn lichaam, mijn benen zijn bijna verlamd van zwakte. Ik bloed nogal veel, en dat maakt me bang, maar er is nu geen tijd om te rusten, ik moet haar ergens zien te krijgen waar het warm is, waar ze verzorgd kan worden. Dus ik vind het beetje kracht dat ik nog heb en ik sta op en begin te lopen.

Ze slaapt in mijn armen, dit kleine schepsel. We worden allebei gekalmeerd door de geur van elkaar. Ik geef haar de warmte die ik heb. Een spoor van rood achterlatend.

Op een gegeven moment realiseer ik me dat ik een figuur vóór me volg, mijn stappen op die van hem afstemmend.

'Pap!' roep ik en hij stopt. Draait zich om.

'Mijn meisjes,' zegt hij, met zo veel liefde.

'Waar ben je heen gegaan?' vraag ik.

'Naar het bos.'

Ik slik dat pijnlijke ding in me in. 'Heeft het voor je gezorgd?'

Pap lacht. 'Ja.'

Ik sluit mijn ogen.

'Is ze niet mooi,' zegt hij, aan mijn zijde nu. 'Ga door, schat.'

'Ik ben zo moe.'

'Ik weet dat je dat bent. Maar ik zal je de weg wijzen.'

Ik volg mijn vader door de bomen tot hij uiteindelijk wordt opgeslokt door de vallende sneeuw.

Als de avond valt moet ik stoppen. Ik ben te langzaam gegaan, ik ben niet ver genoeg gekomen, en nu is het te koud om me nog te bewegen: mijn lichaam gehoorzaamt niet. Ik probeer vuur voor ons te maken, maar Gall is ervandoor gegaan met mijn lucifers en mijn handen trillen en zijn te stijf om mijn vingers te gebruiken. Dus plof ik neer tegen de voet van een boom en druk ik mijn lichaamswarmte om mijn dochter heen, uit wier kalmte ik moed put.

'We gaan weer lopen zodra het licht wordt,' fluister ik tegen haar. 'Als het moet blijven we voor eeuwig lopen. Ik zal nooit stoppen. Je bent veilig, kleintje.'

Ik bloed nu nog meer, maar ik zal snel weer opstaan.

Het is hun geur die me het eerst bereikt. In het donker van de vroegste uren komt de vederzachte muskus van hun nadering. Dit is hun woud, en ook zij zijn gealarmeerd door de geur, het spoor dat ik heb achtergelaten. Ik open mijn ogen. Ik heb niet geslapen, maar in een bevroren soort limbo gelegen, heen en weer glijdend.

Mijn eerste bewuste gedachte sinds uren is: deze nacht is te koud om te overleven. We gaan hier sterven.

De tweede is: de wolven zijn gekomen.

Mijn wil om te vechten is immens. Ik zal blijven staan en op ze afrennen, ik zal ze bang maken. Als ze niet schrikken, zal ik ze bevechten met mijn handen en mijn tanden, ik zal ze verscheuren, ik zal van mijn lichaam een schild maken, ik zal alles doen. Ik zal niet toestaan dat ze haar pijn doen.

Maar de onmetelijkheid van een wil is nog niets, niets vergeleken met het lichaam. Het lichaam is meester over ons, en er zijn grenzen aan wat je ervan kunt vragen. Ik probeer te staan, maar er gebeurt niets. Ik probeer te schreeuwen, maar er komt alleen een raspend geluid los. De kou is te diep, ik heb te veel bloed verloren.

De wolven smelten uit de bomen. Hun ogen weerspiegelen het maanlicht.

Ik draai me om en bedek mijn dochter met mijn lichaam, en ik kijk op haar neer in deze kleine cocon. Overleef, spoor ik haar aan.

De lucht hapert in mijn longen.

Maar ze valt me niet aan, deze kleinste van de wolven, nu bijna volwassen maar nog steeds wit als de dag dat ik haar in mijn handen hield. Ze gaat met haar lichaam naast het mijne liggen. En terwijl de rest van haar roedel zich bij haar voegt, hun warmte om ons heen drukt en ons redt van de kou, laat ik mijn gezicht in haar witte nek zakken en huil.

29

Als ik wakker word bij dageraad zijn ze weg, ik vraag me af of ze echt waren. Het oneindige mysterie van wolven. Ik ijl als ik wankel overeind kom. Kleintje slaapt nu al een hele tijd.

Ik loop. Stap na pijnlijke stap. Het verbaast me dat er nog bloed in me zit.

Al snel hoor ik een geluid. Ik ken dat geluid. Het is een paard. Mijn lichaam zakt op de grond en deze keer zal ik niet meer opstaan.

Het maakt niet uit. Ze heeft ons gevonden.

Heb ik me haar verbeeld?

Ze zwaait van Gall af en rent naar me toe en ze is hier, mijn zus is hier, en dus maakt het niet uit dat ik niet meer zal opstaan. Er is geen leven waarin ze kleintje iets zal laten overkomen. Ze beschermt.

Aggie kust mijn wangen en voorhoofd en ze schept de baby in haar armen. Haar arm, waar bloed door de mouw sijpelt. Ik ben in de war, begrijp haar bloed niet.

Maar ze zegt tegen mijn dochter, met haar stem: 'Kleintje,' en ik huil weer, en zij ook.

'Neem haar mee,' zeg ik.

Aggie kijkt me aan en we hebben geen woorden nodig. Ze weet wat er in me omgaat, tot in de verste uithoeken van me. Ik kan niet op een paard, niet nu ik zo bloed, en zelfs als ik het kon, zou het te langzaam zijn om te proberen ons allemaal te dragen. Het is nu de tijd die telt. Het is kleintje, en ze heeft al heel lang niet meer bewogen, veel te lang. En dus knikt Aggie en ze slaat haar jas om me heen en kust me opnieuw en ze zegt: 'Ik kom terug voor je. Hou gewoon vol.'

Ik hoor haar stem in mijn gedachten, lang nadat ze mijn dochter heeft weggedragen.

*

In de droom zit ik voor Duncans open haard en Fingals kop ligt op mijn schoot. Er staan overal gedraaide meubels. En zijn grote hand streelt door mijn haar, langzaam en zacht, zijn lippen tegen mijn slaap.

'Je weet wat er is gebeurd,' fluistert hij, met zijn adem tegen mijn oor.

Dat weet ik.

Ik weet het nu, eindelijk.

'Ho!'

De schreeuw komt van heel ver weg. Misschien wel van een andere wereld. Ik ben al uren tussen twee werelden in aan het glijden; de sluier is flinterdun.

Ik weersta die schreeuw, blij waar ik ben. Het vuur is warm. Zijn aanraking alles.

'Verderop!'

Inti, zegt hij, en ik zeg: *Duncan*, en we zeggen allebei: *Ga niet*, maar het is te laat, ik ben weg, teruggekeerd naar de kou.

Hoelang ben ik hier al? Hoelang is het geleden dat Aggie wegging? Is ze op tijd teruggekomen? De lucht draait rond. Sneeuwwolken draaien in cirkels. Er vallen vlokken op mijn gezicht, in mijn wimpers, op mijn lippen. Ik proef ze op mijn tong.

Er verschijnt een gezicht.

Het is Red McRae.

Mijn hoop vervliegt. Ik denk dat hij me hier zal achterlaten.

Een einde aan zijn problemen. Maar hij neemt me in zijn armen en zegt: 'Het is al goed, lieverd, je bent nu veilig,' en ik hou me aan hem vast terwijl hij me naar huis draagt, denkend dat ik niets weet over haat of liefde, over wreedheid of vriendelijkheid. Ik weet niets.

30

Ik word wakker en vind mijn zus bij me in bed, en een baby ertussen.

Aggie heeft ons allebei in de gaten gehouden terwijl we sliepen. Onze handen zijn verbonden en de hare is zo warm. Nu lacht ze naar me, en ik lach terug.

Later, als alles weer logisch is, gaat ze naar de stoel zodat ik ruimte heb om te proberen borstvoeding te geven. Ik ben dichtgenaaid, heb een bloedtransfusie gehad en ben aan het infuus gelegd. Mijn lichaam doet pijn, maar voelt vooral uitgeput aan. Kleintje heeft vocht en warmte gekregen en wordt in de gaten gehouden, ze is een beetje geelzuchtig en ik produceer niet veel moedermelk, maar ze is, wonder boven wonder, in redelijk goede gezondheid.

Ze is klein, met dik donker haar en het mooiste gezichtje dat ik ooit heb gezien, en geliefd.

Aggie vertelt me dat ze wachtte tot ik terugkwam toen Gall tevoorschijn kwam met haar last. Aggie liet de wolf van de rug van het paard zakken, keerde haar toen weer om en volgde haar weg terug naar mij, veel sneller dan ik op mijn reis kon afleggen. Het is vreemd om haar te horen praten. Ik ben er nog niet aan gewend, en tegelijkertijd lijkt het alsof ze nooit gestopt is.

We zijn een poosje stil, luisterend naar de piepjes van de machines die vanuit de gang binnenkomen, en ik verwonder me erover hoe het voelt om borstvoeding te geven, over de intimiteit, zelfs als ze niet veel krijgt. Het proberen zal blijkbaar helpen.

'Wat is er met je arm gebeurd?' vraag ik Aggie.
'Een hond,' antwoordt ze.
Ik kijk fronsend naar haar op. 'Wat?'
Ze antwoordt niet, en ik herinner me mijn droom, en weet het.

Het verhaal komt in kleine hapjes, zoveel als Aggie in één keer kan vertellen. Ze gebruikt zowel gebaren als haar stem, want gebaren is geen gewoonte die ze in een paar dagen zal afschudden, misschien zelfs nooit.

Het gaat als volgt.

Als Lainey Stuart aan het einde van de weg afzet, denkt ze dat ze hem achterlaat om Duncan achterna te gaan. Maar in plaats daarvan loopt hij naar mijn huis. Ik ben het die hem publiekelijk beschuldigd heeft van het mishandelen van zijn vrouw. Ik ben het die kwetsbaar is; Duncan is een te sterk doelwit voor Stuarts toch al vernederde woede.

Aggie wordt 's nachts wakker van woedend gehamer op de deur. Ze twijfelt er niet aan dat dit is waar ze op heeft gewacht: Gus heeft haar gevonden. Ze pakt een scherp mes uit de keuken, zoals ze nog een paar keer zou doen in dezelfde keuken als de nood aan de man was, en ze kijkt door het raam en ziet een man. Haar man, gekomen om haar af te maken. Ze besluit hem eerst af te maken. Ze voelt een opwinding. Een behoefte. En angst om de rest uit te wissen, om het allemaal op te slokken.

De man schreeuwt. Spreekt de naam van haar zus uit en scheldt haar uit. Hoe durf ik mijn neus in zijn zaken te steken.

Er is een schok van cognitieve dissonantie als het gezicht van de man voor Aggies ogen verandert. Dit is niet haar man, maar het is *een* man, eentje die zijn vrouw pijn heeft gedaan. Ik had het immers over hem gehad. Ik praatte en praatte tegen een vrouw van wie ik dacht dat ze me niet kon horen, maar wat bleek, ze luisterde de hele tijd en Stuart Burns stond haar niet aan. Ze had hem gezien, net als ik, zittend in zijn auto voorbij de grens van ons huis, kijkend naar ons.

Als de man het opgeeft en wegloopt, het bos in, volgt Aggie hem. Ze is erg bang, nog meer nu ze buiten is, maar ze verzamelt haar moed. Ooit was ze woest. En ze is altijd meer op haar gemak geweest met woede dan ik.

Ze roept: 'Stuart!'

Hij draait zich om en zegt: 'Wat?' Alsof het normaal is om hier in het holst van de nacht aangesproken te worden. Hij herkent haar, denkt dat ze mij is. Hij komt naar haar toe, denkt mij het lesje te leren waarvoor hij hier was gekomen. Maar voordat hij Aggie aanraakt, rukt een instinct aan haar arm. Ze steekt en snijdt met haar gekartelde mes.

Dan draait ze zich om en loopt naar huis. Zo simpel als dat.

Wat we ons geen van beiden realiseerden was dat er iemand vanaf de weg toekeek en dacht dat ik het was.

Er is een lange stilte als we beiden terugkeren van dat nachtelijke bos en zijn geesten. Ik voel mezelf rillen en vraag me af hoe ik het niet eerder geraden heb. Kleintje is moe van het voeden en in slaap gevallen.

'Beloof me dat je het nooit aan iemand vertelt,' zeg ik tegen Aggie. 'Als hij ooit gevonden wordt, zullen we ze laten denken dat Nummer Tien hem gedood heeft, en ik zal toegeven dat ik degene was die hem begraven heeft, omdat ik mijn wolven wilde beschermen.'

Aggie kijkt me lang aan, maar ze antwoordt niet. *En Duncan?* wil ik vragen. Maar ik weet het antwoord al en ik kan het niet verdragen om het hardop te horen zeggen. Iets in mij zal samen met hem vergaan als ik zeker weet dat hij dood is, en zij degene is die het heeft gedaan.

Ik kan me nu al voorstellen hoe het gebeurd moet zijn.

Aggie ziet dat ik bang voor hem ben en meer is er niet nodig. De beproefde praktijk van haar leven. Ze loopt nog een keer over hetzelfde pad door het bos, verder deze keer. Ze pakt het mes. Ze wacht buiten zijn huis tot hij tevoorschijn komt. Hij laat misschien eerst zijn hond uit. Fingal blaft, hij kan iemand tussen de bomen ruiken. Duncan volgt hem om te zien waar de ophef over gaat. Misschien was Aggie alleen van plan hem te bedreigen, ze wil hem bij mij weghouden, maar misschien raakt ze in paniek door de hond en komt de man dichterbij, dus brengt ze haar mes omhoog en snijdt Duncan de keel door. De hond valt aan en zet zijn tanden in haar arm. Ze is gedwongen hem ook te snijden. En ze vlucht, en laat ze achter waar ze gevallen zijn. Mijn schaduwzus.

'Ik was het zo zat om bang te zijn,' zegt Aggie, en dat is zo, ze klinkt vreselijk moe. 'Ik wilde die gevangenis niet ook voor jou.'

Ik begrijp het. Daarom vertelde ik haar dat ik Gus had vermoord. Om haar te bevrijden.

'Waarom die nacht?' vraag ik. 'Waarom ging je die nacht naar Duncan?'

'Hij kwam naar ons huis,' zegt ze. 'Eerder die dag. Je was aan het werk, ik deed niet open. Hij klopte en klopte en riep mijn naam, zei dat hij met me wilde praten en ik... Ik wist dat hij nooit zou stoppen met proberen bij jou te komen. Niet tenzij ik hem dwong.'

O, Aggie.

'Ik hou van hem,' zeg ik.

Ze knippert, en dan vormt haar mond een zachte *o* van verbazing.

Nee, gebaart Aggie. Een weigering.

'Jawel. Hij heeft nooit iets gedaan om angst te verdienen. Dat was Gus.'

Aggie sluit haar ogen. Vreselijke pijn gaat door haar heen. *Ik dacht dat het weer gebeurde.*

Dat dacht ik ook, gebaar ik terug. Maar, zo blijkt, wij waren degenen die niet te vertrouwen waren.

Er wordt op de deur geklopt. Ik draai me om in bed en zie Red en Douglas McRae beleefd hun hoofd de kamer in steken. 'Mag je bezoek ontvangen?'

'Ja, kom binnen.'

De twee mannen schuifelen naar binnen. Douglas heeft een bos bloemen in zijn hand, die hij op mijn bijzettafeltje legt, waarbij hij een beker water omstoot. 'Kijk eens naar dit kleine meisje,' zegt de oude man, terwijl hij mijn dochter in zijn armen neemt en haar met geoefend gemak wiegt. Ik knipper verrast met mijn ogen. Oké dan.

Red kijkt heen en weer van mijn zus naar mij. 'Jullie zijn met z'n tweeën.'

Ik stel ze voor en Red geeft Aggie een beleefd knikje. Ze neemt hem koeltjes van top tot teen op.

'Er wordt gezegd dat je de wolf zelf hebt neergeschoten,' zegt Red tegen me.

Voor de misdaden van het aanvallen van twee mensen, misdaden die ze niet heeft begaan. Ik zal mezelf deze fout nooit vergeven, maar uiteindelijk had Tien toch vernietigd moeten worden, want ze heeft een kaart van dood vee getekend en de woede van de mens is absoluut.

'Ze is thuis,' zeg ik. 'Als je het bewijs nodig hebt kun je zelf gaan kijken.'

Hij schudt zijn hoofd. 'Ik geloof je. Ik heb de jacht afgeblazen.'

'Dank je.'

Red verschuift ongemakkelijk en ik wacht om te zien wat hem zo dwarszit. 'Heeft ze...' Hij aarzelt. 'Toonde ze angst, op het einde?'

De vraag verrast me, en ik zoek zijn gezicht af. 'Nee.' Mijn keel prikt. 'Ze was heel kalm.'

'Die van mij ook,' zegt hij. 'Het grote mannetje.' En dan geeft hij zachtjes toe: 'Op het moment dat ik de trekker overhaalde, wist ik dat ik iets slechts had gedaan.'

Ik sluit mijn ogen. Het bed beweegt als mijn zus naast me komt zitten en mijn hand pakt.

'Zoals ik het zie,' zegt Red nors, 'hebben jij en ik wat dingen te bespreken. Niets van dit alles gaat werken, tenzij we beginnen te praten.'

Een groot gewicht valt van mijn borst. 'Ik ben het helemaal met je eens, Red.'

Later, als ik een beetje geslapen heb, kijk ik naar mijn zus met de baby, die ze bij het raam zachtjes wiegt.

'Het spijt me, Aggie,' zeg ik. Veel te laat.

Ze kijkt me aan.

'Het spijt me dat ik ze niet heb tegengehouden. Het spijt me zo dat ik niet heb gevochten.'

'Dat had je niet gekund. Ze deden het jou ook aan.'

Ik schud mijn hoofd. 'Dat is niet echt.'

Mijn zus houdt mijn ogen vast. 'Je kwam binnen om bij mij te zijn. Ze deden het ook met jou.'

'Je ging zo ver weg.'

'Je was bij me. Je bent altijd bij me.'

Ik zeg: 'Ik heb Gus niet vermoord.'

Aggie neemt dat in zich op. Ze ademt vermoeid uit en laat haar wang zakken naar die van kleintje. 'Oké. Dat klinkt logisch.'

'Ik heb het geprobeerd, Ag. Het spijt me.' Ik haat hem zo erg voor wat hij heeft gedaan, voor wat hij haar heeft afgenomen. En ook van mij. Zo veel tijd, verspild in angst voor anderen.

'Ik hou van je,' zegt ze.

'Ik hou van jou.'

Ik kijk naar mijn dochter en ze sterkt mij.

'Is Duncan...'
Aggie zegt: 'Hij wacht op je.'

Met kleintje in mijn armen rijdt mijn zus me zijn kamer in. Het is op een andere verdieping. Hij is aangesloten op een monitor en een infuus. Om zijn nek zit dik verband. Zijn ogen zijn gesloten, zijn gezicht bleek. Aggie duwt me naast zijn bed, zo dichtbij als ze kan, en dan laat ze ons alleen.

De zon komt door het raam en werpt ons in het warme avondlicht. We wachten tot hij wakker wordt. Misschien komt het door de zachte geluidjes die kleintje maakt, maar al snel opent hij zijn ogen. Als hij ons ziet, glijden de tranen over zijn wangen.

Op zijn dienblad liggen een schrijfblok en een pen. Hij schrijft iets op en houdt het omhoog. *Je hebt mijn leven gered.*

Ik zwel op van de wetenschap dat hij gelijk had. Hij had heel erg gelijk. Hij had zijn vader kunnen worden, maar hij koos ervoor zijn moeder te worden. We hebben allemaal die keuze, en de meesten van ons maken die ook. Er is wreedheid om te overleven, om tegen te vechten, maar er is meer zachtheid dan wat dan ook, onze wortels diep en verstrengeld. Dat is wat we in ons vasthouden, wat we met ons meenemen, de manier waarop we voor elkaar zorgen. Ik kijk naar kleintje en zeg tegen Duncan: 'Je hebt dat van mij ook gered.'

Ze zeiden dat ik misschien niet meer zou praten, schrijft hij.

Ik glimlach. 'Er zijn talen zonder woorden, zonder stemmen. Ik zal ze je leren.'

Zijn handen als hij haar vastpakt zijn zo teder dat ze trillen.

'Voorzichtig,' zeg ik.

31

We zijn nu thuis. Er zijn verstrengelde vogelnesten tussen ons in, maar er is kleintje om aan te denken. Ik weet niet hoe we onze plekken in elkaars wereld zullen vinden, want we zijn nu niet met z'n tweeën, maar met z'n vieren.

Duncan heeft een verklaring geschreven waarin staat dat hij door een wolf is aangevallen, zoals iedereen dacht. Ze kijken niet verder naar het soort wonden dat hij heeft opgelopen – een scherp mes in plaats van dierlijke tanden, een snee in plaats van een scheur. Ze stellen geen vragen, omdat hij de politiechef is en omdat dit de uitkomst is die voor hen logisch is, een misdaad die al is bestraft. Ik heb het monster gedood, tenslotte. Nummer Tien ligt dood op een leugen. Op mijn fout. Ze zal een legende worden en de wolven zullen eronder lijden, want zij waren het niet die naar deze plek kwamen en bloed vergoten. Dat waren mijn zus en ik.

En Duncan was de eerste die dat doorhad. Nadat hij haar ontmoette en zag hoe we op elkaar leken, en hoe ziek ze was, ontlokte dat een theorie. Fergus noemde hem een bloedhond en dat is hij ook, hij heeft het allemaal geraden, en toch heeft hij zijn best gedaan om ons te beschermen, en dat zal ik niet snel vergeten.

Vanavond, terwijl Aggie kleintje in bad doet, zitten Duncan en ik voor het vuur en hij strijkt met zijn handen door mijn haar, en het is mijn droom die ontwaakt.

Hij schrijft op zijn blocnote. *Ze moet naar een inrichting. Ze kan nog steeds een gevaar voor anderen zijn.*

Ik ontmoet zijn donkere ogen. 'Dat kan ik niet, Duncan.'

Hij legt zijn pen neer, maar ik weet dat dit niet het einde van dit gesprek zal zijn. De politieman in hem. De beschermer. Wat dat betreft is hij net als zij.

Ik bel mam, onzeker over hoe ik alles wat er gebeurd is kan verwoorden, in de wetenschap dat ik dat moet.

Ze neemt snel op. 'Daar ben je, lieve meid. Ik heb gebeld en gebeld. Ik moet jullie allebei iets vertellen.'

Dat verbaast me, dus ik hou mijn eigen tumult tegen.

'Jim en ik gaan trouwen.'

Ik lach. 'Hoe bedoel je, mam?'

'Nou, ik probeerde zelf hetzelfde te bedenken, en ik had een idee. Weet je nog dat ik je vertelde over de tijdlijn? Over het maken van een tijdlijn om je zaak op te lossen?' vraagt mam.

'Ja.'

'Mijn gedachte heeft daarmee te maken. Ja, mensen doen elkaar slechte dingen aan. En we herinneren ons die verhalen, we herinneren ons de pijn, maar we herinneren het ons omdat het opvalt. Het is de blip in de tijdlijn, het ding dat niet past, en dat komt omdat de rest van de tijdlijn, dat is ons hele leven eigenlijk, bestaat uit vriendelijkheid. Dat is wat normaal is, het is zo normaal dat we het niet eens opmerken.'

Ik glimlach.

'Mam,' zeg ik. 'Kun je naar Schotland komen?'

'Ik dacht dat je het nooit zou vragen.'

Aggie en ik lopen met Gall rondjes in de paddock terwijl Duncan eten kookt met onze dochter in een draagdoek op zijn borst. We kijken allebei naar de hemel om de lichten weer te zien, maar ze komen niet terug voor ons, niet vanavond. De sterren en de maan zijn alleen daar boven.

Na een lange tijd spreek ik in de stilte.

'Ik zag pap,' zeg ik zachtjes tegen haar. 'Toen ik in het bos was.'

Aggie speurt mijn gezicht af. 'Hoe was hij?'

Ik glimlach. 'Hij was pap.'

'Het roept nog steeds naar je, hè? Het bos?'

'Altijd.' Maar mijn ogen vallen op het warme Blue Cottage en wat het inhoudt. 'Het is stiller nu.'

'Ik denk dat ik het eindelijk begrijp,' zegt Aggie met een glimlach. 'Hoe jij daar thuishoort. Hoe we daar allebei thuishoren.'

*

Je wordt vroeg wakker. Er hangt dikke mist. Je paard wacht op je, zoals ze altijd heeft gedaan. Je leidt haar naar de heuvels.

Je bent gezond geweest en hebt voor ons kleine gezin gezorgd – zelfs voor Duncan, hoewel er iets zwaars en onherroepelijks tussen jullie is. Je nam iets dierbaars van hem en hij weet dat je ziek was, maar toch. Het leven is vreemd, we doen ons best. Hij is erg goed in vergeven, dat heeft hij jong geleerd. Je bent gelukkig geweest, dat weet ik. Er is nu een doel, en we hebben Gus laten gaan. Dus waarom dan?

Je loopt omhoog en langs een bergkam om de zon goudkleurig te zien opkomen. Galls snuiven zijn warm, haar mond kietelt je handpalm. Het is hier prachtig, het is uitgestrekt. Met de wakkere wereld aan je voeten ben je vrij.

Misschien is het schuldgevoel voor het geweld. Misschien leeft het in je op een manier die je niet kunt negeren.

Misschien denk je dat je tussen ons in komt te staan, of wil je gewoon ruimte maken voor iets nieuws. Of omdat het niet weggaat, het gaat nooit weg, die pijn, zelfs te midden van dit nieuwe leven.

Misschien is het omdat je eindelijk zeker weet dat ik het goed zal maken zonder jou.

Ik weet niet echt waarom. Maar op een morgen word ik wakker en zie ik dat je weg bent.

Je hebt op de tafel een briefje achtergelaten.

Er staat eenvoudigweg op: *Naar huis gegaan. x*

En je hebt Gall meegenomen.

Ik laat kleintje bij Duncan en ga op zoek. Ik volg wat ik kan, maar het spoor verdwijnt. Ik roep je naam met een stem die gebroken is door verdriet, maar ik heb dit eerder gedaan en ik ken het einde. Je bent gegaan zoals pap deed, zoals de dieren doen. Je bent de wildernis in gegaan om te sterven.

Of misschien ben je gegaan om te leven.

Epiloog

Op een koude nacht vorige maand ging Ash, leider van de Abernethyroedel, liggen om te slapen en werd niet wakker. Haar familie lag om haar heen en hield haar warm terwijl ze overleed. Ze was negen jaar oud. De eerste die een roedel bouwde in deze nieuwe wereld, de eerste die pups baarde en ze beschermde, alleen, tegen alle soorten bedreigingen. Ze leidde ze door dit land en leerde ze te overleven. Ze heeft nooit meer gepaard, niet na de dood van Nummer Negen. Ze heeft maar één nest pups gehad, maar ze hebben allemaal bewezen sterk en dapper te zijn, en ze was zachtaardiger overleden dan de meeste wolven zich kunnen veroorloven.

De Abernethyroedel heeft nu een nieuwe leider. Ze is net zo wit als haar moeder was. Ze is kleiner, en nog sterker, als dat mogelijk is. Ik hou van haar met elk atoom van mij en misschien, in een diepere wereld dan we weten, op een plek die mooier is dan we kunnen zien, houdt ze op haar beurt van mij. Ze heeft ons gered, ooit. En het kan niet gezegd worden dat een wolf geen geheimen heeft.

Afgelopen winter heb ik met mijn verdovingspijltjes elke halsband verwijderd die we hadden geplaatst, zodat de wolven echt vrij konden zijn.

Het is lente nu, en de heuvels zijn van kleur veranderd. De herten zijn in beweging. Alles groeit weer. De wolven zijn thuisgekomen. En door een wonder, of misschien is het gewoon de natuurlijke manier, raken de mensen van dit land eraan gewend. Sinds de dood van Nummer Tien zijn er geen incidenten meer geweest. Er is een soort rust gekomen over de Hooglanden, en ik vermoed, als ik de plaatselijke bevolking met verrekijkers geduldig zie uitkijken naar waarnemingen, dat de wolven zich een weg naar de harten van het Schotse volk banen.

Mijn dochter kronkelt in haar draagdoek over mijn rug. Ze zou liever lopen, maar ik wil eerst de top van de heuvel bereiken voordat ik haar neerleg om op verkenning te gaan. De lucht is grijs van de regen, maar dat is het meestal, hier in het noorden van de wereld. Het maakt de aarde weelderig, helpt haar te groeien.

We bereiken het terrein dat ik jaren geleden voor het eerst heb geïnspecteerd, dit stuk heuvel waarop ik steeds weer loop, in de hoop nieuwe groei te zien. Ik haal haar uit de draagdoek zodat ze vrij door de heide kan rennen. Ze lacht, net zo verliefd op de wildernis als ik ooit ben geweest. Ze is hier geboren, ze is hier diep geworteld. Zelfs als we vertrekken – er zijn andere bossen te redden, andere wolven om terug naar huis te brengen, de trillende reus heeft geroepen – zal een deel van haar hier altijd thuishoren.

Mijn oog valt op iets en ik hurk om ernaar te kijken.

'Kom eens kijken,' zeg ik. Ze rent naar me toe en gaat met haar vingers over de dappere nieuwe scheuten waar we op hebben gewacht. 'Wilg en els,' zeg ik. Dan laat ik haar zien hoe ze haar oor tegen de grond moet drukken. 'Luister,' fluister ik. 'Kun je ze horen?'

Woord van dank

Ik schreef deze roman uit een gevoel van diepe ontreddering over het verlies van onze natuurlijke wereld. Ik wilde me een poging inbeelden om een landschap opnieuw te verwilderen, zoals de moedige natuurbeschermers overal ter wereld proberen. Tegen hen zeg ik een welgemeend dankjewel, voor de moed die nodig is om te proberen het tij te keren.

Ik wil in het bijzonder het buitengewone team van Yellowstone National Park bedanken. Na zeventig jaar zonder wolven hebben zij in 1995 de bijna onmogelijke taak volbracht om deze essentiële roofdieren te herintroduceren in een omgeving in crisis, en hebben zij het land nieuw leven ingeblazen. Ik heb veel inspiratie gehaald uit deze vrouwen en mannen, maar ook uit de wolven zelf, en hun ongelooflijke verhalen.

Eindeloos dank aan mijn agent, Sharon Pelletier. Je bent zo'n rots voor me, altijd zo gul, inzichtelijk en ondersteunend. Ik ben heel blij dat ik jou in mijn team heb.

Een enorm dankjewel aan mijn geweldige, onvermoeibare redacteur, Caroline Bleeke. Je bent een wonder van een vrouw. Je nam iets kleins, verlegens en aarzelends en zag een manier om het tot bloei te laten komen, en ik ben je zo dankbaar voor je slimheid, vriendelijkheid en eerlijkheid. Je toewijding stemt nederig en je bent zo goed in je werk.

Bedankt Amelia Possanza, extraordinaire publicist! Je verricht wonderen, AP, dat doe je echt! En aan het hele team van Flatiron: Katherine Turro, Keith Hayes, Jordan Forney, Marta Fleming, Nancy Trypuc, Kerry Nordling, Cristina Gilbert, Megan Lynch en Bob Miller – het is een droom om met jullie samen te werken, en ik kan jullie niet genoeg bedanken dat jullie deze tweede rit met mij hebben gemaakt!

Dank aan de geweldige Nikki Christer, mijn Australische uitgever; publicist Karen Reid, en het hele team van Penguin Random House Australia. Jullie hebben allemaal meer dan jullie best gedaan voor mij, en ik kan me niet gelukkiger en dankbaarder voelen dat deze roman bij jullie een thuis heeft gevonden. Nikki, bedankt dat je zo'n onvermoeibare pleitbezorger bent voor deze boeken en de boodschap die ze proberen uit te dragen, ik ben echt zo blij dat ik jou heb.

Dank aan Charlotte Humphery en het Chatto & Windus-team voor jullie geweldige werk in de UK. C.H., je hebt een arendsoog en daar ben ik heel erg dankbaar voor!

Dank aan Teresa Pütz en haar Duitse team bij S. Fischer, die mijn boeken en mij zo'n fantastisch Duits thuis hebben bezorgd.

En heel veel dank aan Addison Duffy, mijn film- en tv-agent bij UTA, voor je onvermoeibare inzet om mijn romans tot leven te brengen op het scherm. Het is zo'n opwindende rit geweest, en een droom die is uitgekomen, dus dankjewel!

Aan mijn vrienden. Sarah Houlahan, Charlie Cox, Rhia Parker, Caitlin Collins, Anita Jankovic, Raechel Whitty en al mijn geweldige boekenclubdames – ik heb zo'n geluk dat ik omringd ben door zulke gulle, intelligente, hilarische, sterke en aardige mensen. Eerlijk gezegd sta ik versteld van jullie allemaal. Bedankt dat jullie jezelf zijn.

Ik wil mijn vader Hughen bedanken, wiens boerderij een testament is van wreedheidvrije en duurzame landbouw, zijn houding een van het delen van het land en het voeden ervan. Dit is de weg vooruit, en het maakt me zo trots om te zien, pap. Voor jou en Zoe, Nina, Hamish en Minna. Bedankt voor jullie liefde en steun; net als mijn dankbaarheid is die eindeloos. Aan mijn broer, Liam, mijn grootmoeder, Ouma, en mijn moeder, Cathryn. Ik zal jullie nooit genoeg kunnen bedanken omdat ik niet in woorden kan uitdrukken hoe dankbaar ik jullie ben. Ik zou dit niet doen als jullie er niet waren geweest. Ik denk niet dat ik de moed zou hebben.

En voor Morgan. Jij bent mijn thuis. Ik hou van je.

Ten slotte moet ik nogmaals de wilde wezens en plaatsen in deze wereld erkennen die elk woord van deze roman hebben geïnspireerd. De zachtmoedigheid die zij ons hebben getoond overtreft alles wat wij ze ooit in ruil daarvoor hebben getoond. Hoewel Schotland nog geen stappen heeft genomen om wolven te herintroduceren, hoop ik dat het – samen met de rest van de wereld, en in het bijzonder mijn thuisland Australië – het essentiële werk van herwildering verder zal omarmen, en misschien dat we op die manier zullen beginnen onszelf te herwilderen.